花开玉园

李养玉 著

SPM 南方传媒　花城出版社

中国·广州

图书在版编目（CIP）数据

花开玉园 / 李养玉著. -- 广州：花城出版社，2023.10
ISBN 978-7-5749-0042-4

Ⅰ. ①花… Ⅱ. ①李… Ⅲ. ①散文集－中国－当代 Ⅳ. ①I267

中国国家版本馆CIP数据核字(2023)第183541号

出 版 人：张 懿
责任编辑：钟毓斐
责任校对：李道学
技术编辑：林佳莹
书名题字：陈俊年
封面设计：四叶线视觉传达

书　　名	花开玉园 HUAKAI YUYUAN
出版发行	花城出版社 （广州市环市东路水荫路11号）
经　　销	全国新华书店
印　　刷	佛山市迎高彩印有限公司 （佛山市顺德区陈村镇广隆工业区兴业七路9号）
开　　本	880毫米×1230毫米 32开
印　　张	12　5插页
字　　数	247,000字
版　　次	2023年10月第1版　2023年10月第1次印刷
定　　价	57.00元

如发现印装质量问题，请直接与印刷厂联系调换。
购书热线：020-37604658　37602954
花城出版社网站：http://www.fcph.com.cn

作者（左）与中国著名文学评论家阎纲先生（右）合影，1980年夏摄于北京

当年草长适逢君，
贾生才调更无伦。
颠踣岁月罹世乱，
我辈岂是蓬蒿人。

二〇一九年迎春之日，偷得唐诗二句镶入，题赠养玉书屋琳琅斋（轩）

八十七岁　阎纲

花开见玺

望门春色

采桂图

雪里饮茶气自清

李本昂在美国纽约，赴彭博社履新之日摄

三月海棠二月兰

遇见刺猬

桂香时节读华章

鲁迅小院独徘徊

目录

序 汪家明 / 001

花开玉园 / 005
紫藤架·紫藤花 / 103
凭栏听雨楼 / 118
金壁辉煌 / 131
九玺润玉 / 149
唐朝的天空 / 165
初见迟桂花 / 175
鲁迅小院独徘徊 / 183
南山九章 / 259
亲人七篇 / 323

总与花城有奇缘
——《花开玉园》后记 / 371

序

汪家明

我是喜欢怀旧的人，打小就存"旧"的、"老"的东西，老照片、旧书、旧笔记、旧信、旧画片以及各种旧的小玩意儿……如今有旧书销售网，我把五六十年前读过的版本都买了回来，并不再读，只是存着。之所以如此，许是与脾性有关，抑或因老旧东西里含蕴着过往的痕迹，令我感怀，令我心地踏实。可是，近几年我越来越不喜怀旧了，偶尔沉于往事，会生出一股惆怅和伤感，久久不去。这是不健康的情绪，我一直想挣脱它。这不，读到老同学李养玉的新书《花开玉园》，使我有了一次怀旧的机会。

时间一下子回到四十多年前。那时我们俩还都是曲阜师范学院中文系大学生，养玉77级，我78级，按学历他是学兄，按年龄他是学弟（我比他大四岁）。77级是1978年春节后入学，比我们只早半年，所以我俩几乎全学程同校。相识是因为编学生刊物。在校前两年，先后办了四种，我都忝为主编。养玉是重要的作者，我记得起码刊登过他的三篇作品：小说《外甥女》（1980

年5月），散文《孔林的秋》《荷塘儿时》（1980年10月和12月）。1980年底，我辈仰慕的《当代》文学杂志发表养玉的散文《梨花情思》，引起同学轰动，证明我眼光不错。《荷塘儿时》在校刊《晨曲》刊登时，配发了我的一篇短评，其中说：

> 作者是深深喜爱郁达夫、萧红作品的，对语言的运用比较讲究，带有"原始白话"的一些优点，坚实、朴素、古拙，没有当代白话文中的许多油滑，虽然有时不太流畅，有时还出现少量生僻的字词，但读起来不俗，味道浓，耐咀嚼。

郁达夫和萧红也是我怀旧的话题之一。我在进大学前，由于特殊际遇，读了大量翻译小说，认为除了鲁迅，中国现代文学不值一观。学习写作时也倾向于翻译文学笔法。养玉读外国文学不多，对我的"博读"很是羡慕。可是他迷恋郁达夫的作品，读得细，读得深。其实若论出身，他和郁达夫完全不同：郁生于知识分子家庭，曾留学日本八年，从头到脚都很"洋派"；养玉生在农家，上大学前没见过大世面，说是"土气"也不为过。但在性情上，两人却很接近：多情、浪漫、真诚，怀一颗赤子之心；常常冲动行事，过后自悔自艾。两人都是才子型作家。养玉介绍我读郁达夫的《迷羊》《迟桂花》《春风沉醉的晚上》，使我从此不再小觑中国现代文学。

更难忘的是养玉向我鼓吹萧红作品，《商市街》《生死场》《呼兰河传》，一读之下，我也被迷住了，从那时迷到今。《呼兰河传》早已是我的枕边书。鲁迅评萧红"细致的观察和越轨的笔致"，成为我写作的准则。我由此体会到汉语文字个性之美，而且深信，没有个性文字之美的作家不会是好作家。这一点，后来在我反复阅读鲁迅文章、孙犁文章、汪曾祺文章时，又有了切肤的体会。

说实在的，只是在我迷恋萧红作品之后，才算窥见汉语文学创作的奥秘。大学毕业后我教了两年中学语文课，我以自己的体会告诉学生：多读几遍《呼兰河传》你们就会写作文了。为此，我一直对养玉心存感念。

养玉性子直，在77级没有特别要好的同学，反而在我们年级交下三位好友。1980年和1981年，我们都写了很多文章，经常和另两位好友郑树平、牟志祥一起讨论。我印象深的是养玉的中篇小说《山坡羊》，副题是"连青山遗风之一"。连青山是养玉老家真实的山名，他似乎有雄心壮志，写一套连青山遗风的作品。《山坡羊》写的是一位放羊人辛勤穷苦的一生。开头引用《诗经·小雅》里的一首《无羊》，营造出古老、茫远、苍凉的气氛。养玉多次给我们看、或者念这部小说，大家提出意见，再改，改得辛苦，直到他毕业也未定稿，但那浓郁气氛，羊、山、草、树、天、云、雪、雨以及山村风情的白描，一直印在我心里。后历时七年，经四次修改，《山坡羊》终发《山东文学》1988年第二期，获"山东省青年文学奖"。

毕业前，养玉邀我们去他家乡小聚。从县城如何去到他在深山里的老家，已然忘却。他家房舍盖在山坡上，开后门就可直接射猎野兔；满坡圆圆的大石头似要滚下山来。村民仍循日出而作、日入而息古风，天黑就家家熄灯而眠。夜里我们四人登山俯瞰，整座村庄黑魆魆的，天空深蓝深蓝，月亮很亮，映着村边静流小河，河边伸展着小树——恍然而悟：养玉的创作不仅承续郁达夫、萧红，且自有深厚乡土背景。

养玉的文学创作大约坚持了十年（1980—1990），写了许多小说、散文，尤其在旅游文学方面成绩斐然。这十年，他的个人生活比较坎坷。后来他创办私企、走南闯北，文学渐行渐远，一晃就三十年。我也从教师转行编辑，写作只是业余点缀，但我知道他和我一样，对文学的热爱一点都没减少。近二十年，他以全部身心投入城郊寓所"玉园"的建设，购乔木，植花草，引百鸟；选碑材，刻诗词，纪美文，营造"苏东坡小院""鲁迅小院"等，硬是把一片不大的蛮荒之地，建成别致的文学园林。我觉得，他是把它作为"实体文学作品"来创作的。园林建成，文字在焉。《花开玉园》记录了二十年的苦思冥想、刻意劳作，也记录了二十年的喜怒哀乐，是和碑刻、柯木、花草一起写就的。一如三十年前，在乎细节，讲究语言，甚至精雕细刻，更谨严，更拙朴，更厚实，奔涌的激情被掩在文字后面——毕竟，我们都迈入老年了。

2023年7月　北京十里堡

（作者系前人民美术出版社社长）

花开玉园

风　景

在20世纪的最末一年,我意外得到了位于县城东南边缘一块土地的使用权;虽然面积不大,但在人口稠密的当今社会,也算弥足珍贵了。因为出身于农村,我向来怀有庭院情结,购地成功使得筑房建院的梦想得以实现。又因为比一般人多读了几本书,凡事所为就都往文雅上靠拢:我郑重其事将新建的庭院命名玉园,主题建筑命名听雨楼,园中的亭子叫知时亭,就连我的两间书房,也美其名曰琳琅轩。寻常一样楼和院,因有芳名便不同。我夏日登楼听雨,冬日园路踏雪,春明景和闲居琳琅轩读书,丹桂飘香独坐知时亭饮茶,这一年四时的闲情逸致令我陶醉满足,无复他求。

只是后来,我的自怡情怀慢慢发生了变化,那是在我读了余秋雨文章之后。余秋雨先生在踏出退思园大门时曾感叹:现今的中国文人凭一己之力,几乎做不到建一处园林庭院以作归息之地了。我就自己反思：我得天独厚侥幸拥有了玉园这块土地，如仅安于个人居住和闲适，是否太过挥霍了；我在文化构建方面能否做得更多更好，或将玉园打造成足以传世的人文精舍？当然，只有千余平方米的玉园委实太狭小了，苏州园林里最为袖珍的网师园，面积也足有它的五倍以上，更甭提广大如拙政园约是玉园的四十倍了。清代大家袁枚的两句诗给我增添信心："苔花如米小，也学牡丹开。"中国绘画艺术的尺纸幅绢可展云山无际，刻印艺术方寸之间自有天地乾坤，均给我启迪和鼓舞。白居易有语曰："勿谓土狭，勿谓地偏。"孔子云："何陋之有？"于是，我不妄自菲薄，决心以五彩思维做笔，以寸土寸金玉园做纸，来构写一篇立体有形大块文章。当初我未曾料及，这部大作一写就是二十多年。在漫长岁月间，我如鸟结窠，寂寞营建，门虽设而常关；我精雕细琢，反复推敲，其蓝图几废几绘。到了今天，规模初具，封笔浏览，自谓为"一景一物成风雅，一花一草入画轴"，已然建成颇具规模、颇含文化价值的，移步换景琳琅满目的欣赏单元——或往大了说就叫作风景吧。我甚至还仿照古人像模像样地拟定出"玉园十八景"，现罗列如下：

紫藤繁花；石库刻经；二桥印月；凌霄登峰；汉砖铭字；木香绕亭；琼楼听雨；金壁辉煌；九玺润玉；唐墙琳琅；海棠早红；丹桂晚香；东坡词赋；鲁迅文章；南山献寿；五松播荫；两石记祖；七篇思亲。

我还拟了一个三字版的"玉园十八景"，现罗列如下：

紫藤架；石库经；双桥月；凌霄峰；汉砖字；木香亭；听雨楼；九玺印；唐墙诗；金壁纹；海棠姿；丹桂魂；东坡赋；鲁迅文；南山寿；石碾铭；五松荫；七篇情。

一、紫藤繁花。见《紫藤架·紫藤花》一文。

二、石库刻经。

进入玉园大门，穿过紫藤架前望，正面对着的是车库门。左右立着两根扁方形石柱，各宽六十六厘米，高二点二米；凌驾其上的石梁宽四米高四十厘米。这样车库门就形似老上海旧建筑里的石库门了。其实，上海石库门原叫石箍门，因早期定居者多是闽粤间富人，他们不改乡音将箍念作库，久之以讹传讹就叫石库门了。好在，玉园此屋本是车库，叫石库门反是名正言顺了。两侧石柱上刻着一副朱字对联曰："精跨羲诞妙越英繇，如龙蟠雾似凤腾霄。"对联选自北朝时期邹县铁山摩崖之《石颂》部分，我用拓片双勾原大刻制；《石颂》文据考证为汉丞相匡衡后裔匡喆所作，内容大体是介绍铁山摩崖刻经之经过，赞扬书经者高僧安道壹书法绝艺的。门楣上刻前山东省书法家协会副主席、中国北朝刻经研究专家赖非先生应我请求书写的"玉园石库刻经"六字。室内的东墙和北墙，我贴满保留风化原状的花岗石板，选刻泰山经石峪《金刚经》第二节，共七十五字；为保持真貌，我用拓片双勾按原大尺寸刻石。天花板上，我亦原大双勾描写泰山刻经计一百二十字；抬头仰望，书法绮丽，经文庄严，天书一般。室内南墙上，我嵌刻了一幅郭沫若书法作品，是1961年五月，他首访泰山经石峪后有感而作的五律一首；这幅作品在泰安岱庙和经石峪两处刻有书碑，我所依据的是岱庙的拓片，照原尺寸双勾刻制。诗曰：

经字大于斗，北齐人所书。
千年风韵在，一亩石坪铺。

阅历久愈久，摧残无代无。
只今逢解放，庶不再模糊。

诗的第二句初作时为"唐朝人所书"，这背后还有一段文坛掌故。经石峪摩崖因未曾竣工，没有落款，致使刻经年代和书经人均成谜题。经石峪奇观被发现亦晚，至明代才开始引起注意，对于书经者有臆想为王羲之的，有妄断为唐宋人书的；清朝的诸位文史大家，阮元认为是北齐唐邕书，包世臣疑为北魏郑道昭书，《泰安县志》记为北齐王子椿书，《泰山志》则记为北齐韦子深书；而魏源下功夫最深，经过对多地摩崖探访比对，他认为泰山经石峪刻经与泰安市徂徕山、汶上县水牛山、邹县四山摩崖之铁山、葛山、尖山的书法风格极为相近，可断定为一人所书，这个人物就是《石颂》所记载的"东岭僧安道壹"。铁山刻经时间为"皇周大象元年"，从书风上看，经石峪刻经时间要早，应在北齐朝代。郭沫若见经石峪凡"世"字中间短横皆缺笔，便疑为是避唐太宗讳，从而认定书者是唐朝人。郭诗发表后，引起了一个小人物的关注，他就是当时邹县文物管理所的工作人员王轩。王先生一向热衷研究邹县名胜文物，尤其赞同魏源关于泰山经石峪、邹县铁山葛山尖山等摩崖皆为北朝安道壹所书观点；他不忌惮名人权威，将相关材料细加整理，直接写信寄往北京"与郭老商榷"。郭沫若治学态度严谨，且具海纳百川从善如流襟怀，接信后将资料综合研判，欣然接受魏源观点，立即重书经石峪诗，将第二句改为"北齐人所书"，随后，不忘给王轩写信表感谢。王轩收郭老信受宠若惊，在小县城里奔走相告；单位领导亦引为盛事，分享荣光，后灵机一动，将信封上郭老亲笔书写的地址"邹县文物管理所"抠下来,照样放大,刻成木牌,高悬于文管所当时所在地,即孟子后裔世居亚圣府大门的楹柱上;这块牌子挂了接近三十年,直到邹县撤县划市、文管所提格为文物局后才降落下来。这段掌故,我依据的是安旗文章《摩崖奇观》,和王轩先生生前讲述。

对于安道壹书经艺术评价,我以为魏源所作《岱山经石峪歌》最具激情和诗意,且最为准确。前半段诗云:

石裂天开般若经,气敌岱岳雄崚嶒。
纵横磊落数十层,上承万丈瀑溅崩。
瀑所冲字漫无形,余字尚存五百零,椎拓犹带六朝冰。
岗山邹峄题名曾,皆出北齐大书僧。
象王回顾狮吼应,金翅劈海龙出溟。
智永怀素惭尹邢,颠狂姿媚皆优伶。
笔锋破石扪有棱,想见愿力驱五丁,那数封禅秦皇铭……

诗中的"岗山邹峄题名曾"句有误:岗山摩崖非安道壹书,题名亦在铁山摩崖。我以为改成"铁山邹峄题名曾"为确。

三、二桥印月。见本文后《鱼池》篇。

四、凌霄登峰。见本文后《花事》篇。

五、汉砖铭字。

从南邻的楼后壁经石库门往北跨越衡门,直抵听雨楼西壁的这道墙,我命名为汉垣,是因为墙上嵌石刻制了三块汉砖铭文、四枚瓦当铭文。汉垣与中庭的唐墙、金壁内外呼应,构成玉园以墙为载体,展现周、汉、唐三朝文化面貌的三道风景线。

石库门南刻的汉砖尺寸是八十厘米见方,铭文居中竖排,内容曰:"富乐未央,子孙益昌"。文字左右两侧是装饰性的几何图案。石库门北是一块与墙同砌的巨石,高一点六米,宽二点六米,厚三十厘米;石的背面即中庭金壁之毛公鼎器形和长篇铭文。在巨石中间位置,我设计汉砖的尺寸为九十厘米见方,其铭文曰:"宜子孙,富益昌,乐未央"。字体风格为篆书结构、隶书笔画;四面装饰以几何纹图案。这是一方有代表性的著名的汉砖,我在不少书上都看见它的照片或拓片。我原设想,在汉砖两侧或四角位置还要加刻相关内容,但几次设计出图样均不满意,此事便搁下了。长久观察,我反而喜欢上汉砖铭文居中而四面留有大片空白的样子,此石面貌就此定格。这块巨石还具有影壁的功能,进大门后若不是紫藤花开时节,若不是进石库看佛经,人的视线就自然转向汉砖铭文了。与此石对应的衡门北面的另一巨石,其背面即中庭金壁之两个铜壶器形图案;这块石壁空置达十五年,为了刻制内容我伤透脑筋。秦汉砖瓦里找不到更新颖的图案和铭文,我曾尝试从汉画里选取内容,比如孔子见老子、周公辅成王、泗河捞鼎、大树图、四时农耕图等;用电脑设计后喷出大画,放书房地上长时间观瞻,而最后都一一否定。有朋友来玉园,指着光光的石板问我:"你也学汉武帝封泰山,立无字碑吗?"近些时来,我有了紧迫感,觉得此石空白之状再不能继续了。我又返回去研究汉砖书籍,终选定一块铭刻二十四个篆书文字的巨型汉砖;铭文如此之多,为我阅读之仅见。铭文虽盘旋古奥如天书,却龙飞凤舞似画图;内容虽与前二砖略有重复,但亦有新开拓,境界更远大,而且还完美保持了汉垣风景的统一风貌。铭文曰:"富贵昌,宜宫堂;意气扬,宜兄弟;长相思,毋相忘；爵禄尊，寿万年"。

四枚瓦当图案直径均是八十厘米，衡门两侧各一枚，其铭文书体是极为古老的鸟虫书。正如郭沫若所言，鸟虫书是"于审美意识之下所施之文饰也，其效用与花纹同。中国以文字为艺术品之习尚，当自此始"。这种特殊文字在春秋战国时代盛行于南方诸国，因独特的审美价值被后世继承，在"秦书八体"中列有虫书，"汉代六书"中列有鸟虫书，其作用仅限于装饰旗帜、符信、秦砖汉瓦，也用作印章文字。鸟虫书自诞生起其使用范围一直较窄，一般人既不能识读也不会书写，可说是阳春白雪之书。衡门南的瓦当铭文属鸟书，内容是"千秋万岁"；千字第一笔画做鸟首形状，其下部两腋空间画翩跹羽翅；瓦当中间圆圈内画一小鸟，带动整幅字画飞翔。衡门北的瓦当铭文属虫书，内容是"永受嘉福"；虫书是在篆书基础上更加回环盘绕，结构简单的字恣意添加笔画，如画迷宫，尽呈繁复之美。另两块瓦当图案列汉垣北端，其内容"永奉无疆"者是篆体隶笔，二美相融；其内容"长勿相忘"者是纯篆书笔意，线条流畅自如，加之辞意象征爱情和友谊，很受后世人喜爱，摹刻者众多。

六、木香绕亭。见本文后"花事"篇。

七、琼楼听雨。见《凭栏听雨楼》文。

八、金壁辉煌。见《金壁辉煌》文。

九、九玺润玉。见《九玺润玉》文。

十、唐墙琳琅。见《唐朝的天空》文。

十一、海棠早红。见本文后"花事"篇。

十二、丹桂晚香。见《初见迟桂花》文。

十三、东坡词赋。

玉园中庭的南墙中间位置建月亮门，额其名曰"望门"。这两个篆体字没有落款，但我心里知道集的是蒋维崧先生的书法。拟名望门意思有二：农历的每月十五日即月圆那天称为望日；苏轼最著名的文章《赤壁赋》的首句即"壬戌之秋七月既望"。望门背面又额其名曰"东坡小院"，集的是祝允明的楷书；顾名思义，这个院落是为苏轼专门建立。

进望门迎面矗立一块巨大红色石壁，是我专程赴平邑县购买的将军红石材，早就拟好名字叫"赤壁"。2014年春月，我托杭州师范大学教授江继甚的面子，请西泠印社美女书法家兼篆刻家、时任中国印学博物馆常务副馆长吴莹，用她最擅长的书体秦小篆书写"玉园赤壁"四字。她知道我用于刻石，便往饱满处着墨，题字工稳挺秀，令我非常喜欢。那一段时间，正值我家对外租房、装修、从西单元往东单元搬家，人乱物杂，我不慎将吴莹女士墨宝给丢失了；寻找多遍，迄无所得。八年多来我心怀自责，更怀有对书家的歉疚；赤壁石至今未镌，虚位以待。我深信墨宝并未丢失，它藏在家中安静一隅，有朝一日会突然现身，给我一个如同好友久别重逢的天大的惊喜。

进望门右转，北墙上我满镶书条石，刻苏轼《赤壁赋》手迹墨宝；因此段墙难容全篇，镶石又接转到西墙即石库的东墙背面，全长八米，高约一米。书帖前端遭损坏，由明代大家文徵明补书三十六字。帖后附苏轼小跋，向皇帝诉说《赤壁赋》创作和书写过程："轼去岁作此赋，未尝轻出以示人，见者盖一二人而已。钦之有使至求近文，遂亲书以寄。多难畏事，钦之爱我，必深藏之不出也。又有后赤壁赋，笔倦未能写，当俟后信。轼白。"此前几年，是苏轼人生大起大落的时段，从权倾朝野高官和当世文坛领袖，到遭忌恨被构陷重罪加身，发配到偏远黄州；经历此番生死考验，犹如凤凰涅槃重生，一个冰雪晶莹纯粹达观的新生苏东坡已然诞生。在黄州这样的穷乡僻壤，人不堪其忧，苏东坡却不改其乐；崖头明月江上波涛赋予豪放灵感，他舞动生花妙笔，创作了他一生最为壮丽的文学篇章前后《赤壁赋》和《念奴娇·赤壁怀古》词。有一天，皇帝派使者来黄州询问可有新作写出，苏东坡已变得宠辱不惊，他气定神闲，笔正墨润，用标准楷书抄写出他的得意新作，它就是我主持刻在东坡小院西段北墙和西墙上的《赤壁赋》。这卷法帖现收藏在台北"故宫博物院"。

东坡小院东墙上，我嵌刻的是赵孟頫书法的《后赤壁赋》；尺寸宽五米，高九十厘米。赵孟頫一生多次书写东坡二赋，本帖是他四十八岁时所书，正精力充沛心手双畅之际，其笔法技巧和笔墨气韵均达最佳，被后人誉为他行书的代表作品之一。卷末附同时代大家鲜于枢、唐棣及赵孟頫之子赵奕的题跋，亦为之增色不少。这卷法帖现收藏在台北"故宫博物院"。

南面是前邻楼房之后墙，不能嵌石于壁，我就开动脑筋，设计了一道石结构长廊，颇类于当下机关里的宣传栏。我选定八根一点三米高的扁方石柱，柱中间切割出含后仰角度的石槽，用以横向镶嵌书条石，柱顶置盖大尺幅石雕瓦，最后将柱石、书条石、石瓦精密组装，一道石头长廊完美落成。书条石高六十厘米，宽十一米，上刻董其昌草书长卷《大江东去帖》。董书每竖行多为二字，每二字一笔到底；浓墨挥斥方遒，枯笔飞白灵动。我立在石廊前，面对草书字阵，仿佛看到舳舻千里、水激浪奔、浩浩荡荡的三国赤壁大战景象。苏东坡的《念奴娇·赤壁怀古》

词,向来被誉称豪放派的代表作品,而董其昌用其出神入化的笔锋墨迹,给苏词以二度创造,呈现出生动形象崭新奇观。这幅董其昌草书《大江东去帖》,现收藏于温州市博物馆。

东坡小院北墙的月亮门东段,我嵌刻的是《黄州寒食帖》;帖后还刻有乾隆、黄庭坚、董其昌的题跋。乾隆帝的小楷"御识"写道:

"东坡书豪宕秀逸,为颜杨以后一人。此卷乃谪黄州日所书,后有山谷跋,倾倒已极,所谓无意于佳乃佳者。坡论书诗云:苟能通其意,常谓不学可。又云:读书万卷始通神。若区区于点画波磔间求之,则失之远矣。乾隆戊辰清和月上瀚八日御识。"

黄庭坚跋文以中楷行笔,字大墨饱,神采飞扬,可见当时欣喜和兴奋。文曰:

"东坡此诗似李太白,犹恐太白有未到处。此书兼颜鲁公、杨少师、李西台笔意,试使东坡复为之,未必及此。它日东坡或见此书,应笑我于无佛处称尊也。"

董其昌跋文曰:

"余生平见东坡先生真迹不下三十余卷,必以此为甲观。已摹刻戏鸿堂帖中。董其昌观并题。"

三人之述备矣。苏东坡《黄州寒食帖》与王羲之《兰亭序》、颜真卿《祭侄文稿》并列为古代书法神品,排序为天下第三行书。此帖现收藏于台北"故宫博物院"。

在赤壁石的背面即南面,镌刻了一方长宽一米的名副其实的大印,作者宋春炎先生,印文是苏东坡《念奴娇·赤壁怀古》全词。所以为之,一是我向来对印玺这种艺术载体情有独钟;二是刻完董其昌草书《大江东去帖》后意犹未尽。我觉得，像这样在中国四千年诗歌史上屈指可数的佳构，应该大书特书，不拘一格。印文上石前是我亲手双勾，竭诚竭志，刻成后又是我亲手描红，毕恭毕敬。小院的路墙瓦石格调多是灰色的，大红色彩的《念奴娇·赤壁怀古》长篇巨幅印文，犹如一团熊熊燃烧的火、一盏光芒四射的灯，将东坡小院映红照亮，平添了许多热烈和豪放。

东坡小院是我立志在玉园构建人文景致的试笔之作。将顶级中国文化瑰宝转刻复制，我深知使命之神圣，既心怀崇敬，又如履薄冰。我深知，稍有懈怠便是亵渎，毫末差错即为糟践。于是，从构思、画图、购石、砌墙，到选帖、电脑设计、放大喷画、双勾复印上石、监工镌刻，再到最后的安装上墙和贴砖装饰，事无巨细每必躬亲，运思缜密精益求精；用时七个月，东坡小院终从我心中蓝图移植为玉园实景。初试告捷，心里充满欣喜和欣慰；而同时我深有这样的感慨：文章千古事，甘苦寸心知。

我很想休息一下身心，就在赤壁石西面杜仲树下安了一块方石当桌，环堵皆书碑，每日自饮茶，间或读点喜欢的文章。当时正买了一本余秋雨散文集，内有《苏东坡突围》一篇，深度解析诗人在黄州时期人格再造的过程，作者凭高视下境界开阔，词彩华茂荡气回肠。最后写变得成熟了的苏东坡，那两段文字花团锦簇，令我艳羡不已。兹抄录如下：

"成熟是一种明亮而不刺眼的光辉，一种圆润而不腻耳的音响，一种不再需要对别人察言观色的从容，一种终于停止向周围申诉求告的大气，一种不理会哄闹的微笑，一种洗刷了偏激的冷漠，一种无须声张的厚实，一种并不陡峭的高度。勃郁的豪情发过了酵,尖厉的山风收住了劲,湍急的细流汇成了湖,结果——

"引导千古杰作的前奏已经鸣响,一道神秘的天光射向黄州,《念奴娇·赤壁怀古》和前后《赤壁赋》马上就要产生。"

十四、鲁迅文章。见《鲁迅小院独徘徊》文。

十五、南山献寿;十六、五松播荫;十七、两石记祖。此三景均见《南山九章》文。

十八、七篇思亲。见《亲人七篇》文。

行文至此,我莫可名状地想起了现代诗人卞之琳的一首短诗;吟咏几遍,颇觉意蕴隽永。这首诗的名字叫《断章》。我也断章取义,抄在这里作为本文的尾声。

你站在桥上看风景,
看风景人在楼上看你。
明月装饰了你的窗子,
你装饰了别人的梦。

花　事

在吾家玉园里,花事几乎贯穿一年四季,是我倾情关注殷勤伺候、最为乐此不疲的大事情。

进大门左转,照面即是一尊刻着"玉园"朱字的花岗岩巨石,名昆岗石。石前有一簇迎春花,每年二月的立春节气时,枝条上缀满了金黄色彩的花蕾,顶端裂开了缝,那跃跃欲试急不可待的神态,似要赶着作为春天第一花率先开放。只是此时天气尚寒,夜间气温在零下数摄氏度徘徊,迎春花蕾日复一日地憋着不敢贸然开花。这些年来，我自定了一个标准，当昆岗石前的迎春花开够十朵，我便看作玉园的春天已来临，一年花季即宣告开始。由于今年气温偏高，立春节后第九天迎春花已绽放了十几朵。我心里按捺不住喜乐，立即搬来一个石桌，抵近花丛，一面饮茶，一面赏花。我久久睇视着这些崭新的花朵，金灿灿娇嫩嫩的，就像看着刚出生的婴儿，我大气不敢喘，怕惊醒了它们的春梦；微风吹来，金黄的花朵颤巍巍摇曳着，是迎春花醒来了。在这春寒料峭的上午，我心里感受到了阵阵暖意。我自言自语说：春天来了！午饭时梅妻做了四样家常菜，倒了两杯黄酒，我们在石桌上对着迎春花小酌。我提议举杯相庆，我说：

"为了美好的春天，干杯！"

迎春花独领春光十天左右，铁梗海棠继之零星开放。在著名的海棠四品中，大红颜色的铁梗海棠以开花早、色彩艳而先声夺人。其他三种，木瓜海棠色浅意淡，但花朵浓密，以气势取胜；况且，花后结出的长圆形的海棠果，由春而夏慢慢长大，由青绿色到秋天变为金黄色，香气芬芳，长挂枝头，亦具独特之风采。垂丝海棠顾名思义，其集束花朵是吊垂着向下开放，枝与花间有几厘米长的丝条相连；春风轻拂，细丝摇摇，花朵飘飘，别具一种绰约丰姿。

名冠四品之首的西府海棠，开花时间在每年春分前后。玉园有两棵大树西府海棠，位列听雨楼前面，左右对称；树龄同在四十年以上，高达七八米，均为玉园初建成时我亲赴三百多里外的临沂市场购得。西府海棠之所以历代为人看重和喜爱，除了树身伟岸亭亭玉立，还因为花朵的典雅与美丽。尚处花蕾时，蕾端浅切成五瓣，呈鲜艳的嫩红色，极肖豆蔻少女玉唇之轻点口红；

待绽放成花，每只花瓣的颜色，从外缘的嫩红，深浅晕染，渐渐过渡到花心的粉白，这样姿色，极肖妙龄少妇之淡抹朱腮。西府海棠的开花过程也是含蓄有致的，先是向阳枝头上的少量花朵绽放，伸头探脑，像是窥伺气候消息；而后从阳面到阴面，由表及里，全面开花。两棵大树海棠的千万只花朵，像千万张娇美的脸庞，在烂漫春光里微笑。这时我突然发现，海棠树变得更加高大了，其顶端超过了听雨楼，直指蓝天艳阳；我还觉得海棠树变得雍容丰满了，其周围的侧枝向四面大幅延展。闭上目，我聆听千百蜜蜂的嗡嘤喧阗；睁开眼，我浏览斑驳彩蝶的穿梭飞舞。我绕树盘桓，体味"怒放"一词的真谛；我对花俯仰，就回想起每年写春联都要重复写过的"春色满园"。以大树西府海棠开花为标志，玉园春季花事达到高潮；我也将此时段命名为"花开玉园·海棠季"。每年此时，我和梅妻都邀约亲朋好友来家赏花。那些可爱的大小美女们，浓妆淡抹，欲与海棠争艳丽；见花起舞，无节制地拍照摄像；玉园花树间，长留下她们的欢声笑语和美丽倩影。难忘那些老少先生，赏花叙旧固然重要，喝几杯玉园家酒更是不可缺少。觥筹交错，家宴开也；语狂舌硬，宾朋醉也；"正欲清言闻客至，偶思小饮报花开"，玉园主人乐在其中也……

玉园的花树大都挂有特制的铜牌，正面刻花树相关信息，背面刻古今诗词。左边西府海棠的牌子上刻的是苏轼的诗"东风袅袅泛崇光"。东坡先生是个著名的花痴，这首诗表现了他面对海棠时的天真之态：一个春风沉醉的晚上，他在朦胧月色里看着海棠花久不入睡；他怕夜深后海棠花睡去即败落了，就燃起明烛，彻夜厮守。在这里，诗人纯洁如赤子，海棠花亦幻化为美人。古代的文人雅士，都将海棠花誉称为女儿花，我想，只要细看西府海棠的蓓蕾娇态和花朵美貌，便觉此言不差矣。据有关唐史记载，一日唐明皇登沉香亭，召见宠妃杨玉环，见睡眼惺忪尽显慵倦态，明皇便笑曰："海棠春睡未足耶？"借了皇帝的金口玉言，海棠花从此更坐实了女儿花的身份。有一出著名的京剧《游龙戏凤》，讲的是明正德皇帝微服私访到某地的梅龙镇，看见旅店女主人李凤姐花容月貌，发鬓间插着鲜艳的海棠花，顿生爱怜，不禁百般搭讪巴结；李凤姐只是用计躲闪，告诉他自己是好人家的女儿。正德帝唱："好人家，歹人家，不该鬓间斜插海棠花；扭扭捏捏多俊雅，风流就在这朵海棠花。"李凤姐知道都是海棠惹的祸，便立刻将花拔下扔在地上。正德帝再唱："凤姐做事理太差，不该踏碎海棠花；为军用手忙拾起，我与你插、插、插上这朵海棠花！"结果是正德抱得美人归，李凤姐封妃，成就了一桩海棠姻缘。

玉园中庭的部分名树娇花，我有个数字概括：七檀八桂九海棠，十二牡丹。在九棵海棠中有一个日本品种叫东洋锦，着花繁盛，色彩猩红，可惜因其灌木属性不能长高。我将数十根枝条分作三股，用女人扎辫法拧结成捆使其粗壮。这还不行，春花夏雨秋果时还常常低垂仆地。我再想出一妙法，将一根两米半高的石柱深栽于地，使东洋锦凭借靠山成高树，反将灌木作乔木。石柱三面光洁，乃刻字良材，我便再次想起作家兼书法家的大学同学孙宜才，求为我草书李清照《如梦令》词："昨夜雨疏风骤，浓睡不消残酒。试问卷帘人，却道海棠依旧。知否？知否？应是绿肥红瘦。"感谢宜才心手双畅，很快书法成章，待石匠手刻完工，我便觉眼前一亮，仿佛花木已焕然一新。知否？知否？不止是海棠依旧，玉园又多一段文采风流！在一遍又一遍地朗诵诗句后，我突然读懂了这首《如梦令》：女词人明写海棠，实写自己身世；李清照也是一树艳压群芳的海棠花，屡经风吹雨打，先是绿肥红瘦，后则"零落成泥碾作尘，只有香如故"。九百年后的今天，中国人依然爱李清照，就像依然喜爱海棠花。

在这场海棠季大联欢中，玉园里还有许多种树木花草纷纷登台亮相，各展风采，各具姿色。

二月兰本是梅妻从野外移来玉园的，未料它很快服了水土，只几年时间，蓝色精灵般的小花已布满全部六所院落，密密麻麻挤挤挨挨开放，形成了一片片小花海。

风媒吹来蒲公英。奇怪的是，野外多见单瓣品种，玉园开的则全是复瓣花；黄色的小圆花贴地开放，醒目耀眼，就像遍地撒落的金钱。

一株美人梅在中庭东南隅开着光鲜的红花。"俏也不争春，只把春来报；待到山花烂漫时，她在丛中笑。"

高居棚架上的紫藤花为了引人注目，就很挥霍地绽放；颜色深沉，密不透风，一大嘟噜一大串，就像蓝瀑泄山岩。凡女宾们来访，除争先与紫藤花合影外，还登高爬梯采摘，带回家做各种美食。口惠实至，何乐而不为？

同时开紫色花的还有紫荆花。它的特异处是从头到脚，从根到梢，全身开花；叫它花树，真真名副其实。

流苏树的高枝上寂寞地开着细碎的白花，并伴有微香。此时此刻弥望姹紫嫣红，谁还顾得仰视它呢？直到有一天，青石板园路上白茫茫似铺了一层薄雪，我止步不忍踏，抬头注目，玉片窸窣，怦然心动，我脱口轻呼："哦，香雪！"

二十年前，我在临沂花市场看中了这棵金银花盆景树，枯枝朽干，老态龙钟。花农告系从沂蒙山悬崖上艰难起挖，树龄佔有数百年。我怀着对大山精气孕物的崇敬，虔诚养护，移植成活，翌年即开花散叶。有我自作诗为证：

> 嘉木三百龄，原乡是沂蒙。
> 一朝迁玉园，主人迭尊崇。
> 立石作凭倚，占位选中庭。
> 阳光雨露足，沃土助新生。
> 花开金银色，叶吐翠青青。
> 采之作茶饮，天地精华浓。

玉园里栽有两棵白丁香，一棵紫丁香，都有三十年芳龄，已各成景观。在乱花迷眼之时，微风送来阵阵异香，人们不禁一怔，循着香波总能找到丁香树，总会驻足吮吸，流连忘返。花凡不入目，馨香浸肺腑。

木香花移自孟子后代世居之亚圣府，植在知时亭边。也许因为沾溉了圣人灵气，木香花年年枝繁叶茂，藤长花盛，其香气之博广，每每溢出玉园，芳邻斯馨。鲁南俗语"远亲不如近邻"，此之谓也。

十二棵牡丹绕中庭桂墀种植，居玉园中轴线尊贵位置。这表明我也是从众随俗之人，对于顶着百花之王皇冠的牡丹，*丝毫不敢怠慢*。牡丹花的封王应是唐朝的事，凡盛世皆追求奢靡，审美则倾向丰亨豫大；牡丹体硕瓣繁，质厚色丰，确实具堂皇富丽雍容华贵气度，任何花种跟它比较都难免单薄，显出小来。而跟着起哄的唱赞歌的又都是当代一流文人,他们写成诗作都能传世,他们好恶品评即成标准。如刘禹锡的诗,先把庭中芍药贬为"妖无格",又将池上芙蓉指作"净少情",这样便得出结论:"唯有牡丹真国色,花开时节动京城。"皮日休更是居高临下,以不容置疑的口吻给牡丹定评:"落尽残红始吐芳,佳名唤作百花王。莫夸天下无双艳,独占人间第一香。"李白也有写牡丹的佳作,最著名者当是他于酩酊中吟成的《清平乐》三首。史载唐明皇偕杨贵妃在兴庆宫沉香亭赏牡丹,命乐伎唱曲,因所歌皆旧词,惹得贵妃兴味索然。明皇降旨:传李白!孰料李大诗人正在长安酒肆醉饮,被人架进宫尚不省人事;大太监高力士兜头泼一盆冷水,端来纸笔,传旨道:写牡丹!李谪仙睁了半只眼,三分酒醒,七分似在仙境,眼前的皇帝、贵妃、宠臣,还有牡丹园,白色或红色、名品或凡花,均化为一团烟雾凄迷,一片云海卷舒。李白抓过纸笔,三首《清平乐》一气呵成。其一吟白牡丹曰:"云想衣裳花想容,春风拂槛露华浓。若非群玉山头见,会向瑶台月下逢。"……千年后的今天,在玉园牡丹绽放之时,我常常翻看铜花牌吟咏唐诗歌,情思绵绵,追念那举国崇尚雍容华贵美女和富丽堂皇牡丹,并赋之于绮丽诗篇的盛唐气象。玉园牡丹大都是市上所售平常品种,随处得见;只有一棵开金黄花朵,具高雅浓香,卓尔不群,最受我爱惜。古人论牡丹罕见品种,开口即曰魏紫姚黄,此乃其后者乎?

春天的花事还在继续。玉园里那些乔木大树,都纷纷开花。高达十五米的广玉兰是玉园最高的花树,它稀疏地开着硕大的白花,也有浓香,只是香气随风飘散,鲜为人知。人不知而不愠,广玉兰年年春天要开花,它的花留给太阳看,花的香留给小鸟闻。榆树开的花叫榆钱，虽无观赏价值，却含美好寓意。试问，谁家不想坐拥财富常有余钱（榆钱）呢？况且，榆钱可食，美味果腹。杜仲树和楸树同开着白色的小花，楝子树开着紫色的小花，它们俯视地上，似乎在向着人微笑，而人们都如蚁忙碌，却顾不上看这些多情的大树小花朵。山楂树开粉白色的花，核桃树开米黄色的花，一样的春花貌不惊人，一样的秋天果实累累。玉园有三棵大棕榈树，高七米以上，其中一棵树龄超过百年。它们本是热带树种，在北方生存既久，也入乡随俗开起花来。棕榈树的花是成串的金黄色细颗粒，花非花，果非果，就像秋天田地里成熟的狼尾巴谷穗。

这些大树下的地面上，野生着三叶草、鱼腥草、车前子、绞股兰、苦菜花、麦冬、石竹，以及一些叫不上名字的草本植物，都在一面发新芽，一面开着各种颜色的花。春天是所有植物的，在春之图画中，大树开花，小草也要开花；在春之乐声中，大狗叫，小狗也要叫。一花一世界，三藐三菩提。"蝼蚁亦知春光好，倒拖花瓣上东墙。"大家都忙着开花，开着开着，春天的花车咕咕噜噜就开走了，夏日之车紧随其后赶来了。

夏季花事，品种少了许多，却也不乏鲜艳和热闹。如果选一样夏天的标志性花种，则非石榴莫属。玉园里栽有两棵开红花的大石榴树，其中一棵花繁复瓣的酸石榴，从老家故宅移来，是我爷爷手植，树龄有一百多年了；另一棵是甜石榴树，花量稍逊，且是单瓣。要形容石榴花的特色，只一句普通话语就够了：五月榴花红似火。在被浓绿颜色层层涂抹、以至于让人感觉在密实郁闷的夏天里，红艳艳的石榴花带来一道亮色，使人豁然开朗，精神一爽。古代诗人赞美石榴花，都侧重这神奇的红色带给人的视觉惊喜。如牡牧诗句:"湖堤疏瘦水杨柳,村舍殷红山石榴。"韩愈诗句:"五月榴花照眼明,枝间时见子初成。"我喜欢石榴树,是因为它的花期久长,那一抹动人的红色照耀整个夏天;现代诗人郭沫若赞美石榴花是"夏天的心脏",我亦认为所言恰切。玉园里还有一棵百年石榴树,开白色复瓣花,结果实个头硕大,籽粒晶莹如玉,味道极尽甘甜。这是石榴中的珍稀品种,俗名冰糖石榴。这棵树是我的忘年交、园艺专家高照鼎先生所赠,原栽在他农村老宅里。他已是望九鹤龄,儿女们均在城里工作和生活,故园荒废久矣。他说:"这棵树移来玉园有你照看,我放心。"老先生语调平缓,我却领会出了他的郑重嘱托。每年石榴开花,我都请高老师来玉园游赏;秋后摘了果实,我也常送给高老师;他的手哆嗦着掰开石榴,用满口齐整的牙齿咀嚼着,一面品味着,一面叹说:"还是冰糖石榴甜哪!"

文前提到的进大门左转即见刻着玉园朱字的昆岗石,是从我老家山上吊运移来的,高约六米,重三十余吨。我当时感觉孤石崚嶒,稍嫌突兀,于是,我就在石的正面栽了两株凌霄花。凌霄是藤本植物,枝体细软善攀爬,若傍上伟木巨石,噌噌噌很快就能登峰造极,命名凌霄此之谓也。古诗词里佳作很多,都是描写它这种异禀的。如陆游的诗:"眈眈丑石黑当道,矫矫长松龙上天。满地凌霄花不扫,我来六月听鸣蝉。"凌霄开橙红色花朵,形状极肖小喇叭。本土品种花稀少色稍淡,我栽种的是美国品种,这些年成长茂盛,早已攀上石峰,年年发新枝,陈陈相因生。每到夏季,千万朵花儿齐绽放,给昆岗石加冕一顶翠云红霞花冠,千万只喇叭齐吹响,给玉园演奏一阕炎夏激情乐章。

玉园里还有两种夏天开花的树木,即紫薇和木槿,都有四十年以上树龄。紫薇的花色很多，光红色就有多种，白色、蓝色也不少见。玉园这棵是红中带紫的颜色，我颇偏爱，因为它正宗，与其名字相符。紫薇还有一个俗称叫百日红，是以其花期之久命名，亦是反俗谚"人无千日好，花无百日红"而用之。这棵木槿也是开有点紫色的红花，它的突出特点是早晨开花，傍晚即落败。看树的枝条上长满了成串的蕾，前面大后面小，大的开一天花落了，后面小的立即递补上去再开花，再飘落；这种景象令我想起空中排队跳伞的勇士们，飞机舱底打开，第一个伞兵跳下了，第二个已经跃跃欲试；湛蓝天空中一片又一片降落伞相继打开，就像飘扬着一朵又一朵美丽的木槿花。这两棵属于夏天的美丽花树，是我的一位叫王耕夫的作家朋友所赠。四十年前我们居住在同一个地区，站在同一条起跑线上，血脉偾张，追逐文学梦想。王兄既具写作才华，亦有家国情怀，曾以弄潮儿之勇气抛下铁饭碗，只身闯海南岛经商，挣得第一桶金后，打道回府，购地百亩做园艺产业。他是个极具社会活动能力的人，哪个行当都敢闯，干什么都有声有色，曾博得不少朋友羡慕。再后来，他调到省城工作，重拾文学之笔，续写他的宏大叙事锦绣文章。今天是2022年6月5日，玉园的紫薇花和木槿花同时开放，我抚木赏花，作文忆旧，不免想起了一些老友、一些往事。老友如木宛然健在，往事如花又开心怀……

有一副论文的对联写道：删繁就简三秋树，立异标新二月花。用到秋天花事，删减后就只剩一种桂花了。玉园的八棵桂花在秋分节气前后开放，其花之盛，其香之浓，成为继海棠之后的又一大花事：花开玉园·丹桂季。秋天花事我已在《初见迟桂花》文中详记。

玉园冬天开的花只有蜡梅。对于众多植物来说，北方的冬天是冷酷无情的季节。还在初冬时候，花树们纷纷落尽了单薄娇嫩的叶子，树冠全秃，枝条光光，可怜巴巴，像失了爱怜和保护的幼儿。蜡梅树也显出这副可怜相貌，只是叶落尽后，枝条上还坚实地留着小小的蓓蕾。到数九严寒时节，气温降到零下十摄氏度以下，花树的枝条都冻得干瘦，寒风袭来，瑟瑟发抖。我关注着蜡梅树，发现它的枝条并未冻瘦，小蓓蕾还默默长大了，更饱满了。再过些天看，有几颗蓓蕾顶部豁开了小口，露出了蜡黄色的肌肤。这一天傍晚，天公作美，我渴望已久的冬雪窸窸窣窣地下起来。当一场长梦醒来已是翌日早晨，我开门跑到廊下，但见玉园各院银装素裹，殷殷实实覆盖了一场罕见的大雪。我立刻换了一颗年轻的心，万分欣喜地开口叫道："下大雪！"宿在东房廊下洞中的两只小狗，正欲像每日早晨那样来迎我撒娇，结果四爪陷进雪地迈不开步，又嗷嗷叫着回窝去了。梅妻也出了房，大呼小叫为雪疯狂。她忙着拿手机拍雪景，我激动过后归于平淡，只静静欣赏这房上的、树上的、石上的、地上的厚厚铺盖的银粉玉末。天还在阴着，还有零散的雪片飘飘落下。这时候，我突然嗅到了一缕若有若无的香气，怕是幻觉，再仔细呼吸，我真真切切闻到了那种熟悉的花香，我再次按捺不住，又惊又喜地喊起来："蜡梅开花了！"因声音太大，震得近前细树枝上雪粉抖落。我来不及扫开雪路，只管深一脚浅一脚地跑到蜡梅树下，果然，我看见十数朵蜡黄色的花朵，如此亮眼，如此奇妙，好似神来之笔的绘画，又如天降异香的遗赠。梅妻似乎比我欣喜尤甚，因她名字里含梅字，便觉蜡梅开花与己有缘。我拿来工具，从房门到梅树扫开一条雪路。满园雪景已在次位，我俩的兴奋点只专注于冰天雪地里的这几点蜡黄。蜡梅树下有一张石桌,桌上积雪厚达二十厘米,我扫开一片地方,拿来茶具饮茶。花香与茶香交集,黄花与白雪相映。梅妻将我雪中对梅饮茶照片发朋友圈,引来众多拇指点赞,一张张笑脸更让我感受到春天般的温暖。

雪里饮茶,自享清雅。我的视线不意从蜡梅花转向别的花树,突然发现近处铁梗海棠枝条上,蓓蕾正悄悄鼓胀。我想,现在虽是寒冬,用不了多久,新一个春天的新一轮花事又将开启。玉园花事,是我一年的心事;心事正未有穷期,玉园年年开好花。

鸟 语

在一年四季的每个清晨,我差不多都是被小鸟的歌声从梦中唤醒的。玉园里大树多环境幽空气新,再加上我和梅妻着意投食喂水,各种鸟儿自然就乐于栖居和勤于造访,它们自由欢快的歌声一天到晚在各个院落里飘荡。

鸣叫或曰歌唱,是鸟类动物最著名和最擅长的技艺,是它们献给人类的美妙声乐天籁之音。据动物学家们说,鸟类鸣叫分为两类,即叙鸣和啭鸣。有功利目的的鸣叫,如发情期为了博得异性青睐,公鸟们极尽殷勤,婉转清丽,将美妙歌喉发挥到极致;为了保护妻子儿女,捍卫领地宣示主权,公鸟们引吭高叫,其声嘹亮,其势雄壮,这两种都归为啭鸣。黎明的报晓和傍黑前的唱晚则属于叙鸣。西方国家有句谚语:早起的鸟儿有虫吃。此话鼓励人们朝乾夕惕努力奋斗固然不错,其实据我长期观察得知,鸟儿早晨醒来夜色朦胧,并不急于觅食,而是亮响嗓音唱歌。黑魆魈的危机四伏的夜结束了，曙光在前；紧握一夜的爪子放松了，伸伸腿展展翅摆摆尾；空气每天都是清爽的，深吸一阵，肺腑通透；太阳每天都是新的，新的一天充满期待——所有这些，都让小鸟感到快乐。快乐何以抒之，唯有唱歌。早醒的小鸟发出了第一声独唱，打破了黎明前的静寂，于是第二只第三只相继唤醒，更多的鸟都醒来，不分雌雄长幼和品种，所有小鸟都用自己的嗓音参与大合唱，奏响了玉园每日上演的生命序曲。

今晨最先发出鸣叫的是两只喜鹊，听它们唱答亲密，应该是一对琴瑟和谐的夫妇吧。我立刻起了床，下楼开门走进中庭，看院中的树木物品都还有些朦胧。喜鹊夫妇见人被唤醒，似乎觉得颇有成就感，叫声更加欢快了：喳——！喳——！喜鹊的叫声其实很单调，并没有画眉、百灵等鸟的清脆和婉转，它的羽色也只有简洁的黑白或灰白相间，并无多彩和华丽。然而在中国民俗文化里，喜鹊却是古今公认的首屈一指的吉祥鸟。喜鹊登枝，被人们看作预示喜庆；喜鹊与梅花同框作画，常取其谐音命名为"喜上眉梢"，是大众喜闻乐见的常新题材。玉园里虽无喜鹊筑巢，却也常见它们成群结队来访，叽叽喳喳一片欢叫，或在地上啄宠物余食，或上大树枝叶间逮虫子。像今天这么早的光临较为少见，两只喜鹊跃居高枝，夫唱妻随歌声不止，它们是特来给玉园报告喜庆消息的吗？

说来真是巧合，今天即2022年6月6日，是吾儿本昂在美国纽约晋职履新的日子。昂儿先前跨洋求学，毕业后留居工作已六年，因美政局恶变、疫情肆虐等原因，他在长时间里辛勤耕耘却不得丰硕收获，好在上个月求新工作成功，薪和职双得提升，是他人生路上里程碑式的大事件。儿子上进，为父与有荣焉。我回到书房展开稿纸，想为昂儿写点祝福文字从微信发过去。听着喜鹊的喳喳欢叫，我就将唐朝孟郊的诗《登科后》改了六字，新拟名《贺本昂履新彭博新闻社》，诗曰：

昔日蹉跎不足夸，今朝高进思无涯。
人生得意马蹄疾，一日看尽纽约花。

很快儿子就回发一个笑脸表情包，亦附两句唐诗：

潮平两岸阔，风正一帆悬。

关于喜鹊的话题还有下文。每年"雪花联玉树"的春首，是鸟类建新家的季节。成双成对的喜鹊夫妇造访玉园尤为密集，它们在大树的高枝间跳上跳下，寻来寻去，不住地对话私语——毫无疑问，它们是来选择筑巢良址的。每年此时我都要激动一阵子，日复一日仰望树端，深切盼望能与吉祥鸟为邻，然而每一年我都失望，喜鹊们寻摸和喧嚷一阵后终归于远走高飞。我就认为不是玉园的树不大景不美，而是三面围以住宅小区，太过嘈杂；况且，常有人违反政府规定不顾睦邻公德而燃放巨响鞭炮，人且心颤，鸟岂不惊？

时间到了2023年的初春，又是鸟类忙碌建巢季，喜鹊们再度频繁光顾玉园，它们的歌声从早到晚响彻枝柯上庭院间。中庭南面的东坡小院，有一棵南洋杉是玉园第一高树，树龄超过四十年，高度超过二十五米。我有一位朋友，家住同城稍远处的高层单元房，他暇时在阳台上眺望我家方向，能看到南洋杉宝塔样的尖顶。这一日，我坐在中庭晒暖阳饮绿茶，听见喜鹊叫声格外密集和响亮，我抬头瞠望，高高的南洋杉顶部枝杈间，一对年轻的喜鹊夫妇正同心合力建新巢。我大喜过望，叫来梅妻指告道：

"喜鹊在玉园垒窝了！"

新巢肇建，才隐约看出底端模样。两只喜鹊飞上飞下，衔枝往来，同时歌声不断，可知夫妻二人新建家庭之累并快乐的心情。我心疼它们去远处搬运建材之辛苦，就从院内树下捡拾一捆碎枝，登梯呈放在二层平房顶，以供其就近取材。然而我的美意它们并不领受，依旧舍近求远叼树枝。喜鹊有时也在院内取木，我仔细观察，就发现它们并不去地下捡拾，而是只在树上寻采经寒冬冻死的干枝条。我豁然明白：落了地的树枝经雪浸雨淋多已半朽，难堪建巢大任了。只是，树上的干枝根根强韧，喜鹊采摘时要使出全身力气，或双爪掰扯，或坚喙扭折，同时两翅辅佐以扑打，不屈不挠，最后终将干枝斩断。南洋杉高出其他大树一倍，喜鹊带枝上冲时路程远升力重，又要多费许多力量；若遇大风，它们的羽体被吹得如纸鸢飘摇。新巢每加一枝，都是一个小小的奇迹。喜鹊属于喜建阔宅的鸟禽，所以每当一座巨巢筑成，不知需要几千上万根树枝，不知要耗费喜鹊多少体力和无穷智慧。我小时候在农村，记得常听老人们说：喜鹊垒成一个窝，它们的喙唇往往扭得破伤，巢沿上血迹斑斑。

每日看喜鹊建巢之劳，我就回想起建玉园的往事。我前文述二十年之艰辛，写有"如鸟结窠寂寞营建"的句子，只有我知这寥寥八字的千斤分量。

经过一个多月风雨无阻的营建，喜鹊夫妇在南洋杉顶端的新巢竣工。新巢体量硕大，构筑精美，可誉为鸟窠中的豪华别墅，赫然为玉园新添一道华丽风景。喜鹊停了繁重劳作,站立巢边树枝上喳喳欢叫,尽情享受大功告成的幸福。这一天飞来了十只八只喜鹊,应该是亲戚朋友之类,专为这一对夫妇新居落成来贺喜的。群鹊绕树飞行,围巢而鸣,欢声笑语鼓吹喧阗,就差上一桌美酒佳肴了。接下来,这对喜鹊夫妇就要下蛋,孵雏,用不多久,一群小喜鹊就会满院飞舞。喜鹊有家族聚居的习惯,到明年春天,长大的小鸟多会选择在玉园安家,比邻的大树上就会增加新的鹊巢,一代一代,繁衍不止。万物皆有灵,而喜鹊与人则有更多灵犀相通。我盼望着,喜鹊安家落户,会给玉园带来更多的喜讯佳音。

在玉园里见到的鸟儿总有十几种之多。它们分为两类:一是在这里筑巢安家,生儿育女的栖鸟;二是时常来觅食寻友,或观光游玩的客鸟。

在春夏,玉园里最多闻的鸟叫是斑鸠发声的:咕咕——,咕——!叫声不聒噪,音色浑圆,意境幽远,颇像古乐器里的洞箫和陶埙。我有时在院中饮茶,听着斑鸠声像是从邻家传来的,抬头一看,它却正蹲在近前的大树顶上。斑鸠在枝杈上筑的巢很简陋,叼来极少的细草棵,胡乱铺陈一下了事,它下了几只蛋孵了几个雏,从地上仰视都能看得清。人们认为斑鸠是懒鸟,还说它笨拙,建不了精巧的巢。有一次刮大风,鸠雏吹落地上,我捡起后见摔得不重,就登梯子复放回它们陋室去。亲鸟继续喂养,不久就长大飞走了。我喜欢斑鸠,是因为它们天性和人亲近。一年到头,斑鸠多数时间里无所事事,迈着细碎的步子在院落里闲逛,它们东看看,西瞧瞧,间或啄一啄,若与人或狗猫走了对面,就扑棱一下躲避,但并不惊恐飞远,又在近处落下身踱步,那温驯的性情就像人养的家禽。斑鸠的羽色一般，通体呈灰色，独特的是脖子一圈长着细密的黑白点花纹，就像一年到头都围着花围巾，那模样既可爱又好笑。

斑鸠与鸽子是近亲，性相近貌相似，也同属小型禽类。受什么"宁吃飞禽四两，不吃走兽半斤"的说法影响，一直以来就有人猎捕斑鸠以享口福；也有人工饲养的，在市上与肉鸽同售。前些年有一对夫妇来我家租住，姓戴的先生就试探问我："玉园里有这么多肥斑鸠闲逛悠，你怎么不捕杀来吃？"我正色道："斑鸠如此可爱，我视为玉园家鸟，断吃不得。"他不语，但几天后却看见他买来弹弓钢珠，我就犯嘀咕，对梅妻说："我们要留意看护些，不让他打咱家的鸟。"此后无话。好在戴夫妇均是大方随和之人，我们很快处成了朋友，他们租期届满搬走后还常回玉园走动，我们就留客饮酒吃饭，一叙友情。有一回他夫妇俩请我们去一饭店吃酒，点的菜中有辣炒肉鸠，味道着实佳美。戴先生突然说："我在你家打死过一只斑鸠，褪毛炖汤，味道比这鲜香多啦！"我停杯投箸，一时无语。

这是一个春光明媚的周末上午，我坐在知时亭里饮茶。咕咕——，咕——！此起彼伏的斑鸠叫声令我心静意闲。玉园北面是一个居民小区，这时候，我听见从六层楼的窗口传来童声的呼唤："斑鸠你好！你飞过来——吧——，我要和你——做朋友——！"我循声望去，是一个七八岁的女孩，在扒紧防盗窗棂朝玉园呼喊，喊了一遍又一遍。我想象得到，父母或上班或有事出门了，将女孩反锁在家强制书写繁重的作业，或被迫练习并不喜欢的特长课程，斑鸠美妙的歌声唤醒了女孩热爱自然向往自由的天性，但她百般无奈，只有向着坚固铁窗向着并不解事的鸟儿，做无望的呼唤。此情此景，令我心恻然，想学百年前先哲呐喊一声"救救孩子"，但思忖久之，又觉人微言轻不合时宜，还是选择沉默的好。"斑鸠——，你飞过来——吧……"儿童的声音还在喊着，如梦如幻。咕咕——，咕——！斑鸠的歌声还在响着，如洞箫如古埙。

我现在的书房设在听雨楼二层的北面，推窗下视即是鲁迅小院；东面窗下放书桌，窗外一棵花楸树，是我间或抬头睇视的对象。这棵树有六十岁以上高龄，为我父亲手植，玉园建成时从老家故宅移来。花楸学名梓树，上古先民们即视之为良木，常与桑树并植在房前屋后，"桑梓之邦"即成故乡的代词。梓树还和杞树结对，并称为优质木材；杞梓组词，比喻优秀的人才。白居易有诗曰："闻有蓬壶客，知怀杞梓材。"玉园初建成，我为了激励下一代树志成才，曾在书法家朋友李樯的引领下，带儿子本昂赴北京，登门拜访中国书法大家欧阳中石先生，求题"门抽杞梓，家握芳兰"八字；款署曰："语见铁山摩崖。养玉先生嘱之。中石。"这幅书法精品，我稍加放大后镌刻在昆岗石的北面，以朱漆填描，为玉园增色不少。这一日，我写作中间抬头小憩，就发现近窗的花楸枝上，栖着两只刚出窝的白头翁雏鸟，爪子抓枝还不稳，风一刮身子直打晃。它俩并排站着，眼睛齐齐地注视着一个方向。不一会儿亲鸟叼虫子来，它俩便齐张了嘴喳喳求食；两只亲鸟频繁喂食，两只幼雏贪吃无厌。我看得动情，就轻轻推开一扇窗，拿手机抢拍下两只小白头翁的倩影。后来一只亲鸟发现了我，立即喳喳呼唤，将小鸟引导飞跑了，我怅然若失，对着梓树发了一阵呆。白头翁也是玉园里多见的栖鸟，它全身呈灰黑色，翅尖微绿，头上顶一撮耀眼的白色，故名。白头翁每天起床很早，常常在晨曦中率先发声。它的叫声清脆嘹亮，虽嫌短促而不悠长，却也是玉园里四季不辍的辛勤歌者。白头翁招人喜爱，主要因为它头上那一片白毛，诗人画家赋予其健康长寿含义，白头翁也就成为被歌咏和赞美的吉祥鸟。白头翁有很强的护巢意识，若遭侵犯必奋起反击。有一回我家的猫爬树劫巢，动了鸟蛋或吃了幼雏，与一对白头翁夫妻结下深仇大恨，便遭到愤怒袭击——白头翁叫声喳喳，头顶上白羽片片竖起，逮着猫追啄不止。若就实力论，猫是强者，无奈白头翁掌握制空权，频频发动闪电突袭，用它尖利的喙啄掉脊毛啄伤猫背，猫便仓皇找人寻求保护，或躲进屋里几天不敢出来。

乌鸫是玉园的栖鸟，其身影四季均见。它叫声嘹亮而悠长，颇具穿透力；平日发声不多，不鸣则已，一鸣惊人。我有个特殊发现，凡善鸣之鸟，多其貌不扬。乌鸫的羽色极其平凡，遍体灰黑色，如果没有浅黄色的眼圈和深黄色的喙，它就几乎和乌鸦一模一样了。去年初夏，我在鲁迅小院的大杜仲树上发现了一蓬乌鸫的巢。我爬树到上面，见巢的内侧编织得平滑光洁，里面有七只卵。从此，我好奇心增大，趁亲鸟不在就上去观察、拍照片。乌鸫的卵呈浅蓝色，并满布灰色片斑，有一种平朴的美丽。有一段时间，两只亲鸟轮番孵蛋，我不得观瞻；待亲鸟离枝，我再上树就看见，蓝色卵全孵出光溜溜的雏鸟了。在这一刻，我感到了生命嬗变的奇迹，急忙拍照片记录下这神奇景象，还写四句诗以志：玉园乌鸫叫，结巢大树梢；蓝卵生七个，廿日变雏鸟。为保证亲鸟安心育雏，我改为在地上观察。约一周后，就可看见巢沿上张着一圈嫩黄色喙嗷嗷待哺了；两周后，小鸟们已探出头四处张望，且一天到晚咕咕啾啾不休；约四周光景，雏鸟羽毛渐丰，窝巢满满当当，似要盛不下了。这一日忽发雷雨大风，就有两只小鸟掉下地，我捡一只尚有气息者欲送还树上，却发现五只鸟已挤挤挨挨撑满窝巢，根本不能再多容一只。我将落雏收容进鸟笼内，日日挖蚯蚓捉虫子喂养，它大张嘴接受填喂，且食量惊人。喂了几日我变得不耐烦，便送给了一位养鸟的朋友。不料他告诉我一个秘密：乌鸫雏鸟性懒，老大不小了仍然让亲鸟填喂，食在身边也不去啄，久之亲鸟生气，索性丢弃不管，饿它几天，雏鸟们无法子，才飞去自捉食以图生存。我于是悟到：由鸟思人，其理一也；若遇懒惰之子啃老一族，最佳方法乃是学乌鸫亲鸟，转身而去立时断供，以促其幡然醒悟自食其力也。

玉园里数量最多的鸟是麻雀。它们突出的特点是繁殖能力超强，我常见一只母雀带着七八只幼鸟觅食；据说麻雀一年至少孵两窝，可知此鸟生育之盛状。夏秋天它们还常外出觅食，而冬春季就时刻赖在院子里，伺机哄抢宠物食粮，闲时聚众喳喳吵嚷。它们还有呼朋引类的习性，有时招来大的族群，数量几百上千只不止，来时一阵旋风，离去一片乌云，其鸣叫声极尽聒噪，令人难忍。麻雀既无漂亮羽色更无美妙歌喉，因而不招人爱。我不喜欢麻雀另有原因：本为家雀，食宿在院，却与人最隔膜；我有时试与亲昵，它们却扑棱惊飞逃得无影。我小时候在老家曾捉麻雀试养，若是成鸟，或疯狂撞笼而伤，或拒绝进食而亡，断无养活之例。细想原委，20世纪50年代，我国政府曾将麻雀定罪名与农争粮，与苍蝇蚊子老鼠并列为"四害"，发动全国全民运动，用一切手段围剿捕杀，致几近灭绝；后来许多专家纷纷上言为麻雀鸣冤，举证它以害虫为主食，是益鸟，几年后政府给麻雀平反，移出四害名单。劫难已过去六十多年，在麻雀的基因里，难道还有视人为天敌的记忆?

在玉园能看到的最美丽的鸟是戴胜。它头顶阔大的华丽羽冠,有红橙黑白蓝诸色巧妙组合,深浅过渡;头颈和上腹部是一抹朝霞般的橙红色,而双翅和长尾的花色亦如冠部;一身丽服,凤冠霞帔,俨然袖珍版凤凰神禽,令它在鸟类中脱颖而出,光彩照人。戴胜本属于小型鸟儿,但在飞翔时华冠阔翅长尾全展开就显得大了许多,轻如风筝,艳似彩蝶,若羽衣霓裳起舞,玉园里添一段仙袂飘飘的梦景。戴胜被以色列尊为国鸟,由此可窥犹太人的审美意趣。约五年前,一对戴胜鸟在玉园南墙高处的管道洞中安家,并孵出了四只雏鸟。在那几个月里,玉园日日飞戴胜,大鸟小鸟放风筝,给吾家留下一段色彩斑斓的美好记忆。第二年秋天,我在城东的孟子湖边看见几只戴胜,遇我不惊,其叫声似有亲切意,我凝视而发问:"你们是去年在玉园安家繁衍的戴胜鸟吗?"明朝诗人李冬阳,曾创造过这样一种诗意境界:一位少妇在桑田劳作一天,肩披晚霞疲惫而归;偶遇见簪花着锦的戴胜鸟,不禁黯然,自己日日养蚕缫丝,却穿不上一件锦缎衣裳!由此可知,戴胜鸟的华丽衣冠,遭人妒羡久矣。我原先不知:是谁给戴胜鸟起了这么个古奥名字?了解后知道其意很直白,源于此鸟的漂亮羽冠,即指头顶上戴着胜的鸟。胜为何物?原来胜是传说中众女仙之王西王母之玉制头饰,即古籍中有言"戴玉琢之华胜"。既如此,古人便来了个逆向思维,认戴胜鸟为天界仙鸟,甚至说成是王母娘娘身边侍女所化。这个传说大概成形很早,在发掘出的众多汉代画像石图案中,已有戴胜鸟栖于女仙王两肩上须臾不离的了。唐代贾岛写戴胜鸟诗云:"星点花冠道士衣,紫阳宫女化身飞。能传上界春消息,若到蓬山莫放归。"现在还能看到偶来玉园一日游的戴胜鸟,见它们自由飞翔纵情歌唱飞红流翠之情影,我就断定它们早已忘却仙界前身,脚踏实地活在当下了。正是:恋此人间美,快乐不思仙。

啄木鸟是玉园所见特具异禀的鸟。当我正在书桌前读书或写作,突然响起一阵猶急的敲击声,我立即抬头,就看见窗外的梓树干上正有一只绿色啄木鸟攀缘着。它动作机敏,像钢凿一般的长喙急促地敲打树皮,发现虫子后即刻用它的钩状长舌勾而食之。这种啄木鸟属中等体形,全身灰羽,背部泛绿色,双翅尖有黑白相间花纹。观其外貌,这确是一种普通的鸟;究其捕食本领,它又确是禽类中独具特异功能的鸟。梆梆梆梆,啄击,使树皮下的虫子不耐震动爬出;梆梆梆梆,凿洞,令树心内的虫子原形毕露无处藏身。我常常是并未看到啄木鸟的身影,而先听到这急促响亮的啄木声,这种声音,极像是戏曲乐队板鼓的敲打声。我只是不明白,檀木槌击打中空的蒙皮板鼓声响清脆属自然,而鸟喙啄击活生生的湿木头,其声如何形成?而且,其啄击频率,说出来令人惊讶。我根据相关资料概算出,成年啄木鸟为捉到足够的虫子果腹,每天要啄击树木五百余次,每次为时十秒为数六十下,每天啄木数约三万下;如遇哺育雏鸟,这个数字要翻番,即每日啄木六万下以上。且不论啄木鸟小小的身躯里能蕴藏多少能量,单说那颗小小的头颅,如何承受骨肉与木头的无情撞击?请看科学家的解剖结果:啄木鸟头部有多层防震装置,一是头骨结构疏松充满空气,二是骨内有一层坚韧的外脑膜,三是脑膜和脑髓间有含水空隙,三层设防,以保证啄木鸟每日啄木,亦不得脑震荡和头痛病。看到这里,对于这种神奇的小鸟,我只有肃然起敬。由敬生爱,进一步的观察使我还有新发现:啄木鸟有时扒住一段树干长时间敲击,一不凿洞,二不捉虫,时而抬头四处张望,好像在寻找什么——原来,这是发情季节啄木鸟的求爱行为。雄性啄木鸟没有嘹亮喉嗓,不能以唱情歌来取悦异性,于是只好拾起老本行——啄木头;谁的敲打声恒且长久,脆而响亮,则是力量和智慧的表示,谁便能获取雌鸟的爱情。原来如此!啄木,是啄木鸟生存的独门绝技,亦是啄木鸟生命的全部内容。梆梆梆梆,凿洞求食,金喙犀利能果腹;当当当当,啄木求爱,羯鼓声高动芳心。

猫头鹰俗名夜猫子,白天隐身夜晚出行,神秘兮兮,大概是人们最不喜欢的鸟类。在最早的那些年里,猫头鹰却是吾家的常客。玉园初建成,周围环境可谓荒凉。前邻是新建的双层连排住宅,尚未竣工;西面是一家破产的纺织企业厂址,大门紧闭;后边是农家菜园,白天有人忙,夜间无人迹;隔墙东邻是一家白酒厂的空旷后院,大部分荒草野长,一角是陈粮旧仓,地广粮足,却成了硕鼠的乐土,老鼠的头号天敌猫头鹰便不请自来,频繁光顾。猫头鹰飞来便栖在我家大树上,下视鼠辈行止,伺机俯冲抓捕。常常是半夜三更后,小城边缘地带本是一片空寂,这时我家庭院里突然响起一串凄厉恐惧的叫声:哇——!哇——!若在冬春季节,则换作似人非人的长笑声:哈哈哈哈……我幼年在农村听惯了夜猫子的半夜叫笑,并不疑神疑鬼,但也不禁头皮发麻、脊梁骨生冷风。妻子和儿子初次听到这恐怖叫声,便惊惧不已、难以入睡。农村里有"夜猫子一叫就死人"的迷信说法,年近八十岁的父亲母亲视夜猫子为不祥鸟,闻之愤怒,讳莫如深。每逢这时候,作为家庭顶梁柱的我就挺身而出,拿了竹竿和手电筒,壮着胆子到院中驱赶这邪恶之鸟。我大声威吓竹竿乱戳,夜猫子若在低枝就怒号一声飞跑了；若蹲居高处，知我奈何它不得，便兀自栖枝不动，阴森森地朝我瞪眼睛。除了从画书和电视片里认识夜猫子，这一次我还真是初识真貌：在手电筒光照下，夜猫子两只猫眼反映成两点绿色的鬼火；更可怖的是它那副尊容，猫首而鸟身，似怪似妖，非兽非禽，俨然上古之原始图腾。我倒吸冷气，毛骨悚然，但转而想到我是一家三代人的主心骨和靠山，便打起精神，焕发出男子汉无畏英气，我从地上捡拾砖头石头朝树上一阵乱砸，终将夜猫子驱离远遁。此后，凡遇猫头鹰半夜惊扰，我便会起而驱赶。一年四季，常不得安宁，猫头鹰扰吾宅久矣。好在，此后城市快速发展，玉园四面皆相继开发成住宅小区，人烟稠密，车水马龙，不祥之鸟也失去了生存空间。近几年来，半夜里偶听见猫头鹰再来造访，我就觉得那叫声没有原先阴森恐怖，似乎有几分悦耳动听了。失眠之后陷入了遐想，扪心自问，我知道我分明有些想念猫头鹰了。

除了欣赏和喜爱野生鸟，有几年我还曾热衷于养笼鸟。我先后饲养过的鸟有鹦鹉、百灵、画眉、珊瑚等，数量最多时玉园大树上挂十几个笼子。养鸟界自来有"文人雅士养百灵、花花公子玩画眉"之说，我本来想做雅士的，只因百灵鸟太娇贵，伺候起来繁不胜繁累死人，我只好半途而废。根据王世襄先生文载，清末北京八旗子弟养百灵鸟的手段真是登峰造极，要让一只鸟学会十三种动物或人的声音，且按顺序串联一起，谓之十三套。雏鸟初学十二套，要拜一只老百灵为师，天天跟它学，两年才能套子基本稳定，三年方可出师。鸟拜了师，人也得向鸟师傅的主人执弟子礼，三节两寿都要登门孝敬。以今天眼光看来，养鸟之乐全然变了味道。我养画眉鸟五年，先后曾有十几只。我喜欢它们的叫声清越婉转，起伏有致，悦耳而不刺耳，一年里各个季节都在鸣唱。画眉并无奇貌，一身略呈棕褐色，最为醒目处是双眼画着粉的圆圈和眉纹，衬托得眸子炯炯有神。画眉本也是名贵鸟，只是我尽往粗放里养：不给它们开小灶蒸黍米揉蛋黄，也不肩担手提掮罩子晨曦遛放，只将它们白天晚上挂在高枝，喂成品食，间或加餐面包虫；遇下雨也不收进屋，权当给它们淋浴、权当它们是野鸟，一蓑烟雨任平生。

在我的养鸟生涯里，还有一只珊瑚鸟给我留下了深刻记忆。珊瑚鸟有的写作山鹊，其学名叫黑喉噪鹛。它也是一种其貌不扬的鸟，其体量和羽色大体像灰喜鹊。它的叫声可以和画眉媲美，只是嗓门略大嗓音更浑厚，很像人们唱歌的中音。我养的这只珊瑚鸟很特别，它会模仿不少动物的声音，比如狗、猫、鸡的叫声。它最拿手的还是模仿布谷鸟的叫声：张、三、拐、姑——！四个字吐得很清楚，声调也拿捏得准确，抑扬顿挫，悠然自得。朋友们来访，都喜欢听珊瑚鸟叫张三拐姑；它性格张扬，不认生不怯场，人们越是围观鼓掌，它的表演越是精彩。只是，有时只顾自鸣得意，四字中忘掉第三个拐字，叫成了：张、三、姑——！人们反而愈觉有趣，依然欢呼叫好。珊瑚鸟更加得意，忘字更多，四字中竟然忘掉后二字，仓促叫成了：张、三！大家嘘声一片，齐喝倒彩，珊瑚鸟终觉出了尴尬，闭了嘴沉默起来。长到一岁以后，早晨醒来开嗓，珊瑚鸟又标新立异呼叫这两个字：敬——伟！敬字尾音拖得长，伟字音收得急促。我所以引为惊奇，因为"敬伟"是我所识一个美女的名字，她在一家商业公司做财务工作，人长得温文尔雅，气质脱俗；她是我一个学生的闺密，与我交往不多，来玉园次数亦少。敬伟听说玉园珊瑚鸟早晨呼唤她名字，亦觉新奇和高兴，说要择时来与这多情的鸟儿一晤。只是没过多久，珊瑚鸟啄开一根笼骨翩然飞走了。囚鸟冲破樊笼是常有之事，我对此秉持达观态度，我虽失鸟，鸟却获得了宝贵的自由。只是这一回我稍有遗憾：珊瑚鸟早晨对敬伟美女的隔空呼唤，已然成为绝响！

我有一位姓谢的朋友是书店老板，生在农村，起于寒门，进城后坚持卖书四十年，为养家糊口，也坚持读书四十年，使自身升华。老谢教子有方，两个儿子均通过高考和读研改变命运，在一线大城市成家立业。现在的老谢，依然执拗，坚持卖书读书，只是又多了一项雅好：养鸟。还是前年，他买了五只鹩哥幼雏，用录放机教小鸟学人话，不外乎你好、欢迎光临、恭喜发财等吉祥语。我对老谢说：你不单是生意人，也是文化人，不妨试教小鸟学一首唐诗。老谢深以为然，很快实施。再一次去书店，我发现小鸟们正跟录放机学一首七绝，且十分吃力，我就再说：录放机声音单调，最好你口对口教；七绝字数也太多，再换一首朗朗上口的五绝，比如孟浩然的《春晓》。老谢又一次听从我建议，他就像一位智障幼儿教师，不厌其烦，一天又一天、一遍又一遍领读唐诗。用了一年多时间，他的心血终浇灌出美丽花朵：有一只聪明的鹩哥幼鸟学会了这首《春晓》。我与老谢同怀欣喜，同引为奇迹。在巧舌鸟种鹦鹉、八哥、鹩哥中，能讲人话者多矣，也不外乎几句短语口彩。但像老谢教的、能完整背一首唐诗的鹩哥，真是古今罕见、闻所未闻。我觉得，这比曩者八旗子弟们弄出百灵十三套来，更具文化意趣。老谢见我如此喜爱这只唐诗鸟儿，就慨允我提笼回玉园赏玩；鹩哥见我家院阔树茂境幽，便认他乡作故乡，立即放开歌喉恣情鸣唱，继而又表演它的独门技艺，将吉祥语和春晓诗一遍遍背诵。我们邹城人说普通话，难免带浓重的鲁南口音，被外地人讥作"邹普"。孰料这鹩哥鸟儿师从老谢，也学得一口地道邹普乡音，真是惟妙惟肖。梅妻拍了视频，以"鹩哥背唐诗"为题发朋友圈，孰料人们见惯了网上假消息，便疑之为人鸟演双簧。梅妻的两位女友就来家侦看虚实，这鹩哥见了美女分外殷勤，拍翅蹈足连连说欢迎光临、恭喜发财等语。梅妻就引导说："背唐诗——春、眠、不、觉、晓！"鹩哥却不理会，只管用口彩讨好美女。梅妻有些生气，大声命令说："背唐诗！背唐诗！"真是奇怪，主人软硬兼施计，鹩哥就是不背诗。盘桓多时，两位美女似乎很失望，梅妻似乎很没面子。主人送客至二门时，身后却突然传来鹩哥酷肖老谢的邹普声音："春眠不觉晓，处处闻啼鸟；夜来风雨声，花落知多少。"

行笔至此，意犹未尽，我口占一首《玉园鸟歌》，以为此文压轴——不对，好像应叫压台。诗曰：

喜鹊斑鸠白头翁，乌鸫麻雀和戴胜。
特具异禀啄木鸟，最为恐怖猫头鹰。
百灵鹦鹉画眉唱，珊瑚晨晓呼芳名。
更喜鹩哥学人语，唐诗一首美人惊。

鸡　鸣

玉园甫建成，我就将父亲母亲接住进来。有花有树，有楼有院，父母居之，心情怡然。时有亲朋好友来祝贺乔迁，本地方言谓之"温锅"，人多热闹，父母更是喜欢。待喧阗过后归于宁静生活，父亲首先为无所事事而不安。他说："整天吃了玩儿、玩儿了吃，一点活不干，这怎像过日子的样儿？"他就回老家拿来镢头铁锨等农具，在东院西院刨地整畦种菜。这时母亲就对我说："咱家院子大，养几只鸡吧！"我当即就拒绝了，理由是养鸡不卫生。过了些日子，我和儿子本昂从市场买来一只小狗，宠物调皮可爱，吠声满院，给全家人带来新乐趣。这时母亲再一次要求养鸡，并强调说：

"院子里有一群鸡跑着，才像过日子的样子啊！"

我听懂了母亲话后面的深意，就像父亲认为人活着必须劳动一样，母亲认为居家过日子不能没有鸡。我立即给姐姐打电话，叫她从乡下集市上给买几只鸡，不几天，姐姐就派外甥女慧敏用纸箱子送来六只当年出生的半大鸡。母亲立即忙碌起来，先用剪子挨次剪了翅膀长羽，怕鸡受惊飞跑；再用绳子给鸡腿拴了短木棒，使鸡们减少走动，早日安定下来。母亲一面殷勤地撒食喂水，一面给鸡们说话："别害怕，快吃吧快喝吧，这里是你们的新家！"六只鸡里，有一只公鸡五只母鸡。母亲挨个品评说："我就喜欢红公鸡，戴红冠子穿红袍，又吉利又漂亮，看它嘴尖爪子粗，敢斗架、能保护母鸡。那两个黄母鸡瘦小好看，怕下蛋不多。那三个狸花鸡膀大腰圆，准能下蛋勤下蛋大。"六只鸡很快熟了性子，母亲给解掉绳棒，公鸡带着母鸡开始在院中各处逛悠啄食。在母亲的精心照料下，这批春天出生的小鸡，到立冬时已然长成大鸡，公鸡打鸣，母鸡下蛋，熙熙攘攘，新建玉园呈现出一种鸡犬相闻的农家气象。

鸡，尤其是雄鸡，与中华文明的联系何其久远。在那沉沉如铁茫茫无涯的长夜，先民们僵卧山顶洞内或幽栖有巢树上，半坡茅庐外惊闻饿兽嚎叫，大汶河断垣间悚听风涛轰鸣，此时此刻，他们最盼望的佳音是什么？是雄鸡的一声高唱，送走恐怖寒冷黑夜，迎来吉祥温暖白天。于是，一个神话故事由先民创作成篇：在遥远的东南方向有一座桃都仙山，山生大树，枝展三千里，枝柯间栖有神禽名天鸡，天鸡醒来鸣叫，曙色现太阳出，天下不祥鬼魅尽皆隐遁。自此，雄鸡驱除黑暗呼唤光明的神性身份被确定下来。"风雨凄凄鸡鸣喈喈""风雨潇潇鸡鸣膠膠""风雨如晦鸡鸣不已"，《诗经》里阴雨晨曦公鸡的反复鸣唱，除呼唤光明外，还在讴歌爱情。到了汉代，人们便给鸡总结出五德，即文武勇仁信，鸡变成了人们学习的榜样。东晋时代一则励志故事闻鸡起舞，激发了无数困顿之人穷且益坚发奋上进。陶渊明逃避乱世，归隐山川，创造出理想乐土桃花源，其主要标志是"阡陌交通，鸡犬相闻"。白居易晚年大隐于市，自建园林，他所追求的最高境界亦是"妻孥熙熙鸡犬闲闲"。宋代诗人梅尧臣攀行山间，空谷传响，飘然若仙，赋诗曰："人家在何许？云外一声鸡"。中国咏鸡诗篇汗牛充栋，若论气象盛大，当首推李贺名句："雄鸡一声天下白"。只须鸣叫一声，便驱走无边黑暗，迎来天下光明，雄鸡之雄，一语道尽矣。

吾家雄鸡报晓，却引来了邻居大娘的抱怨：老人家久患失眠症，常常夜半后才入梦境，却被公鸡一声啼鸣敲得粉碎。原来，六只鸡是自择栖息在木瓜树顶端的，居高声自远，不用借秋风；我立即在七篇园砌建鸡窝，傍晚时赶鸡进驻，以减轻鸣声远播。

自从被驯服时起，先民养鸡的主要目的即是取蛋，故而常常是一雄多雌。正因如此，亦养成了公鸡妻妾成群之癖好。我家这只公鸡一副标准的英雄模样：全身大红色羽毛闪着亮光，冠部、面颊和喙下肉裾,均充血饱满;它是鸡群的领袖,迈着方正的步子走在前头;它亦是母鸡的护花使者,若遇有来犯者,它就奋不顾身冲上前啄敌;它一旦兴起,抖双翅飞上高处,挺足引颈一声长鸣,满院回响。公鸡具高傲的外表,其内心则属暖男,若遇食物它自己不吃,先就咕咕地殷勤召唤,并啄食对嘴喂母鸡。凡来玉园的亲朋好友都围观鸡群,他们赞美大公鸡雄赳赳气昂昂的阳刚风度,更艳称它对母鸡的博爱和柔情蜜意。

第二年,姐姐又给买了四只母鸡,鸡群扩大,母亲愈加忙碌。她早晨的第一件事是打开鸡窝门,放鸡出来自由活动。她还要拌食添水,伺候鸡群早餐。母鸡下蛋的两个窝已不够用,母亲就搬大花盆再造一个,里面絮上厚厚的软草,她看了又看,拍了又拍,以保母鸡产蛋舒适。母鸡产蛋后总是报功似的咯咯叫唤,母亲就抓一把麦子撒给它说:"你有功,吃吧吃吧!"久而成习,下完蛋的母鸡就都会咯咯叫着找母亲求赏。到傍晚,母亲再喂它们一遍,并点查鸡的数目,然后赶进窝、堵上门。母亲总要再查看一阵门是否严实无缝,抵石是否卡得牢靠,这源于她几十年的经验和习惯——在农村时常有狐狸和黄鼠狼深夜扒窝伤鸡。最后,母亲端一个竹筐挨个窝捡拾鸡蛋。蛋的大小颜色不一样,母亲都能说出哪枚蛋是哪只母鸡孵的。这是母亲最幸福的时刻,她常端着新鲜鸡蛋对我们说:"外面卖的,哪有咱自己的鸡蛋香!"

母亲去世之后,梅妻继承了养鸡一事,其细心和周到,与母亲无异。她自幼在农村生长,不乏庭院情结和饲养情怀;还有,她知道现在养鸡场普遍过度防疫,饲料里亦有违规添加,致使鸡蛋品质堪忧。梅妻辛勤养鸡,使我家鸡蛋自给自足,有了多余的还可送给亲戚。

这年秋末的一个黄昏,我和梅妻在护驾山散步时看到令人惊奇的一景:一只母黄鼠狼牵着六只崽子窜行,母黄鼠狼在前,崽子们依次咬住前者尾巴,它们排成一条长蛇阵,蜿蜒前行,呼呼有声,很快钻进了荒草杂树丛中。我被这景象惊得目瞪口呆,梅妻却给吓得叫出声来。黄鼠狼是夜行神秘动物,眼见者稀。受了一些邪魔外道故事影响,人们对黄鼠狼总心怀几分恐惧,谈及时甚至不敢直呼其名,而隐称老黄或黄仙儿。若提及山神庙,人们多有所知,《水浒传》里"林教头风雪山神庙"故事犹闻在耳。若问山神庙里供奉何方神圣,人们多感茫然。原来,山神庙里祭祀四种野生动物:狐狸、刺猬、黄鼠狼、蛇。由此推测,上古的原始先民因对一些动物有恐惧感,转而顶礼膜拜以神祀之,遂流传后世;小小黄鼠狼至今令人生畏,其来有自也。

有一个歇后语道:黄鼠狼给鸡拜年——没安好心。黄鼠狼是鸡的天敌,它袭鸡手段是断其喉吮其血,并不见食肉,一次能致死数鸡,以反复袭击、不惧驱赶而为人忌恨。尤其令我诧异不已的是,自那次与黄鼠狼长蛇阵邂逅后,其邪恶魅影开始屡侵玉园。几天后的一个深夜,我被鸡群恐惧的叫声惊醒,我知道事情不好,便急急穿衣拿手电筒跑去查看:堵鸡窝的石门被扒开,平日守卫门口的大公鸡脖子被咬断,鲜血流淌,已奄奄一息。梅妻也赶了来,见她的宝贝红公鸡被咬死,气愤得不能自持。虽然未见作恶者谁,但凭幼时农村经历,我肯定必为黄鼠狼无疑。我重新堵好顶门石,我们回楼上尚未入睡,鸡群的惨叫声再次传来;我和梅妻再匆匆起床,见门石又被移开一缝隙,又有一只母鸡被咬死。我用手电筒四处寻找无影,待往高处打探,就见两点鬼火泛着蓝光，一只黄鼠狼兀自端坐墙头窥人。梅妻气愤交加，挺起竹竿直戳上去，黄鼠狼才大模大样慢悠悠走了……

这个夜晚，黄鼠狼来袭四次，咬死三只鸡；我们一次次起床驱离，心痛神疲，下半夜无眠。第二天始我便加固鸡窝，采取放狗护理等措施；效果立竿见影，玉园之夜果然恢复了安宁。可是在一个冬雪深夜，凶信再传，黄鼠狼从鸡窝一侧掘地打洞侵入，又咬死两只母鸡。劫后余生的三只母鸡，因屡遭惊吓，皆精神恍惚、食欲不振，日日消瘦下去，更罔谈下蛋遗人了。想着漂漂亮亮活蹦乱跳的鸡们被咬死的惨状，看着剩下三只鸡惶恐样貌，梅妻常常暗自啜泣泪流。最后，我就出主意将三只鸡送了人家。梅妻发誓说：我们以后再也不养鸡了！

事情过去了六年。常常，早餐煮食鸡蛋，梅妻出一会儿神说："外面卖的，哪有咱自己的鸡蛋香！"常常，听到邻家似乎有鸡鸣叫，梅妻就像是自问像是问我道："咱家以后还养鸡吗？"

我自叹一口气，无从回答。

犬　吠

约二十年前，我认识一位叫亨宁的德国专家，他不远万里来到邹城，被一家啤酒企业聘为高级技术人才；因成就卓著，后获中国政府"友谊奖"。有一回我陪亨宁在济南饭店用餐，他先对一盘热气腾腾的卤肉产生怀疑，通过翻译，指问是什么肉。企业老板宋长友先生自然知道，告诉他是狗肉。亨宁即刻放下刀叉正色道："狗是人类的朋友，我们不能杀来吃肉。"为了尊重外宾，宋先生叫服务员撤下了这盘香喷喷的卤狗肉。

狗是人类的朋友，这句话没有人不同意。还在遥远的蒙昧年代，黑夜的一架篝火点亮了人类的文明——这时候，狼群尾随附近，火烤兽肉的浓香味道令群狼涎水滴溜，人觉得好玩儿，就顺手扔过去几根带肉的烤骨，狼群里部分多疑狂躁者受到惊吓逃之夭夭，另一部分贪馋而聪慧的，则嗅吸鼻头慢慢咬起了烤骨——就是这一部分狼告别野性拥抱文明，为人服务、受人赠食，一跃成为人们的忠实朋友，人为它们取新名字：狗。在为人驯化的动物中，饱受宠爱者有多种，但对人绝对忠诚，临危不惧，甚至可以不惜己命救人性命者，唯有狗一种而已。这就是不管何种文化何种肤色，人都将狗视作朋友、当作宠物的唯一原因。

玉园肇建，因治安环境堪忧，我养犬有看家护院的重要考量。后来，则全是出于对狗的喜爱了。我稍做梳理发现，在玉园生活过的狗已有十只之多，虽然它们如匆匆过客般来了又去了，但它们的音容动作和有趣的故事并未远去，将长留在我们的记忆中。

狼狗虎子。虎子是真正具有四分之一狼血统的狗，它的祖父是狼、祖母是狗。我买时它刚满月，走路还有些蹒跚，但是眸子炯炯，头大脖子粗，獠牙已初具，透着一种虎虎生威的气势，我就给它取名叫虎子。它长大之后，狼狗特色突出，双耳短而直立，长尾拖而蓬松，身体雄壮，皮毛灰色背部黝黑，尤其双眸射野性寒光，令人生畏。若有陌生人来家，它蹿跳怒吼，其声沉闷回响，给人震撼。为防它伤人，我在东院即今南山故园建高墙焊铁门，将它严格隔离。有一回邻居大娘来找我母亲聊天，不料母亲喂食后铁门未拴牢，虎子吼叫着冲出来直扑客人，后腿站立前爪扒上双肩，说时迟那时快，我及时喝叫制止，虽未伤人，却令大娘吃了一个天大惊吓。事后这位大娘心有余悸，将恐怖经历一说再说。消息在街坊间流布，以讹传讹道：李家的狼狗咬人了！从此以后，凡有来访者必先打电话，而且再三交代：看好你家狼狗啊！虎子的吠声也很特别，一般大型犬叫的音是"汪、汪"，虎子叫的音是"嗡、嗡"；到了夜晚它常常学狼嗥，尤其月明星稀深夜，仿佛体内野性苏醒，它坐在地上昂首伸喉对着星月长嗥，其声凄厉，传之甚远。一些邻居翌日早晨见了我常说："你家狼狗昨天半夜又学狼叫了！"那时候社会治安不好，邻居多有被入户偷盗者，玉园虽地僻人稀，却始终安宁无虞，应该是虎子守护之功啊。虎子食量极大，人吃完一顿饭后，所剩饭菜汤骨等收集一起，再加面粉麸皮等上锅熬制，做成一大盆稠食喂之。怕它缺钙，我还常常专买大骨头来，先是炖熟，后来索性生鲜以饲，虎子牙齿锋利有力，将大骨嘎嘣咬碎，不计生熟，甘之如饴。那时在我家做饭兼烧锅炉的老宋就说："虎子吃这么多太浪费了，喂它个半饱就行。"儿子本昂年幼无忌，就私下对我说："不行，得喂饱虎子。人怎么不吃半饱来！"有一年中秋夜，全家人赏月饮酒，欢庆佳节幸福时光。我一时兴来，咕嘟嘟往狗食盆里倒了两瓶啤酒，虎子不问酒否，呱嗒呱嗒一气吃光。那个美丽的月圆之夜，虎子无吠无嗥出奇安静；第二天早晨我去东院看视，虎子依然鼾声如雷长梦未醒。第一回用酒，虎子醉得够呛。虎子在玉园生活八年，后无疾而终。

小熊凶狠。后来社区治安形势好转，加之公安部门各处安装摄像头，令作案者无处隐身，因此我决定不再饲养有扰邻之诟的大型犬。朋友郭牧华送给我一只白色小型杂交犬，因全身和头脸都长满长毛,儿子本昂便执意取名叫小熊。小熊是母狗,我考虑频繁生崽之麻烦,养了月余便退还原主人;听说小熊回去后精神忧郁几天不饮食,我心悱恻,便叫牧华再次送来玉园。一去二来,令小熊记忆深刻,此后许多年,牧华每次来访它总能认出旧主,攀缘上身,亲昵哼叫,牧华每为所感,亦将它紧抱在怀里,不住地抚摩口唤"熊熊"。小熊长大后,成为一只很有个性的狗。无论人与动物,下大雨都要找地儿躲避;小熊不然,每逢夏天雷雨时,它却要跑去大树下寻觅东西。原来,鸟儿多是在树枝上躲灾,若遇暴风骤雨,部分老幼病残者抓枝不牢容易摔下来,非死即残,小熊捡拾落地鸟,叼在屋门口,一只只摆得齐整若獭祭,像是向人报功和献礼,而它自己却全身淋湿,其状狼狈,很像被痛打过一顿的落水之狗。秋天的大木瓜树开始落叶,树下衰草叠加黄叶,像是厚实松软的毛毯,这里是小熊每夜睡觉的佳处。这天半夜里突然传来小熊的惊吠,我被聒醒后开窗喊问,小熊仍吠声不停,我便起床下楼,开灯视之,原来它是在吠窝边的一个木瓜。我明白了,小熊正美梦酣睡,突然树上落木瓜,几乎砸个正着,它疑是天外来陨石,惊魂难定,因而狂吠。第二年夏天,小熊生的三只崽已过满月,我又经历一次夜半闻犬吠,而这一次堪称奇迹。我闻声而起,见小熊正带三只崽子围攻草丛间的一个动物,原来是一条大乌蛇,蛇足有一米半长,粗如小儿臂,下半截盘绕,头部高举,张大口吐出血红芯子,做"普普"的威吓声。小熊带头攻击,初生之崽不畏蛇,大狗咬、小狗一齐咬;蛇一次次逃走,均被小熊截击,蛇身上已有几处血迹咬伤。见我到来,小熊狗仗人势勇猛蹿上去咬住蛇七寸,蛇做垂死挣扎,便用长体缠紧小熊。我急忙去找工具助战。待我拿了铁铲回来,蛇已半死松了紧套,而小熊仍紧紧地咬死蛇喉不松,狗崽们围观吠叫,分明是为其英雄母亲喝彩了。亲眼观此一役,我对小熊肃然起敬。小熊每次生崽后,因护犊情切而变得尤其凶狠,对来客常发动袭击;它咬人时不吠叫,而是伺机扑上去偷袭。鲁南俗语形容阴险不露之人道:闷声狗,暗下口。小熊是也。几年间小熊袭人三次,咬死母鸡两只,咬死兔崽一窝六个。有一次,一位农村傻小子来玉园干装修活,我一回家他就告状说:"李福(叔的本地土音),你家小白狗咬我脚后跟了!"我惊问道:"出血了吗?我快带你打防疫针!"他说:"我跑得快没咬破,让狗嘴哈得湿漉漉的!"我闻此放下心来。

旺旺善跑。生活在北极圈的因纽特人,是世界上与狗关系最密切的民族。北极圈里全年覆盖冰雪,他们的交通工具主要是狗拉雪橇,有时行船也要狗来拉纤,当然狩猎和护家更离不开狗。他们有歌谣唱道:没有狗的猎人,只能算半个猎人。从相关电视片中看到,在雪橇将要出发前,狗群跃跃欲试欢声一片,我突然明白了狗的天性和爱好原来就是奔跑。2013年秋天的一日,我去宠物市场看见一只狗崽频频跳筐,跳出后就疾跑;这是一只短毛黑狗,长得也有精神,我看中了它好动而不安分的性格,便决定买下它。回家路上,我急接儿子赴美留学途中在卡塔尔转机打来的电话,自行车停路边,狗崽又几次从车筐跳下逃跑。梅妻也喜欢这只活泼的小公狗,并为它取了个俗气的名字旺旺。人们认为从儿童性格能看透一生前程,即俗语所谓三岁看大七岁看老。小狗亦然,旺旺长大后四肢细长腰身矫健,变成了一条擅长奔跑的中型犬。宽敞的院落早被它视为樊笼,一有开门机会,它就以箭一般的速度夺路而逃,我大声呵斥,它虽回首一瞥,却并不停脚,反而腾跃身段摇首摆尾,以展示它获取自由的内心快乐。路过邻居门口,它不忘朝邻犬吠叫几声,无疑是炫耀它的幸福而增加别人嫉妒。有一回我们带旺旺去护驾山公园散步,在百亩草坪边遇见一高大威猛的狼犬,狭路相逢,二者先是四目瞪视;狼犬突然先扑爪进攻,旺旺知道不妙,撒开长腿便逃,惊惶中回望,却发现狼犬身胖体重,根本不能疾跑,旺旺转恐为喜,又来一次腾跃身段摇首摆尾,以展示它获有优势的内心快乐。旺旺反守为攻,不断向狼犬挑战,诱它追赶,直将狼犬累得口吐白沫,坐地豪喘。完胜后的旺旺在广阔草坪上奔跑,四蹄如翼飞,长尾似旗飘。看着这幅画面,我耳边仿佛响起那首嘹亮的歌曲:"我们像双翼的神马,飞驰在草原上……"为了知道旺旺的耐力,我和梅妻决定对它做一次长跑测试。城市东面有一片容量达亿立方米的水域,原来叫西苇水库,近几年改名叫孟子湖;选一个春明景和的日子,我俩带旺旺做绕湖自行车骑行。我骑车在前,旺旺居第二位置,梅妻殿后。不管我骑速快慢,旺旺总是紧追不舍;看梅妻落远了我就停车等待,这时旺旺就亲切地回跑去迎女主人。我们没带食水,中途不做停留,一气骑行返回玉园,耗时九十分钟,路程为十八公里。旺旺未现过度劳累状况,回家后饮水半盆,长睡一个下午。

流浪者小黑。我为狗崽取名通常很随意,比如小熊生的崽子中有一个金黄色的,我喜欢并准备留养,就取名曰小黄。到了下一窝崽子,中有一个毛色纯黑如墨,连眼珠都是点漆无白的,我仍决定留玉园,取名叫小黑。小黄与小黑虽不同胎,却也是只隔半岁的兄弟,它俩同胞情深,着实令人感动。母犬哺乳一般为期一个月,后渐渐疏远,甚至施以利齿怒声以驱离开,从此断绝了母爱。小黑长得瘦小，遭断奶后孤零零显得分外可怜，它寻求新的呵护就找到了小黄。有这样一个镜头被我用相机拍下来：弱小的小黑两前爪扒定台阶，抬头仰望兄长，眼里满是巴巴乞求；长大的小黄坐在走廊里，低头望着幼弟，眼里充满爱意。从此，小黄和小黑就牢牢绑定，长兄带着小弟一同玩耍、游戏、进食等，几乎须臾不离。深秋天寒，兄弟俩就睡在一起相互取暖。有一次哥俩睡在木瓜树下的干草堆里，小黑被小黄宽大的身体围裹得严实，只露出小小的头脸鼻孔均匀喘气，一片温馨，一团幸福。儿子本昂看见此情此景，就悄声喊我来看，一面感慨说："这真是长兄如父呀！"我亦为之感动，就拿相机抓拍下关于小黄小黑的第二张照片。两张照片均存入硬盘，前些时日在电脑上查阅资料时又看见，我依然为之动容。我想起了《诗经》里的诗句："棠棣之花，萼胚依依；凡今之人，莫如兄弟。"令我和梅妻痛心不已的是，在一次夜晚跟随我们散步时，仁义小黄奇怪地走失了；它离开我们视线只有短短几分钟，任我们分头寻找奔走呼喊，却再也难觅踪影。还有令我们绝难想到的事，小黑长大后变成了一只喜欢流浪的狗。只要逮住机会，它就冲出大门疯跑，开始跑不远，我骑自行车总能找到喊回来。再后来它就开始彻夜不归，一两天不回，渐渐三五天不见踪影。有一回小黑离家超过一星期，我和梅妻就分头寻找，终在数公里远的一个旧市场找到，见小黑正和一群流浪同伴玩得开心。不过看见主人它依然备觉亲切，摇首摆尾，悄吟声声，后毅然随我回家。小黑最长的一次流浪是二十二天，其间我们几次寻找均不得，不过我总有预感确信它会回家。某天早晨，我开大门就见流浪者小黑回家来了，它一副狼狈相，蓬头垢面，全身脏兮兮，且瘦弱不堪，精神也颇颓唐，看见主人似有内疚色，自己溜着墙根走进院内。我们对它没有一句埋怨，而是热情欢迎它回家；梅妻哈腰抱起，儿来娇来地呼唤着，先是给它洗澡，继之做新食饲喂。最初那些天里，小黑好吃好喝，好好睡觉，尽享主人施予的厚爱，很快它就吃胖养肥，欢蹦乐跳，玉园各院响彻它清脆的吠声。梅妻乐观地说："经了这次的遭罪，小黑不会再离家出走了！"事实恰恰与此料相反，在乐享爱宠、将息好身体后，小黑遵其宿命最后一次与我们不辞而别，流浪，流浪……

悍妇点点和暖男小花。自从看了美国电影《101斑点狗》后，我们就很想也养几只这种狗；不说那聪明温驯的性情，单是花豹一样的身材和花纹，就着实令人喜爱。在本地觅不见斑点狗，我、梅妻和女儿月月，便开车去鲁南地区最大宠物市场兖州搜寻，结果很失望，只看见几只老迈丑陋者，不堪入目。总不能空手而归，我就选中了一只雌性小黑狗买下来：它身体胖乎乎，皮毛黑又亮，炯炯双眸上方有一对白色圆点，是极其标准的四眼狗。月月也很喜欢它，一路上将盛狗袋子搂在怀里。中途在饭店吃饭时，四眼狗冲出袋子乱跑，姿势一瘸一拐，我们才发现它左后腿有残疾。我只好圆成说："既是美女，腿稍瘸也不为丑，反而显有几分优雅和婉约呢！"人和动物走路一瘸一拐，本地话里亦说"一点一点"，于是，梅妻灵机一动就给这位兖州美犬取名叫点点。回家后，月月精心伺候新客人，不料却被它认生咬了手指；美女点点，初来乍到竟然先给主人一个下马威。

因为斑点狗情结仍存，第二年梅妻又到市场上买来一只雄性花狗崽。它身上白色居多，头脸部以黄色片花为主，从脑门至鼻唇划一白色长道，若是其黄花换成黑色，则是戏曲舞台上标准的丑角脸谱了。貌既如此,我就不假思索为它取名叫小花。小花好福气,新断母乳饥肠辘辘,来玉园正赶上点点初胎哺育崽子,它嗅到乳香径直冲进点点怀抱,扛开点点亲崽咬住奶头便吮:有奶便是娘,吃饱才是硬道理。母犬点点发觉不对劲,正要嗅辨亲疏,这时梅妻就按住点点身体,保护小花借奶吃。小花与群崽混作一堆,又吃饱了新乳,气味趋同,点点已嗅不出谁为异类了。就这样,反客为主的小花多吃了半个月的母乳,因此发育良好,免疫力强,此后多年里从未得过病。待二次断奶,小花依然好运气,租住玉园的扬州某公司,每日早餐煮鸡蛋有多人忌吃蛋黄,自然都成了小花的美餐。小花整日被蛋黄撑得肚子鼓鼓,游手好闲,童年幸福。它脑子机灵,人教以趴下、拜拜、转圈等动作,一学即会,会后不忘。我还看过一个外国科幻电影,外星神犬降临,地球上群狗集合一起,像迎接上帝一样施鞠躬大礼:双前腿仆地,头脸低下,后臀高突,长时间致敬。奇怪的是,并无人教授,小花却天生会这套礼仪。早晨起来,看见扬州租客它就迎上前致鞠躬大礼,客人感动不已说:"谢谢,谢谢!我这就给小花剥蛋黄去!"

点点一向以乳母自居,对小花是严肃的,若看哪儿不顺眼,轻则呜呜威吓,甚而利齿相向。小花自然敬畏有加,哺乳之恩未敢忘也。若正吃蛋黄,见乳母走来它便躲开让给尊者吃;若正在盆边喝水,见乳母走来它便躲开让给尊者喝。我先曾在中庭东墙根往餐厅房内深砌一狗洞,拱形洞门用青石打就,浮雕青铜鼎耳双虎图案,既具美观又是温暖洞穴。入冬后点点就独占了此仙窟,小花扛冻不住就试想进洞取暖,遭点点龇牙咧嘴拒止,无奈小花便在树下草叶间过夜,身上霜白,瑟瑟发抖。梅妻看不下眼，就在东廊下置一大花盆，内絮干草树叶，上铺旧毛毯，小花睡进去既温暖又舒适，乐不可支。点点发现了花盆新福地，就以威权赶走小花，自己跳进去安憩。小花不争，就换位进了狗洞夜宿，并无怨声。

小花喜欢干净。每当梅妻给它洗澡，它总是积极配合，乐享香汤；洗完经擦拭和电风机吹干后，它就自视尊贵，赖住主人，登上怀抱耳鬓厮磨，短暂享受万千宠爱。小花喜欢听好话，我若夸赞小花洗澡后真香真漂亮，它立刻激动，或围我跳跃转圈，或朝我站立合掌作揖。小花极讨厌苍蝇，若有落它身上，便张嘴咬之或起而追之，哪怕是正在吃食，它也视驱蝇为第一要务，有时见它穷追一蝇至十数米。尽管苍蝇敏捷非犬力能捕，但它还是锲而不舍地驱赶苍蝇，讨厌污秽。本地有句俗语叫狗逮耗子多管闲事，而小花却反其道而行之，最喜爱替猫捉老鼠。几次见它真的捉到了老鼠，它也是学猫之法，屡纵屡擒，趣味无穷，直到老鼠惊累气绝方才罢手；但终未见它吃鼠，可知小花捉鼠还是与猫有异，它不图食肉只为自娱。

小花开始学吠很特别，不是做标准的"汪、汪"叫，而是发长长的单字"呜——"声；一直到发育成熟，仍是以呜代汪，人听后笑它吠音失准。待小花稍长，有一个上午我在知时亭上饮茶，身边突然响起狼嗥般的声音：喔——呕！原来是坐在我脚边的小花正引吭朝天、眯着双眼学狼叫；我惊奇万分，凝神屏息，唯恐打断了花犬的返祖神游。它陶醉其中，忘我地连发三声长嚎，我终于明白，它原本的呜吠与现在的喔嚎，是一脉相承的；它似乎想起了我的存在，学狼叫戛然而止，看着我摇摇尾巴，似乎有些腼腆的样子。我将此讯告诉梅妻，她怎么也不敢相信。我也百思不得其解：以前虎子学狼嗥，是因它确有四分之一狼血统；而这小小的花犬，与狼血缘足有十万八千里远，怎么可能无师自通做狼嗥呢？此后不长时间，我又捕捉到两次小花学狼叫，一次手机抓拍照片三张，一次摄像九十秒钟。梅妻也有幸耳聆目睹了小花的特异声像，究其原因，她认为是点点常给它气受，小花心情郁闷而发的不平之鸣。自此后梅妻益加怜惜小花，偏心施以美食和抚爱，视作心肝宝贝一般。可是小花并未停止学狼叫，尤其是夜深人静的时候；我细细辨听，越听越觉得像是未成年狼崽的稚嫩嚎叫，非但不含恐怖，还觉有许多美感在里面呢！

小花一向是运气极佳的，到了发育成熟，桃花运又来找上门：平日里看小花横竖不顺眼的点点，新一年发情期来临，它却态度大转变，频在小花跟前忸怩作态卖萌献媚。也许小花尚处少年懵懂，对异性的殷勤回避再三，甚而还以吼声严词拒绝，一脸的正人君子坐怀不乱表情。可是不几日后，体内荷尔蒙被唤醒，小花心房由静转乱，反过来纠缠点点。它不吃不喝心醉神迷，一门心思求爱；它鞠躬、作揖、转圈，无所不用其技，终在点点的半推半就里完成洞房花烛好事。做了夫妻后，大媳妇依然不改欺负小丈夫。生下崽子，小花好奇想看一看自己儿女模样，点点就吠声驱离；甚至，点点将小花赶到西院去，不叫进中庭。煮熟新食，本来是分开放置各吃一盆，点点却吃着这盆看着那盆，小花无奈，只得等点点吃饱离去它再拣吃剩食。有一次两个盆里均放了骨头，点点严防死守不让吃，小花找准时机叼一大骨欲躲远处去嚼，被点点追上去穷凶极恶撕咬。哪里有压迫哪里就有反抗，小花的一腔怒火被点燃，它吠声震天，獠牙亮剑，将点点掀翻在地一阵狂咬。我们闻声跑出去喝止，看见点点一后腿被咬伤血流,嚎叫一片,梅妻急将小花喊去西院,将这对冤家隔离开。吃了大亏的点点实在咽不下这口气,此后许多天,它看见小花就拖着伤腿不依不饶追咬,小花仍以躲避忍让为主,就同人一样,在磕磕碰碰中,这对狗夫妻的日子将继续过下去。

我屈指估算一下,六年来点点和小花共生崽子十窝约三十几只,大部分成活;可以想见,去了亲戚朋友家的崽子们又在往下繁衍子孙,生生不息,狗脉相传。

以上所记,是玉园养犬略史。其实,我对于狗的拳拳之情缘起于童年农村,美好的记忆不胜枚举。记得我家养过一条大黑狗,身无杂色,如披墨缎;它聪明,通人性,常常送我去上学或接我回家,也常常夜晚去村外路上等父亲赶集或走亲戚归来;它与家人同忧共乐,博得全家人喜爱。寒冬的一日,父亲天不明就挑担步行去滕县党山赶集卖大枣,不料天气骤变,中午开始下起大雪来。直到天黑,风愈狂雪愈紧,父亲迟迟没有回家,全家人焦急不安,母亲几次蹚雪去村头迎望,一回回伴随她的是那条大黑狗。半夜时分,大门外突然响起大黑狗的吠叫,全家人惊喜开门,迎见玉人一样的父亲乘风踏雪归来,还有一身披雪已变成白犬的大黑狗。父亲说,大黑狗去村西五里远的山坡上相迎,当时父亲一次次滑倒摔跤,精疲力竭,加上风雪眯眼丢失了方向,找不到回村路径,是大黑狗在前面引导,父亲几步一摔跌跌撞撞,终于看见了家门。母亲急忙扫父亲身上的雪,我扫大黑狗身上的雪。母亲喜极而泣,对父亲说:"是大黑狗救了你的命呀!"这副景象在我心底珍藏了将近六十年,时至今日才跃然纸上。我沉思之后豁然明白:这副景象就是我此生最早经历的诗境啊!两句唐诗在耳畔响起:

"柴门闻犬吠，风雪夜归人。"

猫　戏

这些年来玉园一直未间断养猫，从实用计是为了捉鼠，同时，猫也是颇受人喜爱的宠物。不过一般认为猫对人的情感远逊于狗，它们身上保留的野性成分还太多，其尖爪利齿常常伤人，极易逃出家门去做流浪猫，也极易为食引诱改换门庭另觅新主人。所以人们得出这样的结论：猫是奸臣，狗是忠臣。民谚亦曰：猫恋食，狗恋家，小孩恋他姥娘家。

我不愿意为猫取名字，不管品种和花色，一律呼之曰"猫猫"。我也不喜欢养母猫，一窝一窝生崽子，给人带来太多麻烦。我给所有公猫的一生简要概括为三个阶段三种事情：童年玩耍，成年发情，老年睡觉。我选猫的标准很宽泛，只要是看着顺眼的普通小公猫就可以，一般忌养名贵品种。猫的来源不外乎两路：亲朋好友赠送，或去市场上花钱买。

来到玉园的小猫崽一般是满月多一点，刚刚断了奶。首先要心狠，在一间小屋子里关它五天左右的禁闭，任它叫个够，杀干净野气，然后还以自由，开门往院子里引导。猫崽蹑手蹑脚走出来，面对陌生世界，两只薄如纸片的尖耳支棱棱立着，水汪汪大眼睛直瞪瞪看着，就连通红的唇鼻也是不住吸探，一有风吹草动，迅即逃回室内窝中。猫崽胆小，内心却充满好奇，惊魂稍定后便探头探脑再次走出来，要一探究竟；这样反复几次，胆子慢慢变大。这阶段一定要看住成年狗的袭击，童年记忆深刻，一朝被狗咬，永久畏吠声。这只小黄猫来玉园，赶上母狗点点的四只崽子也正断奶,梅妻为了排遣猫崽孤独,就强行将它们放在一堆玩耍。开始猫崽不识狗崽是什么东西,分外警觉,经过半天观察,发现没什么可畏处,便也试着一处玩耍了。它们玩得最多的游戏是摔跤,虽为异种,童心一般,就不分彼此喵喵汪汪地抱作一团,摔成一堆,乐在其中。只是它们也有区别,四只狗崽更像一班泼皮,摔跤昏天黑地没完没了;而猫崽是一道清流,难忍没有章法的浑折腾,就腾地跳出来作壁上观。让我分外惊奇的是,黄猫崽和一只同样黄色的狗崽对上了眼,它两个一同游走玩耍,一同吃食喝水,甚至睡觉也躺作一块,互相枕倚拥抱,亲密无间。它俩也摔跤,但是动作轻盈、配合默契,不为输赢只求练技,可誉之为更高层次的娱乐。在我所养全部犬猫中,这两只崽子跨物种的纯美情谊,仅此一例。在它们亲昵时光度满约两个月后,一位亲戚看中黄色狗崽而带走,硬生生将它俩分成天各一方。

　　猫崽失去犬友后就再不跟其他狗崽玩耍,即便是善意的邀请,猫崽也常常还以利爪,直刺得狗崽嗷嗷疼叫而急退之。更多时候,猫崽是自己玩耍,它觉得什么都好玩,都有无穷乐趣。人丢给它一个乒乓球,它用双前爪推拍抓挠,在内院路上推过去推过来,一个上午,兴趣不减。它发现了一根鸡毛,用嘴含着呜呜地发着威叫到处走;或放下来,风吹毛动,它就一次次追逐捉咬;毛若飘扬升空,它则腾跃捕捉下来,如是这番,一个下午乐此不疲。院中摆了一些废石磨的磨棋石,中有二眼,眼中不乏树叶石子等,猫崽下视一会儿,就转而用一只爪子往外掏东西,掏呀掏呀,这只爪累了换另一只,总也掏不出,却总是兴味盎然。猫崽自个还常演习偷袭技巧,它躲在路边草丛里,远看我从对面走来，就警觉地耸起鬃毛，四爪频频抓地积蓄力量，双眼瞪得圆圆，觑我走近，它斜刺里猛扑过来，滑过我脚面到小腿间，令我猝不及防浑身一悸；偷袭成功后，猫崽身体翘着尾巴绕我转圈，骄傲地叫一声"喵"。

猫的童年很短暂，只有一年左右。长大成人后，黄色猫猫就将童年游戏付诸实战，它开始捕鼠、捉鸟、袭蛇，几乎所有小动物都是它的捕猎对象。它将猎物咬死带给人炫耀成就，但却从不见吃；主人给予足够的香喷喷熟食，谁还愿吃腥膻生硬冷肉呢。不过，对于野生小动物的活捕，而后玩耍取乐，直至弄死，却是猫猫不改的天性。即便是家养的动物，它也不放过。这同时我家还养了一窝兔子，刚出洞的兔羔恰成了猫猫袭击目标。梅妻一面爱猫猫，一面更爱雪白柔软、长着长耳朵和红眼睛的豁嘴兔羔。她一面小心提防着猫猫偷袭，一面又巴心巴肝守护兔羔不受侵害，一天到晚真是费尽了心神。这一天上午她突然听到大兔小兔呼叫救命的吱吱声，出来一看，猫猫刚捉了一只兔羔叼在嘴里，尚未下毒手，梅妻急忙追赶喝止，猫猫却飞一样登上院墙躲进了车库上面的紫藤架中。她救兔羔心切，急忙搬梯子不顾一切登上去，从猫猫口里夺回了兔羔。孰知上山容易下山难，她从高处下视，突变得眩晕腿颤怎么也不敢下梯子了。她双手捂着得救的兔羔，静等外出的我回来施援。盛夏时节，紫藤架内蚊虫嗡鸣，待一个小时后我回家，她全身已遭叮咬布满了红包。三天后同一救兔故事重演，梅妻同样忘我登梯爬高，不料梯倾人覆，她从墙头上跌落崴伤左脚踝，当即红肿剧痛不能起身。我带她去医院拍片，确诊踝骨二处开裂，医生不主张手术，建议用保守疗法。在养伤的几个月中，上楼下楼，均由我背驮，院内移动，则自架双拐。肇其祸者，兔耶猫耶？致其伤者，爱矣宠矣！梅妻脚踝伤愈后还留有后遗症：阴天潮湿常感到患处隐痛，走路累了时觉得踝骨酥散。有俗语说好了疮疤忘了疼，梅妻却是疮疤未好忘了疼，她猫也照样养着，兔也照样养着，爱也一如既往播撒着⋯⋯

猫的发情期一年两次，夏季的较短暂，那难听的哀鸣响个十天半月便消停下来，冬季的发情期很长，绵延一个冬天，甚至立春后仍不肯收兵。猫的发情方式和表现在整个动物界独一无二，堪称奇葩。开始总是母猫分泌散发味道，近处公猫嗅到后立即来寻，若两个以上公猫同时抵达，没有二话说，直截付诸决斗，一场恶战后伤败者落荒而逃，获胜者大模大样留下来。奇怪的是获胜公猫并不急于下手干正事，而是与母猫保持半米远距离，两两对视，一起长时间嗥叫。为博得异性好感，雄性做艺术展演亮美丽歌喉，这在动物界都是有的。只是，像猫这般叫得耸人听闻，实在闻所未闻。我曾绞尽脑汁找词形容发情猫的叫声，实在难觅恰切者，只有两种声音差可比拟：被捆绑上案的猪羊牲畜遭屠夫猛捅一刀后的悲号；坠落狭谷石缝中逃而无望又动弹不得之困兽的哀鸣。漫长的严冬、漫长的寒夜，公猫母猫的发情嗥叫扰成人安眠，令妇幼恐惧，家家闻之喊打，并多有起床驱赶者。我的卧室设在二楼，窗台上放置一堆碎石，半夜猫叫，我就开窗呵斥、丢石恫吓。我真的百思不得其解：发情一事，对于猫类到底是幸福的源泉还是痛苦的渊薮？如是前者，何来人听人厌的悲摧哀嚎？如是后者，何必要竞争打斗痴迷以求？

我家猫猫发情期的表现也是怪怪的。它好像不在附近活动，离家好几天也不见回。有一次我曾在胡同口看见它踪影，它颠着碎步急匆匆往北行，我就高声喊："那不是我家猫猫吗？"它稍一转脸认出了我,只微微应一声"喵",就猫不停蹄继续赶它的路了。看它那举动,颇似古代先贤的三过家门而不入。一个多星期后猫猫回家来,饱吃一顿后就躲进猫洞睡大觉,人叫它名字就答应一声,但是头不抬眼不睁。我们仔细看,它脸上身上有多处血迹伤痕,一只耳朵也撕破了豁口,可知它这些天出门在外寻采路边野花,与同类争风吃醋打斗得够凶狠,也不知它是决斗得胜收获了爱情,还是竹篮打水一场空。几天之后,猫猫舔干了血迹,养好了伤口,重新抖擞再次出征。整整一个冬天半个春天,公猫母猫同走在发情的道路上,夜以继日,步履匆匆,悲喜莫知。

玉园养过一只很凶悍的花色公猫。猫洞在狗洞上方,也是向室内深掏砌建,空间稍小;洞门用青石板浮雕玉璧盘龙图案。花猫盘踞洞中,眼露凶光,俯瞰着它的领地,夜似阴险猫头鹰,日如彪悍之花豹。若有陌生猫误入院中,或仅仅是在外院墙头窥视,都为它所不容,立即起而追斗。花猫还有一种特殊脾气,就是吃生肉;捕获的老鼠也吃,小鸟也吃,甚至连捉住的小蛇也吃——截成一段一段,如人吃面条。猫洞口的平石板上放一只大瓷碗,经常盛着肉鱼之类,有一次不解事的麻雀飞来碗沿啄食物,洞中花猫动作疾如闪电,伸头张嘴吧嗒一声咬住麻雀,拖进窝生吞活剥吃掉,毛血无痕。与凶悍花猫同时段的玉园之犬是狼狗虎子,它偶尔从东院冲出就在中庭嗅探食物,两次逢花猫不在家,它大口吃光了猫洞外瓷碗内美食,舔唇久之,不无惬意。常言道事不过三,这次虎子又冲出铁门直奔猫洞,搭上前爪偷猫食,正巧凶悍花猫从外面回家,护食心切,箭一般飞扑上去照准狗脸利爪出击,只听虎子一声痛叫退下来,掉头逃回东院自己窝中，还在不时尖声吠叫，我去仔细看，虎子左脸颊血流不止，一块皮肉翻卷开来。吃了大亏的它闷闷不乐，躲在窝里日夜睡觉。半个月后咬伤自愈，却留下明晃晃硬币般一块疤痕，狼狗虎子自此破了相，亦减却了几分雄壮和威猛。

我家还养过一只性格极温驯的猫猫，是黄狸色。第一年做崽子，从没听见过它的叫声，它饿了渴了向人讨要食水，也象征性张嘴做叫唤的口型，只是不发声音。我想坏了，莫非养了一只哑巴猫。人若逗它玩耍，它也十分好奇，常常四脚并用与人互动，抓挠拍打诸动作齐出，只是它的爪尖始终深藏不露，从未抓伤人手。它也用嘴咬人，但力度拿捏得正好，也从未咬破人指。它成年后仍不闻叫声，常在各院落间穿梭巡视，也上高树爬矮墙，但从未见它有捕猎行为，鼠也不捉，鸟也不逮，走路轻手轻脚，遇人大模大样。冬春发情季节，猫界乱纷纷，它却心如枯井波澜不惊。我就进一步确认，黄狸猫是一只不杀生不发情不喵叫的佛性动物。这一天早晨，我先发现了黄狸猫的异样变化：它的平日暗淡的双目变得炯亮；松拖着的尾巴变得钢硬挺直，并不住地摇甩；它一纵身蹿上高高的外院墙，聚精会神向着东方初升的太阳骋望。突然，黄狸猫发出了第一声叫：喵——！叫声响亮，音质高亢，犹如凿破鸿蒙。它又伸长脖子向着高处远方长叫起来：喵——！喵——！梅妻听见猫叫就跑出来看，高兴得不能自已。只见黄狸猫叫了一阵，就沿院墙外走，踏上了邻家房顶。梅妻喊道："哎猫猫，不要走，回来回来！"我也跟着叫它，可是黄狸猫就像没听见一样，看也不看一眼，头也不回一下，继续叫着，不停步地走远去了。我和梅妻相视而喜。梅妻说："咱家猫猫会叫唤了！"我说："它叫得那么好听，简直是用美声在唱歌呢！"到了傍晚，正当我们担心黄狸猫走丢了时，它那美妙的叫声由低转高、由远而近传来，梅妻大声地与猫猫叫声唱和，欢迎猫猫回到玉园。就像款待凯旋的功臣，梅妻急忙奉上好吃好喝，并给予爱抚和温柔。以后几日，黄狸猫又恢复了出走前的平静和安宁，没有冲动神情，也没有叫声。大约过了七八天后的又一个早晨，它又精神昂扬登上院墙，激情瞭望，高声呼叫，义无反顾地唱着歌儿走出了玉园，这一次它在外滞留三天，也是在黄昏时分唱着歌儿回家。慢慢地，黄狸猫的生活渐成规律：在玉园静养十天左右，它就要改变状态，激情出行，唱着去唱着来。开始时我和梅妻还担心它的安危、饮食等，时间一长，我们也变得释然。好猫儿志在四方，总不能自囿于庭院；所有动物都该拥有一片新天地，另辟一种新生活。黄狸猫在玉园生活了三年半时间，它最后一次精神焕发登上院墙，唱着歌儿离家出行；但是，我们再也没有盼到它归来的歌声。写到这里，我奇怪地想到了女作家张曼菱的小说《唱着来唱着去》，作品至今没有机缘拜读，但是这美丽且隐含哲理的名字却让我铭记不忘。多美好啊，唱着来唱着去，真可谓人生如歌。猫的一生亦如一首歌。世上曾有过很多歌，都消失了……

我家也确曾养过一只有名字的猫，叫八怪。八怪是雌性，依毛色，应该算作狸猫，但底色模糊，灰不灰黄不黄，不敢恭维美丽，女儿月月就将丑八怪一词减去第一字，取了此名。

月月当时在石家庄一所大学求学，校园内野猫众多，多不畏人。遇有一只遭母猫断奶并抛弃的崽子，在宿舍门口孤苦伶仃地蹲踞，月月心生怜悯，先是每日喂食水，后忧天寒，就抱进宿舍搭了窝安置。同学舍友以野猫崽不洁和打扰寝眠为由，拒绝接受。月月陷入两难,既爱猫崽又不能得罪舍友。她想出一个办法,跟同学打赌定猫去留:将猫崽放门口五天,它若走则任之,若不走大家就开慈悲怀允它入室。结果是猫崽未离去,月月得同学宽宥而留室抚养之。月月自幼喜养宠物,这回更是大爱无疆,自己处处节俭,腾出钱给此八怪买昂贵用品高档食粮。眼看就到寒假,月月决定将八怪带回山东。因各种公共交通工具都严禁捎带宠物,月月就不惜花巨资租车回家;千里迢迢,一颗爱心,八怪成为玉园首个远道而来的猫。

春节后月月返校,梅妻接力侍奉这只来自河北的八怪女猫。为了女儿的博爱和嘱托,她精心饲喂,丝毫不敢怠慢。八怪虽丑,平日里也还温柔,只是血缘注定,它的最大爱好是离家流浪,来无影去无踪,神出鬼没,妖猫一般。转眼又到寒假,长满一岁的八怪早已发情怀孕,正面临生崽。匪夷所思的是,大腹便便的八怪突然又故技重演玩起了失踪。两周后月月回家过年,见说宝贝八怪在临产时失踪,她似有不祥预感,牵肠挂肚,急忙忙四面去寻找。她的呼唤声响彻周围小区。也许是缘深情长而心有灵犀,月月竟然听见了八怪微弱的应答叫声——声音来自后面小区西邻李家。月月急促敲打铁门不应,就回家扛叉梯,逾墙而入;确认八怪身陷囹圄,正被锁厨房内。我帮找到李邻电话,才知他们夫妇已去济南陪儿子全家过年,半个多月前,临行检查门窗,女主人曾顺手将半开的厨房窗子关严实,但并未发现有猫藏在房中。幸好,他们另有一套钥匙放在亲戚家,就立即通知来给开门。厨房门打开,一幅惨象不忍目睹:八怪生命已奄奄一息,饿得全身皮包着骨头;在它旁边,仅剩下六根婴猫的尾巴。古代神话里传说猫有九条命,可屡遭厄运大难不死,今天亲历此事,可知非谬也。八怪被月月搭救后，获无微不至关爱饲养，身体很快恢复健康。夏季发情期它再度怀孕，不久生下七只幼崽，皆健康成活。

毫无疑问，猫也是人类的朋友。古今中外，歌唱猫的诗文音乐可谓多矣；我最近听到一首青年男女唱的歌《学猫叫》，清新美丽，洋溢青春活力：

我们一起学猫叫，一起喵喵喵喵喵；
在你面前撒个娇，哎哟喵喵喵喵喵……

兔　窟

玉园饲养兔子的经历，只有一次，为时二年。是亲戚家的男孩嬲着大人要宠物，胡乱买了一对兔羔，没过几天玩腻了，就送到我家来。

这是一对刚满月的兔羔，雄性为纯白色，雌性为纯白间含少许黑色；它们都长着一对高高的却薄如蝉翼的耳朵，两只血红的眼睛宛如两颗闪闪发光的红宝石；豁嘴在吃东西时咀嚼极快，带动双腮的胡须频频颤抖；走路时全仗粗壮后腿的弹力，一跳一跳，后臀上的小尾巴一撅一撅，样子活泼可爱。素来葆有宗教情怀普爱众生的梅妻，对这一双毛茸茸滑溜溜洁白如玉的兔兔，真是喜爱至极。就像一直以来受她宠爱的狗狗猫猫们一样，兔兔亦成为她的心肝宝贝。早晨起床，第一件事是看兔兔草吃光了吗水喝干了吗。太阳出来要搬笼子去阳光下晒暖，正午时怕阳光太毒再将兔子移到阴凉处。下午去菜市场拣拾青菜叶萝卜头，每天要换着花样喂，怕兔崽食品单一营养不均衡。兔子本是素食动物，她却异想天开试着喂肉。不可想象的是，两只兔子竟然大开洋荤嚼起肉来，其神态安逸，甘之如饴。我引为奇，她引为喜，以后她便时常少许喂兔以肉食。有朋友来见梅妻这般殷勤，就说她不像是喂养动物，而像是伺候孩子。

一对白兔长得很快，约半岁光景便发育成熟，母兔开始怀孕，肚子日见大起来。为了躲避狗和猫的侵扰，我们把兔子放在一个长方形铁笼子里，笼底铁丝编织稀疏，抬高放置以便下漏食渣和粪便。因是初次饲养，我们对兔子的生育事体概无知识。这天傍晚，听见两只兔子在笼内剧烈扑腾并伴有吱吱叫声，我拿手电筒一照，就见笼子下面已掉出来六只兔婴。我们不知如何办，只好先找一纸箱子铺上绵软内衣，将兔婴拾起尽数装进去。梅妻第一次侍弄兔婴，惊奇欢喜极了，将光溜溜红通通的兔婴小心翼翼捧在手心，嗅之唤之珍之惜之。兔微动手酥痒，她便叫一声乐一阵，如此这般，赏玩于两手掌之间，直到半夜。

翌日晨，梅妻急急给大兔收拾新居，再放进兔婴叫它们团聚。奇而怪之的是，母兔对于崽子形同陌路，既不温存怀抱，亦不亲切喂奶，兔崽们受本能驱使仰着唇寻乳，母兔逃避不授，甚而用双后蹄无情践踏。母兔奶头鼓胀得厉害，人手一捏便溢出乳汁，但它为什么坚拒哺乳呢？询问内行人告：兔婴经了人手长时抚摩，其独有胎记味道尽失，母兔便认作别人家崽子，所以拒不喂奶。那怎么办呢？我和梅妻便行强制手段：在桌几上铺一毛毯，我将母兔掀翻后按住腿脚，梅妻取出六只兔婴递奶。初次哺乳的兔婴，虽幼小目盲却寻奶精准，前爪紧扒，后腿力蹬，吮吸时喷喷有力，下咽时汩汩有声。从羸弱兔婴身上，我们看到了本能的生的渴望和生命的伟力。只是母兔极不愿配合，每日的两次喂奶皆极力反抗，有几次兔爪扑蹬刺伤了我手，有几回喂奶未毕母兔挣脱。从兔婴的小如拇指不辨何物，到生出毛发睁开眼睛，支起长耳噏动豁唇，终于看出了兔崽模样。我和梅妻坚持天天喂奶，日日见证小小生命的生长，度过了二十多天的温馨快乐时光。到兔崽学会咀嚼嫩草时，我们便将它们撒放到院子中，在花草树影间，小玉兔们欢蹦乐跳，时隐时现，扑朔迷离。到投食时间，梅妻用筐子端来新鲜果蔬，扯长嗓音呼叫"兔兔"，两只大兔子闻声率先跑来，大兔身后，一群小兔崽浩浩荡荡跳跃追来，争先恐后抢食物。趁它们痴迷于美食，梅妻出其不意揪住了一只兔羔的长耳，兔羔挣脱不掉，就温驯地任她摆布。她给兔羔理绒毛，捋胡须，掰嘴看牙齿，掀尾巴辨性别，全身上下摆弄一遍，才放它去吃菜。这些崽子因是梅妻从小手拿喂乳，气味相投，因而个个听任她摆布。梅妻为兔费心神，兔崽回报以温驯。

到母兔第二次孕崽，我们便有了经验，将它们关到东院中任其自为。当母兔肚子变大，它们便开始往地下打洞：母兔用前爪掏出散土，公兔在后面负责外运，它前脚扒后脚蹬，从内部运出洞口，再往四面抛撒。夫妻分工，配合默契，完工后用土再将洞口屯严，四周划拉平整如初。有几天不见母兔身影，只有公兔在近处徘徊。再次看到母兔，它肚子明显变瘦，奶子却个个揪扯变长，我们便知母兔已在洞中生完崽了。此后，我就注意观察母兔喂奶举动：它快速扒开洞口，钻进时能听见兔崽的短时欢叫；过半小时左右出来，它扒土将洞口回填严实，再倒回头用后蹄将土砘踏结实，然后放心离开。如此这般约二十日，母兔扒开洞口引领出八只兔崽来，就像变魔术出来的一样。母兔再次给我们带来莫大惊喜和快乐。兔崽多为白色，有两只黑斑点的，还有一只纯黑色的，这些欢蹦乐跳的小小生命、美丽精灵，给玉园增添了无限生机。只是这一窝兔崽不与人亲近，满是警觉和恐惧，一有风吹草动，它们便呼隆隆钻回洞窟，待听得无事，它们再次伸头探脑陆陆续续走出洞来……

兔子的繁殖能力极强，每年能生育五胎以上，而春天生的兔崽到秋天就具备繁衍能力。一年有八个月时间，梅妻都在忙忙碌碌伺候孕兔和兔崽，为了兔崽幼时的安全和长大后的处置，她费尽了心思。前文写到，她曾为从猫口里救兔崽而摔伤脚踝骨，造成终身伤害。所有这些付出和损害，梅妻均无怨无悔，喜爱萌宠、关爱生命是她的夙愿，也成为她生活的一部分。只是后来发生了一件事，给她心理造成很大损伤：一天，有客来访玉园，不慎大门未关严实，西邻恶犬侵入咬死了大公兔和六只兔崽。梅妻心里难以承受这不虞之祸，几天内寝食难安，尤其看见亡夫丧子的母兔，她更是黯然神伤。有见于此，我私自逮住母兔悄悄送了人。梅妻知道后亦心痛，几次问我所送何处，欲去看望，但我坚持没告诉她。

待此事平静下来，我和梅妻出于好奇，便用镢头刨开兔夫妇在东院掘挖的洞窟：全洞长约五米，中间两处转弯，半道掏出三个小房间，尽头一个大房间，房间底层铺细软干草，表面则絮着一层母兔从自己身上薅掉的绒毛，是给兔婴准备的，以防它们娇嫩的皮肤受到伤害。看到这里，我和梅妻同时心为感动：在人世间和动物界，食物链中虽分高低，但母性的光辉却是一样的明亮、一样的美丽。

鱼　池

在玉园主体建筑落成的同时，我已经策划在进来大门的迎面，安放一块大型石头了。有朋友建议去泰安买泰山石，还有说安徽灵璧石好的，亦有主张用太湖石堆假山的。我最终决定，从老家的山上移运来一块天然巨石，一可拴系我绵绵故乡情结，二则省钱省工，两全其美。除石的正面刻园名外，我还为巨石取名叫昆岗石，以和玉园之名互为表里。立石为山，自然还需要理水。我在石右凿一水池，南北向长五米，宽两米半，深一米许；想起《千字文》里"金生丽水玉出昆冈"名句，自然水池便取名"丽水"了。石挽水，水抱石，玉出金生，玉园又多一美景。我买了四大盆荷花，分搁池中适当位置，又买了数十条大小锦鲤放养水里。盛夏时节，白莲花开，红鲤游弋，石和竹的影子倒映水中，颇有几分江南园林意趣了。到了夜晚，天上圆月映入池中，风吹莲动，鱼跃水皱，又是一副宁静美丽景象。我雅兴大发，即兴将这幅夜景命名为"丽水度月"。

除了精神层面的美感，我也赋予丽水实际用途。我买了几十尾活的鲤鱼和草鱼，暂养水中。读初中的昂儿放学归来早，绕池看游鲤，突然指着池中说："爸爸，我想吃鱼！"我说声好嘞，就拿兜网来，围着池水追鱼。因技术不佳，十网九空。我不断变换战术，或悄悄伏击，或快速奔袭，经好一阵劳神，终于打上来两只肥鲤。鱼儿岸上跳，昂儿拍手叫好，汗流浃背水溅襟湿的我面上露出笑容。昂儿乐滋滋抱鱼去厨房，鲤鱼打挺滑落地上，几次捉住拾起，几多少年情趣。他亲眼看老宋做鱼，刮鳞开膛、涤洗剁块，上锅烹饪，直到端上桌热腾腾、香喷喷。昂儿大快朵颐，享受到几近渔家人的快乐生活。那时的玉园人丁兴旺，除自家五口人外，还有进城上学的外甥女、与儿子斗气的嫂子也住玉园，再加上时任锅炉工兼厨师的老宋，即便没有客人来，我家每日亦有八口人围桌用膳，熙熙融融，俨然一大家庭也。

那一段时间，小小鱼池成了我恣情挥笔的画板。我买了些甲鱼和螃蟹放在池中，不为美食，只求寻觅身影、观赏爬行。我买了些我喜食的鳝鱼和泥鳅放在池中，平日看它们蜿蜒柔姿，待要想美餐时却捕捞困难，搞到精疲力竭仍不得手，最后兴趣减尽只好给它们放生了。有一回我在曲阜看见有石刻的青蛙，便买来一个安置池中荷花下。放大版的石蛙刻得逼真，蹲坐姿态，耳目鼻唇俱肖，仰首张嘴，似闻嘹亮叫声。我小时候在农村长大，夏天夜晚出家门乘凉，盈耳满是池塘河壕间青蛙的合唱。这时老人们便喜滋滋念叨说："蛤蟆打哇哇，四十五天喝疙瘩。"蛤蟆即青蛙，疙瘩即面疙瘩，意思说听见蛙鸣一个半月后就该收麦子了，言语间露出农民对于丰收的期盼。我还想起了辛弃疾写夏夜的词，上阕道："明月别枝惊鹊，清风半夜鸣蝉。稻花香里说丰年，听取蛙声一片。"为了在玉园重现此诗意景象，我异想天开买了几十只青蛙放进丽水，夜晚坚持不睡觉，十二点过后我静待池中佳音。然而失望得很，一声蛙鸣也没有。睡梦中醒来两次，我靠近窗口谛听，寂无蛙声。翌日晨我急去池边看，反复搜寻，却不见了新买青蛙身影，只有那只硕大的石青蛙，硬硬的还在。我非常不解：难道是青蛙不习新池而集体跳逃了吗？因为"听取蛙声一片"的愿景未得实现，我独自郁闷了好几天。以后，逢夜深人静时再来丽水徘徊，我耳边就常有蛙鸣的幻觉。正是：蛙声常萦耳，心中有诗意。

还有一次，我开车去江苏徐州，归途在微山湖二级坝遇渔民卖鱼，我有幸买到一条重十九斤八两的野生大鲤鱼，鱼浸水中尚活，并不暴躁，我便将卖者水囊和鱼置于车后备厢中。一路上慎驾慢行，来到家见大鱼无恙，便小心伺候缓放进丽水池中。池小更觉鱼大，家人和观者俱为这庞然大物惊讶不已。大鱼在池中缓慢游动，池中部稍狭，又潜置荷花瓷盆，它无法回身，只好到两端稍阔处勉强掉头。池中原有鱼类，无论大小均被它比得渺不足道，但小鱼并无惧意，反上下左右围观这同类巨无霸。昂儿素喜爱军事，巴顿将军是他少年偶像，并订买有《世界军事》《舰船知识》等书刊。他放学回家突见池中大鱼，惊喜呼之曰："爸爸，这是咱家的航空母舰！"他饭也不急吃，课也不想上，只是在丽水畔撩水戏鱼。晚自习下课归来，不忙写作业，而是拿手电筒再去池边逗引大鱼，做他的操练水师、指挥海军舰队演习的将军美梦。第二天早晨上学前还不忘交代我："爸爸，这条大鱼万不要杀来吃，咱家要永远养着它！"我再仔细观察大鱼，发现它精神状态大不如昨：两鳃呼吸减慢了许多，翅羽尾鳍摇摆变缓，庞大身体不再向前游动，时时向两边打晃，此时大鱼几乎就是一艘受重创后将要倾覆的舰船了。原来，湖上渔民现在捉大鱼已不再撒绳网捕捞，而是用电网强击，外观完好其神经系统已受致命损伤，所以电捕的大鱼断无养活者。无奈何，我便叫厨师早将大鱼宰杀了。

不久以后，池中小鱼也出现莫名其妙的死亡，先是少数，慢慢变成多数群殁。我找专家来诊，道是池中滋生了青苔，苔争水里氧气，鱼窒息而死。为除掉青苔，我采纳专家计策，先后用了养特种鱼食苔、栽专用草造氧、撒生石灰灭菌、手工刮刷池石表面苔衣等等方法，但无一见效：青苔照样生，鱼儿天天死。又有专家直言告：古语道流水不腐，若要丽水清可活鱼，须得池的一端进水，另一端放水，日夜不停，四时不辍。信哉斯言，只是此说我断难采纳。且抛开水费昂贵不论，单说自来水是城市居民生活命脉，生息所倚，资源匮乏而又采运繁难，若只为一己鱼乐而恣意挥霍，岂止于情于理不堪，更是于心于神难安。最后我做出决定，将水池用土填平，密密地种上莲藕。旱地荷花别样红，不见了鱼儿倩影，却多了嫩藕脆甜，心安神宁。

不过十几年来，消失的丽水并未被我心遗忘。我甚至常常设想重建丽水，在原址上北进东扩，整体呈L形状；北通知时亭建一木制拱桥，西达彼岸贴水面建一石板桥。这一道风景将不再叫丽水度月，要改名为二桥印月。至于用水，我已了解到欧洲国家有建大型地下蓄水池的，尽收雨季天水，可足供一年的庭院花树和鱼池用水。若此计可行，我将踊跃施行之。我的未来不是梦。我的二桥印月愿景，不久将会建成玉园实景。

刺　猬

是前些年一个初夏的下半夜，我被家犬旺旺和点点的吠声聒醒。我开窗探出头大声嘿唬几句，若只是吠影吠声，它俩常常会很快安静下来，然而今次不同，任我几度发声，它们的吠叫依然不停。我知道确有情况，便穿衣下楼拿手电筒去详查。原来，在大门内的小竹林中，旺旺和点点正围定一个被棘刺包裹的东西怒叫。我仔细辨识，却认出是一只缩成团球的刺猬。狗们肯定不辨何物，但是看着会走动，嗅之有异味，欲下齿却扎嘴，它两个既气又无奈，所以只剩下空吠的法子了。为避免长时狗叫声扰邻，便将二犬叫回内院关紧二门，我也上楼接续睡眠。

我的梦境已被完全打破，辗转反侧悠哉悠哉。我想不明白的是：玉园建成十几年来第一次出现刺猬，它是何时如何钻进家来的呢？

对于刺猬这种小动物我颇不陌生，小时候在山村老家常能看到，它跑得很慢，也常被人捉回家给小孩子当玩具。只是它有什么好玩的呢？为自保安全，刺猬见人则缩成一个针毡圆球，不晓事的儿童动手抓挠，常被刺破手指嗷嗷号哭，据说这种动物的肉也极不好吃，最后结果，大人们再将刺猬丢回山里去。

刺猬的食性颇杂，吃昆虫类小微动物，也吃干鲜果类，我老家盛产大枣花生，都是它喜欢的美食。据父亲讲，刺猬是很聪明的动物，它们掏挖深而宽敞的洞穴，热天凉爽，冷天暖和宜于冬眠。它们还会在洞中贮存食品。父亲说他亲眼见到刺猬偷枣很有一手，秋后的枣树下落满了熟透的红枣，刺猬到树下打一个滚儿，就扎满一身，它乐颠颠跑进洞一嘚瑟，枣就掉落一堆。刺猬还偷花生，运到洞里风干了吃。花生就大枣又香又甜，是美食绝配，可见刺猬小日子过得真不赖。父亲说农人看见刺猬偷枣偷花生也不打，觉得它们吃不了多少，明显比兔子要高看一眼。不过刺猬也有狡猾的天敌，那就是狐狸。一般食肉动物想打刺猬主意，都怯于它缩成一团后外露的针棘。狐狸有诡计，它撅起后腿往刺猬背上撒臊尿，刺猬忍臭不住就翻身，狐狸趁机用利齿咬它光溜溜的肚皮，如此几番，刺猬就被咬伤致死了。人皆知狐狸狡诈，此尤可见也。

天一明我就匆匆起床去看刺猬，见它并未逃离，正在落满竹叶的地上拱寻食物。我用铁锨将刺猬铲出来放在昆岗石前石板广场上，它仍取自卫姿态缩成一刺栗，两只狗欲咬不能，依然急得嗷嗷叫、团团转。我戴上硬质手套，双手捧起就近端详：这是一只雄性成年刺猬，全身刺毛呈灰黄色，胖乎乎矮墩墩，爪短而锐利，尖唇细眼，笑眯眯的表情，难怪动画影片中都将刺猬画作少妇美女样。这真是一种温驯的动物，若非上帝保佑赐它一袭尖锐铠甲，在弱肉强食的动物界真没有它的立锥之地。

为了给刺猬一个安静的生活环境，我将它转移到听雨楼的后面。那时尚未建鲁迅小院，满堆着石头、树枝、干草等杂物，是一处极接近自然的地方。我给它放了花生、大枣、葵花子等食物，还放了一碗水；下午来看，食物和水都减少了一半，我心释然。第二天早晨再加食水，下午再见食水减少。我很想再看看刺猬，石头间树枝下到处找一遍，没有寻见。我深信，只要食水减少，见与不见它都在那里。只是到第四天再投放食水，却没有看见减少；第五天，第六天，食水依然原封未动。我知道，可爱的刺猬分明是离开玉园了。

我很有几分惆怅，就自己在心里默默唱道：

你从哪里来，刺猬朋友，
好像一只蝴蝶飞进我家门口；
难道你又要匆匆离去，
又把聚会当成一次分手……

一年后的一个傍晚，我和梅妻照常在护驾山公园散步，见前面路边上有一群人在围观什么。我们匆匆走过去，去年玉园情景再次出现：是一只刺猬。人们议论纷纷，有说别打搅它放它快逃生的，有说要带回家当宠物养但苦于没工具盛装的。我和梅妻对视一下，心有灵犀一点通，我俩撒腿就往家跑，拿了一个布制提袋飞速赶回公园，却发现人和刺猬均无影无踪了。我俩站在原地，相视无语，怅然若失。我心里又响起那支乐曲：

你到哪里去，刺猬朋友，
好像一只蝴蝶缥缈飞走……

对　联

玉园的主体建筑听雨楼，是一所现代风格的普通三层小楼。图纸由我草绘，后经专业设计师周平先生润色加工，完善定稿。楼分左右两单元，以适宜两代以上人各安其居。一层以客厅、书房、文娱室为主；二层主要是卧室；三层阁楼置放杂物，收藏书画等，配有露天阳台，以便夜间寻望星斗，白天听雨观云。楼前设有十一米长廊，两根粗壮独立柱支撑二层圈梁。当时设计师建议包装成罗马柱，我考虑再三，终未采纳，还是建成了中国式样的圆柱，并刷以灰色漆。

当玉园内的文化风景渐成气象后，就有朋友提议在适当处悬挂木牌对联。我是素来怀有对联情结的，从年轻时读诗词就特别在意其中的对偶佳句，至今到名胜地游览，仍不忘关注那琳琅满目的牌匾楹联名人佳作。我还购买了一些相关书籍，对这门独特艺术下功夫做过研究。对联是中国汉语的独门绝艺，其他任何外国异族的语言文字，都无法构成对偶联语。对联严格要求字数相等、平仄相对、词性相当、结构相称,而要同时达到这四项规定,只有汉语文字能膺其任。中国古代的文化人,长时间生活在慢节奏的农业文明社会里,他们用全部生命安安静静地读书识典写字作诗,满腹经纶和过人才华偶一碰撞,即如电闪光耀,便能产生足以传世的一首好诗或一对佳句。这些名作金言,即便在时空早已转换的今天,我们读来也常常拍案叫绝,或为文字之美飞珠溅玉而情感愉悦,或为警句精辟醍醐灌顶而怦然心动。我们与古人交友、读古人诗书的奇妙感受,我觉得上海豫园得月楼对联写得庶几近之:得好友来如对月,有奇书读胜观花。

玉园最早的亭子建在昆岗石北面五米处,名知时亭,请当代书法大家蒋维崧先生篆额;名字出自杜甫"好雨知时节"诗句,意与听雨楼名字相呼应。亭子四面的圈梁与檐梁间都镶嵌书条石,刻古代名帖集字佳句。内部的南面刻王羲之书"兰亭盛会知时咏怀";北面刻苏轼书"美人余怀桂棹兰桨";东面刻米芾书"闲云野鹤诗酒华年";西面刻赵孟𫖯书"居闲有馀明哲养拙"。那时的我虽然完全入世,但骨子里还想学古人过高逸生活,所以自拟了这四句刻上。我在大学时代读汪曾祺小说《故乡人》,内写有一副郑板桥的对联:一庭春雨瓢儿菜,满架秋风扁豆花。下面有两句话:"这点淡泊的风雅,和一个不求闻达的寒士是非常配称的。"我当时就觉得对味,二十年后仍记忆犹新,便决定将这对联木刻出来挂在知时亭楹柱上。我专程去济南求书法名家于太昌先生书写,回来再去曲阜找专业人士刻之。这一晃又过去二十年了,油漆已经褪色,工作已经退休,但我依然喜欢这副对联,依然觉得对味。

作为原邹县人,我们最引以为傲的是亚圣孟子。政府公文经常标榜的两句话是：孔孟桑梓之邦，文化发祥之地。我也未能免俗，写文章结末总爱署某年某月作于孟子故里；玉园种花树，总喜欢去孟子后裔世居之亚圣府里寻摸，比如竹子、十里香、芭蕉等，就是托朋友从孟府移植出来的，似乎沾溉了先圣德泽，花草与众不同。沿此思路，我就觉得二门即衡门的对联内容，应该与孟老夫子套近乎。正巧，我读到了一副集诗对联曰：松菊陶潜宅，诗书孟子邻。陶渊明当然也是我终生喜爱的诗人，最早我便在书房琳琅轩之东壁上，嵌刻由赵孟頫书写的《归去来辞》法帖。书碑初成后，我常常高声诵读，其"抚孤松而盘桓""临清流而赋诗"等优美句子，曾令我情绪激昂一咏三叹。他最有名的饮酒诗句"采菊东篱下，悠然见南山"，亦给我最多心灵感应，常令我生遗世独立之念想。确凿无疑的是，我建玉园植松菊做城市隐逸，完完全全受到了陶渊明诗魂的招引。所以说，这副集诗对联对我而言真是天赐神予，正中下怀。下联无疑是唐朝张九龄诗句，上联是宋代司马光诗句，也有说出自辛弃疾词的，我详查一下，司马光《归田诗》首二句即"松菊陶潜宅，蓬蒿仲蔚家"，辛弃疾《生查子》词末二句为"醉倒却归来，松菊陶潜宅"。鉴于司马光早出生一百二十一年，可以判定辛弃疾词句为鲁迅所谓"偷得半联"。因而，这副集诗对联的两位作者应确认为司马光和张九龄。唐和宋是中国诗歌史上最为辉煌的两个时代，而张九龄和司马光又是辉煌时代的一流人物，他们超越三百年时空握手，联袂为玉园后置撰联，吾家何幸，吾人是怎样地感恩和欣喜啊！

这副对联，我郑重邀请大学同学、青岛书法家潘盛国挥笔。在校并无亲密交往，毕业后四十年失去联系，接到我慕名求书电话后二话不说欣然命笔，盛国之同窗情谊文人襟怀，给我留下深刻的、美好的印象。他用章草笔意，挥洒自如，一气呵成，蕴含陶渊明的自然和孟老夫子的潇洒，甚合吾意。

衡门的背面，即中庭西墙雅称金壁，为记述镌刻青铜器形和铭文之盛事，我自拟了一副不计古韵的对联，请书法家朋友殷延禄篆书。联曰：簠贵尊荣簋饰，钟鸣鼎食壶天。

不算房屋门，玉园的六院中有大门七座，每逢春节，我都要请本地书法家朋友来用红纸写楹联，一是弘扬传统文化，二为装点节日喜庆。2012年春节前，我请的邹城一支笔是石桥先生，他年龄比我小，所以一直尊称我二哥。他的外貌特点是蓄有一袭蓬蓬松松的大胡子。我们常见的大胡子多是老人，须发皆白，银髯飘飘，一副仙风道骨貌；而石桥还太年轻，发和须都是黑的，深色的大胡子看上去有些沉闷和压抑，就颇遭朋友奚落。我也不例外，有一回朋友们来玉园餐聚，几杯酒后思维有些活跃，我就信口讲了一个关于大胡子的段子，有点不恭，大家听了都乐，只有石桥脸一红把头低下了。饭后梅妻就埋怨我玩笑开过火了，叫石桥下不来台，我有些内疚，想以后择机给他赔个不是。不料几天后另一朋友告我：石桥的大胡子剃掉了！梅妻又朝我瞪眼说道："都是你！"听此消息，我的内疚感更重了。下一回来玉园，石桥摸着光光的嘴巴，笑嘻嘻地照常叫着二哥二嫂，并未见有生气的样子。朋友告诉我们说，石桥的妻子半夜里撒呓挣，手一动作黑窟里摸到一团乱毛发，不辨何物，吓得叫起来，天明了就按住石桥将大胡子剪除了。原来如此，既然石桥剃胡须归因惧内，与我无干，我便释然了。朋友们还照常唱他的戏说："石桥剃了大胡子年轻十岁，只是没有书法家的范儿了。"他也不答话，只是嘿嘿地笑着。

　　石桥擅长书写北朝刻经体之邹县四山摩崖，以擘窠大字为妙。他曾挥舞如椽大笔，在城市广场众目睽睽下，表演书写特大龙字，被新闻媒体和相关部门誉为"中华第一龙"；石桥叫好友王景群帮抬沉甸甸墨宝去济南，送给全运会组委会收藏，景群本有足疾累得够呛，幸得主办方领导出面接见款待酒食，获颁嘉奖证书。为玉园书写楹联，幅窄字小，对石桥来说真是大材小用了。二门即衡门的楹联，经我首肯石桥写的是：闲看秋水心无事，坐对寒松意自舒。然后写门心联再征内容，我一时想不出，就漫应之曰随便。石桥思想一下，就写出一副传统对句：春风杨柳鸣金马，晴雪梅花照玉堂。其时袁梅美女也正在场看写春联，我们经友人介绍新认识不久，双方才有些意思，眉眼盈盈暗送秋波；在新的一年我们走进了婚姻，梅友变成了梅妻。石桥来我家喝喜酒，就指着二门的对联说："看啊，我年前就觉得有门儿，先把你俩名字写进一联啦！"我这才恍然明白：梅花照玉堂，姻缘个中藏。以后再到春节写春联，石桥或其他朋友写到二门时，一为省事二为祝福，就都笑说："还是写二哥和二嫂吧！"为避免视觉重复，他们就将梅花玉堂联一年当楹联，一年当门心联，致使这副对联成了玉园二门的保留剧目。

　　知时亭右边的木香花，我用方石柱接墙搭建了一蓬花架。石柱的东面刻了一副对联，书者是清乾隆年大学士朱筠。联曰：曾探赤壁黄山胜，宜与梅妻鹤子游。我当时只是喜欢对联意境和篆书之美，并无其他深思远虑。待袁梅做了玉园女主人，便神神道道地指认"梅妻"二字，佐证我俩婚姻是前缘早定。不止这些，她还能找到根据：书房北墙是用方块青石砌的一面石头墙，石上参差错落刻着古今大家的四体书法集字，内容有玉园、听雨楼、琳琅轩、知时亭，园字当然是大口里边装着袁字的繁体字。袁梅就指道："看哪，你把俺的袁字用四面墙圈严实了。"她还假嗔说："人家是金屋藏娇，你倒是用大院子锁住人！"我就一笑，她凿凿言之，我姑妄听之，亦姑妄信之。

我比较在意的是大门对联，尤其门心联，字大观远，最引人注目，我就决定不用现成名句而自拟。我执意要将玉园和听雨楼二名字融进对联，因此就比较困难，经反复推敲几易其稿，最后还是差强人意。四字联厘定为：琼楼听雨，玉圃耕云。五字联有两种版本：琼楼听好雨，玉圃种华枝；琼楼听好雨，玉圃读华章。这门心联大都请石桥先生书写，他的摩崖体大字透着篆情隶韵，端庄洒脱，尤令我喜欢。

玉园鲁迅小院建成后过第一个春节，自然要给周宅大门贴春联志喜，而选写内容时，我颇费了些踌躇。若选得不恰当，真真是班门弄斧鲁门弄墨了。鲁迅在上海居家九年，租住的是小洋楼，过春节大概是不写春联的了。他在北京生活了近十五年，先后住过三座四合院，这期间过春节肯定会张灯结彩贴对联，但是没有资料记载他写对联的内容。他曾自集《离骚》诗句请乔大壮书写过一副对联：望崦嵫而勿迫，恐鹈鴂之先鸣。但那是书房铭志联，当春联就不合适。在他的诗稿里有不少工整优美的对偶句，有的成为流传甚广的警句，比如"横眉冷对千夫指，俯首甘为孺子牛"，但要当春联写出悬之周门，是会见笑于大方之家的。我想，若从他诗文里走出来，鲁迅的生活亦跟多数文人差别不大，写春联的内容也该是温润祥和的。正巧，我看到一幅鲁迅抄陶渊明两首诗以赠许广平的手稿，就从中选出两句做门心联：

羁鸟恋旧林,池鱼思故渊。门框楹联我选了一副集诗联:露华洗出秋容净,雨意才收日气浓。前句是宋曾觌词,后句是宋王炎词。门批选得更是普通:春色满园。

还是在玉园甫建的早年,由书法家李樯先生引导,时任中国书法家协会副主席、四川省书法家协会主席何应辉大家来访玉园,应我恳请书写郁达夫名联:曾因酒醉鞭名马,又恐情多累美人。

我心事最大、谋划时间最久的,还是听雨楼楹柱的长联内容。我开始立志要自己拟写,绞尽脑汁试写过多次,方知才疏学浅,只好歇菜。我安静下来,认真反思道:中国诗词书画文化高地山峰,均被古代文人占尽践平,今人喝过几瓶墨水,知道几个典故,且被功名利禄搅得如热锅蚂蚁躁动不安,哪还有心境才华做艺术创造!曹雪芹在《红楼梦》里一句"编新不如述旧",足够后人沉思醒悟的了。于是我便踏实下来,到古代名家美篇里寻觅佳构。

有道是功夫不负有心人,当我寻寻觅觅翻检明清楹联书时,眼前一亮,一副龙门对的楷书楹联进入眼帘——那是邓石如书法的"沧海日少陵诗"长联。我先是喜欢长联内容,其上联写九处神州大地胜景奇观,要将它们绘成画卷,挂于墙壁以观赏;其下联集九位中国古代名人绝艺,要将他们的代表作品藏于书屋以自珍。书者并未注明原作者,但我查到是明代诗人李东阳所作《题书斋联》,想来最早是为自己书房所拟写;这篇作品问世后名气很大,流传甚广,被公认为无与伦比的长联佳作。可惜李东阳书法原作已不存,今人除了领略这文辞风流,已无福观瞻其墨宝风采了。幸而这副长联的重书者邓石如,系清朝乾嘉时期著名碑学书法大师，其书作被时人奉作神品，誉为"四体书皆国朝第一"。下联右下角，有"南海圣人"康有为的一段题跋，以方家眼光评赞邓氏楷书，乃言简意赅之语："完白山人篆分固为近世集大成，即楷书亦原本南北碑而创新体，笔力如铸铁，画法尤厚。"

书写对联时因字数较多，一条竖行写不完要拐到第二行，或要三行甚至更多行时，规定上联由右往左写，下联由左往右写，前款放在上联左下部，后款放在下联右下部，这样作品完成后对称如两扇门，故美称龙门对。这副龙门对单联排三行，书上未标长宽尺寸，不知原纸幅大小。为了适配听雨楼楹柱，我重新设计，单联排两行，尺幅为高五米、宽半米。新稿用写真机打印出来，在中庭石板园路上徐徐展开，我的审美也渐渐发生具有哲学性质的变化，即从量变到质变。从十七厘米的书上图片，到五百厘米的喷画长卷，三十倍的整体放大带来强烈的视觉冲击力，迅速推高了我的认知水平和喜欢程度，我不必再像以前面对设计画稿反复观赏，长时间推敲，经历肯定、否定、否定之否定的曲折过程。今天面对这皇皇长卷，我当即决定：听雨楼楹联，就是它了！

我立即托朋友联系曲阜刻匾专门店铺，他们先为对联尺寸惊讶，说没有刻过这么大的，并且还是抱柱联；接着，传回的昂贵价格又令我望而却步。其时因支持儿子本昂赴美留学，我欠下一笔贷款正勒紧腰带逐年偿还。一面是太过喜爱要急切刻制，一面是囊中羞涩难以敷出，憋了数天，我就想出一个主意：自己动手，我来刻字做长联。

挂在圆柱上的木牌，须做成二者同心圆的弧形，以与柱子紧密贴合,故而叫抱柱联。我首先找来木匠朋友岳德君详加计议。德君曾在县木器厂任技术员,企业倒闭后自谋出路,做了房屋装修企业的老板。他技艺精湛纯粹,颇具工匠精神,我家连带亲友家早期的家具,全由他手工打制。玉园建成后,举凡文化工程建设,都留下他辛勤劳作精益求精的印记。德君人品好,性忠厚,与我相交往已三十五年,我们成为共享庆吊的至交挚友。我将做抱柱联的想法和要求讲出,他稍一掂量,就表示能行。于是我们一起去市场买来红松木板材,摊在楼前廊上晾晒。我又去找工厂朋友赵庆祥,说起做抱柱联木牌的构想,他心领神会,立即按听雨楼楹柱直径算出弧度,用钢板卷压出八块模具相赠。庆祥本是我叔兄弟李养民的工友,与我交际很少,但当我有事相求时都慷慨相助而不取报酬,我过意不去,几次想请他吃酒均给委婉拒绝。想起身边这些屡屡相助的朋友,我总止不住一阵心暖肠热,是他们献计献策同心同德,助我描绘玉园美丽画图。

待木板晾晒干透后,岳德君便拉来全套木作工具,一丝不苟做木牌。他先将木板细剖成窄长条,再逐条精刨细磨,这其中关键处是木条要刨成前宽后窄,以聚成弧。他不会复杂的精密计算,只靠聪慧和经验便将木条裁成正好,木条间用高能胶黏合,背面用钢板弧模加螺钉逼其就范,这样做成的弧形木牌,标准美观,坚固结实,成为岳德君制作的又一精品。

待我亲手将两件巨大的半弧木牌,正反面均刷完两遍面漆后,2018年的春节就近了。德君帮我购买了一套木刻刀具,接下来大戏将由我一人独演。我请石桥和王景群两位先生来为玉园写春联。王景群也是我们县城的文化名人,他书法拜北京刘炳森大家为师,亲承面教,获赐书斋号"博艺轩";他篆刻先学熊伯齐大师风格，后长期在上海研艺，与人合作出版《洪丕谟书名印谱》《历代名家闲章印谱》等作品。回首他的成才之路，比许多人要艰辛苦涩。他四岁患重病落下足疾，堪与孔子之兄孟皮为伍，肩不能挑手不能提，行路不离拐棍，在农村的生存都是问题。他先到集市上学刻印章，待练得手熟，就去县城正规刻字店拜师学艺。师傅怜他身残，惜他有才，便毫不保留传授技术，令他手艺大进。只是后来突然有一段时日，景群频为刀刃伤手，师傅不明就里，就指斥他粗心。原来，师傅的妙龄女儿常来店里走动，如花枝招展，景群用眼角偷觑，乱了心曲，亦乱了手下刀法，这边美女为他指伤流血心疼，就拿来药棉纱布包扎。待师傅看出端倪气愤愤干涉时，景群和女孩便打点包袱月黑风高私奔去了。景群此后的人生柳暗花明，结婚生子，建起温暖的家。他独立开店，除刻私人印章外，获公安局指定为公章专门刻制店，再兼营装裱刻匾笔墨纸砚，逐渐生意兴隆。他更注意自己的升华，几十年如一日勤学苦练、虔诚求师，终在书法、篆刻等领域取得非凡成绩。这次请景群来一是写对联，更是虚心向他求教刻木牌的。他毫无保留教我木刻的知识和方法，并鼓励我的初次刻字是小试牛刀。

2018年2月16日星期五，是农历戊戌年正月初一。今年政府禁放烟花爆竹，人多遵之，过年安静清洁，日暖景和，我心情好极。与梅妻吃过水饺，上午九时，我就郑重其事刻对联。这副明李东阳作、清邓石如书的龙门对长联，大字七十四字，小字十三字，共计八十七字。我在长长的弧形木板前坐定，自觉一种庄严感油然而生。我握双拳在面前运作一下，便开始了神圣的工作。我粘铺好画稿，先用红色复印纸双勾描出"少陵诗"三字，手中的刻刀便在木板上试探犁下，我的鼻息声、心跳声，和着刀削声混响共鸣，随着木屑落下，第一个字最先被沿红线刻画出来。我换用了三种刀具，笔画按边沿凹中间凸原则，中规中矩，一丝不苟，到梅妻做好四菜叫我用膳时，"少陵诗"三字已经清晰可见。我站起身，近看远观，兴奋得不能自抑：我此生写字将近六十年，以前皆是用笔在纸上画出墨迹，今天今生第一次，我捉刀在木板上雕成如此深刻和美观的大字！儿子本昂从美国纽约打来视频电话祝贺新年，我急不可待叫他看我得意新作，他亦称奇称赞，未料老父老矣尚能学新艺。梅妻与我共举新春之杯，特别庆祝我刻字首捷。下午我再运利刃，精雕细琢，将刻字打理到自认完美方休。第一天刻字，我兴味盎然，累并快乐着。

正月初二与梅妻去亲戚家吃酒，饭后她滞留打麻将，我急急回家刻字，夜仍坚持刻字至十二时。年后亲友间互访频繁，我仍挤时间刻字，连日屈身久坐，便觉腰酸腿疼，头晕目眩，手指手腕亦有劳损痛感。五日后自信刻字技艺长进，刀法指力经摸索领会后，始觉游刃有余，经对每一字每一笔画慢慢刻，细细品，我于书法的审美欣赏方面获大幅升华。

正月初八日早晨我醒得很早，待曙色渐朗，白头翁和乌鸫鸟开始鸣唱，我便坐在楼前廊下开始刻字。近日寒流来袭，晨昏温度降到零下，手冻得握刀不力，后身亦觉腰脊透凉，我便回屋加衣戴手套。两只家犬点点和小花，不顾寒冷从洞里出来，蜷躺在我足边相伴；就连那只大花猫，也叫着蹿上木牌，蹲在面前闭上眼打鼾。小小宠物的亲昵相伴，给寒晨刻字的我许多温暖。今天我刻字收获大，刻成大字三个小字六个，到夜十时，我将长联的一半"少陵诗"联刻竣。看着由自己双手一笔一画刻成的浩浩荡荡的字阵，我心中很有成就感、充满幸福感，劳累辛苦瞬间烟消云散。

第二天我就叫来王景群、石桥、忘年交高老师和堂弟养芹等来看对联，并商量用何种颜料颜色描字。中饭大家举杯，为我长联的事功已半祝贺。第一套木刻刀具中常用的三把已磨钝或开箍，我叫岳德君再为购买。此后几天，我奔走各处终买得草绿色油漆，慎如绣花般描字，将对联做成完美作品。

农历正月十五日元宵节，我又重整旗鼓刻上联即"沧海日"联。我依然如前，黎明即起婉转鸟鸣犁长木，既昏未息料峭春寒刻对联。我沉浸在诗书境界里，如鱼在水，自由徜徉；我痴迷于艺术创造中，如牛负轭，以苦为乐。又用了九天，上联亦圆满刻成。在策划安装时又遇难题：因楹联沉重，其上部挂钩挂钉和下端托钉均需特别粗大，实体店和网店均不见卖。无奈何，我和梅妻便去乡下赶集，寻找到老字号铁匠红炉，叫老师傅按我要求现场打制。

待万事俱备，我便叫岳德君、张玉申、李本亮来进行安装。玉申本是搬家公司工人，玉园建成时初识，因见其人聪明品质好，我便常叫他来家里干活。玉申是个技术全面的能工巧手，大到砌墙立石铺路，小到种园除草打药，他无所不能，无所不干，干则不留瑕疵，最能贯彻我意图。玉申为玉园干活二十余年，我待他烟酒不分、茶饭共进；他与我情同兄弟、亲比家人。本亮是我家中侄子，他的专业以水电安装维修为主，玉园有事，召之既来，不用多加客气。有了他们三人的鼎足协力，玉园大部分建设活计均无虑矣！

今天是农历正月的最后一天，无云无风，春和景明。我邀请了多位文化界朋友，来见证听雨楼龙门长联的制成安装。当长联端端正正挂上圆柱顶端后，在场者屏息仰视，短时静默，共同感受到一种典雅的艺术之美。这副长联，上联歌颂祖国壮丽河山，下联礼赞中华灿烂文化，辞彩美，书艺佳，气势恢宏，波澜壮阔，乃对联艺苑里的凤毛麟角。当然，朋友们更不忘对我美赞几句，有夸我宝刀不老能文能武的，有夸我以刀做笔龙飞凤舞的，一位书法家朋友的赞语最有水平："生手刻牌匾比熟手好，字有棱角，无圆滑的匠艺气。"听了这话，我心里真是舒服。我大声喊道："喝酒！"

桌椅在中庭桂墀上摆好，梅妻亲手料理菜肴上齐，玉园家酒斟得满满，十位朋友举杯祝贺听雨楼长联刻竣装成。酒席中间，虚心好学的岳德君一句一句念对联，遇有不识的字就问我；这时玉申就提议说："叫二哥念一遍咱一起听听！"我站起身来说："好，我念！"

一个月伏案躬身，腰痛眼昏腕伤，几个月擘画构思，心劳精疲力竭；今天长联刻就，大功告成，我正欲长啸一声，使身心轻松。我借了点酒力，佯狂不拘，旁若无人，用方言夹杂普通话，大声朗读起来：

沧海日，赤城霞，峨眉雪，巫峡云，洞庭月，彭蠡烟，潇湘雨，广陵涛，庐山瀑布，合宇宙奇观绘吾斋壁；

少陵诗，摩诘画，左传文，马迁史，薛涛笺，右军帖，南华经，相如赋，屈子离骚，收古今绝艺置我山窗。

大　树

　　大约十年前的时候，玉园里新滋生了一种草本植物：柔细的梗秧疯狂生长，四面蔓延，遇树木墙壁等则须缠藤绕迅速攀爬。我们不知何物何用，就尽力铲除。奇怪的是这种草铲不完除不尽，它一天能伸展二十厘米以上。梅妻生气，就刨地掘根，发现它的根须很发达，在地下四处游走。她的手掌磨出了血疱，却无法将此野草根除。我就想，这种草的生命力如此顽强，一定大有来头。我叫来高老师请教，他告诉说这可不是普通的草，它的名字叫绞股蓝，是一种优质的中药材。说起这种草药的益处，高老师滔滔不绝道：绞股蓝又名五叶参，享南方人参之美誉；它对人体有滋补营养、镇静催眠、降血脂、降胆固醇、降转氨酶、延长细胞寿命、抗疲劳抗衰老等作用，更是对多种癌症有明显抑制效果。用绞股蓝叶梗制成茶饮，其汤色泽绿润，甘甜而具参味，清醇可口，香气独特，对健康人亦有增食欲助消化、安神入眠等作用。知道这些好处后，梅妻不再彻除绞股蓝，而是单独留一片地方让它茂长，并时常采集叶梗蒸熟阴干，做成茶叶催着我饮用，一来省了买茶叶的钱，二来可强身健体。

　　玉园里随处可见蒲公英。我在前文写道，黄色的小圆花开放时就像遍地撒落的金钱。蒲公英不光花美，它也是一种重要中药材，其清热解毒、消肿散结、利尿通淋等药理表现优异，被推崇为天然抗生素。近些年因人们健康意识增强，蒲公英作为亦药亦食的植物备受青睐，市场价位高涨，农民便从山野间挖掘来城里市上售卖。城里人去山村游也增加了内容，都自带工具四处寻采蒲公英，致使这种过去随处可见的普通植物，现在日渐罕见了。梅妻素来讲究保健饮食，玉园取之不尽的蒲公英成了餐桌上家常菜食：烧汤煮面条多所添加，和肉剁馅蒸大包子、包水饺，与鸡蛋打在一起炒菜，有时还当凉菜蘸酱生吃。我切身感受的好处是：以前在盛夏和严冬两季我每现扁桃体发炎和口腔溃疡等症状，且都要去医院打吊针，自多食蒲公英后，体内多种炎症均被消除。

前年初夏的一日，济南朋友带数位熟人来访，其中一位白胖无发的吴先生异于众人，他对玉园文化少有兴趣，看见各院旺盛的蒲公英却格外激动，大呼要寻工具挖采。济南朋友悄悄告诉我：这位吴先生五年前患癌症，手术后听老中医言坚信蒲公英药效，他多方搜求，四处购买，三餐必备，效果甚佳，至今食之不辍。我和梅妻毫不犹豫慨允他采摘。结果是，吴先生不止于采摘叶片，还用镢头深刨，将蒲公英多年老根掘出来，他乐滋滋举着老根道："这个好啊，根越粗壮功效越大啊！"他乐不思止，一气将蒲公英装满了两大袋方罢。经他掘根开采，玉园蒲公英明显稀少萧条，三年后才恢复原来盛状。我和梅妻都无怨言，都盼望玉园蒲公英能给吴老兄带来更多的健康。

玉园里这些药食同源的植物，有自然生长的，也有梅妻搜求移植的。我初步统计一下，仅草本的就十数种之多：绞股蓝、蒲公英、薄荷、藿香、鱼腥草、车前草、艾草、麦冬、荠菜、马齿苋、救心菜、菊花、茉莉花、瓜蒌、苦瓜等。在木本植物中，其叶芽、花朵、果实、根皮能食用且具药用价值的有：杜仲、木瓜、银杏、国槐、香椿、松树、榆树、柿树、楝子树、石榴、核桃、无花果、海棠、丁香、桂花、金银花、牡丹、枸杞、紫藤。

草本木本相加，吾家共有三十多种药食同源植物。

　　在玉园大树中，数量最多的是杜仲，鲁迅小院有三棵，东坡小院有两棵，树龄均在五十年以上，树径粗已合抱不交，高度超过三层楼脊。凡朋友来访，除欣赏玉园文化流连忘返，更有对这些伟岸大树抚摩仰瞻、依依不舍者。自史前开始，先民们就笃信大树通灵显圣，有庇佑众生的神功，大树崇拜文化早在中国人心里深深扎根。我细数一遍，玉园里有半百以上树龄的巨木近二十株。这些大树枝繁叶茂，除冬天外一年三季荫庇各个院落，尤其是酷暑炎夏，当我从外面回家，明显感受到温度清凉，空气清新，身心清爽，这全赖嘉木美卉滋生负氧离子，小环境形成了天然氧吧。这些大树或高耸挺拔，有伟岸英俊之貌，或虬枝逸出，显沧桑峥嵘之态；春来花满枝，吉禽筑巢好鸟相闻，夏来歌满树，丰姿绰约呼风唤雨。大树是玉园文化不可或缺的组成部分，大树是我二十多年心血汗水浇灌长成。

　　五棵大杜仲树都是从我老家族叔李培同庭院里移来的。杜仲在本地极为罕见，20世纪70年代中期培同叔在杭州当兵，见营房内的杜仲树高大美丽，并听军医说此树是著名中药材，他便在复员时背回一捆幼苗培植。玉园初建成，我回老家想找些寻常树来栽，培同叔就教导说："城里的庭院土地稀罕，你要栽名贵和吉祥的树木。"他的话令我眼界大开，今后搜求花木我就提高了标准。其时他复员已近三十年，几十棵杜仲树苗已然长大成材。他慷慨送我杜仲树，我感激之余就租了工人和车辆，百里迢迢将五棵大树移来玉园。此后几年，培同叔又赠我桂花、黄杨、李子、杏树等，其中一棵桂花树大价昂，我不忍多占他财富，就谎称为友人代买，叫他按时价收了钱。

培同叔是我们老家一带的传奇人物。他堂堂一表，凛凛一躯，在部队上学过武功；他性格豪爽，说话算数，军人气质十分明显。他在村里当党支部书记达二十六年，其声望和成绩有口皆碑。退休后他不事闲，反更加勤奋地种树苗、种药材、养猪、养鸡、养蜂。他嫌买来的饲料价高质次，便置办粉碎机械自己加工制作。为了节省成本，他不雇人干活，所有劳动均自己亲力亲为。养殖禽畜防疫是一大难关，他便买来书自学兽医，自给禽畜打针喂药，他甚至还学会了操刀给猪崽做阉割手术。他还自学养蜂技术，自配中草药熬水喂蜜蜂，以提高这些勤劳昆虫的抗病能力。他每每送我自产的优质蜂蜜，并幽默地说："咱市长管理一百万人，我管的兵有二百万，是蜜蜂！"我每年都要带妻子儿女去老家看望他两次，每次都见他忙碌疲惫，蓬头垢面，废寝忘食，我就心疼地劝他注意休息保重身体。他坚强地说："人就是一辆小推车，小车不倒只管推！"一天凌晨三点多钟，培同叔突患心脏病去世，享年六十岁。我闻讯开车于八点钟赶到老家，拜倒在他灵前失声痛哭……

帮我搜罗珍贵树种的还有两位朋友堪记，他们是田瑞祥兄和曹栋弟。田兄在一所学校当工会主席，校内扩宽路面，有两棵广玉兰碍事，他便叫我租车找人移家来。两棵广玉兰树成活一棵，如今树龄超过五十年，潇洒伟岸，四季常青，成为玉园最为高大的赏花树种。我与田老兄的交往友谊，在《初见迟桂花》文还有详记。曹弟木是一位作家，与我文字之交甚密，他后来弃文从政，也取得骄人成绩。其时他在一家特大企业下属的文化单位主政，院中一棵棕榈树冬天遮挡窗子阳光，办公室中人找他诉苦；正好，他就叫我于周日人少时去刨掉移来玉园。这棵棕榈树出自南方，从割棕痕迹可知它来邹前已是五十岁以上高龄，在曹弟单位生长三十多年，加上居玉园的时间，现在算来它已是百年老树了。人生百岁稀，棕榈正华年，它年年发翠绿扇形巨叶，开金黄色谷穗状花朵。它树冠高及二楼窗前，正对着我的主卧室，夏夜雨声常把我从梦中唤醒，雨滴敲打棕榈叶发出厚重的声响，长夜不眠，我就想起了一些难忘的人和事：雨滴不绝于耳，友谊铭记在心。曹栋，你好！

我在建园之初搜求花木达到了痴迷程度，朋友熟人凡得线索都主动向我提供。这年初春的一天，一位开出租货车的朋友叫宋凡营的，打电话告：在一家驻邹大企业几近荒废的货场里，有一棵谁也不认得的大树，春天开小小花朵，结的果比梨子大些，秋天成熟后，有香味但不好吃。我立马就开车赶过去，看后有几分失望：这确是一棵有年头的老树，高七八米，主干是几根树枝粘连长作一块的，不成圆木，而呈不规则扁宽状，说明此木自幼失于修剪管理，是任其自然野长的，上部树形也无章法，树枝被人攀折得横七竖八，干死近半。我也不认得这树的品种，就请来高老师鉴定，他一见此树，就两眼放光，用手抚摩着树干说："这可是一棵稀罕树呀，它叫木瓜。"我问："就是《诗经》里所写'投我以木瓜报之于琼琚'的树吗？"高老师说："正是。木瓜树很有文化内涵，放到这破院里没人珍视，任人砍任人折，干旱了也没人浇一滴水，哪天糟蹋死了岂不可惜！你要想办法尽快移到玉园，好好保护起来。"

高老师一席话，激起了我收藏的愿望和保护的责任。要玉成此事，我想起一位兄弟般的好朋友，他叫王朝海，时任邹城市公安局副局长，我私下里叫他三哥。他在前些年任企业驻地派出所所长,为经济建设保驾护航,定与企业领导有深厚的交谊。我第二天即去办公室找王兄,特别申明是买树,人家开什么价我都接受。他先认为鸡毛蒜皮琐事不值得求人,后见我情痴意迷,便松口说:"你找我还真对了,这位老板去年从我老家那边调来的,他托人结识我,并请客建立了老乡关系。"说罢,王兄便带我径去企业,恰巧老板在办公室,王兄说明来意,他却不知有其树,就叫我带去货场看。待见到实物,老板笑对我说:"你托王局长面子也不办件大点的事,要棵半死不活的老树干什么!"王兄就打圆场说:"他们文化人想法就是怪,叫咱难理解。"一看有门儿,我就趁机说:"你们说个价,我付钱买树。"老板两手一摊,语调诙谐地说:"公家的资产,我怎能随便出卖?要是不给钱也不行,那我又成拿公家财物交换人情了。这树要在这里病死冻死旱死了,倒没人说一句话。"老板绕来绕去,我以为此事无解,要黄了,就把目光转向王兄盼他讲情,王兄却只是笑而不语。回到办公室,王兄对老乡说:"别让文化人猜闷葫芦了,快给个明白话吧!"老板记下了我的手机号码,就说:"等我想好说辞给单位人讲,然后就通知你来刨树。"又邀留王局长和我,中午他请客。王兄连连拒绝说:"过几天我请你,谢谢你的树!"两天后收到电话通知刨树,我立即叫宋凡营开车,叫张玉申再喊三位同事,带齐镢头、铁锹、锯子、绳子等工具,直奔木瓜货场。打电话的办公室主任已先到等候,他将我叫到一旁说道:"公家物品,还是得适当收点钱为妥。"他给我一张财务收据,我照额付了三百元钱。

王老兄以老乡之谊为我说情买树,后来有好事者给演绎出另一个版本的故事:公安局长穿警服开警车去某大企业讨要木瓜树，老板心疼不给，局长气，就从腰间拔出手枪在桌上拍了两拍，老板害怕，急忙改口答应给树了。我相信，编造虚假故事者并无特别用心，只是觉得好玩和有趣罢了。以后我邀王兄和另外一帮挚友多次来玉园聚饮，餐厅正对着大木瓜树，酒酣耳热之际几回重提此演绎故事，王兄不在意，大家都快乐，都多喝了好几杯酒。

木瓜树顺利移来玉园，我定植在餐厅窗前显要位置，树正面朝西，进二门即迎见。我剪除干枝，对树头稍加修理，保持多主干负势竞上、众枝柯互插粘连的原貌，更显沧桑姿态，古意盎然。木瓜树不负玉园的肥沃土壤和我的殷勤照料，很快就发芽成活，接下来就结出鼓鼓的蕾，开了粉红色的花。只是如此大树，花朵小而稀疏，深掩于叶丛，不仔细寻觅几乎看不见。与此同时，灰色的树干开始剥落鳞片状老皮，露出的新肤呈嫩绿颜色，老皮与新肤相映，斑驳而美丽，是木瓜树独具的景致。

从夏到秋，木瓜树从冠如绿云到身披霞裙，木瓜从青豆般的微粒长成拳头大的硕果，虽硬而酸涩有不食之憾，然而它的椭圆美貌金黄姿色，加上独特的木质芳香，兼具舒筋活络强体健骨的中药功效，自古就深为人们所珍重和喜爱。新宅新植木瓜树，我视之为玉园添新贵和大树增精品。我摘下成熟的木瓜置于客厅，朋友进门皆为异香所惊。我将木瓜置于书房案头，视作韵友，与我相伴，与书同香。我将木瓜置于卧室床头，安眠入梦，就有了古人的诗意："枕畔木瓜香，晓来清兴长。"我还曾将木瓜快递赠作家朋友李木生、孙宜才等，以表示友谊助添雅趣。后来，梅妻还收了木瓜放进衣橱，经几天熏染再穿戴出门，衣袂飘飘，暗香盈袖，竟有闺密私问洒的何种品牌香水。梅妻将木瓜切片晒干，用于自家泡酒煮茶。常有邻居知其药用价值上门求赐，我们便不悭相赠。一位老大娘连续多年来家要木瓜，这年秋后却不见她身影，梅妻就牵挂在心，最后提一袋木瓜去给老人家送货上门。

当然，我还记得倾情助我求树的王兄，每年不忘摘新木瓜赠送给三哥。从前那个大智大勇千里追凶屡破重案的公安局长，现在已退休多年，在喜看儿孙满堂坐享天伦之乐余暇，他还弃武习文，写回忆录结集出书。正是：当年百炼钢，化为文字柔。

我还特意给木瓜树做了铜牌挂在枝上，正面是树木的科属性状描述和树龄树籍等，背面是《诗经·卫风·木瓜》诗：

　　投我以木瓜，报之以琼琚。匪报也，永以为好也。
　　投我以木桃，报之以琼瑶。匪报也，永以为好也。
　　投我以木李，报之以琼玖。匪报也，永以为好也。

《诗经》是孔子删选编定的中国第一部诗歌总集，内收上溯五百年间先民创作的诗歌三百零五篇。有专家认为，诗中的木桃木李即是现在看到的木瓜海棠和铁梗海棠果，这两种花树玉园均有栽培，其果实均小于木瓜且一样不能食用，但一样的是秋熟后颜色金黄，散发芳香。若如此，诗中的吉祥三宝玉园就齐了。对于《木瓜》诗的寓意，两千年来注解不一。早期有臣子思报忠于君主说，有朋友相赠情谊长久说，若依此二说，第一段译文当作：

　　你将木瓜投赠我，我拿琼琚做回报。

不是为了答谢你，珍重情意永相好。

宋代以后渐弃上二解，统一作男女相爱送礼定情解，若从此说，第一段译文当作：

送我一只香木瓜，我拿佩玉报答她。
不是仅仅为报答，表示永远爱着她。

友谊和爱情，是人生的两大精神支柱，靠了它们的强力支撑，我们的生活才呈现金色的辉煌，葆有醉人的芳香。

菜　园

玉园里的花树越长越茂密，致使地下根连根，树枝手挽手，种菜的地儿越来越少了。好在，东院和西院各有一方地原计划建房而长时未建，地基已经打好，屋框就形成了两个小菜园。就像我有花树情结一样，梅妻喜欢种菜，她对菜园的热情持续不减，一年四时都在勤劳耕耘和细心打理。

今年前半年极度干旱，雨季来得晚而集中，加之暑热创六十年来纪录，园里的青菜渍涝而枯，野草却疯狂地生长。看着废园，梅妻就着急说："畦子荒得太不像样子，我最近得把草除了；还有，头伏萝卜二伏菜，有好几种菜也该种了。"我阻止说："天太热，蚊子又多，菜园待天凉再整不迟。"这几天正处在大暑节气，高温潮湿，热浪蒸腾，令人胸闷气短。我早晨起床后楼上楼下不见梅妻，便到院中寻找，发现她正在东园里除草：

为防蚊子叮咬，她穿了长裤长褂，头脸也用纱巾包裹上，这样她的全身都密不透风；泥巴裹满裤腿，汗水湿透衣背，我几乎认不出她是谁。忠实的家犬点点和小花摇尾左右陪伴，刚抱养的狸色猫猫也绕身娇声喵叫。看见我，梅妻就掀起了她的盖头来，向我报告成绩说："西园的草我都除完了，你快看看去！"看过她的除草成果，我就快速洗涮、做早饭。她拔完草，我就催她洗澡换衣，她说："上午我要把地刨出来整平，再撒上种子，一气干完就没了心思。出汗是排毒，权当锻炼身体了！"我心疼她累，饭后打算与她同干，她就说："你最近不是赶时间写玉园的稿子吗，咱俩还是明确分工吧：我把菜园种好，你把文章写好！"她平朴的话语，隐隐给我心中增添了力量。一个上午，梅妻汗流浃背在菜园里播种，我聚精会神在稿纸上耕耘。我俩心心相印，同绘玉园多彩画卷。

接近中午梅妻才忙完菜园，我开车拉她去我们喜欢的饭店吃午饭，点几个爱吃的菜肴，开一瓶清凉啤酒，两杯轻碰有声，二人相视一笑，她的劳累顿时消弭于无形。蔬菜有腰果炒芹菜、海米炒油菜，她就边吃边点评道："这两种青菜，都不如咱菜园种的发香，有原味。"我说："现在的蔬菜都产自大规模商品化菜园，那里大量使用农药、化肥、促生长和染色的激素，大水漫灌，生长期短，只管高产和效益，无人管味觉和健康。冬天塑料大棚生产的反季节蔬菜，这些情况更甚！"梅妻说："所以，我得更卖力种园，咱尽量减少从市场上买菜。"

常年必备的菜类，比如蒜、葱、辣椒等，我们保证自给自足。自种的蒜因不施化肥，瓣小而皮紧，每天做菜剥蒜皮都是耗时又累手指的活，梅妻不厌其烦，反乐在其中，夸自家蒜是绿色食品。新春撒种的小葱，长到一拃长就开始吃，到夏季就挖深沟重栽；秋后刨出大部分收藏供冬天食用，少部分深埋防冻，到春天生发绿叶后又成新葱。辣椒是春暖时到市场上买苗子，栽上的前些天梅妻要每天早晚两次滤水，到苗旺后培土封沟。自种的辣椒个头小，但皮肉厚，口感丰富。秋凉后梅妻就摘红辣椒，稍晾疲软用针线串成几大串，挂在厨房门两侧，明亮亮红艳艳，这既是一帧美画，又是吾家一个冬春的生活滋味。

前些年西园曾堆放大量杂土待外运，梅妻灵机一动于其上栽了数棵南瓜。雨季来临，瓜秧疯狂生长，土山变作一座藤蔓葱茏的翠岭；叶秧茂盛，金色的南瓜花随之喧嚣绽放，土山又变成一座闪耀的金山。梅妻每天早晨登金山翠岭采摘黄花，或挂上蛋清拌糖油炸做甜菜，或和成面糊上锅煎饼，南瓜花的金色眼福，经她巧手料理变作了美食口福。秋后霜降，叫张玉申来收拾土山，重重叠叠枯秧下面，收获南瓜六十几只，装填满满三推车。南瓜个头并不大，但个个长圆饱满，熟透金黄。梅妻买来五花肉，当天中饭就以南瓜炖肉为主打，我们每人盛满一碗，口感绵软，回味香甜，大家皆食之有味，玉申甚至又盛了第二碗。此后凡亲戚朋友来访，梅妻都以此物慷慨相赠；投之以南瓜，报之以感谢，亲友之间，永以为好也。在以后的日子里，梅妻今天蒸南瓜饼，明天炖南瓜肉，后天则剁碎花生米煲南瓜稠汤，我家度过了一个颇具特色的南瓜冬天。在那些时日，我就常常哼唱一首不相干的红歌，其词曰：

红米饭那个南瓜汤啰嘿啰嘿，
挖野菜那个也当粮啰嘿啰嘿；

毛委员和我们在一起啰嘿啰嘿,
餐餐味道香、味道香啰嘿啰嘿!

玉园种的菜都是普通品种,如白菜、菠菜、韭菜、油菜、油麦菜、菊花菜、香菜、芹菜、生菜、空心菜、黄花菜、葱、蒜、萝卜、莴苣、黄瓜、丝瓜、南瓜、土豆、豆角、芸豆、眉豆等,共有二十多种。梅妻种菜通常很率意,一块空地腾出来,她就去种子店买菜种,并问:"现在季节该种什么菜?"人家说适合种什么,她就买什么。她小时候虽在农村长大,并没有下田劳动,更没学过种菜,对某一种菜的种法,只需要打电话问一下张玉申或老家的亲戚,她就自己动手下种。她说:"凡事只有先干起来,然后才能学会。"几天之后,有细细的嫩叶拱出地面,她欣喜地告诉我:"快去看,我新种的菜发芽了!"她精心地伺候一段时间,就拿了筐子间苗,指着告诉我:"新菜能吃了,可以烧咸汤放里边。"她从黄瓜架上摘下顶着花的嫩黄瓜,从地里拔出带泥的小萝卜,洗干净摆在果盘里,我们就当水果吃。一畦青菜吃了多半,剩下三分之一她就不拔了,留着开花观赏。蔬菜多数开的是不显眼的细密的小黄花,很少引起人注意,但在梅妻心目中,这小小菜园里看似平凡的绿油油的菜、金灿灿的花,辉映的是玉园宁静的生活和温馨的日子。

我以前曾读过一首写菜园的诗,当时觉得好玩儿就记下了,但不知作者何许人也,最后一句的销字我也给改成食字。诗云:

忙里偷闲务菜园,通经活络解心烦。
黄瓜拽蔓连花吊,豆角挂空缠架攀。

菠菜绿,辣子鲜,番茄疙瘩压枝弯。
勤劳结出丰收果,自产自食心境安。

这有点像俗词俚语,还得再整两句高雅的,这篇短文才好结束。十多年前,曾任山东省书法家协会副主席、中国北朝刻经研究专家赖非先生光临玉园,曾为我书写一副对联,至今珍藏。经查检得知,这副对联内容,原是清朝书画印大家伊秉绶所作,并书赠贵阳第一园林唐园的。联曰:

五亩治蔬五亩种竹,
半日静坐半日读书。

2022年5月30日—8月25日
作于孟子故里玉园

紫藤架·紫藤花

一

进得玉园大门,抬头所见第一景便是"紫藤繁花",当然时间上得正好是阳春三月。若在夏秋时节,看到的是紫藤浓荫,冬天则看见弯曲缠绕的枝条和高低垂挂的荚果了。

在玉园种植紫藤,我也是心仪已久。建园之初我就规划好了位置,与建大门和车库同时,用钢筋混凝土浇铸了驮载紫藤的架构。该架子粗壮坚固,四梁四柱的尺寸和配钢都超过了主楼梁柱,横木则用防腐的水泥椽子搭建。这时候,我新结识了一位园艺专家高老师,他第一次来玉园就赞赏说:"这里安排紫藤很好,一进家门先观景致。紫藤是庭院著名花木,可赏可食,四季皆美。我院里有苗子,你去移一棵就是。"不久以后高老师第二次访玉园,手里端一个花盆,见面就说:"我给你送紫藤苗来了!"苗子有小拇指粗,几十厘米长,我有些看不上眼,高老师说:"你这里土质好,地方宽敞,用不几年就爬满架成景观了。"

高照鼎老师是我们小城市一位高人。他是新中国成立后的第一批大学生，毕业于泰安林业学院园艺专业，属稀有人才，而分配工作时却阴差阳错派来县城，又被视之无用，放到乡下中学任教。因专业不对口，学校里就胡乱安排些闲课程与他打发岁月。那些年政治运动频仍，知识分子皆作为"臭老九"批判，屡经敲打，风声鹤唳，人人自危。高老师性格耿介，处乱世而不与俗人同流合污，一肚子知识无用武之地，便在自家大院子里布置些花草果蔬，自娱自食，自命清高，过了几十年的虽不得志倒也安闲的隐士生活。待时代转变开始重视人才，高老师已告老退休，闲云野鹤，优哉游哉。我与高老师一见如故，他那渊博而又专业的园艺知识令我大开眼界，受益良多，玉园的花木布置多承先生不吝赐教。稍有闲暇，我就邀他来玉园饮茶，到吃饭时就让妻子做几个家常菜，我二人举杯浅酌，相谈甚欢。我与高老师成为名副其实的忘年交。

紫藤苗子定植后生长旺盛，噌噌噌天天向上蹿，它的柔须够上东西就结实地缠住，以护持藤尖持续上攀。几个月时间，紫藤就爬上架子，急急忙忙四面扩展枝叶，到了第三年春天，紫藤架已具雏形，开始像模像样地开花了。顾名思义，紫藤花是紫色的，坐骨朵时颜色很深，待花朵绽开变得稍浅。紫藤花的结构是总状花序，成堆成串密密聚集，既茂盛又热烈，单朵花冠为蝶形，轻风吹拂，宛如许多紫色蝴蝶集会扇翅。长到十五岁树龄，紫藤早已森然成木，巨藤缠结，如龙盘蛇行，奇特美貌开始形成；枝条已冲出藤架界限，且四处寻空间扩张，蔚然成大气象。尤其花开时节，满架紫色繁花怒放，如云蒸霞蔚，引来蜂飞蝶舞鸟唱，嗡嗡嘤嘤，热闹喧阗，演春之乐章。还有香气，紫藤花的香气独一无二，透着食物的味道，让人感觉亲切，乐于近前嗅之。玉园春之花色以红白居多，这别致的紫色令人耳目一新，越发令人珍爱。

每年此时，我都要邀高老师来赏花。岁月匆匆，高老师已是八十岁高龄的老人了，除腰背稍驼，高老师身心尚健，精神尤其矍铄。紫藤架下，一壶桂花茶，两个忘年交，我们海阔天空谈古论今，其内容多与花草树木相关。

我们谈起了李白写紫藤的诗：

紫藤挂云木，花蔓宜阳春。
密叶隐歌鸟，香风留美人。

后两句我和高老师咀嚼再三，赞赏不已。叶底歌鸟，花前美人，偌大阳春景色，诗人李白只裁得如许几分，便成咏藤佳作。还有南朝虞炎的诗：

紫藤拂花树，黄鸟度青枝。
思君一叹息，苦泪应言垂。

看来，紫藤架下不仅适宜听鸟赏花伴美人，还是古人寄托思念之情的处所；浓荫下面，孤独之人寄怀远方，神伤情迷，泪水从眼中流下又浇回心里。马致远的"枯藤老树昏鸦"篇，悲壮浑穆，把古代天涯旅者的离愁别绪，写得悲而不哀美而不怨，堪称同类题材的大手笔。我仔细推究，入笔即造沧桑意境，皆拜枯藤所赐也。前些年我去苏州，在拙政园西邻的院落里看到一架典型的古藤，传为文徵明手植，老木虬枝盘散于地，躯体多已干朽，靠着半爿筋皮，依然新枝绿叶生机盎然，这景象着实令我震撼。与长寿树木相比，紫藤为易枯之木，但它的可贵之处在于，紫藤生命如凤凰涅槃朽后再生，虽不过数百年明代藤木，却有千岁汉柏唐槐之风韵。

我的家乡亚圣孟子庙里，也有一个闻名遐迩的景观，叫紫藤缠银杏。那紫藤也有几百年寿龄了，躯体亦如苏州古藤老态龙钟，所异者在于它结结实实攀定近处一棵高大挺拔的银杏树，直达树冠。它与银杏同植一方地共戴一片天，同繁荣共风光，齐唱生命之歌。我们孟老夫子有一句名言，就是大丈夫善养浩然之气。看了紫藤缠银杏景观，我就得了新的启发：浩然之气既存在于银杏树高大挺拔的躯干里，也深藏于紫藤木细软坚韧的柔枝中，高大与坚韧，共同塑造生命的顽强……

玉园里一些植物的花朵叶芽根茎，多具药用、饮用、食用价值，贤惠勤劳的妻子梅就不失时机地适量采撷，经她巧手料理，得以物尽其用人享口福。每年紫藤花开时节，观赏之外我们还少量食用。梅妻从紫藤架的人看不到处采摘未绽开的骨朵，上锅用开水一焯，掺豆糁做成菜豆腐，或和粗面煎饼、蒸窝头。餐桌之上，热腾腾香喷喷，色蓝蓝情绵绵，玉园美食，舌尖上的春天。

然而对于我来说，食用紫藤花除品尝春的味道之外，还令我梦回老家山村，回忆那半是苦涩半是快乐的如歌童年。

二

我们村生产队的山林间也长有不少紫藤架，而最庞大最著名的有两处：南沟紫藤架和西小山紫藤架。南沟的紫藤架占地二亩多，跨壑攀崖，裹石缠木，蓊蓊郁郁，可谓洋洋大观。据看护南山的六老爷讲述，我们李家老祖宗于明末清初逃荒来南山下建茅庐时，就曾采集这里藤条做材料，可知紫藤架至少有三百年了。日月盈仄，柔藤长大变粗木，木经多年就干枯了，枯处萌发新苗，藤条再四面伸长枝繁叶茂，就像我们李氏家族生生不息。干枝朽木村人就捡回家烧锅做饭；新枝嫩叶生产队就派人割了喂牛羊。春天开花，妇人们采了和地瓜面、掺豆糁做成食品，聊补无米之炊。一架野藤，惠及李氏十代人，真是善莫大焉。

南沟紫藤架近在村南头，还是我们孩子们的游乐圣地。大孩子小孩子、男孩子女孩子，都常跑来聚集游戏，无论冬夏，四季罔废。谁家的孩子找不见了，他的老娘就站上村南高冈扯起长调喊话：

"二狗子，你死到哪——去——了？"

这紫藤架里必定站起一个孩子答应：

"娘——来！我在南沟玩——着——哩！"

我们在紫藤架玩的游戏主要有三种：颤轿，摸哎哟，藏猫猴。

每个孩子占定一根藤枝，较粗的藤木上可坐两三人；众人码齐节奏，上下发力，使藤架高低巨幅颤动；一面齐声唱着叫着：

颤——颤——颤轿来，

王八羔——戴——帽——来！

这时有戴着帽子的就急忙一手拿掉,以防挨骂。接着再齐声唱叫:

颤——颤——颤蜗——牛,
王八羔——光——着——头!

这时已拿掉帽子的就急忙再戴上,如果本来没戴帽子的,就急忙用一只手捂住头顶,也算戴了帽子,与王八羔撇清了关系。领唱的若是个脑瓜鬼灵的家伙,会不断翻新编歌词,变换花样折腾大家。他唱道:"颤——颤——颤轿——玩儿,王八羔——穿——着——鞋!"于是大家急忙乱甩自己的鞋子,而有的是系了鞋带的,也不甘落后扯断带子急忙扔鞋。他又重复这段唱词,第二句却变成"王八羔——不——穿——鞋!"这下糟了,大家又急着找鞋穿,只是刚刚的弃之如敝屣委实突然,且又丢进藤蔓枝叶里面,多数急切间难觅鞋之踪影。有女孩拾了男孩深口鞋的,有男孩捡了女孩绣花鞋的,一时场面失控,颤轿游戏不得不停下来,大家翻枝挪藤呼叫着找鞋子,摸索半天,多数都找齐自己的鞋子,只有一个叫二狗子的丢了一只。他想象若光着一只脚丫回家,定会遭虎娘狼爹的斥骂和暴打,越想越怕,他便号啕大哭起来。我顿生怜悯,立刻号召大家钻进紫藤架帮他找失物。奇怪的是二亩藤蔓篦梳般翻检一遍,就是不见那只臭鞋。孩子们议论纷纷:莫非被狐狸兔子黄鼠狼们叼走了?二狗子正又要大哭,一个眼尖的女孩发现紫藤架十几步远处,倒扣着一只男孩的鞋子。失物找到了,大家群情振奋,二狗子亦破涕为笑,我照右肩捶他一拳骂:"你小子好大的劲,够狠的你!"

摸哎哟游戏也叫瞎子捉鬼。用抽签办法选一个人当瞎子,拿布蒙上双眼,让他在紫藤架间捉人,捉住后就用手捏或指甲掐,人若吃疼不住叫一声哎哟,瞎子就算胜利了,将眼罩布传给他当新一届瞎子。有一位比我大两岁的伙伴,乳名叫锅拦,他生下时斤成不足,家人怕养不活,就信村巫的话端黑锅卡他一下,意思是把他小命给圈定拦下了,因以取了这个怪名字。小时候他身体长得瘦小玲珑,善于爬树,就又有了诨名叫猴子。我们有一次在南沟紫藤架上玩摸哎哟,这个猴子躲闪不及,被瞎子牢牢地捉住了,接下来就是手抓指挠,逼他就范,奇怪的是任凭怎么折磨,猴子锅拦就是任死一声不叫,最后倒是瞎子吃不住劲,自扯下眼罩,骂骂咧咧甩手不干了。我们急围上锅拦看时,他脸颊胳膊小腿等部位有十几处抓伤,青一块紫一块,两处还滴溜淌血。(京剧《铡美案》里,包青天斥责驸马爷有一句唱词:"咬紧了牙关你为哪桩!")这时六老爷肩扛猎枪正打这儿路过,他与锅拦族分上很近,就又心疼又气愤地骂:"任人掐烂了肉也不叫唤,你是紫藤还是木头!"正巧我父亲也从这儿过,他1947年坐过国民党还乡团的监狱,曾遭毒刑拷打宁死不屈;他就对锅拦很佩服地说:"这孩子有种,像个地下党员,以后保不准能干大事!"锅拦上学后新起名叫养胜,十八岁体检政审过关去山西当兵,但长达五年时间没摸过枪,只在后勤农场养猪,复员前光荣地入了党。我去年回老家遇见他,养胜老兄已是花甲老人了,我问其儿时游戏尚可记否,他不予置评,只是嘿嘿地笑⋯⋯

有一回我们玩藏猫猴游戏。八个孩子分成两组,四人先去紫藤深处隐藏,叫一声好了我们便去寻找。时值夏天,枝茂叶浓藤深,我们费了天大的劲才找出三个,剩下那个叫小五的猫猴,却是藤里寻他千百度,渺茫无踪影。正当我们无计,蓦然见小五鬼哭狼嚎连滚带爬跑出来,变了腔调叫道:"救命啊!长虫钻进我裤裆了！"他一面号叫着跑向平地，一面解绳脱裤子，骨碌碌从裤裆抖出一条红花纹长蛇来。那蛇在地上乱蹦，说时迟那时快，二狗子赶上去一把攥住了蛇头。他天生异禀，向以胆大敢捉蛇饮誉全村。小五还在哭叫，叉开腿叫我看他的两弹一枪还在不，我告诉他一样不少未被蛇咬掉，他才止了哭叫放下心来。（纵横家张仪初为楚国相门下客，因人诬偷璧遭毒打，跑回家张嘴叫老妻看吾舌安在否，妻告舌在，张仪曰足矣！）

却说二狗子紧紧地搦住花蛇头不松，蛇亦挣扎着死死地缠住了二狗子的胳膊，如藤缠木，愈勒愈深，二者呈蚌鹬相争态势。我们正无计可施，六老爷闻声赶来，他先是捏住蛇尾巴一圈一圈给二狗子解套，然后提蛇尾在空中猛抖三下，蛇便瘫在地上一动不动了，只有口里的芯子还哧哧地伸探。六老爷拿蛇像束腰带一样系在腰间，一面谆谆教导我们："以后不要逮蛇头，它咬人缠人都很险；要提起尾巴用力抖，把脊梁骨抖散了架，蛇就一丝力气也没有了！"不多时蛇兀自整饬好骨架，还原力量又要逃跑时，被六老爷再次捉住尾巴猛抖，蛇又瘫在地上动弹不得。六老爷得意扬扬地说："我再教你们一种蛇的玩法。"他从兜里掏出一团棉花，包上蛇头缠紧实，蛇变成了瞎子；再打火点燃棉花，蛇觉得烧痛就瞎碰误撞，我们一面躲闪一面欢叫；待火烧旺，瞎蛇便顶着烟火打着旋子腾空蹿跳，蹿得比人还高，犹如好戏演到高潮，我们快乐得齐叫齐跳，与蛇共舞，欢声笑语震得南山发出阵阵回响。火蛇表演了很长时间才被烧死，我们的兴奋慢慢平静下来。大家围定六老爷，不禁对这位传奇猎人肃然起敬。六老爷捋一捋他的山羊胡子，又嗔起脸给我们讲故事：

"上个月有一天傍晚，我从山上下来走到这个地儿，黑影绰绰看不很清，见有一根丈把长的粗木头撂在沟沿上。我猜想是有人偷伐集体的树木，叫我冲了阵没能抬走。我用脚踢一下，不料木头活了，打个滚儿忽啦啦直钻进这紫藤架里了，原来是一条大蟒蛇……"

"哎呀！"我们众小孩不约而同发出惊叫；我头皮发麻，头发根根地竖起来。只有二狗子站起身说："再大的蛇我也敢捉！"六老爷一瞪眼说："看你能得不是你了！蛇长这么大要几百年，成精了。它张开血盆大口，一口气把你吸进肚子里就像吞个枣，连嚼也不用嚼的！你敢说不怕？"我们都吓得张口结舌，大眼瞪着小眼，二狗子也蹲下身不敢吱声了。六老爷站起身说："以后你们小孩子别再来这里，小心大蟒吃了！"说完就走。我们骨碌碌跟他跑去。

紫藤架里有大蟒蛇，消息像风一般在小孩子中间传开，我们都长了记性，再也不敢来这里做游戏了。此后，南山紫藤架享数年平静。

三

西小山离村子比较远，在西部边陲，与邻村高家庄接壤；在山的顶部，郁郁葱葱盘结着一片比南沟广大许多的紫藤架。西小山石也不奇，山也寻常，一年里多数时候默默无闻，连山下大路上的行人也不加注目。寻常一样山石貌，紫藤花开便不同。当春天消磨了大半，桃红李白卸了新妆，西小山紫藤花后来居上绚烂绽放。它不学群芳嫣红，标新立异姹紫，令小山峰紫气环绕，祥云栖迟，诗情画意。此时西小山，若一质朴农家女儿华丽转身，一跃变成头戴紫罗兰华冠的窈窕公主。

农村人见惯了那千红争艳，却诧异这一紫殿春。人们停下忙碌，抬头仰望云霞灿烂的紫色花峰，皆心生娱情，面敷悦色，口中喃喃，欲赞而忘言。

不是人人都有雅致情怀，尤其年长的女人就满腹牢骚。六奶奶找我父亲提意见说："紫藤花开败你也不派人去摘，多好的东西，吃了不疼瞎了疼！"父亲和蔼地问："六婶子，今春你家吃不饱了？"六奶奶说："今年粮足，倒没饿着。"父亲耐心劝说："只要肚子不闹饥荒，咱就让好花好开，给咱山里人养养眼睛、长长精神！"父亲私下交代看护西小山的二大爷：咱队里人谁来摘紫藤花别拦他，爱吃的摘也无妨。

那时正赶上"文革"云诡波谲，父亲先是被打成走资派遭批斗，几年后又"站了出来"再当队长。这一年天遇大旱，庄稼收成减半，到了来年春天，饥荒开始蔓延。人们先是剥树皮，掘草根，想着法子做熟了填肚子；稍后便撸柳芽、摘榆钱、采槐花、剜野菜，什么长出来就吃什么；春生万物，皆可果腹，天佑黎民百姓。父亲每天都来西小山看紫藤长势，殷殷叮嘱二大爷说："二哥啊，这些紫藤花你可要给我守牢靠！等开好了能采上千斤，够咱全队人饱食五六天呀！"二大爷满口答应着，一面喜滋滋说："老天爷真是开了眼啦！前些日连下两场透雨，紫藤花开得比哪年都旺啊！"

收获紫藤花的日子终于来了。父亲安排妇女队长三婶子带队，由女劳力和学生等三十多人组成队伍，浩浩荡荡向西小山进军。人们扛了荆篓、挎篮、条筐、簸箕等容器，也拿了钩子、镰刀、剪子等工具，雄赳赳气昂昂，迈出村庄，目标直指紫藤山

岗。年轻漂亮的三婶子走在队伍前边,她大声说:"咱们唱支山歌吧!"她先起了个头,整支队伍和声齐唱起来:

唱支山歌给党听,
我把党来比母亲;
母亲只生下我的身,
党的光辉照——我——心……

一曲终了,三婶子又说:"咱再唱一支丰收的歌!"她又起头,大家合唱:

小河的水清悠噢悠,
庄稼啊盖满了沟;
解放军,进山来哎,
帮助咱们闹秋收……

欢歌笑语响彻田野,四面青山回声悠扬。队伍很快开到西小山下,我们小学生散了队列前呼后拥争先恐后爬上山顶,我们一看傻了眼:紫藤花被人偷摘了!由于是深夜摸黑行盗,摧枝断叶,花洒满地,紫藤架被糟蹋得一片狼藉。妇女们随后奔上来,见此惨状相拥而泣。消息飞传村里,父亲带十几个男劳力火速赶来。父亲绕紫藤架愈看愈气,双手发抖,眼里鼓满了血丝。二大爷哽咽着谢罪说:"都怨我大意,没守住咱的救命树……早知道,我夜里卷铺盖来睡到紫藤架上。"父亲蹲下身,大口大口吸旱烟,他并未埋怨谁,只轻声说:"早知道尿床,咱一夜不睡觉来。"男劳力们义愤填膺,摩拳擦掌说:"定是高家庄人偷的!那个贼窝,这些年没少偷了咱村!"有人甚至主张:"咱组织百十号人,闯到高家庄挨家查赃,翻到紫藤花就砸他家饭锅!"父亲平静下来耐心劝说:"这些年连遭天灾人祸,山村人都过得艰难,穷生歹心也不犯杀头的罪,咱不是日本鬼子还乡团,不能祸害邻村乡亲!"二大爷出谋划策说:"咱先咽下这口窝囊气,他春天偷咱紫藤花,到秋天咱偷他花生和地瓜。"只见父亲霍地站起身,指着二大爷鼻子斥责说:"二哥你这老糊涂虫!咱南山李家庄,老祖宗教导咱人穷志不短、饿死不做贼,三百年没出一个偷鸡摸狗的人,你要坏咱李家的名声吗?"二大爷羞愧无语,现场男女老少一片寂静。父亲缓了口气,又对众人说:"这件事谁都不许再提了!大家快干活,把掉地上的捡起来,枝叶旮旯里找仔细,我看紫藤花还剩不少哩!"

人们仔仔细细摘了半个上午,每人的容器里只装了小半。看天时尚早,父亲就对三婶子说:"公社革委会下了通知,月底进行革命群众歌舞比赛,你们歌唱队配上学生合练一下,争取到时候拿第一。"

紫藤架近处有一块长方形平地,正好做我们的舞台。三婶子选出嗓子好的妇女儿童排成队,她打拍子指挥练合唱。我被选为合唱队成员,心里的幸福盛得满满,口中的歌声唱得嘹亮。我们唱的第一首歌是:

北京的金山上光芒照四方,
毛主席就是那金色的太阳。
多么温暖,多么慈祥,

把我们农奴的心儿照亮；

我们迈步走在社会主义幸福的大道上。

哎，巴扎嗨！

我们也唱语录歌：

下定决心，不怕牺牲，

排除万难，去争取胜利！

唱完几首歌之后，合唱队解散，我们坐地上当观众，看歌舞队上场排练。他们表演的是男女对歌。排在左边的女队五人由三婶子领头，左手擎红宝书，右手叉在腰上；男队五人排右边，是右手擎红宝书左手叉腰。他们舞蹈动作比较简单，只是原地踏着歌的节拍，身体前倾后颠就行。三婶子先领女队跳舞引唱：

我说那个一来哟，

谁给俺对上一咦：

什么人热爱毛主席？

什么人热爱毛主席？

男方队边舞边对唱：

你说那个一来哟，

俺给你对上一咦：

贫下中农热爱毛主席，

贫下中农热爱毛主席。

女方再跳舞引唱：

我说那个两来哟，
谁给俺对上两昂：
什么人紧跟共产党？
什么人紧跟共产党？

男方队再边舞边对唱：

你说那个两来哟，
俺给你对上两昂：
贫下中农紧跟共产党，
贫下中农紧跟共产党！

这个节目很长，要从一对到九。前两段歌词固定，必须严肃地唱，一字也不许更改；后面就灵活多了，可以现编新词即兴创作，比如把本村的新人新事加进去，常常博得观众好评。对完第七段，三婶子编新词跳舞引唱道：

我说那个八来哟，
谁给俺对上八啊：
什么人偷咱紫藤花？
什么人偷咱紫藤花？

男方队五人脑子机灵,心领神会对唱道:

你说那个八来哟,
俺给你对上八啊:
高家庄人偷咱紫藤花,
高家庄人偷咱紫藤花!

唱到这里,女人们心中的憋屈又涌上来。大家停了歌舞,都懒散地说累了。抬头看太阳已经正午,三婶子就下令收工回家。这时大家都觉到了饥饿和疲倦,争先恐后稀里哗啦下山去。人们没有了来时的昂扬斗志,反而像一支打了败仗的散乱队伍。

走到山下平路上,春风吹拂杨柳,河水荡漾绿波,和着树上的鸣鸟,女人们又自发地哼唱起歌曲。她们哼的是《沂蒙山小调》的曲子,词是她们随意创作的:

人人那个都说哎——哎——哎,
西小山好噢——噢——噢;
西小那个山上——昂——昂,
紫藤花开放——昂……

2019年1月25日,作于玉园

凭栏听雨楼

一

在城市里建一座有院落的住宅，乃我夙愿。这应归结于我出身农村，有较强的庭院意识，对住单元楼房很是不适应。这之前的多年，我转遍了小城内外，梦想找块适宜的地方建房子。儿子本昂至今记得，他小时候先是坐在自行车前梁上，后则坐在吉普车上，跟着我四处颠簸寻找宅基地。说来也巧，有两位熟人同在一个单位任要职，顺风顺水正当得滋润，却突然遭遇如《红楼梦》所叙的义忠亲王老千岁"坏了事"，怕案件牵连扩大，他们就急着甩掉私下违规置办的一块土地。我闻讯后立即行动，斥资买下这片地方。从此，辛苦的建园工程开始了。

先是想建明清风格房子，就找到懂古建的朋友做顾问，先后参观曲阜论语碑苑、济南趵突泉公园，想借鉴这两处正在用新材料即钢筋混凝土来做古建筑的经验。后又觉得，在现代建筑环境中造古房子，如同大街上看见一位穿长袍马褂者，既扎眼又有失协调，便决定还是得从众顺时做新式建筑。当时欧洲建筑风格很时髦，我就借来西方别墅画书，反复研究，终也未找到我喜欢的现成式样。最后就自己动手设计图纸，根据我的家庭需要和审美意趣，画出草样反复修改，到自己满意后才算定稿。我去请教本地设计院的周平院长，他看后说："这样吧，你是设计师，我是工程师；我原封不动按你画的线图做成施工用的图纸就是。"待厚厚的图纸设计出来，我抱起掂一掂，便觉出了沉重的分量；其中一张正面效果图画得很美，正是我想象的面目，便先觉出了几分欣喜和满足。

2000年春节过后，当新世纪曙光初照之时，我择了个吉日，玉园主楼肇建。为了筹措资金，我将我和父母分住的两套房子预售出去，协议规定可住到当年的中秋节；这样，主楼必须在八个月内建完入住。那是何其繁忙的两百多个日子啊！每天上午，我尽快忙完应办业务，十点钟前即赶到工地处理繁杂的施工事务。千头万绪中，最要紧的是几乎每天都有付钱项目，记得后期内外装修时，我一天最多付过十三份钱。我的左腋间天天夹着一个黑色皮包，里边鼓鼓地装着现金。有位女工人就说我："你包里到底装了多少钱，天天取天天有，总取不完！"工地上的人还以为我是大款，他们哪里知道我为保证工程进展，找亲友借钱，跑银行贷款，拆了东墙补西墙所受的艰难。当地有句俗语说：为人不睦，劝人盖屋。意思是一个人要是以邻为壑，邻人就劝他建房子，好叫他遭受劳苦折磨。好在男人四十岁左右正是身心强壮充满自信的阶段，天大压力可以只手擎起。当这一年中秋节的圆月升起时，我全家三代人已乔迁玉园举杯赏月了……

冬天到来，我赶建锅炉房、买煤等，准备自烧暖气，还从老家请来一位性情忠厚的族兄烧锅炉。这位老兄叫养春，与我族分上还在五服之内，早年他父亲因病去世，童年的我还穿戴孝服孝帽，手提柳木棍，夹在白茫茫送丧队伍中哀哀地号哭。据父亲讲，我们和他家的祖上是亲弟兄俩，分家时土地同样多，他们家人克勤克俭财富越积越多，供后代念书还出过秀才；而我们家传到曾祖父时，他游手好闲不务农，喝酒赌博把家产糟蹋光了。这倒好，共产党解放搞土改，我家划成响当当的贫农，父亲亦参加革命当了村干部，养春哥那支人烟却被结结实实打成地主。养春哥在县政府招待所干过几年厨师，饭菜做得好，闲来老父亲常和他对饮几杯。美酒佳肴，亲情悠悠，新建玉园的冬天格外温暖。

阅历既久，老父亲私下向我表达他的亦喜亦忧。他说："从前咱家穷，你爷爷给养春家扛长工；现在翻过来，养春是给咱家打工了。要是再来搞一回土改，咱家不就成地主了？"

我还真没想过这个问题，当时不知如何回答。

二

玉园主体建筑叫作听雨楼，是多年之前早就拟好的；顾名思义，它寄托了我对下雨的渴望和赏雨的情怀。

我出生那年，发生了两件大事：一是举国开展反右派斗争，许多文化人被扣上一顶金箍帽；二是全国性的洪涝灾害。那年雨下得有多大？父亲多次描述过：瓢泼大雨白天黑夜不歇地下，接连下了二十六天；河也没了，路也不见，白茫茫成了一片大湖大海；庄稼地淹没了，水深得只看见高粱棵的穗头。母亲回忆说：个把月不晴天，家家没有干柴烧锅煮饭，大人小孩都嚼生粮食！

老人们的回忆倒很美好：沟里壕里都是从微山湖顶水游上来的鱼虾，拿筐子胡乱一卡就是半下子；那些螃蟹呀老鳖呀青蛙呀，满地乱爬乱蹦，人吃都吃不完，还有那些泥鳅呀血鳝呀，跳到坑岸没人捡……

这就是1957年。闭上眼睛我脑宇间就浮现一幅风雨湖山鱼龙踊跃的画面。奇怪的是，这幅我并未亲历目睹的图景，竟然长驻我心，成了终生不可磨灭的影像；我甚至以为，那泽国水乡渔村可能就是我前世的故乡。在我九岁的时候，今日山村仅差一步就真的变成了水上乐园——上级决定要在这里建一个大型水库。坐小轿车的领导来了一批又一批，戴眼镜的水利工程师支起三角架瞄呀瞄的，沿选址点砸下很多木头橛子。上边放风说，一个月后这里将开始五万人的水库大会战。父亲从公社开会回来，立即贯彻上级指示，他在社员大会上激动万分地讲："咱这个水库忒大了，洼地良田淹干净；截断南山云雨，高峡出平湖；村子搬到北岭去！"群众一听都给吓傻了：地淹没了全村老小今后吃啥，喝西北风？老人们经历苦难多，担忧地说："又回到歉收年景，拖家带口逃荒要饭去呀！"与大人正相反，我们孩子们却格外兴奋，另有美丽的憧憬。村子变了湖真好，今后就过撑船打鱼撒网垂钓的生活，或坐在水边石头上弹起土琵琶，唱"西边的太阳就要落山了，微山湖上静悄悄"，要多棒有多棒。还有，我们都看过《水浒》连环画，想象村子变成水泊后，我们就揭竿而起聚义上南山，我是孩子王，自然被推坐第一把交椅当宋江，我甚至指派三个亲密的小朋友当阮氏弟兄，选面皮白的当浪里白条，黑的当李逵。我们练习合唱"爷爷生长在水边，不怕官司不怕天"。我们说话的口气也在变，常把鸟字挂在嘴边上。有一个小孩贪玩不割草，叫父亲打了一巴掌，他就瞪起圆眼反抗说："什么鸟爹，忒不像话，老子打儿子！"可是好景不长，突然传来消息说水库不建了，得搞"文化大革命"。还传说，几个月前那位来这里登上高处一挥大手掌决定建水库的大官，刚刚被红卫兵打倒了，绳捆索绑像斗地主一样城里乡下游街示众。最受伤害的是我们这帮正做着好梦的少年，幻想的翅膀一下折断，跌落在泥泞的土地上。什么鸟"文化大革命"啊！

那时农业学大寨，当年的标语口号我记忆犹新：学习大寨赶大寨，定叫山河重安排；甘做新愚公，改造大自然；战天天低头，斗河河让路；与天斗其乐无穷，与地斗其乐无穷，与人斗其乐无穷。那时的人们瞪着血红的眼睛，逮住什么都想与之决斗。战天斗地几十年的结果是：树林斩尽、果园削平、山岭建成了梯田；把河道的弯曲改直、宽度收窄、建成方方正正的大寨田；建了更多的水库而十塘九涸，打了无数的深井却屡屡抽干……一个不争的事实是，年降雨量逐年减少，土地连年干旱已成必然。善良的农民仰天追问：老天爷啊，你的雨水怎么不下了？

我读小学时最欢快的记忆，是学校经常停课帮生产队抗旱。我们都拿了大大小小的盆和瓢，从水源处到地头，蜿蜒排起长龙，击鼓传花般将容器传递过去；男孩女孩，欢声笑语，瓢盆交响，撩水嬉戏；经过众多小手传到干旱的庄稼时，容器里只剩下很少的水了。有位老师为情景所动，不禁吟诗道：赤日炎炎似火烧，野田禾稻半枯焦；农夫心内如汤煮，儿童抗旱乐陶陶。现在想来，那位老师真是有才。上中学也参加抗旱，只是小瓢盆换了大水桶，肩担手提，肩压肿手磨破，再无快乐可言说了。那年代流行的京剧样板戏里，《龙江颂》内容写现代人抗旱，有一个人物叫盼水妈,她的青衣唱腔激愤低昂字字泣血:"旧社会咱后山十年九旱,要水更比登天难。我爹娘生下我取名叫盼水,水未盼到我的泪盼干……"

我读大学的孔子故里与我的家乡比邻,亲见曲阜旱魃为虐,便知家乡如惔如焚。当旱季来临,我常举头望云霓,低头思故乡。写封家书,常问话题是:村里水库干涸了吗?大井还能抽出水吗?点播的花生能否出齐苗?从胎里就渴的麦子能有几成收获?家人的回信总是叫我失望:春天干旱无雨;夏天下雨太小杯水车薪;秋季缺水麦子只种上一半;一冬无雪。北方大地连年旱灾,我的心田也变成了沙漠。

当下了晚自习课,一天的学习结束后,我不回宿舍,走出校门去田野小路上独自游荡。天上无云,明月当空,星斗闪烁。干热的风吹着,送来旱得半枯的麦棵的焦糊味道。没有老师和同学,没有农人和路人,我孤独地徜徉在深夜的田地上,就像迷途旅人挣扎在无尽的沙漠。这时候我忘却顾忌现了本真,昂首对着明月繁星、黑夜旱田,大声朗诵郭沫若话剧《屈原》里的著名篇章《雷电颂》:

"风!你咆哮吧!咆哮吧!尽力地咆哮吧!在这暗无天日的时候,一切都睡着了,都沉在梦里,都死了的时候,正是应该你咆哮的时候,应该你尽力地咆哮的时候!

"啊,我思念那洞庭湖,我思念那长江,我思念那东海,那浩浩荡荡的无边无际的伟大的波澜呀!那浩浩荡荡的无边无际的伟大的力呀!那是自由,是跳舞,是音乐,是诗!"

……

三

在擘画听雨楼线图的日子里，我夙兴夜寐用心良苦，尺笔画了涂、涂了画，以达自己心目中的尽善尽美。

在三楼屋脊南坡居中位置，我设计了一个露天大阳台。立在这里，我晨可迎接最新一缕阳光，暮可惜别最末一抹晚霞；到了夜晚，我便仰望星空欣赏明月，或做深沉之举追问苍穹对话宇宙。立在这里，我享受春日熏风的抚摩，任凭吹皱心中一池春水；我贪婪冬日的暖阳给我的身心施舍温热，亦迷恋漫天雪花飘飘扬扬风姿绰约。还有夏天，十年九旱的夏天，我冒着炎热登楼眺望天边的云彩，渴盼雨水降临；精诚所至金石为开，我终于盼来了一场电闪雷鸣轰轰烈烈的喜雨；我立在三楼阳台上，耳听雷声风声雨声，我闭上眼，一动不动，任凭雨水湍急地浇灌我干渴已久的心田。盛夏天的雨水带着温度，浇在身上，我感受到热痒滑动的舒适；雨点打在头顶脸颊也不觉疼，只感到点点滴滴麻生生的刺激。此刻我想起了杜甫那首很世俗的《四喜诗》，心中默默地吟哦：

久旱逢甘霖，他乡遇故知。
洞房花烛夜，金榜题名时。

他将人生的众多幸福快乐概括为四件大事，而四喜之首则是旱天降雨。与后三件事相比，这似乎与单体个人关系不甚紧密，况且，渴盼阳光雨露的又非止于人类，而是所有动植生命的共同刚需，然而这又正好证明，只有具普世情怀的诗人如杜甫，才能在作品中体现对所有生命的大喜大爱。他的另一首《春夜喜雨》诗是对他喜乐情怀的再次延展，其前四句道：

好雨知时节，当春乃发生。
随风潜入夜，润物细无声。

全诗不着喜字，而诗人的喜乐之情却充盈在整篇之中：此非诗人一己之喜也，而是得雨滋润的世上万类之喜。洋溢喜乐情怀的诗篇，在杜甫创作生涯里极其罕见，只有寥寥数首。登高壮怀，倚楼抒情，把酒言欢，是历代文人乐此不疲的风雅之举。我初步梳理一下杜甫有关登楼望远的诗作，亦难见心旷神怡之状，而多是忧国忧民之吟。在唐朝还是盛世，杜甫年轻健壮风华正茂时，他有两次登楼记载：一是在长安登最高建筑大雁塔，皇都一片繁华，风光尽收眼底，他吟出的诗句是"自非旷士怀，登兹翻百忧"；二是游山东时登兖州城楼，他南望邹县峄山，想象当年秦始皇浩荡东封的景象，东望曲阜之孔子故里鲁国故都，他思古伤今，感慨系之曰："从来多古意，临眺独踌躇。"当安史之乱后国破家亡民苦，杜甫的登楼之诗曲调更加忧郁。他携一家老小逃难，历经艰难到达成都，靠友人接济构筑草堂暂得安憩。他登楼北望，悲伤情绪挥之不去："花近高楼伤客心，万方多难此登临。"在成都周围多地流寓五年后，他的生命之船又漂向了夔州。新迁异地，独登白帝城最高楼，一腔愁绪化作诗吟："城尖径仄旌旆愁，独立缥缈之飞楼……杖藜叹世者谁子，泣血迸空回白头。"夔州是杜甫最后也是最辉煌的人生驿站，暂短两年，作诗四百三十七首，数量占终生的三分之一，且笔健诗雄佳作纷呈。例如千古名篇《登高》，他面对峡江风急浪高落木萧萧，自顾白发苍苍潦倒人生，用苍老嘶哑低沉的嗓音倾诉他的艰难和苦恨："万里悲秋常作客，百年多病独登台。"此后不久又举家顺江而下，漂流到洞庭湖畔的岳阳，系船岳阳楼下，老迈孤独的诗人最后一次登高赋诗：

> 昔闻洞庭水，今上岳阳楼。
> 吴楚东南坼，乾坤日夜浮。
> 亲朋无一字，老病有孤舟。
> 戎马关山北，凭轩涕泗流。

诗人的生命到了谢幕时刻，有国难奔，无家可投，风雨洪水，随浪漂舟。两年后的寒冬，杜甫病逝于湘江船上，伟大诗圣的生命画上了最后的句号……

四

我在二楼的西南角还建了一个大阳台，三面砌石栏杆，北面的门通书房琳琅轩。当我读书写作倦了，就踱上阳台，或品茗赏音乐，或凭栏俯瞰玉园花草树木。也有几回，春和景明花开时节，邀了朋友在此小聚浅酌，亦有许多逸兴和雅趣。最好的还是下雨时刻，尤其是知时节的好雨，我端了椅子倚栏独坐，静听雨滴打在植物叶片上的声音。前面栏杆下的地上有数株棕榈和芭蕉，是我专为听雨而植。那肥大厚实的叶子，被雨点击打发出的声响圆润而不聒耳，点滴入土，润物有声，在我听来这就是最美妙的天籁。安静地坐着，用心地听着，不计时间流逝，也不思身外事情，直到我荒漠的心田浸得水汪汪，褶皱的情感熨得平展展，我获得了甘霖雨露施之于我的大快乐。

在二楼阳台西栏杆的下面，十几年间我曾三批次栽种梨树。北宋诗人晏殊一句"梨花院落溶溶月"，那如梦如幻的诗境夜色，足令我爱上梨花；只是对于梨花的感情，我还更加久远和绵长。在我幼年时代，家乡山村是梨树的王国，村里村外田间地头山上山下，到处可见百年大树的身影。梨树梨花梨果，一年四季都牵连着我们的生活。尤其梨花盛开时节，整个村庄银装素裹，宛如姑射仙境，在我童年记忆里留下纯洁美好的影像。1977年底我参加"文革"后首届高考，被曲阜师范学院录取。入校后第一年里，我似乎遭遇从偏僻山村到高等学府的"转型升级"之痛，其表现是思乡失眠寂寞孤独。也是天缘巧合，中文系大教室北面正有一片梨树园，那洁白如玉的梨花引我情归故里梦回童年，给我干渴的心灵以滋润和安慰。此后不久即心绪转好，我饱蘸激情倾心倾肝写下我的处女作散文《梨花情思》。仰仗评论家阎纲老师和其夫人刘茵老师的提携，这篇作品发表在1980年第4期的《当代》上。1981年我参加山东省在校大学生首届文学创作评奖，《梨花情思》荣获一等奖；后来，文中的段落还收进了一本叫《中学生作文描写词典》的工具书中。1996年我出版小说、散文作品集子，我又将引领我走上文学创作道路的散文《梨花情思》当作我新书的名字。啊，我与梨花相遇，真是前世有缘今生必然，梨花是我人生的幸运之花。

当玉园落成开始布置花树时，我就决定广植梨树，要将玉园建成一座诗意盎然的梨花院落。我第一次引种的是大树，年龄都在二十年以上。结果出人意料，它们在勉强地开过三个花季后，开始一年年干枝枯萎，整体现衰败气象。我请教专家，告说不宜移栽太大的树株，中年树龄生命力会更茂盛。于是，我再更换一批十岁左右梨树，结果状况如前，还是先盛后衰。我索性第三次移植两岁的幼苗，可惜凋零夭折趋势仍难挽回。再质询更明白的专家，告诉说梨树本山林野地果木，喜强光劲风雨水，而城市高楼院墙内的弱光微风自来水，皆所不宜也。听信此话，我决计忍疼割爱，不再强梨树所难，让它们在广天阔地远山间自由快乐地生长吧。至于我钟爱的梨花，就让它保存在我童年的梦境和大学时代的作品里吧。

梨树离去后，我自然想到了杏树，那也是亘古和先民为邻、与生息相关的温情美丽的树种。小时候我家周围种有十来棵大杏树，品种多样，不唯花繁，而且果美。我因娇生惯养，到六岁仍未断奶，乳汁不够吃时母亲就给我摘熟透的甜杏充饥，这一段故事，被我写进纪实小说《杏树》里。

还有明丽热烈的杏花，俨然早春先行天使。不用太费神，我稍一思索，那许多的杏花诗句就列队而来；而且，杏花诗行间还多有雨字相伴，恰与听雨楼暗合。最有名的杏花诗句出自元代一位并不著名的词人虞集，他的一首《风入松》词，写了多半仍显平淡，眼看要黄了，不料结尾处突现奇妙、抖出精彩来："杏花春雨江南"。简短六字真乃画龙点睛之笔，点亮了全诗，照亮南国春色。唐代温庭筠的咏杏诗写道："红花初绽雪花繁，重叠高低满小园。"今人多所不知，杏与梅实为血缘相亲的姊妹，梅开岁末属冬天，杏花才是一元复始的报春之花，而早春二月乍暖还寒雨雪霏霏，所以温诗中说雪花与杏花共舞也是有的。唐代诗人杜牧有一首家喻户晓的诗，写尽清明节意蕴：也是纷纷细雨的时候，有怅惘旅人问路，那牧童嫩手一指，杏花红处酒帘在望。唐代以前文人咏梅者众，宋代才现杏花盛世，凡大诗人无不咏杏，凡咏杏者名篇佳句迭出。不说苏轼的"花褪残红青杏小"，不说叶绍翁的"春色满园关不住"，也不说宋祁因咏杏声名鹊起得了"红杏尚书"雅号，单拣滴溜着雨珠湿漉漉的诗句就有不少。这一天欧阳修从醉翁亭走下来，神情颓然醉眼蒙眬，但看见春景依然清晰，胸间诗情跃跃欲试，于是一副对句从唇边流出来："林外鸣鸠春雨歇，屋头初日杏花繁。"有一个不起眼的诗人，走在文人队列无人注目，大家锦心绣口高谈阔论他也插不上话；道上绿柳间植红杏，迎面细雨和着微风，他逮住时机吟出一副对诗："沾衣欲湿杏花雨，吹面不寒杨柳风。"人们愣住，似乎在互问：他是谁啊？从此，人们记住了他的名字，叫志南。还有大名鼎鼎的诗人陆游，他既怀金戈铁马豪肠，又具风花雪月柔情；他写了许多梅花名篇，咏杏亦不乏佳句。"平桥小陌雨初收……一枝红杏出墙头。"这诗也不赖，只是后句有重复唐人句之嫌。再看他下首："小楼一夜听春雨，深巷明朝卖杏花。"这下中了，又是一幅高度凝练的杏花春雨江南缩影，雨声人语，兼音乐之美，成了传世名作。

这么多杏花诗里春带雨，我便觉杏树与听雨楼也是对了缘。傍楼栽杏树，听雨时赏花，玉园又添一段优雅景致。为了早成气候，我听从老家一位叫李培同的族叔的良言，从他园中移来三棵大树，不料梨花劫再次重演，大杏树蔫蔫巴巴苦撑两年，便回天乏术变了枯木。我伤心之余，便放弃急功近利念头，从头开始栽小树，精心伺候幼苗，看它一年年蹿高，就像陪伴自己的孩子成长。到去年春天，茁壮的小树已长高，我在二楼阳台伸手可触。更令我欣喜的是，小树初次绽蕾开了上百朵花，引来蜜蜂采撷，鸟雀唱歌。我想象着再用几年它们就长成大树，玉园内外春雨潇潇，红杏枝头春意热闹。

长大吧，杏树！

2019年1月11日，玉园

金壁辉煌

一、利簋

在玉园中庭的西墙上,亦即"衡门"内侧的南北两边,我精心擘画设计,镶嵌六块书碑,镌刻了七件周代的青铜器纹样和铭文。从南往北数,青铜器名字依次是:毛公鼎;楚公家钟;利簋;战国铜壶(两件);何尊;伯公父簠。铜在商周时代是名贵稀有宝物,称为金;铜器上的铭文后世称为金文。自然而然,中庭西墙我就命名为"金壁";再套用金碧辉煌一词,这一道风景我就取名为"金壁辉煌"了。我还自拟了一副对联,请书法家朋友殷延禄篆书,亲手木刻悬之衡门内侧,曰:簠贵尊荣簋饰;钟鸣鼎食壶天。将七件铜器包容其中,以状古时皇家贵族庄严豪华之生活也。

簋和簠一样,本是古代盛谷物类熟食的器皿;圆器为簋,方形称簠。《诗经·秦风·权舆》第二节曰:"於!我乎,每食四簋。今也每食不饱。吁嗟乎!不承权舆!"一个没落的小贵族,回忆从前和家人一顿吃四簋饭，而今天却吃不饱了，哀叹今不如昔。古代有官吏因不廉洁被废时，不像今天直斥他贪污腐败，而是婉称"簠簋不饰"。作为青铜器的簋，其实用性远逊于作为礼器的重要意义。皇家贵族在祭祀上天神灵和先世祖宗时，都要用簋与鼎配合贡献祭品。天子用九鼎八簋，诸侯用七鼎六簋，卿大夫用五鼎四簋，士用三鼎二簋，到普通国人，就没有使用鼎和簋的份儿了。贵贱分明，等级森严，由此可知矣。

利簋出土于陕西临潼县南罗村，时间是1976年3月。农民们在田里打井，不意间挖出了一个藏宝地窖，文物部门立即派人来清理，竟然发掘出鼎尊壶爵等西周时代青铜器一百五十一件。其中一件簋形器引起学者高度重视。其上半部为圆形，侈口鼓腹，两侧有兽形耳，下半部底座为方形，自上而下，器表装饰饕餮纹、夔龙纹、云雷纹，器形体量虽不甚大，但造型庄重沉稳，兽面纹饰森严恐怖，一望而知是一件重要文物。更珍贵的是，簋腹内有四行三十三字铭文："武王征商，唯甲子朝，岁鼎，克昏夙有商。辛未，王在阑师，锡右史利金，用作檀公宝尊彝。"初步的铭文释读，认为记载的是武王克商战争史实，距今已三千多年；作器人叫利，因此定名为"利簋"；作为青铜重器，利簋入藏中国国家博物馆。重器重矣，只是当时人们没有想到，二十年后它的"重"终将得以完全呈现。

中国的上古历史，一直以来由传说当家，笼统而又模糊。汉代司马迁作《史记》时，阅览了海量文字记载，但因史料芜杂缺乏互证可信者，治学严谨的他无法抉择，只得将公元前841年（即周厉王因簠簋不饰被推翻继而逃走那年）往后的历史年表捋了个清楚，再往前的悬而未决存而不论了。这是一件天大的遗憾：我堂堂中华文明有史可证者难道只有两千八百年？历代的文化人史学家，多耿耿于怀意气难平。继司马迁后有位叫刘歆的，他颇有先见之明，认为厘定周武王克商之战的准确时间，是打开夏商周历史之门的钥匙；他以《武成》里记载为据，上下推演出一份年表与周厉王败走年份对接。只是当世和后代学者多认为他引文不可靠，年表有问题，未被肯定。《武成》书里描写周武王克商大战有"血流漂杵"句，比刘歆早许多年的我的同乡孟子就据此斥为伪书。孟子认为，以周武王至仁伐商纣王之至不仁，老百姓会夹道相庆迎明君，将官士兵会倒戈投诚图新生，哪还有什么血腥大战？既然圣人给《武成》判了死刑，以后不再有人看重，便渐渐失传了。

我们今天常挂在嘴边的一个词"革命"，其实是古语。商朝历代的君王皆称自己当皇帝是"受命于天"，到了纣王昏聩得很不像话了，周武王要推翻他，便说是要将上天对其家族的任命革除掉，改到自己头上，这就叫"革命"。《周易·革》说："汤、武革命，顺乎天而应乎人，革之时，大矣哉！"我们的孟圣人虽善养浩然之气且人称善辩，但却难改文人情怀书生意气，对"革命"一词理解不深，他没有学习过毛泽东的著名语录："革命不是请客吃饭，不是做文章，不是绘画绣花，不能那样雅致，那样从容不迫，文质彬彬，那样温良恭俭让。革命是暴动，是一个阶级推翻另一个阶级的暴烈的行动。"革命之举常伴血流成河尸骨如山，古今中外，莫不如此。

中国改革开放二十年时已取得举世瞩目成就，国力增强，国泰民安。而中国向有盛世修史传统，大家一致认为：夏商周断代的数千年遗留问题应该做一解决了。中国政府于1996年，组织国内在历史学、天文学、考古学等学科里二百多位顶尖专家学者，设置九个课题，下分四十四个专题，开始了夏商周断代国家工程的攻关项目。很快，专家们便达成一个共识：断代工程的重中之重，还是必须找到商周易代的那场大战，即武王伐纣战争的准确时间。这是一个必须攻克的战略要点，除此别无他途。近代以来，关于武王伐纣时间的研究硕果累累，至少有四十四种说法；最早的断定为公元前1127年，最迟的为前1018年，一早一晚差别一百一十年。每一种说法都是言之凿凿，而每一种说法又都缺乏不容置疑的证据。专家们仰天长叹：历史不开口，神仙难下手。在困惑面前，专家学者们把突围的唯一希望寄托在考古学的突破上。人们在苦苦搜寻，中国已知的万千件出土文物铭文中，有没有确凿记录武王伐纣战争的呢？

有一件，它便是利簋。

作为经过科学发掘的青铜器，利簋长眠地下三千年未经移动；不同于纸质史料的反复传抄任意删改恶意作伪，利簋铭文每字皆真，所记事件绝对为信史。当专家学者的目光齐聚利簋时，那三十三个大篆古字，变得弥足珍贵。尤其"唯甲子朝，岁鼎，克昏夙有商"十一字，更是字字千金。它们明白无误地告诉后人：在那个甲子日早晨，天象呈祥，木星中天，适宜开战，于是武王率部发起总攻击，激战一昼夜，到翌日天明就胜利地攻克了商的都城。利簋是一把金钥匙，它那关于独特天象的记录，使得天文学专家据此进行海量数据的科学计算，得出一组开战日期；然后再结合碳14检测数据，比对其他文字史料和研究成果，专家学者一致赞同将武王伐纣大战时间确定在公元前1046年1月20日。有了这把金钥匙，再进一步精密计算，夏代大禹开国时间被确定在公元前2070年。当21世纪曙光初照之时，中国夏商周断代工程取得阶段性成果，我们终于拥有了一张上古历史比较明晰合理的年表。从此以后，我们才能有根有据理直气壮地说：我堂堂中华拥有四千多年的文明发展史。"历史悠久，文明昌盛"，这八个字不再含糊其词，而变得掷地有声、不容置疑。

2002年，国家文物部门评定六十四件永久禁止出国展览的一级文物，利簋和何尊赫然在列。

二、何尊

许多文物的发现都有传奇故事；故事的主人公，也往往是与土地最亲密的那一批人，即我们诚实纯朴的农民朋友。何尊从被发现，到被认识和受到应有珍视，辗转十年时光，可谓离奇曲折。

陕西省宝鸡市城郊的贾村，住着一对年轻夫妇陈堆和张桂兰。这是1963年8月的一天，一场雷电交加的大雨，到晚上便雨过天晴，星月当空。半夜时分，陈堆竟然咕噜噜闹起肚子来，睡眼惺忪、火急火燎，他起床径往房屋后土崖下的露天厕所迅跑。如厕之时，不意间看到土崖被大雨冲刷掉半拉，露出一件黑魆魆鬼脸状的怪物，星月光下，怪物闪着明灭不定的磷光。陈堆心惊胆战头皮发麻，提着裤子逃回屋，摇醒妻子告说屋后崖上闹鬼了。妻子正在梦中，以为丈夫是说胡话而未予理睬。过了约一时辰，陈堆不给力的肚子再次疼痛发作，他只得摇醒妻子陪他去如厕。妻子打着灯笼出来，看见断崖上面目狰狞的怪物确实存在，二人便战战兢兢跑回屋来。半个夜晚，夫妻俩惊魂不定，疑神疑鬼，难以入眠。天明后陈堆便壮起胆子，拿了农具再去屋后探究竟，见那怪物硬硬地还在，只是不像夜间那般可怕。陈堆动用铁锨，轻而易举刨下来一个锈迹斑斑的金属器来。搬回前院，剔除冲刷掉泥土，现出一个外表毛刺刺的铜质桶形物件，夫妻二人觑了半天，不辨何物。见中空有底，女人说可用来盛粮食，男人不屑说盛麦子也就装十斤八斤。于是，陈堆将铜物件抱进库房弃置墙角，不知几日妻子又塞进去一堆烂棉花，此后无话。铜物件自被人类遗弃后，却倍受鼠辈们青睐。先是一对成年鼠夫妻独具慧眼择此做窝，后又引来若干雄鼠垂涎，经几番撕咬打斗决出胜负，此吉宅豪庭被一对年轻力壮的鼠夫妇强占做了洞房；新婚燕尔，男欢女爱自不必说，一月后新娘母鼠竟然顺利产下七八只鼠崽，小家庭顿时熙熙攘攘热闹起来，夫妻恩爱，公主外母主内，鼠丁兴旺膝下承欢，一窝鼠类享尽天伦之乐……

在这七百多个漫漫寒暑长夜，与鼠类欢歌相反，我们的国宝在哭泣，在无数遍呼叹自语：想我何尊，系出名门，三千年前煌煌西周，帝武王之苗裔兮；昌明隆盛之邦，诗礼簪缨之族，花柳繁华地，温柔富贵乡，崇殿广厦内乃我供奉之所也；想我主人，世沐浩荡皇恩，宅兹中国成周，应召入宫廷大室，聆听周天子训诰，享丰厚封赐，何其幸哉荣乎；我主人为感隆恩，不惜重金铸成本尊，且于我腹内铭刻精美金文以志其概；孰料朝代更替，皇族遭劫，主人便将我深埋地下盼有朝一日得慧眼识荆；往事越千年，沧桑几巨变，雷电风雨划开黑暗，让我重生人世再见天日；哪知阴差阳错误投凡胎，新主人夫妇罔顾我贵胄身世满腹经纶，只将我视作废物一般丢弃陋室，日日与鼠辈虫蛆为伴，好不苦煞我也！铜器当前处境，正如曹雪芹对女娲遗石的感叹：无才可去补苍天,枉入红尘若许年;此系身前身后事,倩谁记去作奇传?国宝自怨自愧夜夜悲哀,却无人听见无人警醒,路漫漫,厄运长,夜未央。

两年时间过去了。陈堆夫妇迫于生计,便效仿先辈的行为方式走西口去甘肃,行前将家中物品交给哥哥陈湖代管,其中就有那件弃之不用的锈铜器。不久后,陈湖亦为贫穷所困,就寻摸从破家中找点东西卖几文钱,搜遍全家,他的目光定在了弟弟的旧铜器上。他满怀希望来到废品收购站,却又遭到冷遇:收购人员嫌锈蚀太厉害,只有除锈后才肯收。陈湖小有聪明,知道除掉锈重量就减了,于是再叩几家店门,终于遇到一个好说话者,称重后以三十元价格卖掉。咣当一声响,锈铜器入了废物杂货大堆。下一步,即是大堆杂货的最终归宿:货车将运载它们去炼钢冶铜厂,捣进高炉烧化成液体,前世身价腹内金文奇特外貌,皆化作云烟飘散,永远消失。

幸运的是天不遗宝,冥冥中一双救护之手正伸向何尊。

1965年9月的一天,宝鸡市博物馆职工佟太放来到这家收购站,希冀发现有价值物品。工作人员将前不久收购的锈铜器指给他看,佟太放以专业目光觑之,立刻被深深吸引:这件铜器高三十八点八厘米,口径二十八点八厘米,重十四点六公斤;它口圆体方,通体有四道镂空大扉棱装饰,颈部饰有蚕纹图案,口沿下饰有蕉叶纹;整个器身以雷纹为底子,高浮雕处为卷角饕餮纹,圈足处为浅浮雕饕餮纹;它庄重大方,气韵雄浑,精气外露,尤其那天圆地方的造型,更是极具特色。佟大放喜出望外道:这不是商周时代的青铜文物吗?他立刻向单位领导汇报,以收购价买下,小心翼翼搬回了博物馆。他们再会同专业人员研究，认定为西周早期的青铜酒器，命名为西周饕餮纹尊。这是宝鸡市博物馆自1958年成立后收藏的第一件青铜器，馆领导特申请专款，买一台保险柜专门存放，而且一锁就是十年。有诗为证：十年未辨侬是谁，绝代国色藏宫闱；老马识途尤识宝，警醒千秋大梦归。

马承源这个名字在外界鲜为人知，而在考古文物领域，却是如雷贯耳。马承源早年毕业于上海大厦大学历史系，是国内青铜器文物研究首屈一指的大家。1975年8月，中国文物部门筹备赴日本文物展览，马承源被调进京，负责青铜器文物的遴选工作。当宝鸡市西周饕餮纹尊呈现在马承源面前时，他先是为独特造型精美工艺所震撼，抚摩许久，爱不释手；继而以他专业素养敏锐感觉认为，这么精美的西周重器，应该在器身某处刻有铭文。他的手指沿内壁摩挲，突然在底部觉察到明显的凹凸感，他抑制住内心的激动，立刻安排人去清理除锈。结果，一篇稀世铭文在尊内底部出现，铭文共十二行一百二十二字，它准确记载了周成王继承武王遗志，营建新都城成周的故事。周成王五年新都城建成，成王举行盛大典礼告天祭祖，宣布迁都成功，接着召见家族子弟训话诫免，并分赐贝币若干，其中一位名何的贵族引为幸事，用赏币铸造了铜尊用于祭祀，铭记家族荣耀。马承源先生将铜尊重新命名为何尊。

何尊铭文的重要史料价值有四个方面：证实周武王雄才大略，灭商后即筹划国都东迁，为一统天下做先期准备；此器作于周成王五年，为理清周公摄政时间和成王在位年数之关系，提供直接实物资料；为周成王成功迁都成周这一重大历史事件提供有力佐证；铭文中"宅兹中国"一句，为"中国"一词在史籍中首次出现，对于确定我们国家名称的起源具有重大意义。作为中国人，我们理应记住何尊的功劳。因了这篇铭文的发现，何尊身价倍增，一跃晋身到国宝行列。出于对国宝文物的安全考虑，国家文物局取消了何尊赴日本展览。一年后中国文物再次应邀赴美国展览，美方特别要求展品中要有"中国何尊"；为保证何尊安全，美方投入的保险金额高达三千八百万美元。

文章写到这里，关于何尊的话似乎说完了；但我仍觉意犹未尽，何尊铭文里"中国"一词令我难以平静。我的思绪突然飘移很远，想起四十年前在大学里读闻一多先生的诗《一句话》，今天，我将题目改成《一个词》，上半首改成这样了，不知与何尊搭还是不搭：

有一个词三千年一说再说，
有一个词能点得着烈火；
别看这个民族千难百劫，
你猜得透火山的缄默？
说不定是突然着了魔，
突然晴天里一个霹雳，
爆一声巨响："中国！"

三、战国铜壶

青铜器到战国时代已发生很大变化。先前以祭祀天地祖先为主，图案多是神秘庄严狞厉的饕餮纹、夔龙纹、云雷纹等；到后来，变为以生活实用为主，图案更多的则是表现现实题材，如宴饮、娱乐、农桑、射猎、征战等。有一件铜壶其图案内容丰富、人物众多，可谓集了现实题材之大成；1946年11月，中国在南京举办抗战胜利后首届文物展览，当代金石大家唐兰做鉴定后，给它起了一个很长的名字，即"战国宴乐渔猎攻战纹青铜壶"；名字虽长，也没能概括全部内容。这只铜壶，缩口、斜肩、鼓腹，肩上还有两只兽首衔环，生动地刻画了古人采桑习射、宴乐打猎、水陆攻战、劳作习武的情景；图中共有一百七十八人，鸟兽鱼虫九十四只，形象生动，纹饰独特，制作工艺十分精湛，真实地反映了当时的社会风貌。

这件作为酒器的青铜壶的图案，我最初是在瑞典汉学家林西莉所著《汉字王国》一书中看到的。该书由山东画报出版社于1998年出版，我的大学同学汪家明是该书的责任编辑。面对铜壶图案，我被强烈地震撼、深深地吸引了。场景之大，可谓气势恢宏；人物众多，可谓浩浩荡荡；天广水阔，尽是鳞潜羽翔。画面分三部分。上层人物多是着裙装的女性；右边有两棵大树，树上树下是提篮采桑的女子，她们身段窈窕，动作娴熟，似乎能听见她们劳动的欢声笑语；左边是六艺中习射的内容，远处悬挂一块靶布，女子们弯弓搭箭射靶，飒爽英姿，曙光初照，活脱一幅不爱红装爱武装的画面。中间部分有三个内容：右面的依然是射箭，但不再是演兵场上的射靶，射击的目标是天空中肥硕的大雁，有的雁鸟被箭射中，那挣扎的飞态中，似乎传来濒亡的哀鸣；左边上层的庖厨场面一片繁忙景象，厨师们各司其职，无暇他顾，定是在准备一场盛宴；下层是奏乐场面，三位男子敲钟，三位女子击磬，金声玉振，余音绕梁，一派歌舞升平气象。下面部分是人物众多的攻城战争场面，护城河岸上，旌旗猎猎，长戈搏击，大战犹酣；河中亦是交战双方激烈厮杀，水面上下，敌船与我船相撞，潜人与鱼鳖共泳；攻城士兵已竖起长梯，城头之上，弓弩互射，短兵相接，杀声震天；这血腥战场上，竟有两位裙衩女子，临危不惧，持弓箭英勇参战，可见自古巾帼多战将，谁说女子不如男……

当时，我对这件铜壶图案看了一遍又一遍，真是情有独钟，爱不释手。十年之后我酝酿构建金壁，不假思索就把它当作了我的优先选图。这幅图案好在是手工临摹的绘画，墨稿清晰，栩栩如生，翻刻较为容易。林西莉书中未注明此图出处和作者，后来又未在另外书籍中见到完全相同的图案，摹绘作者不知是谁，但我猜想他（她）必定是一位大家高手。

有感于"宴乐渔猎攻战纹铜壶"图案人物众多内容丰富，我决定在金壁复刻时尺寸须往大处制作，方显其恢宏气概。我亲去嘉祥县南部山区采石场购买石材，找许多厂家，终于买到两块高一点六米，宽二点六米，厚三十厘米的高质量青石板材，一块刻铜壶，一块刻毛公鼎。铜壶尺寸原大高三十一点六厘米，我放大五倍多到高一点六米；原腹径二十一点五厘米，因我依据的图案是手绘平面展开图，放大刻制完尺寸宽度达一点四米。这两块各重四吨多的巨石，采购、运输、打磨抛光、上石描摹、石匠刻制、砌墙吊装等道道工序，艰苦卓绝，耗尽了我心血，然而情迷于兹，虽苦无怨，极尽操劳后收获的是大快慰。人生如此，不亦乐乎。

说这件国宝铜壶，不能忘记文化界一位传奇人物王世襄。当中国抗战胜利在望时，国民政府即成立一专门机构追讨战时流失文物，主要成员有杭立武、马衡、梁思成、李济等；1945年工作正式开始，王世襄作为平津区代表，受命北行追索流失文物。他暗访北平古玩市场，宴请古董商人，获得一条有价值线索：德国人杨宁史在北平以开办洋行做掩护，暗中大肆收购中国文物，正伺机偷运出境。此刻杨氏与文物均藏在天津豪宅里。王世襄独闯洋行，起获杨所购青铜器目录；他三下天津，逼杨供认实情，请当局发函政要讲话，令守军许可刺探文物；最终胁迫杨宁史以"逞献"之名，向故宫博物院转交商周青铜器计二百四十件，其中就包括这尊国宝级战国青铜壶。此后再接再厉，在追讨美军扣留日本人瓷器、接收溥仪私存天津张园文物和海关查扣欧洲商人文物等重大追索行动中，王世襄均表现出大智大勇，共为国家收缴文物数千件。若要描写王世襄作为一名文化大家之传奇经历，非一长篇巨制不能叙其详。今略考其生平：出身显赫门第，幼为纨绔儿郎，斗鸡走狗，鞲鹰逐兔，种葫芦，养蛐蛐，驯哨鸽，可贵者少年玩物未丧志；解放之后，历经坎坷却痴心不改，王世襄孜孜于多艺术门类的研究，如髹漆、竹刻、古绘画、铜佛像、花鸟鱼虫、厨艺美食等，皆有卓越建树，尤其在明代红木家具收藏鉴赏方面成就最高，可谓为当代并无第二人。少时性好玩，玩出一种高雅气象；成年性好奇，举手投足，指尖触处花团锦簇皆文章。

王世襄著作有《锦灰堆》三卷传世。

四、毛公鼎

刻制毛公鼎铭文和原形拓时是严冬季节，玉园低温达到零下十摄氏度。打磨抛光后的巨型石材平躺在地上，我亲手复印经过放大的拓片篆字，就得匍匐其上。我穿了厚厚的棉衣，只趴一会儿，青石的凉气就浸透了身体。无奈，我只得用棉被垫在石面和肚子中间，坚持描摹。冰冻的青石像长了芒刺，穿过厚厚的棉被棉衣，直扎进五脏六腑；为了赶石匠的工期，我咬牙坚持了五天，终将四百九十九个篆字和原形拓复印上石。到今冬已经六年，我落下了胃寒的毛病，即便炎夏，当我伫立毛公鼎巨石前，仍觉有飒飒凉气袭我。我心中默默地说：毛公鼎，为了你我曾遭冷箭穿身。

中国已出土数万件商周青铜器，若要选一件最具传奇故事者，非毛公鼎莫属。

铭文里毛公的名字是上面一个厂，下面一个音字；这字结构不繁，貌似平常，但是查遍古字书却没有这个字，仓颉未造。手写容易，依葫芦画瓢；出版印刷可犯了难，有的书上用瘖替代，有的用歆；严谨如央视"国宝档案"节目里，索性叫它"毛公音鼎"，想来也是无奈之举；最简洁无误的办法莫过称它"毛公鼎"，那个难字权当乌有，不提了。毛公啊毛公，你是否有意给三千年后的我们出无底谜题，开历史玩笑！

毛公鼎是迄今出土青铜器铭文最多的鸿宝重器；它是一篇完整的册命书，郭沫若赞其"可抵一篇《尚书》"。铭文记述周宣王为振兴王室，册命爱臣毛公，委以定国安邦重任；殷殷嘱托，拳拳之忱，活灵活现。这篇皇皇巨制，更具极高艺术美学价值：它是大篆书体走向成熟时期的上乘佳作，后代书法家皆顶礼膜拜，奉为楷范。清代大家李瑞清曾说："毛公鼎为周代庙堂文字，其文有如《尚书》；学习书法不学毛公鼎，犹如儒生不读《尚书》。"

自清道光末年出土，到1946年登堂入室进身中央博物馆，毛公老人步履维艰走过了一百零三年坎途。它是九五之尊国之重器，多少正人君子有识之士，为保护它而倾尽家资险送生命；它又是一块唐僧肉，招致人人垂涎个个欲吞，因而步步惊心，历经九九八十一难。其中曲折离奇故事，若遇上编剧导演行里善折腾的主儿，定能抻出一部百十集的电视剧来。

1843年，在陕西岐山这片商周时代称为周原的厚土上，农民董春生不意间掘出了毛公鼎。嗅觉如警犬的古董商第一时间赶来，但在买成付运时却遭本村恶人阻拦。有钱使得鬼推磨，古董商重金买通县官，捏了个罪名将肇事者打入监牢，此后事情便通顺了。毛公鼎几经辗转，落入大古董商苏亿年之手。苏亿年凯旋返京，看好了老主顾大买家陈介祺。这陈介祺不是个凡人，出身官宦世家，十九岁即"以诗文名都下"，中进士后官至翰林院编修；他居朝为官，雅好收藏金石文物，在青铜器、陶器、印玺、佛像诸方面有极高造诣；他存有汉代铜印六千余枚，人称万印主人。此前他从苏手中购得西周重器天亡簋，在行界引起轰动，名满京城，俨然炙手可热人物。奇怪的是，当苏大商人神秘兮兮又难掩喜色地与他面晤时，陈介祺却摇头摆手还以一脸冰霜。这要说到他的严父，陈伟棠更是朝中重臣，历任礼吏工兵四部尚书，六十七岁时仍在任上书房总师傅；他老人家履薄冰一生，阅世深阅人众，知福祸瞬变之机理，教训儿子要韬光养晦，避人妒恨，严禁再重金购宝。陈介祺心里热痒难耐，但怯于父威明于庭训，仍然能做出明智之举。

要说苏亿年，也算得是商贾行里真君子。知音好友陈介祺不买，他竟然决定毛公鼎不卖，深藏库房秘而不宣，金钱于他如浮云,可叹者,这拗脾气一掷就是九年。老父谢世后,陈介祺接手执掌家业,便悄悄从苏亿年手中买回毛公鼎。我想象着,在交接过程中,陈苏二人都会感受到鼎的沉重和银元的温热。

孔子说四十而不惑。官场和世事阅历中,陈介祺也参透了"热闹场中良友少,巧机关内祸根蟠"的道理;1854年,即购得毛公鼎的第二年,母亲病故,他便以丁忧之名向皇帝辞了官,回山东潍坊老家过起隐居生活。当然,他殚精竭虑收藏的那些宝贝,也悉数同归故里。他退而不休,建起万印楼和十钟山房,数万件有字藏品逐一拓制,辨析研究,辑录成书多部,华丽转身成为当世著名金石大家。只是若有人打探毛公鼎下落,他讳莫如深三缄其口;最初他亲手精拓过四张拓片,只送给行家挚友,自留一份深藏。在漫长的三十年里,或许只有不多几次,月黑风高万籁俱寂时辰,他推开密室,打开箱锁,取开层层包裹,用双手轻轻摩挲毛公鼎金黄本色夹杂深蓝锈迹的圆圆的鼓腹、高高的双耳、壮壮的三足,外沿环带状花纹清晰可见,腹内密密麻麻铭文若隐若现。他抓牢双耳向上提一提,也许提起了,也许没有撼动。孑然一身,烛光摇曳中,想象他循着时间隧道走进了遥远的周朝,那个被后人称作春秋战国的如火烈烈的时代,那个诞生了孔子、孟子、老子等巨人的时代,那个铸定了中华民族文化基因的时代……我们今天猜测,陈介祺的幸福就在这里吧。

到了晚年,陈介祺为子孙立下三条家规:不许做官;不许经商;不许念佛信宗教。他告诫后辈要看护好文化家产,安分守己做学问。他去世后,家产藏品一分为三,次子陈厚滋得到了毛公鼎。此子仍能遵父教诲,耕读传家,乐享宁静人生,毛公鼎在陈家平安无事又待了第二个三十年。到第三代陈孝笙,情况生变。

他先是违背祖训弃耕读而经商。因文化低格局小，就应了世人所说"做了买卖瞎了人"，一下钻进钱眼了，于是他就起了卖鼎心思。当朝有个满族官员叫端方，正大红大紫在两江总督任上，闻讯后立刻派人来强势购买，先说定价格二万两白银，交货时改为白银减半，端方开具一纸文书，许诺任命陈孝笙担任湖北银元局局长一年。陈深知三年清知府十万雪花银的道理，算计着一年肥官总要捞回两个毛公鼎，遂窃喜这宗生意做得值。陈孝笙在家静候佳音，却久不见委任状送过来，他亲去湖北打探，方知端方大人奉皇帝命赴四川镇压保路运动，半道上被革命军砍掉脑袋。他拿着朱红大印文书去总督府要官，被明确告知印鉴是废章，文书成废纸。陈孝笙顿时如五雷轰顶，两眼一黑当场昏厥过去，不久即呜呼哀哉了。时人有诗为证：

病史当年卧海滨，十钟万印尚纷陈。
楚人轻问周家鼎，尤物从来不福人。

"病史"是陈介祺的号。民间至今有此一说：举凡国宝重器当为皇室拥有，若私家侵占，会克人性命的。端方的横死，端家深信是宝鼎所克，于是新寡夫人暗自打定算盘，趁女儿出嫁，将毛公鼎当作嫁妆，把这个烫手山芋甩给亲家袁氏，而袁家看穿此计，便推准婆婆出面，对嫁妆鼎坚拒不受。嗟乎！庙堂重器毛公鼎，沦落贪官污吏家，竟然被视作不祥之物，由两只三寸金莲踢来踢去，斯文扫地，国宝蒙羞，此悲何极！不久清朝灭亡了，端家家道衰落，顺势将毛公鼎抵押给了天津一家俄国银行。因过期不赎，银行又将鼎卖给苏皖间古董商人。商人欲转售美国人时，被时任北洋政府交通总长的叶恭绰获知，他一来钟情文物，二来爱国心切恐国宝流失，便毅然出资买下毛公鼎。这一年是1920年。走到这里，我们的毛祖宗应该平安了吧？像是宿命注定在劫难逃，一场新的惊涛骇浪已经袭来。

抗日战争爆发后，日寇占领苏皖一带。军事侵略炮火掩护下，暗潮涌动的是文化掠夺——日本人四处搜刮各种中国文物。看到局势危如累卵，叶恭绰在家中藏好毛公鼎后，就决定挈妇将雏去香港避难，只有姨太太执拗，任死不愿意离开上海，为叶家埋下祸根。事后方知，这姨太太红杏出墙，勾结野男人，图谋侵占叶氏家产，便将毛公鼎秘密抖搂出去，欲借日本人手害叶公性命。蛇蝎女人，何其毒也。远在香港的叶恭绰闻讯坐立不安，姨太太不轨固然可气，而宝鼎安危尤其牵挂。他急招来侄子叶公超，密商后速派侄子回沪挽救危局。叶公超到家后，做的第一件事就是将宝鼎易地掩藏，确保万无一失。不几日，日本宪兵找上门来，翻箱倒柜搜宝不到，就将叶公超投进监狱。日本宪兵穷凶极恶，用尽毒刑拷打，奄奄一息的叶公超口中只有三个字：不知道！详情传到香港，叶恭绰心痛如焚，陷入两难：是救侄子性命，还是护国宝不落外寇之手？在无解的痛苦折磨中，他竟然想出一条妙计：急找内行高人造一尊假鼎糊弄日本鬼子。假鼎幸未被识破，得以蒙混过关。再后来，叶家将鼎秘运香港，日本占领香港后又秘运回上海，其间过程步步惊心险象环生，好在国宝命硬，总能转危为安。毛公鼎在叶家涉险居留二十年后，世道大变，显赫家族皆呈日落之势。到了1941年，生计艰难的叶家将毛公鼎卖给了上海实业家陈咏仁。抗战胜利后，陈于1945年将宝鼎无偿献给了国家。关于陈咏仁先生的资料甚少，然仅此一举，足令世人油然而生敬仰之情。在陶朱事业端木生涯里，陈咏仁先生达到了极致：当日一掷万金购宝，俟后非取一毫捐献，正可谓义薄云天，彰显出做人的高度。

在国内战争的血腥较量中，国民党政府败走台湾。1948年10月，毛公鼎和数百万件文物被运往海峡的那一边，到今年底，整整七十年了。毛公鼎被台北"故宫博物院"奉为镇院之宝，安享尊荣，地位崇高。对于今日台湾，我们言必称宝岛，乃祖国不可分割的领土，回望几千年历史，则是孤悬海外之蛮荒未化岛屿，而毛公鼎至今未能"宅兹中国"，回到它的故土，我觉得，它今日处境实是深层文化意义上的流浪。

行笔至此，台湾歌手齐豫那缠绵忧郁的歌声在我耳畔响起，她唱的是台湾女作家三毛作词的《橄榄树》：

> 不要问我从哪里来，
> 我的故乡在远方。
> 为什么流浪，
> 流浪远方，流浪！
> 为了天空飞翔的小鸟，
> 为了山间轻流的小溪，
> 为了宽阔的草原，
> 流浪远方，流浪！
> 还有还有，
> 为了梦中的橄榄树，橄榄树。

2018年12月14日，玉园

九玺润玉

一

玺的字义，曾发生过几次转换。古时候尊卑通称；秦汉以后两千多年里，只有皇帝的印称为玺，除外谁要擅用，那是犯了僭越罪；好在百余年前皇权制度被推翻，实现了共和，许多皇帝独享的事物，平民也可拿来使用了，比如某人刻一方印，很随意印文就刻成了某人之玺。今天，我在玉园中庭放大刻制了九枚朱复戡大师的印文，这一道风景，我取名叫作"九玺润玉"，想来也不会招致非议了。

我家乡被誉为"孔孟桑梓之邦，文化发祥之地"，听上去很光荣，具体到我的出生地，却是一个偏僻落后的小山村。我自幼所受教育很受局限，以至于长大后，艺术门类的修养极其欠缺，比如对于音乐、美术方面的审美，既迟钝又混沌，如雾里看花、云丛览月。有一方面例外，我对于书法艺术却是由衷地喜爱和推崇，尤其是古代名家名书，我近乎痴情。我在玉园内多个院落的墙上，精心构思，有计划地镶嵌书条石，已刻成相当规模的书法名篇。来过玉园的文化界朋友，对此皆拍案称奇，甚至赞誉说国内罕见。

一百多年来的中国书坛，我最喜欢的书法家是朱复戡。我觉得，朱复戡是近现代华夏殿堂级的艺术大师，能与他比肩并列的，寥若晨星。有感于此，在玉园初建时，我便在昆岗石的西面，刻了他的重要草书作品。在建设二门即衡门时，门背面的"玉园中庭"四字和中间那方四神环饰"陇西李氏"印，也都是集用朱老先生的墨迹。他在多个门类卓有建树，而我认为，成就最突出的还是书法和篆刻。

在去年的春天，我突然心血来潮，要在近百株名贵树木中评选"玉园第一树"。经过再三推敲，我终于选定了那棵有半个世纪树龄的金桂树。它树种名贵稀有，金秋花繁香浓；自小生长北方，完全适应了冷酷气候，生命力旺盛；它移自我老家一位族叔院中，血缘亲近，我备感亲切。我将金桂树重新移植到院落的中间位置，专门围它建一长方形平台，命名为"中庭桂墀"，并立石为志。台名请书法家朋友张秀岭书写，他的款识写道："养玉先生雅兴筑桂墀，亦超然台之俦矣。"台的四边用青石镶嵌，中间铺以仿古青砖。建成后意犹未尽，徘徊多日，仍觉缺少东西。此时我正读《朱复戡篆刻集》，对部分艺术闲章情有独钟，于是灵感又现，便决定在桂墀四角镶刻四方大印。我去平邑买来将军红花岗石板材，厚十厘米，每边长六十厘米；四边各留十厘米磕出蘑菇面，中间平面刻印文；刻后我亲笔用红颜料描出，镶嵌完工。东北角和西北角的白文印内容是毛泽东的词句"阅尽人间春色""万类霜天竞自由"。西南角和东南角的朱文内容是"半窗修竹万壑松""花好月圆人寿"。墀台上装饰印文，看似与桂无关，但喜庆红色、诗意词藻与篆刻艺术交相辉映，大大增加视觉美感，把玉园第一树装点得风姿绰约。

我做事情，向有一不做二不休的特点。我自忖思：朱复戡老先生的篆刻作品，我还得再刻它几件。多年来我也得出一条经验：要想把事情做到精致完美，只有慢下来，静下来，三思而后行。有一段时间，我反复研读朱复戡印谱，遴选出我喜欢的印文作品二十多件；电脑扫描，设计尺寸，写真喷画，然后铺在书房地上反复欣赏。看了数周，我终于选定五件作品。又是购石材，勾字边，请石匠雕刻，描红颜料，上墙安装等烦琐工序，道道把关，一丝不苟，慎如绣花。装在听雨楼正面中间位置，正对着金桂树的是一方白文印文"金坚玉润"。这方印文，我把它看作九玺之尊者，除了结构独具匠心，笔意古拙精美，还因为印文内容契合园名和我的名字。它的印面尺寸与其他四枚大致相当，只是它的四面由我设计添加了七点五厘米宽的古典花边，以彰显豪华和尊贵。它的两边，东朱西白两方印文是"襟怀澹宕春风""意气纵横秋月"。内容符合我的处世态度生活趣味，亦对应墀台上的"春色"和"霜天"二印。前面七印都是方形，足矣；再后顺序排在两边的我选了圆形印，东面的白文圆印内容是"膝前孙许自称翁"。中国人有自己独特的思维企盼，年长后希冀儿孙满堂，绕膝承欢，我心亦然；这枚印就嵌在我卧室前窗下。西面的朱文圆印内容是"和为贵"。《论语》曰：礼之用，和为贵。我们面对世界提倡和而不同，治理国家要建和谐社会；小到一己，家和万事兴。一个和字，包容何其广博。九印完工后，我坐在墀台之上，金桂树下，石桌旁边，心里分外宁静和恬适。人淡如菊，一壶绿茶，啜之唇齿留香；仰观俯察，九玺润玉，览之赏心悦目。此曲只应天上有，人间能得几回闻！朱复戡大师艺术宝翰，虽经翻刻，亦令玉园生辉。

二

朱氏复戡，何许人也？

时光追溯到1909年，上海大世界华贵开张，书画篆刻大师吴昌硕莅临，看到一幅大篆书体的贺联，字大韵足，令人耳目一新，遂叫人寻找书者，盼望识荆拜贤。知情人立即禀报是时任《时事新报》主编的朱君随所书。这朱氏的父辈曾为南洋巨商，他本人早年做清王朝四川盐官，后赴上海创办南洋广告、通用电器等实业，北伐时期他又与戴季陶、陈布雷等创办《民权》《民主》报纸。他原与戴父是挚友，戴父早殁，临终将年幼季陶托孤与他，可见朱戴两家交谊之深。朱君随带着一个九岁的英俊少年来见吴昌硕，说："这对联是我儿子写的！"

见此情景，吴昌硕大师又惊又喜，说道："我写石鼓临金文数十年，尚在孜孜求索，今知昨非；不料这神童出手便直指三代，真是后生可畏矣！"

这位天才少年名朱义方，字百行，号静龛，四十岁后署名朱复戡者是也。吴昌硕爱才心切，立即收小畏友为徒，亲自指授书艺，出入常带身边。十二岁时，朱义方又拜当时书画名家、时任南洋公学（上海交大前身）校长的张美翊为师。义方天资聪颖，得名家提携，如沐春风春雨，茁壮成长。时任孙中山总统府秘书长的杨庶堪，曾记下这样一段文坛佳话："静龛以弱龄刻印，直登作者之堂。上海言刻印者，交推吴氏昌硕，其人年已八十；静龛适年十八耳，造诣已浸逼昌硕，时有突过之者。顷日为余刻印数方，客有持示昌硕，佯赞其能，思以绐之者；昌硕不能遽别，遂致逊词，客相引而笑。静龛天才绝伦，异时成就，殊未有涯矣。"

因了吴昌硕的奖掖捉携，朱义方得以拜识当世鸿儒康有为、谭延闿、郑孝胥、罗振玉、沈雪植、冯君木等人，常随雅集，耳濡目染，大获裨益。他又广泛结交同辈大家沙孟海、马公愚、刘海粟、张大千等人，友谊深厚，相互切磋，共同成长。二十岁开始，朱义方健步迈入他人生的第一个辉煌时期。先是经吴昌硕介绍，加入海上题襟馆金石书画会，成为最年轻的馆员。其后，他的篆刻作品编入《全国名家印选》；上海有正书局出版了《朱百行汉隶魏楷字帖》；商务印书局隆重推出《静龛印集》，由罗振玉题签，吴昌硕题扉；二十七岁时应刘海粟聘请，任上海美专教授，讲授金石书画课程。他事业早成，风生水起，轻易跻身于上海一流大家行列。他做京剧名票，学西洋音乐，出入舞场结识名媛，扬帆远洋游学欧洲；学成归来，购得红色豪车，西装革履，风度翩翩。适逢蒋介石宋美龄大婚，遍访喜庆红色汽车以接新娘，偌大上海，只有义方一门独具。蒋宋借车，朱府尊享荣光。

此时朱府门庭若市，求字刻印者应接不暇。求字必依既定润例，刻印非鸡血田黄不为；他家安杆秤，按石章重量谈润金。正如马公愚所言："先生于名则信手取舍，于利则随挥去来。"家富万贯，才高八斗，人生得意，豪气纵横，富贵于我如浮云，权势视之若等闲。1930年，与蒋介石有莫逆之交、已升任国民政府考试院长的戴季陶，思报朱家当年收孤之恩，良言规劝义方"改变作风"，诚挚许诺"蒋必重用"。义方闻之不喜反愠，回信诘之曰："此何言也！足下所谓作风，其实是我个性；个性天生，无法改造。削足适履，吾不为也。"此段故事被当时和后世人一说再说，印证义方狷介个性与孤傲禀赋，甚至赞誉为文人骨气刚正不阿。

孰料国运转厄，日军侵华上海沦陷，朱氏一家与许多达官贵人一样仓皇西逃。此后岁月，朱义方先是于江上落船溺水，幸打捞得力保全性命；后又遇强盗抢劫散尽资产。八年里颠沛流离，初尝世间艰辛。盼得日寇溃败返沪，又遇三年解放战争，朱氏贵族急遽衰落，今非昔比。朱义方改了名字，新署朱复戡，是希冀战乱戡定，光复旧日文采风华。1949年新中国成立，打碎旧世界，重建新政权。可惜的是，朱氏复戡的家族和本人按新时代标准，均属于打碎之列，他原来文雅高贵养尊处优的生活，随同旧时代一去不复返了。初任上海市长的是文韬武略兼备的陈毅元帅，他尊重文化大家，曾称赞朱复戡"是国宝级的人物"。后来反右扩大化，"国宝"也不再有人尊敬和保护，朱复戡处境愈难：儿子被打成右派入狱，本人与妻子发生婚变。为生存计，朱复戡在寻找突围的时机。

1958年开始，"大跃进"狂热席卷全国，山东省为壮声势拟举办大型工农业成就展览，向上海方面临时招聘书画人才。朱复戡踊跃报名，获准后他义无反顾地踏上了北去的列车。一首《京沪道上有怀》，大有杜甫秋兴八首之慨，写尽了他十年酸辛，情感万状：

弓月夜凉北国行，群山飞却客心怦。

风尘不断紫霞梦,魂魄常思碧海情。
万里骁腾堪自笑,十年潦落向谁倾。
会当奋发励心志,报慰相知一片诚。

诗的后两句表明,他决定"改变作风",不惜脱胎换骨融入新社会。在济南期间,他先后担任工农展馆总设计和绘画组长,举凡巨幅油画国画、榜书会衔、各处匾额对联等,皆其亲笔书画,博得领导好感。他任劳任怨,在临时搭建的脚手架间攀上仆下,与工人打成一片,博得群众好评。不料两年后"大跃进"泡沫吹破,作为暂设机构的工农展馆被裁撤,人员解散,让自谋出路。身居异省他乡、孤苦伶仃的六旬老人,被晾在千佛山下大明湖畔,犹如寒夜之失群乌鹊,绕树三匝无枝可依。孑然一身,烛灯摇曳,他不得不展纸研墨抱笔给组织写求救信。(写到此处感同身受,笔者泪眼模糊;在书房徘徊良久,几次提笔皆不能写。下楼客厅饮茶,中庭踱步;一小时后续写)

他开始写道:"舒省委钧座:久闻英明,猥以微末,敢冀识荆。某垂老书生,树心立志,欲为社会主义贡献一切。"他似乎觉得称谓陈旧欠妥,叙述太过自卑,遂改成下文:

中共山东省委钧鉴:某年近六十,树心立志,欲为社会主义,贡献一切……(中间部分历数本人来鲁后改变作风所做成绩 作者注)虽蒙组织,累加表扬,实赖党的领导贤明,群众帮助;个人所作,殊觉不够,抚躬自省,深资愧恧。但求继续努力,诚心靠拢组织,不意农展突告结束,全体干部下乡生产;竟以老弱未准参加，嘱自寻门路，许负责介绍。乃赋性耿介，不擅干求；吾虽年数十，但不甘服老，愿听安排；掬诚上达，用抒心臆，准予处理，感戴之极。迫切待命，肃致敬礼。朱复戡，名起字百行敬上，一九六〇年十月卅日。

当时主政省委的是被毛泽东称赞为"红军书法家"的舒同，他尊重人才，决定把朱复戡留在山东。原设想安排进省博物馆，但因裁编而未果。值泰山岱庙天贶殿壁画脱落严重，亟须抢救修复，便暂时安排朱先生去了泰安。几年后，另一任山东省委开明领导谭启龙，征得朱同意，以党外著名人士身份，将其安排到泰安县政协任驻会委员。（后有研究人士去泰安查遍档案，不见朱的任职文件、工作履历等应有记录，只在当年单位工资花名册上能找到"朱复戡"三个字）薪俸微薄，可保体暖腹饱；居室简陋，犹能遮风挡雨。一首五律《游岱》，表现他乐不思沪之情：

远辞黄浦滨，来问泰山津。
磅礴连青嶂，逶迤走绿苹。
黑龙飞骇瀑，回马上嶙峋。
此地何雄伟，不思海上春。

朱复戡先从上海消失，再从济南下遣，藏之名山，最后三十年的人生岁月大都在蛰居隐逸中度过。

德不孤，必有邻。齐鲁大地书画界学子，多被朱复戡品学声望感召，纷纷向泰山脚下聚集，膜拜为师，聆听教诲，仿佛两千五百年前三千读书人齐聚曲阜阙里情景再现。那间狭窄的砖瓦房里，每每挤满求知若渴的弟子，漫漫长夜，灯明达旦；凛冽严冬，温暖如春。经半世坎坷，数十年飘零，朱复戡追求艺术之志未泯，犹如地下暗河汩汩流淌，且日增其势。他积大半生功力，完成《朱复戡大篆》一书。他精研草书历史，完成《修改补充草诀歌》一书，以韵文形式论述草书规律，既是临摹范本，又是理论经典。近人临摹《石鼓》，多依清阮元复刻本，乖误颇多，风韵不再。朱复戡依宋代拓本为据，重新书写《石鼓》全文，获刘海粟等大师极高评价。秦始皇《泰山刻石》经两千年沧桑，仅存七个残字；秦二世《峄山刻石》为元代仿刻，形神全失，且多有残缺。朱复戡当仁不让，经多年研究，揣定李斯篆韵，书写完成此两篇皇皇巨著。当时中国能扛其任者，只有朱氏一人。他同历史上一些艺术大师一样，尊享高龄人书俱老，岁月增寿艺入化境，尤其在大小篆书法和金石篆刻两门类，他构建了现代艺术之双峰。

在进入晚年后，有两件大事令朱老扬眉吐气，幸福开怀，因而著之诗书刻永志纪念。一件是1976年粉碎"四人帮"，他敏锐察觉国家和人民迎来新希望，喜不自禁，吟诗庆祝道：

瞠视眈眈不自量，枉劳诡计笑无肠。
横行能有几多日，一网打来入釜汤。

另一件大事是黄昏恋开花结果，他在七十八岁高龄结婚，与才貌双全弟子徐葳女士喜结伉俪。他沉浸在爱情的幸福中，精心为夫人治印五枚，其中最大一方刻娇媚朱文"葳娘"二字，边款刻自作七绝一首：

> 沉醉一生书画刻，欲攀峰顶岁云迟。
> 晚来红粉感知己，勖起消沉老艺师。

诗为心声，印证爱情；霜叶红于花，秋山夕照明。自此以后，两地分居的朱徐交互奔波于鲁沪之间，堪比牛郎织女，朱老为此专治一印曰："海岳双栖。"二人在上海的爱巢仅有二十八平方米，生活工作窘迫受限，且一挨就是十年。

1988年12月1日，新华社《国内动态清样》第3325期，编发题为《被誉为"国宝"的朱复戡工作生活遇到困难》文章，文中说："幼年有'神童'之誉，后又被称为'国宝'的著名金石书画大师朱复戡，至今没有上海户口，居住在一间陋室，工作、生活十分不便。"一石激起千层浪，此文立刻引起党中央、国务院重视。中央统战部于当月向上海方面发929号统函，要求妥善解决朱复戡有关户口、住房及"文革"中被抄家的问题。接下来一切顺利，朱老很快收到上海户口准迁证，于1989年5月从泰安搬家回沪定居；四个月后，乔迁进宽敞新居。他喜不自禁，给得意弟子冯广鉴写信道：

"广鉴弟：来信才知你出发。我这次搬家，蒙国务院照顾，通知市委，分配到好房。想你们一定很高兴……我向不爱做寿，这次到（倒）希望你们来看看，我这豪华型新居……"

信后一个月零三天，朱老突患重病住进医院，上海党政领导朱镕基、吴邦国随即指示全力抢救。终因医治无效，朱复戡大师于1989年11月3日与世长辞，享年九十岁。

三

我与朱复戡大师有过一次短时际会,是我终生难忘的经历。

我于1982年初大学毕业,分配到邹县报社做副刊编辑,因工作关系,结识了时任县委办公室文字秘书的冯广鉴老兄。于撰写公文之暇,他常写些散文和书法作品在副刊发表,一来二去,切磋文章、相谈甚洽,我们便成了朋友。他长我十六岁,"文革"期间毕业于山东财经学院,那时对知识分子的政策是改造和教育,他被直接分配到煤矸石砖厂当工人。机器隆隆尘土弥漫,镢锹和泥繁重体力劳动,干煎饼卷咸菜,瓢饮白开水,人不堪其忧,冯也不改其乐,下班后夜间还读书练字写文章。看似无望生活,幸运之神却正弹指敲门。这天县委领导来厂检查指导,看宣传栏时眼前一亮,脱口赞道:"广鉴的毛笔字写得真好!"一句话,一蹴而就,被调县委写材料不用出体力了。这老兄写公文极严谨,斟字酌句,改了又改,推敲个没完,一旦定稿绝无错讹。领导交办任务,常常彻夜不眠也要完成。他讲话有些口吃,疙疙瘩瘩,不善言辞,在领导面前一拘束,半句逢迎话也吐不出口。这样一种做派,按说于干政不适宜,幸运的是他赶上党的政策好,提拔重用德才兼备知识分子。几年之内顺风顺水,由秘书到副主任,再到主任兼县委常委,他成县级官员了。政阶屡升,初心不忘,艺术细胞在他身心间与日俱增渐趋丰盈。1985年8月的一天,冯广鉴虔诚地跪在了上海大厦的红地毯上,按传统礼仪行磕头拜师大礼;端坐在他面前红木官帽椅上的,是中国金石书画大师朱复戡。礼成后,朱老郑重其事挥笔赠言:"向上游进军。"并引同宗先人冯谖客、孟尝君弹铗而歌典故,反其意而用

之,赐字"旷铗",寓意深远。冯广鉴写诗记之:

相与论书开别径,顿启茅塞发新思。
幸偿夙愿列门下,整肃衣冠拜大师。

作家李木生有文论述朱冯师徒之谊,言辞精到:"论拜师的时间,冯广鉴是晚的。可在朱老的心目中,冯广鉴却占着一个特殊的极重的位置。在物质统领灵魂的时代,在名利先行、精神迷失的时代,冯广鉴'敏行讷言',砥柱于中流,坚守精神的清洁,将'学生'做到了极致。"

1986年6月邹县举办峄山笔会,广邀全国书画界巨擘名流,群贤毕至,少长咸集,诚一时之盛也。受冯广鉴主任嘱托,我负责朱复戡大师及夫人的接待工作。八十六岁高龄的朱老身体瘦癯,脊背微驼,头发已全白,一副仙风道骨貌。他思维记忆均佳,只是不苟言笑,极少话语,多做沉思状。日常起居,均由夫人徐葳女士照顾。徐女士温良贤淑,气质优雅,一望而知早年受过良好教育;她衣着简洁得体,眉清目秀,江南美女之风韵犹存;半百未半老,此徐娘非彼徐娘也。对于朱老的照顾,她殷勤体贴,无微不至,即便朱老因事发火,她也顺眉顺眼,设法导引朱老至心平气和为止。亦妻亦女,亦弟子亦用人,四种角色融于一身,方伺候得了艺术大师。有鉴于朱老年事已高,冯主任嘱尽量减少朱老公共活动。那日组织与会人士登峄山,我们陪伴朱老驱车到山下,他久久地眺望,默默地思索,似乎心内在酝酿佳作。临了,他像是自言自语说:"杜甫写《望岳》,他也没登上泰山。"峄山脚下有羊车故道遗迹,传说秦始皇当年登封峄山时,因山路崎岖,弃马车改乘羊拉车上山。当地学者作此说时,朱老即刻纠正说:"史书上记载的羊车,是车上绘有羊的图案;羊者祥也。后人无知,理解为羊拉之车。从古到今,未闻羊能拉车者。"寥寥数语,释疑纠讹,可谓一针见血。翌日早晨,我去宾馆陪朱老夫妇早餐。冯主任一见我就喜上眉梢说:"昨天去峄山,朱老连夜就写出诗来了!"我急忙走进会客厅,板台上放着一幅四尺三开的新作;笔迹未干,墨香四溢。诗曰:

上月游衡桂,今朝访峄山。
孔丘叹鲁小,孟母择邻艰。
蓬岛神仙境,飘身云汉间。
邹城新面貌,蓬勃喜开颜。

这是一幅草书作品,笔力遒劲,如锷刺天,大气磅礴,一气呵成;诗书字里行间,可领略大师眼底风云胸间波涛。弟子冯显然很激动,说话更变得口吃:"这、这是峄山笔会最最最大的收获!"回看朱老,一个精瘦的白发老头儿,脸上露出得意的微笑。值得一书的是,朱老诗中为凑韵将邹县写作邹城,五年后此地撤县建市,果然易名邹城市。是纯粹巧合,抑或大师有先见之明?

几天以后,我又随冯主任陪朱老夫妇游览孟府孟庙。除了上台阶过门槛要我们搀扶,平路上朱老坚持自己走路,若要搀他,他就生气地甩人。他这天心绪颇佳,情趣盎然,说话也较平时多。在亚圣殿前他说:"孟子这人了不起,孔子的学说,他给发扬光大;光《论语》不成,加上《孟子》七篇,儒学就成了。"在孟庙东路一座大殿里,收藏着秦二世刻石残碑,用玻璃罩封闭。他抵近看了许久,淡淡说:"元人仿刻时,没摸到秦人脉搏,只知依葫芦画瓢。"走到孟府,文管所人员拿出北朝铁山摩崖刻经拓片,请朱老解读。他辨识了部分难字,并作释文。阅到"寻师宝翰"句,他断然指出:"这《石颂》部分的作者,显然是书经人安道壹的学生,寻到老师的笔墨,他下面赞颂'如龙蟠雾似凤腾霄,精跨羲诞妙越英繇',不会有人这样自夸。"过去有专家依书体风格,断定经和颂均为安道壹书,许多年里无人质疑;今朱老一语中的,人们豁然开朗。最后文管所人拿出册页,恳请大师留下墨宝;朱老没拒绝,稍思索片刻,他深情地写下几行词句:"饱览文物,缅怀祖先。邹城古邾国,吾祖先封地也!"我突然明白了:这次雅集,朱老来得最早走得最迟,居邹超过十天,颇有恋恋不舍意,原来是想多一些时间亲近祖先的土地。峄山之阳今存邾国故都遗址。这个周朝建立的蕞尔小国,在险恶环境里成三百五十年基业,后世天下朱姓,皆以邹县作为祖籍,引为骄傲,人同此心,朱老亦然。

朱老来邹县引起了一阵轰动。虽然少有人关心他对中国文化的贡献,但都知道他是个老大的名人,大家的兴趣所在,是打探他一生结过几次婚,现任夫人比他小三十几岁,解放前开轿车吸毒品生活很腐化,以及香港某女明星是他私生女等;不问真假,听者传者皆心乐。大家也知道他写的字很值钱,于是乎,只要自觉在县城里是个人物,就理直气壮找冯主任要字。我亲见一位领导找到冯主任出言不逊道:"咱伺候这么多天了,他怎么还没动手呀?举手之劳,写几个字嘛!"一面是索字者咄咄,如讨欠债,不依不饶;一面是老师老矣,强其所劳,新晋弟子于心不忍。夹在狭隙中间左右为难，冯兄愁眉苦脸，几天间面容憔悴了许多。知子莫如父，知弟子莫如老师。这天吃午饭时，朱老对冯弟子说："那些要字的，你写个名单给我。"冯兄像绝处逢生，立即从衣兜里掏出揣破了的人物名单。朱老用了两天一宿，将厚厚一沓应酬作品写就，我翻看一遍，多是三字四字的小品，但是篇篇精彩，字字珠玑，无一敷衍。冯主任赶紧去分发，得了墨宝者喜形于色，都夸"朱老头这人挺够意思的"。发完最后一张，冯主任突然想起了眼前的我："哎？你怎么一直没提呀？你要说，他一定会给你写的！"我轻轻一笑说："来、来日方长！"错过那次机遇，时不再来，但直到今天我毫无悔意。第二年，冯主任又遇到了相似的难题：朱老殚精竭虑抱八十七岁高龄重书秦峄山碑，之前得领导允诺"酌付薄酬"，但事成后相关人士玩起了皮球，踢来踢去，无人接手。冯兄如坐愁城，再受煎熬。一位乡镇企业的厂长慷慨出资，为冯主任解围。这位厂长名叫田兆琪，是个残疾人，而所作所为彰显他身心比许多正常人康健。从此以后，冯主任的政途陷入蹉跎，而书艺却长足长进。熬到退休，冯广鉴先生二十年如一日，如牛承轭，呼吁奔波在济宁建成朱复戡艺术馆，收藏朱老一千二百多件艺术作品；在济宁成立朱复戡艺术研究会；出版朱老全集十部；在全国召开十数次朱复戡艺术成就研讨会。为此，作家李木生有感而发道："古代的济宁，曾因为不能容纳孔子而让其流亡列国十四年而蒙羞。朱复戡艺术馆与朱复戡艺术研究会，没有设在他长期生活与进行艺术创造的上海，也没有设于他待过二十多年的泰安，而偏偏在济宁安家，这本身就向四方昭示着当代济宁海纳百川的胸怀。"而其厥功至伟者，便是朱老的忠诚弟子冯广鉴先生。

朱复戡一宗，文脉繁衍。其子朱右隆少年成才，尤其擅书，无奈仕途偃蹇命运多舛，艺术之材未长成参天大树。再下一代，主干似未闻新贵，而侧裔却一枝独秀横空出世——当代书法大家孙晓云乃朱复戡大师之外孙女也。她国学渊源林薮，童子功夫扎实，才情蓬蓬勃勃，早臻大成、方兴未艾，可望继承朱门衣钵，再演艺坛绝响。朱老回眸应笑慰，传灯自有孙晓云。

（作者注：本文中有关朱复戡生平经历典故，部分引自冯广鉴《艺术研究文选》和孙晓云《外公、舅舅、书法和我》一文，特向二位大家致谢）

2017年12月13日，写毕于玉园

唐朝的天空

一、春眠不觉晓

在偏僻的山区农村,我幼时启蒙教育算早的,那是因为我有一个文化水平高的哥哥。哥哥比我大十一岁,当我自觉渴求新知识时,哥哥已经出落成一个文质彬彬的中学生了。白白胖胖的脸颊,梳着头发往两边分的"洋头",穿一身干净整洁的衣裳,手里端着一本唐诗,或抑扬顿挫地朗读,或抬起头来做沉思状,这便是哥哥的标准画像了。

哥哥读初中的城镇离家三十多里,每到星期天回来换洗衣服、带煎饼咸菜;这也是我最幸福的日子。我翻看哥哥带回来的书,晚上陪哥哥睡觉,听他讲学校里和书本上的故事。一天晚上,哥哥给我讲李白小时候,看见一位老太太用铁杵磨针,就受了启发刻苦学习,长大成为大诗人的故事。这时正好月亮的光辉从窗户投进来,窗前的地上照得雪白,哥哥触景生情就念道:"床前明月光,疑是地上霜。举头望明月,低头思故乡。"

我觉得好听，就跟着哥哥念，不一会儿就背会了。我俩都睡不着觉，索性开门到外面看星星和圆月。哥哥诗兴大发，又念"小时不识月，呼作白玉盘"，念"长安一片月，万户捣衣声""今人不见古时月，今月曾经照古人"；念"露从今夜白，月是故乡明""今夜鄜州月，闺中只独看"；直到月亮西斜我俩都打哈欠了，哥哥又念了一首"月落乌啼霜满天"才进屋睡觉。第二天，哥哥找了几本他的书，对我说："你该好好读书了。老师说熟读唐诗三百首，不会作诗也会诌。你要读好这些书，长大就能当诗人！"哥哥的话字字千斤，我顿时觉出了几分庄严，双手接过书，心里暗自发力明志。

这几本书都是关于诗歌的少年读本，其中一册是中国古代诗歌选的唐朝部分，成了我的最爱。书里有生字注音、生词注释和评讲，我能大致读懂。更可爱的是还有很美的彩色插画，如"独钓寒江雪"的孤舟老人，"疑是银河落九天"的庐山瀑布，"黄四娘家花满蹊"的金色菜花、彩色蝴蝶和翻飞的莺鸟等，都让我如同亲见，记忆深刻。我如饥似渴地读着，一首一首地背诵，很短时间，我就背下了一百多首唐诗。

一个春天的早晨，我起床推开门，看到一副全新景象：雨过天晴，成群的小鸟在欢快地鸣唱；桃树枝上挂着雨滴，桃花嫣红；杏花开始败落，经昨夜的风吹雨打，湿地上铺了一层浅红。我轻声自言自语说："这就是诗啊，这就是春眠不觉晓啊！"像凿破了鸿蒙，我第一次将眼前的景象和唐诗合成了一体。从此以后，我的思维方式改变了，再看身边的人事物等，我都觉得焕然一新，并引我思索。上学路过一个大池塘，我停下来久久地看凫水的白鹅，看鹅仰着长脖子向天唱歌，看它通红的蹼趾在绿水里拨呀拨。深秋时节，我对着村外的南山出神：弯弯曲曲一条石径，斜通山顶护林人的木屋；晚霞映照，满山的秋叶像春天二月盛开的红花。夏天，和几个小伙伴去南山割草，我就鼓动他们陪我爬山，气喘吁吁登上山顶，立在巨石上，我痴痴地向着远方遥望。小伙伴抱怨说远处什么也看不见，我用他们听不懂的话说："欲穷千里目，更上一层楼。"

有一段时间，我肚子里装的满满的古诗，像发了酵般搅得我身心难安，常神经兮兮地幻想现实。我一个人走在路上，正巧对面走来一位头发和胡子都白了的老人，我就假想他是少小离家老大回的还乡客人，待走近来，我迎上前笑嘻嘻地问："老爷爷，你是从哪里来的呀？"老人被问了一愣，硬邦邦答："西边那村。"头也不回抬脚走了。我傻傻地站在那儿，为了老人的不配合而惆怅。

我九岁那年，"文化大革命"来了。父亲因为当村干部，被红卫兵打成走资派罢官批斗；哥哥毕业后当民办教师，也受牵连，被捏造罪名开除批判，那是我们家境最艰难的日子。过春节时，我帮着研墨、裁红纸，哥哥写春联。他写的是"四海翻腾云水怒，五洲震荡风雷激""金猴奋起千钧棒，玉宇澄清万里埃"。哥哥有些懒散，把毛笔递到我手里说："你是二年级学生了，也该学着写对联了。"我刚开始练毛笔字，年幼不知怯，端着笔想一想，就写了两句诗："旧时王谢堂前燕，飞入寻常百姓家"。哥哥先指点笔画问题，又考问道："这两句诗，不是对偶，但意思还好的。你讲讲，你为什么喜欢它？"其实我对这诗意思很朦胧，就试量着说："是变化吧？比如，我长大当成诗人，就是燕子飞进咱寻常人家了。"哥哥立刻兴奋了，愁眉舒展开，提高了声音说："对呀，是改变。十年河东转河西，命运会改变的！"唐诗点亮了我的心房，困难家境令我早熟。为改变个人和家庭命运，我从童年开始励志，默默地奋斗了几十个春秋。

三姑家的大表哥叫玉生，比我长六岁；他长得很恬静，嘴巴甜，姥姥妗子地不离口，合家老少都喜欢他。他常来走姥娘家，且一来就恋着不想走。我也很喜欢玉生哥，他经常送给我玩具和小画书，带领我村里村外跑着玩。有一回我们爬南山摸鹁鸽蛋，我不慎摔伤了腿，是玉生哥飞快把我背回家的，我很感激他。他17岁那年验上兵了，去的地方是河南灵宝县，他换了一身新军装来我家告别。奶奶问去的地方有多远，他答有两千多里。奶奶不知道两千里路有多长，知识渊博的哥哥就说：当年孔圣人驾马车走了十二年，还没走到那里。于是奶奶就难过得呜呜地哭。哥哥再解释说，现在坐火车三天就能到，奶奶才转忧为喜。中午喝酒吃完饭，全家人送玉生哥到大门外，长辈们千叮咛万嘱咐，他眼睛红红地流了泪水。我又拉着他的手送到村头小河边，与他再次告别。他走了几步回头招手说："我到灵宝就给你家写信，寄照片。再见再见！"我说："你等等，我给你念一首诗。"他有些意外，站住身静静地聆听。我望着身穿新军装的玉生哥，深情地念道：

渭城朝雨浥轻尘，客舍青青柳色新。
劝君更尽一杯酒，西出阳关无故人。

玉生哥惊奇地走回来，用手抚摩我的头顶，动了情说："你念的诗真好！你跟别的小孩不一样。你好好上学，长大会有出息的！"

二、独坐幽篁里

光阴荏苒，四十年岁月逝去了。

进了玉园大门，左侧有一片小竹林，竹子是特意从亚圣府移植来的，我希冀能沾溉孟老夫子灵气。在一个有月的秋夜里，宁静怡人，我独坐竹林间，悠闲地品着一壶清香绿茶，每每心驰神往，追慕王维端居辋川弹琴长啸的风采。逝者如斯夫，千年前的文章风流已不可企及，但无碍今天的我吟咏诗歌心向往之。玉园相继完成金壁、汉垣、东坡小院建设后，我又梦萦大唐，缜密构思"唐墙"的图画了。

玉园中庭的南墙，中间是月亮门，门两侧我预留了六块书条石位置，决定镶嵌当代书法家的唐诗作品。邀约名家书写，天南海北不胜其累，其润笔亦价值不菲，令人望而却步。有鉴于此，我就决定抄近路，从已出版的书帖中取现成作品。书条石尺寸一律为宣纸四尺三开，故唐诗只能选五言和七言的绝句。而我的标准是，诗要家喻户晓名篇，书要我喜欢的大家，这就很难，还得考虑审美的丰富、书体的多样，这就难乎其难。我费尽心思，海选出二十件作品，经电脑设计喷出大画来，我就开始长时间的凝望和思考。其间几次请内行朋友来看展，发表意见；最后，我选定了六幅作品：启功行书王维诗"独坐幽篁里"，欧阳中石行书贾岛诗"松下问童子"，刘江篆书王之涣诗"黄河远上白云间"，魏启后草书杜牧诗"银烛秋光冷画屏"，孙其峰隶书李白诗"众鸟高飞尽"，李铎草书白居易诗"一道残阳铺水中"。为了有别于金壁书碑的青石，这面正对着玉园主楼的唐墙，其石材改用了印度红颜色。刻成之后，红地白字犹如朱砂拓片之喜庆悦目，名诗名书争奇斗艳交相辉映，颇能显现盛世华彩大唐气象。

三、玉露凋伤枫树林

我的性格里有较强的自我检讨成分，当一事完成，还要反复揣摩寻其不足，以及时补救使其完美。唐墙建成后，我常常忆其过程中的缺憾之处。有一幅是陈振濂书写的孟浩然《春晓》诗，诗书俱佳，只因我想少选一幅篆书作品而忍痛割爱了。有一位大家王学仲先生，书写的是黄巢的"我花开后百花杀"，只因我对这个毁了李氏大唐基业的造反派领袖向无好感，便果断弃之。还有几位我喜欢的书法大家，因没能找到符合唐墙要求的作品，而抱憾阙如。

以上种种，还不足抵我心目中的另一宗遗憾：没有杜甫作品。在我的心目中，杜甫是占得唐代诗歌半壁江山的人物，若少了他存在，玉园唐墙就是断壁残垣了。谢天谢地，我后来找到了沈鹏草书杜诗《秋兴》八首法帖。与原唐墙西段相连的，是车库的北墙，开着两个窗子；我灵机一动，在车库南墙新开一窗，北墙二窗堵上，这样唐墙就可西延六米多，这正是镶嵌杜诗沈帖的恰切位置。于是，我又急急找工人砸墙改窗，去外地购石，请石匠雕刻；紧张忙碌了月余，唐墙西段工程告竣。建成的杜诗沈帖高一点三米，宽六米，可谓长篇巨制。有了杜诗这八首连篇七律，玉园唐墙才显得厚重坚实；有了沈鹏先生的草书长卷，中国当代书坛阵容方称强大齐整。

这是沈鹏先生七十六岁时的作品，人书俱老，已臻化境。沈先生深谙杜甫诗韵，遂诉诸毫端，幻化为书艺神韵。开篇一句"玉露凋伤枫树林"，他饱蘸浓墨，沉稳起笔；待写到江间波浪，陡然信笔狂书一个特大"涌"字，顿如波涛冲天，浪奔浪涌，神乎其神，震撼人心。浏览整个篇章，书韵与诗韵密实缠结，相辅相成，莽莽苍苍，浩浩荡荡，有长江大河一泻千里之势。对于他的草书长卷，早有论者评曰："风樯阵马，意气风发，气势之大，可直当明人。"我对沈鹏先生的景仰由来已久，玉园甫建成、定名之后，开始酝酿请国内大家书丹府名，我第一个向往的就是沈鹏先生。不久，经由书法家朋友李樯的努力，拜劳沈鹏先生题写"玉园"二字。我郑重其事，将其深镌于昆岗石的正面，用朱砂描绘，光彩夺目，熠熠生辉。今天在唐墙上镌刻由启功先生题签的"沈鹏书杜甫诗秋兴八首"长卷，也是我对沈鹏先生的致敬。

1953年4月，郭沫若先生游览成都杜甫草堂，曾留下墨宝"补壁"："世上疮痍诗中圣哲，民间疾苦笔底波澜。"我爱其书法，便裁取"诗中圣哲笔底波澜"八字，刻后嵌在了杜诗沈帖上面的左半段；而右半段，我心中另有期待。

四、云想衣裳花想容

我们李氏的后裔们，对于唐朝向来怀有一腔难舍的深情。开创伟大盛世的皇帝姓李，虽没有谱牒传下来可供溯查，但我们都确信与他有血缘上的渊源。就是诗仙太白，因为姓李，我对他的敬爱之情，也比别的诗人更深厚。那个年轻时代就背一把宝剑四海交友五岳访仙、除了饮酒就是写诗、凑空闲倒插名门做了两回乘龙快婿的、我同姓同宗的伟大诗人啊,曾给童年的我多少梦想,多少振奋欢快,多少文化滋养精神食粮啊!在唐朝的大地上,李白和杜甫一起构建了诗歌高峰。在唐朝的天空中,李白和杜甫是彪炳百代的日月双星。台湾诗人余光中的《寻李白》赞曰:

酒入豪肠,七分酿成了月光
余下的三分啸成剑气
绣口一吐就半个盛唐

在唐墙前面浏览,想着同宗李白,我就觉得一首《独坐敬亭山》太单薄了;玉园的唐墙上,同杜甫一样,李白诗篇应该有更宏大的呈现,比如他的《蜀道难》《襄阳歌》《将进酒》《梦游天姥吟留别》。我心生歉疚和遗憾,但限于唐墙尺寸,暂将此憾记下。

近半年来,我集中时间研读鲁迅先生著作;因为唐墙萦绕于怀,便在读书时刻意留心关于唐朝内容。鲁迅对唐的关注不多,只有些片断思考。如众所周知,他在给曹聚仁的信中说:"古人告诉我们唐如何盛,明如何佳,其实唐室大有胡气,明则无赖儿郎。"不过在创作生涯的早期,鲁迅曾认真构思过一部长篇小说,其主人公就是大唐皇妃杨玉环。他在致日本友人山本初枝信中说:"五六年前我为了写关于唐朝的小说,去过长安。到那里一看,想不到连天空都不像唐朝的天空,费尽心机用幻想描绘出的计划完全被打破了,至今一个字也未能写出。"此写作计划,鲁迅不止一次向朋友们讲过,如郁达夫、冯雪峰、孙伏园等多有回忆。据一位叫李级仁的回忆,鲁迅在西安向他详细描述过书中的重要章节,其中一章要浓墨重彩写李白的《清平调》。读到这里,我眼前幻想出一个画面:鲁迅和李白,两位相隔千年的文豪在此刻相遇握手。三首《清平调》,大唐之华章;《霓裳羽衣曲》,盛世之绝唱。每念于兹,我不禁热血沸腾,心驰神往。我怀想着,如果有鲁迅手书《清平调》墨宝,刻成书碑悬之唐墙,更添玉园一道亮丽风景。可惜无有。我不甘心,就从作家朋友曹曦处借得鲁迅手稿,如大海捞针般集得心仪单字,组成李白《清平调》诗的首句;还有一个鲁体唐字,我喜爱之至不忍舍弃,就放在诗句前面组成这样句式:唐·云想衣裳花想容。刻成后端详欣赏,我却又对一字不满意:在鲁迅手稿里,凡涉衣裳,皆写作衣服,因而拼装的裳字显得极为刺眼。我再次努力,从旧书网上购得文物出版社自1960年陆续出版的鲁迅手稿四册,终在《看萧和"看萧的人们"记》一文中,写向萧伯纳赠送戏服,鲁迅不再吝惜笔墨慨然写出衣裳二字;于是,我的心愿终获满足。

"唐·云想衣裳花想容",这幅集鲁迅字、李白诗句的书条石,镶嵌在杜诗沈帖的右上方。他是唐墙建设完美收官的精彩一笔,也是对于鲁迅先生未竟著作《杨玉环》的纪念。关于《清平调》内容写的是花是人,历来存争论;我想,无论是国色天香牡丹,还是绝代佳人贵妃,均可代表雍容华贵的盛唐了。为了区别于诗句,唐字我放得较大,只双勾字缘未凿刻中间笔画,并且绕唐字又浅刻了一个圆。有朋友问我圆形图案何意,我不假思索答道:"那是唐朝的天空永远不落的红太阳!"

刻完唐墙以后,我还有两个心愿有待实现:还同宗李白一个公道，刻他代表性长篇诗作；像建"东坡小院"一样，为鲁迅先生建一个"鲁园"，刻他手稿里重要作品。此是后话。相信后会有期。

2018年12月28日　玉园

初见迟桂花

今年桂花迟开,为吾家玉园植桂十五年来的首次经历。

我浏览前些年的日记,桂树开花的平均时间是九月中旬,盛花期为一周左右。今年桂意懒散,过了国庆节,还不见桂花消息。我开始以为,定是每年辛劳积蓄竭力绽放纵情播香,桂树太苦累了,于是幡然醒悟自我怜惜起来,不再追赶时令,悠悠然过起慢生活来。进而再想,草木非人,焉有此惰情,定是另有原因,使得桂不由己。据中央气象台报道,北方地区今年夏天时间超过了一百五十天,达到五个月,打破有气象资料以来最长纪录。炎夏久不谢幕,秋来迟迟,奈桂花何?好在世间万物总是利弊互存的,迟开的桂花,亦别有一番美妙风韵。

季节已经过了寒露,日均气温也降到二十摄氏度上下,早晚时间,凉气袭人,已明显感觉到秋意。这一天上午我从外面回家,推开二门进中庭,就闻到那种亲切熟悉的一缕甜香。我一喜:桂花开了!我仔细看,先开的是丹桂,稠密的花粒只有一部分开始吐露红唇,怯怯的,羞羞的,像是为姗姗来迟而内疚。从此日始，金桂银桂也不甘于寂寞，接二连三地捧金献银，含笑洒香。吾家庭院又一个美好的桂花季开始了。这一段日子，偌大玉园里不唯中庭盛满了浓香，就连后苑、西园、东坡小院、南山故园、七篇园，也都弥漫着宜人的甜香。在有香的开花树木中，我最爱桂花，它的香气浓郁、甘甜、诱人。自古高雅人士爱花，都排斥浓香型，贬之为浊，都喜欢淡香型的，誉之为雅，且愈淡愈雅，淡极近无，便入大雅了。我固然是一俗人，但也不敢苟同大雅见识。桂花香而不腻，回味甘甜，开窍醒神；其芳香能撩得人体里荷尔蒙激增，让人热血奔涌，产生想干事情的神秘冲动。桂花开时，油绿的枝叶腋间，缀满了银白的、金黄的、丹红的细碎花朵，密密麻麻，独特美丽。千百年来桂花备受推崇，成为文化庭院内不可或缺的优秀花木。宋人有诗为证："独占三秋压众芳，何夸橘绿与橙黄。自从分下月中秋，果若飘来天际香。"

在今年的桂花季里，因盼望已久，我便更知钟爱和珍惜。我晚睡早起，闭门不出，整日里徘徊在浓得化不开的桂香云雾里。每天的两番茶事，我都要在桂树下啜饮，偶有几颗丹珠金粟银粒落入杯盏，我便喜不自禁，引为天降异香。一日三餐，我都在桂树下的石桌上进膳，平日里并不贪杯的我，这时也要两餐斟酒，并要妻子梅与我对饮。醉翁之意不在酒，在于桂花之间也。这时候，梅妻更是忙碌，她叫来好友相助，笑语喧阗抢摘桂花。摘下的花粒洗净阴干拌入绿茶，封袋藏于冰箱，窨制月余即成桂花茶；或用冰糖或槐花蜂蜜腌制成酱，以备日后造桂花酒、做蜜汁菜肴、煮米酒汤圆等，食用花样日日翻新。梅妻的良苦用心和一双巧手，让稍纵即逝的桂香长留玉园，让桂花的美好感觉四季品味。贤哉梅也，与桂斯馨！

玉园的后面和东面都是居民小区，住着些熟人朋友，见面就说："你家桂花开了，真香啊！我们院的人家都闻着了！"过了一些时日，他们还不忘这事，当着众人说："他家的桂花树可多了，开花时我们小区人都跟着沾光！"我心中窃喜：玉园有桂，四邻皆知；玉园花香，与邻共享。我慢慢发现，由于秋深天凉光照力弱，晚开的桂花迥异于往年的短暂热烈、浓香，而是花期长久，香波荡漾，播撒均匀，多几分含蓄收敛，添一半娴静幽韵。我于是悟出了：早桂花是年轻人的花，迟桂花属于年长的人。于是我便觉得今年的桂花，是专为我绽放，为我吐香；迟桂花属于我，我属于这金色的秋天。

早些天的国庆、中秋节假期间，我在书店邂逅一位书法家朋友，他笑着问：今年你怎么没邀请朋友去玉园赏桂花？我解释说：今年桂花很特别，至今迟迟未开，怕是开不好了。他说：那不要紧，你叫朋友们去，大家共同探究一下，今年的桂花因何异于往年的。我笑了，说：好的，过几日玉园见！

古诗云：苔花如米小，也学牡丹开。近几年玉园花木设置、文化营建渐成气候，我也不揣浅陋，慕风雅学古人办起雅集来：每年春秋两届，海棠集和丹桂集。每届又分数批客卿：文化界同人会；老朋友老同学会；亲戚或梅妻闺密会等。我将今秋的雅集命名为"迟桂花集"。我很向往刘禹锡描写的境界：谈笑有鸿儒，往来无白丁。于是首批邀请了八位与文化相关的朋友。三位年长的仁兄，退休前都有官衔，这几年皆淡出名利，统称文化人了。作家王兄几十年孜孜于文学创作，省内早享盛誉。去年倾情推出长篇巨著，反响积极，争论激烈，山东省作协为此召开讨论会，国内两家出版社相继出版，一时洛阳纸贵。国学李兄他务未遑，潜心研究吾乡孟子，尝受邀周游各地讲学，大力弘扬现代儒学者也。持正高职称退下的田兄，自幼好诗，一生作诗不辍，今归隐山村，结庐买田，积诗稿等身，山石草木蔬菜瓜果触目皆有诗，地道诗意之人。五位美眉，各赋才情。娟子与薇茜，早年初学写作，尝持文稿求我指教，我也曾像煞有介事点拨一二，于是便尊称我为老师。娟子灵气飞动，生活中每有新得，皆敷衍成文，妙笔生花；她早先在单位当播音员，我便将郁达夫诗句抄于她：却喜长空播玉音，灵犀一点此传心。当年别墅初建成，我为给它取名字大费心思，犹豫不定；此时娟子建言道："上海有个名园叫豫园，你就傍谐音叫玉园吧！玉字意义好，又贴合你的名字，正是两全其美！"我眼前一亮，潜然心动，由衷赞道："真个青出于蓝而胜于蓝也！"玉园之名就这样确定。薇茜是标准美女，爱时装美容化妆减肥；做事讲情调，交友问格调；为文亦然，曾出版散文集。记得初识吴颖，她自我介绍，特别强调名字是脱颖而出的颖；果然天生丽质，天资聪颖，人丛里偶一回眸，若鹤立鸡群；其外貌，人说她极肖日本乒乓球明星福原爱。梅闺密陆燕，无锡人也，得太湖水滋润，秀外慧中；广爱好，多才艺，琴棋书画歌舞摄影皆能行，只为自娱自乐，行歌不计流年。梅好友丁梅，她们当年曾共同创业，加上另一位名梅者，人唤小城三枝梅，亦戏称梅花三弄。丁梅性爽，做事利落；承家风，能饮酒，巾帼不让须眉；每每大杯斟满，跃跃欲试，俨然"铁如意指挥倜傥一座皆惊呢！"

  名曰雅集，文称赏桂，而佳肴美酒尤其不可或缺，甚而荦荦大者。与往届的去饭店撮一顿不同，梅作主张，这一次设家宴于玉园，亲自下厨料理，展示她梅花手段。头天晚上，梅就写出菜谱呈我"御批";其主旨是:多用玉园特产,突出自家特色。

东方欲晓,我便被喳喳声聒醒;是那对喜鹊夫妇站立在它们建巢的玉园杉树最高枝歌唱。起床后看天,我心内一喜:连续多日的半阴半雨结束,东天云霞托出一轮艳红的朝日来。空气清凉,桂花的甜香丝丝缕缕,缠缠绵绵。作家王兄第一个来到,寒暄后自然是先赏桂;绕树三匝,抚摸吮吸,啧啧称赞桂香之甜美。他立在桂墀上面金桂树下,认真翻看新制作的铜牌。铜牌正面是介绍文字:"金桂,桂树之一种,木樨科,常绿灌木或小乔木。中秋开金黄色花,芳香浓郁,为庭院珍贵观赏树种。此树龄五十年,因移自玉园主人老家,故得珍视,植中庭筑墀台以呵护。桂馥兰薰,赞美家族文化底蕴深厚;蟾宫折桂,比喻子孙登科及第。"铜牌背面是张九龄的《感遇》诗:"兰叶春葳蕤,桂华秋皎洁。欣欣此生意,自尔为佳节。谁知林栖者,闻风坐相悦。草木有本心,何求美人折。"国学李兄到来后,我便拿出自家窨制的桂花茶浸泡,三人在桂树下围坐石桌品茶。辨不清口齿鼻喉间的香气是来自树上,还是来自杯底,三老陶醉其间,谈兴愈浓。我们谈健康养生,谈天地气候人事代谢,也谈到了文学。两位兄长再次劝我重新提笔创作,说我二老之孝尽毕,儿子留学成功,生活优裕,再无拖延的理由了。王兄加重语气由衷地说:"你荒废写作,友人皆惋惜;你不出成就,将遗憾终生!"谆谆教导触我心灵,促我警醒;我郑重承诺:今后踏实下来,潜心写作!

丁梅到来后径入厨房,撸起袖子帮梅做菜。梅使唤我拿铁镢头去地里刨鱼腥草。陆燕到来就帮我剔土择叶,清洗毛根;后又自告奋勇,抱木材烧地锅炖鸡,烟熏火燎,呛出了眼泪。江南美女，宛如农妇。诗意田兄是搭吴颖的宝马来的，美女香车，气宇轩昂，见面后就谈他的隐逸生活，背他新写的诗作，我们听了连夸诗好。吴颖今天像是刻意打扮的，秋装新试，风衣飘飘，翩若惊鸿；她礼貌周到，亲切得体地跟每一个人打招呼，最后不忘进厨房见女主人，赠送化妆品。我仔细端详吴颖：圆脸庞，深酒窝，细眉眼，俨然日本球星福原爱华丽呈现。娟子和薇茜姗姗来迟，一个心有灵犀，一个追求情调，进门就找筐子盆子摘丹桂花；盆满钵满，指头染红，手有余香，人儿也被花香熏醉了；醉不释手，再去摘木瓜，摘山楂。王兄在玉园各个院落寻寻觅觅，发现南山故园种有文玩葫芦；娟子薇茜吴颖闻讯蜂拥又去摘葫芦；李兄也放弃了国学的严肃，追寻着美女的脚步而去。不多时，众人双手里都握了葫芦来，相互评说着品相优劣。娟子又看中了一只大葫芦，不由分说收入囊中。李兄不解问：小葫芦可把玩可观赏，你拿大葫芦有何用？娟子不假思索答：我回去解瓢，我用它饮水。李兄立刻联想到了《论语》，就说："你以为你是颜回呀，一箪食，一瓢饮，看你乐的！"

这时候，丁梅已端菜布满餐桌，殷勤招呼大家入席。主妇梅先介绍她的创意之作：地锅炖鸡是老家亲戚在山上散养的笨鸡；凉拌鱼腥草和薄荷是玉园自家栽种的，蛋炒蒲公英和糖醋苦瓜也是玉园生长的，都不施化肥不打农药，绿色食品；甜菜的蜜汁是去年秋摘桂花用蜂蜜浸制的，都是自家特产。梅累并快乐着，脸上洋溢着女主人的自豪。大家听罢，议论纷纷。这个说没吃过鱼腥草，那个道不知薄荷还能入菜，还有说未闻蒲公英炒鸡蛋的。大家胃口被吊高了，就有人不知不觉将手伸向了筷子；见状我就号召大家不必拘礼可以先吃菜，于是二十根竹棍毫不犹豫地刺向

了盘碗。问讯玉园何所有,老夫捧出桂花酒。每人眼前的幸福之杯已经斟满,我抑制住内心的激动,做开场白说:

"今年的桂花与以往不同,是难得一见的迟桂花;郁达夫以此为题写过一篇著名的小说,他认为桂花开得愈迟愈好,因为开得迟,所以经得日子久。让我们为玉园迟桂花干杯!"

一提名家名著,酒桌上平添几分高雅,客人纷纷正襟危坐,拘谨起来。好在酒的力量天大,数巡之后,没人再记俗雅,各各现出了本真面目。第一个脱颖而出的是巾帼丁梅;她擎杯而起,率先给王兄敬酒。她看似平静,却语出惊人:"这是我三叔,是我亲爱的父辈。"王兄顿作诧异:天上掉下个侄媳妇?大家亦不解,愿闻其详。真一个坦荡丁梅,三杯桂花酒哄动春心,将自己隐私故事晾晒。原来,她与王侄暗结有缠绵恋情,八年等待,千百煎熬,遥遥无期;眼看将要修来正果,王侄不幸于去年冬天患病去世。这是现实版的红楼宝黛、是近在眼前的梁祝化蝶;王兄作品中虚构的爱情故事,在此刻俱显暗淡。大家唏嘘一阵,转生敬意。丁梅敬第二杯酒,又说:"我三叔的长篇小说我读了数遍,是大作品;要是张艺谋用它拍电影,一定会超过《红高粱》!"大家真心鼓掌点赞,为了纯洁爱情,为了未了亲情;为侄媳,为三叔。到最后集体合影时,丁梅双手紧挽三叔的胳膊,挽着往日的爱。

李白斗酒诗百篇,田兄的诗情,早被烈酒撩拨得热痒难耐。于是乎,田兄手捧酒杯,即兴赋诗一首:几树丹桂金花,玉园文墨人家;馨香沁入心脾,妙笔诗酒风华。大家不约而同齐声叫好,争相与诗人碰杯祝贺。诗情点燃了激情,家宴氛围顿时热火朝天。平时矜持人,变作狂欢客;都晃动着酒杯,各自找人对饮。觥筹交错间，敬酒的理由可以尽情发挥，通与不通皆成。有祝丁王新结秦晋之谊的；有祝王兄瑞典那边早传佳音得诺奖的；有祝李兄成为亚圣孟子第二的；有祝田兄出口成章超过李白杜甫的；有祝长者老桂新枝宝刀不老的；有祝美女们红颜永驻沉鱼落雁闭月羞花的；林林总总，一团和气，酒神当家，快乐就好。太湖陆燕最不能饮，而她又最忙，拿相机团团转着抓拍，留下每人的精彩瞬间。翩然颖、灵犀娟、情调薇的酒量均小，故举杯殷勤，饮酒点滴，三人相加莫若一丁梅。美眉们坐在离桂树最近处，玉手一举，吮指甜香。头上花枝照酒卮，酒卮中有好花枝。人面桂花，相映丹红。我斟满杯，又想起新理由与三位仁兄干杯：自诩我们都是迟桂花。美女们亦联袂干杯：六枝早桂花，风韵在，年芳华，乐无涯。

坐主宾席位的李兄最后总结性敬酒，感谢玉园二主人；然后的程序，依次为进餐、照相、道别。田兄附耳对我说：我胸中还装着许多桂花诗，回去写出来，用微信发给你！言毕，仰天大笑出门去，我辈岂是蓬蒿人。王兄临别殷殷叮嘱："我今天最大的欣喜不是饮酒赏桂，而是你答应要出山写作；你这回可要兑现承诺呀！"我心里一热，握紧王兄手说："等着我，文学路上见！"

送走全部客人，我与梅方觉心倦身疲；桌上肴核既尽，杯盘狼藉，相偎于丹桂树下，不知西方之既暮。

2017年10月26日改定于玉园

鲁迅小院独徘徊

一、踢鬼的故事

开始知道鲁迅的名字，我十岁左右，是读过中学的哥哥告诉我的。

时光若倒退半个世纪，在穷乡僻壤生长的孩子，其早期教育多半来自前辈们讲述的故事，而这些故事，又以神鬼妖怪的传说居多。我们家紧挨着连青山的一条支脉南山，危峰险石，枯木幽洞，都是恶魔厉鬼出没藏身之地，代代人口耳相传的惊骇故事活灵活现，真真切切，令幼小的我们闻之色变。家西边的一块高地叫西场，是爷爷开辟的私家打谷场，因久已弃而不用，荒芜成了百草园；场东南角上一间废弛了的储物房，曾经住过一个要饭的，贫病交加而死，遂衍生出联翩闹鬼的故事。场北面往下有一个黄泥坑，水深岸滑，早年间曾跌落溺亡一位瘸腿老人，因而夏夜间就曾有人听见坑里传来扑通扑通的打水声，和呜呜的哀哭声。场西面紧邻一条山沟，夏天有清清溪水流下，平滑的石板上是女人浣衣的佳处。老辈子传说,南山上就有狐狸精溜了来,偷去晾晒的花衣服穿上,扮妖冶女人在村头闪现招摇。若有情急的光棍男人上当近了它身,狐狸精便先吸人脑髓,再抽血渴饮,最后食人肉……有闻于此,白天我和小朋友们常来西场玩耍,到了夜晚,我们是万万不敢涉足这恐怖地带的。

　　胸中注满了墨水,继而具有诗意情怀的哥哥,中秋的夜晚就兴冲冲叫了我来西场赏月亮。我的畏首畏尾躲躲闪闪他看得清楚,就用了师长的口吻对我进行唯物无神的启蒙教育,先讲理论,后辅以故事。哥哥说:"中国现代有个大作家叫鲁迅,他就不信邪不怕鬼;而且,他还用脚踢过鬼!"

　　哥哥详细讲起来:

　　鲁迅年轻时候,在他家乡绍兴的一个师范学校教书,晚上没有事,就常到朋友家去谈天。这朋友住的地方离学校有好几里路远,途中要经过一片坟地。鲁迅在日本留学时学西医,跟老师一起解剖过几十具尸体,早就养成了不怕死人不信鬼魂的性格。这一晚上谈话多,归来已是深夜了,走近坟地,他看见朦胧月光下似乎有个白色的影子在晃动。他放慢脚步,一会儿那影子隐没了,再看又有了,并且时大时小,时高时低,影影绰绰正和鬼一样。鲁迅停下身,有点踌躇了:到底是向前走,还是回头绕行别的路呢?他很快坚定了决心向前走,到底要看一看闹鬼的是什么东西。他穿的是一双硬底厚跟皮鞋,跺着脚大着步向前走去。走得近时,那鬼突然缩小了,像是蹲下了,一动不动靠紧了一个坟堆。鲁迅抬起脚用硬皮鞋猛力地踢过去!那鬼影"哎哟"一声叫起来,原来是个盗墓贼,正偷偷地干他的勾当,被鲁迅这致命的一踢现了原形,连滚带爬在夜色里逃跑了……

这个故事犹如凿破鸿蒙，令幼小的我明白了这世上没有鬼，再在夜晚一个人走黑路也不觉怕了。我知道了大作家鲁迅，就常叫哥哥讲相关的故事；我还翻检哥哥学过的语文课本，看到鲁迅作品，就囫囵吞枣地读。

我上二年级时，"文化大革命"突然开始了。新发的课本在我们小手里还没焐热，上级下通知说"有毒"，很快收回去了。以后几年，我们没有课本，上课就学最高指示，唱语录歌，开批判会。升初中后有了试用课本，语文内容主要是伟大领袖的文章、诗词，和样板戏选场；也有鲁迅的杂文，只是老师讲得糊涂，我们学得傻眼。我真正走进并喜爱上鲁迅作品，是升入高中，那完全受益于一位优秀语文教师——刘传福老师。

刘老师教鲁迅作品有独特方法：先讲生字词；次叫学生自己熟读，要求自读三遍或五遍；最后他做精彩的通篇领读。刘老师中等身材，微胖，面色黑，浓眉茂须，他平常沉默寡语，颇具师道尊严，调皮学生都畏他三分。到了领读鲁迅作品时，他却一改平日庄重做派，顿变成技艺高超的演员，绘声绘色，嬉笑怒骂，很容易把学生带进一场场精彩剧情里。刘老师不是固定站在讲台上，而是走动着朗读。他双手捧着书本，缓缓地绕通道转圈，他走到哪里，学生们就转向哪里，好像刘老师手里捏着一束无形的线，时刻牵系着每一个学生的颈项似的。鲁迅较短的作品，如《药》《孔乙己》《故乡》等，刘老师要用时一节课；《祝福》用三节课；《阿Q正传》大概用了一周才读完。学罢一篇作品，我们就像看完了一部电影，栩栩如生的人物形象便刻在了心里，精彩生动的人物对话也久留唇边。凡是刘老师的学生，我们见面说的时髦话，大抵是康大叔、孔乙己、豆腐西施、鲁四老爷、祥林嫂、赵老太爷和阿Q们的经典台词，模仿的自然是刘老师的神色语气：

"包好，包好！这样的趁热吃下。这样的人血馒头、什么痨病都包好！""窃书不能算偷……窃书！……读书人的事，能算偷吗？""不多不多！多乎哉？不多也。""呵呀呵呀，真是愈有钱，便愈是一毫不肯放松，愈是一毫不肯放松，便愈有钱……""不早不迟，偏偏要在这时候，——这就可见是一个谬种！""我真傻，真的。""我单知道雪天是野兽在深山里没有食吃，会到村里来；我不知道春天也会有……""唉唉，我们的阿毛如果还在，也有这么大了。……""你怎么会姓赵！——你哪里配姓赵！""我们先前——比你们阔的多了！你算是什么东西！""现在的世界太不成话，儿子打老子……""君子动口不动手！""过了二十年又是一个……"

有一个十分顽劣的学生，平日里以好做恶作剧出名，这一回在自习课上他伸手扯女同学的花头巾，遭了怒骂，他竟笑嘻嘻说："和尚动得，我动不得？"这娄子捅大了，班主任严令他写检查，说再不行就开他的批斗会；他一下变蔫了，夹起尾巴老实了一大阵子。

我上大学后，中文系开设现代文学课，授课者有助教、讲师，还有大名鼎鼎的教授，都是研究鲁迅的专家。我在中学学过的鲁迅作品，都再次重新讲过。学识渊博，锦心绣口，名师尊也；如坐春风，如沐春雨，学子众也。在华堂之上，在名著之中，我常想起刘传福老师。那时李谷一的歌声常萦于耳："你的身影，你的声音，永远印在，我的心中……"后来刘老师调动回原籍鱼台县，在教育局语文研究室任职。我和他的弟弟刘传池是同学，多年前曾去鱼台，叫传池引领我去看望刘老师。"他比以前并没有什么大改变，单是老了些，但也还未留胡子……"看到刘老师，我就想起了《祝福》里的这段描写；那时刘老师一切都好。前年秋天，传池应邀来玉园赏桂花，问起刘老师，他悲伤地告诉我：刘老师不幸于十年前病逝了。我默然许久，顿觉心有戚戚焉。夜晚，我走进书房，重温刘老师讲过的鲁迅作品，读到祥林嫂的问话："一个人死了之后，究竟有没有魂灵的？"我抬起头来，忍不住泪水盈眶……

鲁迅先生逝世八十五年了，他的文学作品将永远流传。刘传福老师逝世十五年了，他的音容笑貌永印学生心里。

二、鲁壁

鲁迅小院建在玉园听雨楼的后面。

玉园的西院，我原拟名西园的，取"东壁图书府，西园翰墨林"之意，在决定建鲁迅小院后，知时亭往北这一片我便改名叫百草园了。园北靠界墙一带，东西十米长，儿子本昂在出国前曾钟情此地，说以后他回来要建书房。依此意愿，我已将基础打好，房子建成后或可名之"三味书屋"吧，以便与鲁迅先生靠近。

房东面我留有一条通后院的廊道，入口横架一根青石方梁，正面刻"玉园鲁迅小院"，集的茅盾墨迹。大门朝西开，双扇木门是我从古旧市场购得，请木匠审慎整理，我亲手刷黑色漆，装成后维持了古朴格调。门上面镶嵌印度红石板，刻"周宅"二字；门左亦竖刻书条石曰"宫门口西三条胡同二十一号"，这是北京鲁迅故居的地址。这两幅字均为鲁迅手迹，选自他写给许广平的第一封书信。

也许是自小亲近山石缘故，我素来怀有好石之癖。设计玉园时，凡涉院落，必先置巨石，好像非此无从着手擘画。玉园镇宅置昆岗石，东坡小院立赤壁石，南山故园堆砌有南山石。有感于鲁迅喜欢红色，多方寻觅，我在平邑县的临涧镇山里选定了一块将军红巨石。八吨重石从百里外缓慢运来玉园，大门无法驶入，便借道后面小区，用吊车腾空移进鲁迅小院。这过程中，因院内巨木杜仲树妨碍吊车摆臂，我命堂侄本亮攀高砍伐，不慎落木砸了后邻豪车。可敬车主人小李系出名门，人美丽，素质高，当即表示自费修车。我再三坚持赔偿，她便找廉价店修车，尽力为我节省费用。从晨五时租车出发，到十六时巨石落定，我悬了半天的心方安定下来。

这巨石宽二米，高二点五米，厚近一米，面北倚楼，东西向竖立，巍巍然形成一面厚重高大的墙壁；因它隔楼正与东坡小院之赤壁石相对，我便得了灵感取名叫"鲁壁"。再细思想，这名字颇熟，原来与曲阜孔府里一处名胜撞车了。说起人家那鲁壁，名声大了去了：史载西汉刘启帝封其子刘馀为鲁恭王，馀好治宫室，拆迁孔子故宅时闻见墙壁内有丝竹美乐之声，遂发现内藏尚书、孝经、礼记、论语等书简，原是秦始皇焚书坑儒时，孔子九代孙孔鲋逃难离鲁前所藏。后人珍之，便在原地建堂砌壁立碑纪念，鲁壁亦成为中国文化宝藏之符号。乾隆帝诗云："故井前头绰楔碑，传开鲁壁响金丝。经天纬地存千古，岂系恭王坏宅时。"为避免与孔府重复，我绞尽脑汁想了月余，终不得佳名。最后一横心：撞就撞！撞到圣人家，拾慧亦何妨。我还诌了一首顺口溜，以记其事：

> 孔子孟子地，咫尺两鲁壁。
> 古今文化长，千年一脉系。

鲁壁二字系从金文里集得，刻在西立面的上部，描以朱砂红色，进宅门即见。

鲁壁北面刻鲁迅于1935年写的自传手稿一页，纸上尺寸为高二十二厘米，石上放大尺寸为高一百六十六厘米。内容字描绿色，四边双直线界框描红色。

南壁是未经削刻的自然面，中间稍隆，整体平整。偏东上部凿出一高六十六乘宽五十厘米凹槽，镶嵌一幅鲁迅肖像木刻画，画左边有鲁迅题记："曹白刻。一九三五年夏天，全国木刻展览会在上海开会，作品先由市党部审查，老爷就指着这张木刻说：'这不行！'剔去了。"这幅画见于1981年《鲁迅全集》第六集。我所以选刻此画悬之鲁壁之上，是因为画背后有一段重要史实。

1933年10月10日晨，民国政府军警包围杭州国立艺专，逮捕了三名在读学生，其中之一就是十八岁的曹白。三个青年皆一头雾水，不知所犯何罪。不久后在浙江省高等法院开审，指控曹白参加的木刻组织系受共产党指挥，涉通匪罪；从宿舍搜出的木刻工具和苏联作家书籍，视为证据。数月后宣判：曹白获刑五年。然又法外开恩：被告等皆年幼无知，误入歧途，不无可悯，特依××法第××款之规定，减除有期徒刑二年六个月。此后的服刑期间，曹白目睹了监狱的黑暗和酷刑的可怖。出狱后他去上海谋生，仍不改初心，孜孜钻研木刻艺术。1935年夏他创作了鲁迅像和《鲁迅遇见祥林嫂》；恰逢一个木刻展览会召开，曹白送二作品参展，其鲁迅像被当局检查官野蛮撤掉。1936年3月18日，曹白再次翻检出了鲁迅像，端详久之，顿生自珍之情。他决定把木刻像寄给鲁迅，并附信叙述该作品送展被撤遭遇。曹白万万没有想到，以他一籍籍无名之辈，会受先生垂顾之厚爱。复信曰：

> 顷收到你的信并木刻一幅，以技术而论，自然是还没有成熟的。但我要保存这幅画，一者是因为是遭过艰难的青年作品，二是因为留着党老爷的蹄痕，三则由此也纪念一点现在的黑暗和挣扎。倘有机会，也想发表出来给他们看看。

曹白于受宠若惊之余，再给鲁迅写长信，详述他近几年牢狱之灾。据此事实，鲁迅抱病写出长文《写于深夜里》，揭露国民党政府独裁专制罪恶。在鲁迅生命的最后岁月里，曹白成了他一见如故的忘年之友，五个月间，鲁迅给曹白写信、寄书二十五次。鲁迅时常病重，不能展纸搦管时曾三次口述叫许广平代笔。1936年10月15日，曹白收到鲁迅最后一封信；关怀备至，教言殷殷，俨然慈父。信最后说："病还不肯离开我，所以信写得这样了，只好收束。"四天之后，鲁迅病逝。在葬礼上，有十二名青年作家为鲁迅先生抬棺护灵，二十一岁的曹白就属其中之一。

三、小白象·小刺猬

在曹白作鲁迅肖像的右下方，我还凿刻了鲁迅诗稿《悼杨铨》。

1933年1月，由蔡元培、宋庆龄等发起成立中国民权保障同盟，其宗旨是"反对国民党政府和帝国主义勾结镇压国内革命运动"，鲁迅、杨铨、林语堂等皆为执行委员；成立伊始，即遭政府忌恨。6月18日上午，在上海马路上，杨铨被便衣特务当众枪杀，血案骇人听闻，统治者借此杀一儆百。两天后的遗体告别仪式，鲁迅置生死于度外，昂然以赴，以示不屈和抗争。回到家来，擦干衣上雨水和眼中泪水，鲁迅展纸研墨写下一首七绝：

岂有豪情似旧时，花开花落两由之。
何期泪洒江南雨，又为斯民哭健儿。

极度悲愤压抑之情现于纸上，沉郁低昂，墨饱字大，是鲁迅诗作和书法的双上品佳作。但在当时白色恐怖环境下，人人自危，无友以示，他便赠给了最亲近的人，他的妻子、爱人和学生许广平，纸末写下"景宋仁兄教"五字。我所以选刻此诗稿，有一半原因是里面有许广平的名字。

为了对应，在鲁壁对面即听雨楼后墙上，我嵌刻了《两地书序言》手稿五页、鲁迅致许广平信手稿二封四页，皆用印度红石材。鲁迅与许广平的爱情，是现代中国文坛佳话，是长久以来人们反复研究和津津乐道的不朽话题。他们的爱情开花结果，他们成婚生子，相濡以沫，与许广平的爱情，是鲁迅坚涩人生里一抹亮色、一缕阳光、一味甜蜜。而记录他们爱情的唯一资料就是《两地书》。这本书于1933年4月在上海出版,当时影响很大,此后每年都再版,发行量超过了其他作品。直到今天,大部分读者也是奔着鲁迅的巨大名气,和私意窥探这个渲染得沸沸扬扬的老少师生恋的传奇故事而来,只是书里罕见缠缠绵绵、你侬我侬的糖醋佐料,更多的是两颗孤寂的灵魂逆境中的携手挣扎,黑暗里的喃喃倾诉。其时鲁迅在北平已工作生活十五年,毫不妥协地反封建反黑暗,同情支持学生运动,文章如投枪似匕首刺暴政,因而树敌众多,高压和围攻常令他喘不过气来;他们的爱情若再包不住披露出来,一是老母发妻家室尴尬,二则授敌以新把柄,明枪暗箭当如雨点般袭来,他们再无招架之力。权衡再三,二人决定选择三十六计里的上策:1926年的8月底,四十六岁的鲁迅和二十八岁的许广平毅然出走。试想当日情状,当如违了父母意愿的村姑野男,匆匆收拾细软于月黑风高夜牵了手深一脚浅一脚不择路径私奔。到了上海,二人约定两年后再聚首,一个奔了厦门,一个奔了广州。鲁迅在厦门不顺,四个月后也去了广州。二人在羊城待了九个月亦不顺,便同去上海,公开同居,坐实婚姻。鲁迅在《两地书序言》中写道:

> 回想六七年来,环绕我们的风波可谓不少了,在不断的挣扎中,相助的也有,下石的也有,笑骂诬蔑的也有,但我们咬紧了牙关,却也已经挣扎着生活了六七年。其间,含沙射影者都逐渐自己没入更黑暗的处所去了。

纵然是在茫茫沙漠冷酷雪原，凡有花朵总能开出自己的美丽和娇艳。鲁迅和许广平的爱情，也别具一段迷人馨香。

1923年秋季开学，北京女师大新来一位中年讲师，其显著特点是衣冠不整蓬头垢面。女同学们不约而同说道："怪物，有似出丧时那乞丐的头儿。"而坐在第一排的许广平却读出了不一样的师者风度：两寸长的乱发，粗而且硬，笔挺地竖立着，是怒发冲冠之英武气质；褪色的暗绿夹袍，半旧的黑马褂，手弯处上衣身上两膝盖上多处打着补丁，甚至皮鞋的四周也打满补丁，在许广平眼里美似特制的花纹，如黑夜的星星炫着异样的新鲜色彩；上课钟声还没收住余音，先生就冲进教室走上讲台，下课钟声刚止他已抽身走远了，照许广平评价这叫神龙见首不见尾；回忆先生整个讲课过程，许广平觉出那是初春的和风，新从冰冷的世间吹拂着人们，阴森森中感受到一丝丝温暖……

这是许广平和鲁迅的第一次见面。这是异性间常有的一见钟情。如果是少女，这种情愫恰如懵懂之心开了一枝花朵，可能会昙花一现。但是对于二十五岁成熟女子，这种情愫恰如她的心田里兜住了一粒种子，期以阳光雨露，假以时日，它将生根发芽。年青时即为逃脱包办婚姻从广东一个贵族大家里出走，到天津求学时积极投身五四运动主编进步刊物，之后在北京女子高等师范学校任学生会干部学潮斗争领袖，一路走来，许广平飒爽英姿步履铿锵，个性倔强头角峥嵘，被反动校长侮为害群之马，是他们眼中不易驯服的刺猬。神奇的是爱情改变了许广平，桀骜锋利的性格渐次隐去，如春风化冰，她变得如春水之平柔、春花之静美。印度文化中的白象因稀缺而寓宝贵，许广平便在书信中昵称她的白马王子为"小白象"；鲁迅则借用别人的贬称，在书信中昵称他的天使为"小刺猬",有时也称"害马",而在他心里却已变作驯马、乖姑了。结婚生子后,许广平彻底放弃了自己的事业,纯然以贤妻良母现身,操持家务,忙忙碌碌,默默地在背后支撑起丈夫鲁迅的伟业。

同所有夫妻一样,他们之间也偶有不谐之事,但从未吵过架。鲁迅表示生气的方式是沉默,长时间的沉默;不吃茶,不吸烟,而会偷喝许多酒后找个静地方躺下。此时的许广平痛苦万状,又不知如何自处。向他发怒吗?她绝不会做。向他道歉讨饶吗?除了维护自尊心外,有时实在莫名其妙,并不知道自己错在哪里,因而她也就只有还以沉默。等待云消雨散,阳光出来了,鲁迅会解释似的说:"我这个人脾气真不好。"许广平回答说:"因为你是先生,我多少让你些,如果是年龄相仿的对手,我不会这样的。"鲁迅说:"这我知道。"

1934年12月9日,鲁迅赠许广平《芥子园画谱》一部,在扉页上题诗一首,这篇诗稿我刻石镶在了小院之后院的东壁上。

十年携手共艰危,以沫相濡亦可哀。
聊借画图怡倦眼,此中甘苦两心知。

四、百草园

鲁迅的散文作品我都喜欢,若要从中选出一个"最"来,还是《从百草园到三味书屋》。这篇作品写于1926年9月18日,初到厦门大学时候的鲁迅,摆脱了北平的糟糕人事恶毒围攻,竦身一摇,神清目爽;眼前是南国风光,海阔天空,鼓浪屿四周海茫茫，普陀寺钟声时敲响；不久前收获爱情果，抱得美人归，一腔甜蜜，无穷回味；东风与便，万事俱备，传世名篇《从百草园到三味书屋》应运而生。

鲁迅出生在绍兴一个败落的大家族里，童年是艰难悲苦的。在他的忆旧文集《朝花夕拾》里，只有这篇写得格调明丽，情趣别致，即使淡淡的感伤也不乏欢快色调。鲁迅笔下的童年故事已逾百年，我今天读之仍无隔世之感，仿佛亲历。这篇作品一直以来收入中学语文教材，我收藏的最早版本是人民教育出版社1959年12月出版的，和我的年龄差不多大。这本书是我哥哥使用过的课本，繁体字横排格式，纸质粗糙，品相八成；封面有哥哥自写的名字李养君，内文有哥哥听课记写画线的笔迹。内有两篇我最喜欢的作品：鲁迅散文《从百草园到三味书屋》；回忆鲁迅的文章《一面》，作者阿累。我十几岁的时候，就是捧着这本书，在哥哥的引导下开始走进鲁迅之门。

如本文第一节略述，我家也曾有一片类似百草园的荒芜之地，名字叫西场，是我和小朋友们的乐园。鲁迅百草园里高大的皂荚树和紫红的桑椹，我家西场里也有，并且多了洋槐、白杨、杏树和梨树。夏天里自然有蝉在树叶里长吟，大黄蜂在树杈下做巢，还有云雀鸟、灰喜鹊、山喳喳等鸟类，也在高枝上搭窝。我和小朋友们经常爬到树上数点鸟窝里的蛋卵，但并不损坏它。待到孵出小雏鸟，我就取下两只放进鸟笼里，自己喂养它们。西场草丛里乱石下也有蜈蚣和斑蝥，还有蝎子、刀螂、四脚蛇等，这些我都弃而不顾，我每日只专心捉各式蚂蚱和虫子，用来喂小鸟。开始几天喂食多，雏鸟长得快；后来倦了，就将笼子挂到树上叫亲鸟去喂；再过些天小鸟长出了翅膀，我就打开笼门，放小

195

鸟飞走找父母团聚。百草园有赤链蛇，西场里我看见过乌梢蛇和红花长虫，都挺粗挺长，在草棵间蜿蜒运行时隐时现，发着呜呜的声响。哥哥叮嘱我远离它们，以防被咬着。鲁迅写有赤链蛇变了美女图谋害人的故事，我的西场里也有狐狸精穿上女人花衣服勾引男人的传说……

直到今天，捧读《从百草园到三味书屋》，我仍将百草园里物事和西场一一对应，仿佛觉得鲁迅所记写的也是自己的童年，自己早已溶化进鲁迅作品里了。规划鲁迅小院内容时，我就决定刻制《从百草园到三味书屋》，恰好我收藏的《鲁迅手稿选集》书中有这篇作品，八个页码完整，书法价值亦高。选用的是十多年前从中国石雕之乡嘉祥县购买的优质青石，这种好石材现在已经买不到了。

给玉园文化工程持续刻石的两位师傅是孟凡中、武茂路，系曲阜九龙山下武家村人。十五年前初来刻字，我很快相中了二人的手艺和性格。他们村自古就出名石匠，刻字主要为孔庙孔府孔林服务。二人初学艺时都认过师傅，刻字口诀至今会背，比如：刻字不留红，累死也无功；大字刻深，小字刻浅，深浅之比，三分之一。古人刻碑是书者用朱砂颜料直接在石上写，所以叫书丹；石匠刻字必须留下细细的红边，以表明没有跑笔。在来玉园前，老孟老武刻字仅限于一般墓碑，要求不严格，加之二人读书很少，无法从书法艺术高度来理解石刻；开始阶段我就细加指导，逐字讲解；好在二人并无一般匠艺人的执拗脾气，谦虚好学，心有灵犀一点通，很快实现从匠到艺的华丽转身。现在石匠刻字皆用电动工具，我特别叫他们拿来全套传统刀具，最后一遍一定要纯手工找补，笔画的边角锋芒，面面俱到，使纤毫毕现，这样字才变成了艺术。凡来玉园干活的工人，我均包管午饭，并兼伺候烟酒茶，这规矩已有二十多年了。老孟老武不吸烟不饮酒不喝茶，仅吃饭而已。一天到晚，只闻机器削石声，少听见二人聊天。我问他们为何如此讷言，他俩笑笑说："我们是石匠，说话多了耽误干活。"当我听到日本歌曲《北国之春》第三段时，我就想起老孟和老武：埋头刻石不喝酒，一对沉默寡言人。

老武稍年轻几岁，眼力尚好，加上性格柔不着急，比较适合刻小字；《从百草园到三味书屋》八块石板以他为主刻制。他不躁不疾，用了一个月时间，工程告竣；我即刻找工人，安装在鲁迅两封书信的下面。我朝夕欣赏，流连忘返，日日陶醉不已。

还是在1991年，我在县文化局创作室工作，曾和同事郭牧华主编一本名为《惊蛰》的文学刊物。在自由来稿丛中，一个女作者的名字格外亮眼：宋志方。她的诗和散文很清新，不俗气，给人耳目一新的感觉；内容是关于爱情方面的，好像她正在热恋，写得情真意浓。待见到她，发现果然是一个美女：端庄大方，超尘拔俗，讲标准的普通话，与我们小县城的一团土气形成鲜明对比，洋溢着光鲜风采和异域情调的美丽。原来她出生在新疆阿尔泰地区，父母是援边志愿者，前几年才调回原籍；她则通过新近招工，在县果品公司工作。我在《惊蛰》创刊号"春之卷"上选发了她三首诗，后来还发过她的散文，她从此尊称我"李老师"。一年后，宋志方幸运地考进县电视台当主持人，而后当主播许多年。她的声音和美貌曾家喻户晓，遂成为许多人心目中的女神。由于忙着各自的营生，我们虽居一城却相遇不多，每次见面她总是毕恭毕敬，谦逊地叫一声李老师。转眼间三十年过去了，宋志方从单位内退，举家迁往上海开始新生活。这一天我偕妻子正在鲁迅故乡绍兴旅游，意外接到一个美女的电话，熟悉而甜美的声音叫着"李老师"，原来正是宋志方。她说想起了我当年给她发表作品的事，就辗转托几个人才找到我电话，特意表示惦念云云。她说平时料理家务，暇时结交了一帮文艺朋友，常参加朗诵和配音秀活动。俟后她发给我几篇她的音视频片段，都是给外国著名电影的女主角配音，音质美而丰富，几可与明星乱真。欣赏之余，我就想绑她一票：叫她为我朗诵《从百草园到三味书屋》。不料她竟然爽快答应了。不长时间，她就将录制好的配乐朗诵稿发过来，饱满的音色、动情的音韵、准确的阐述，令我满怀欣喜。我收藏进手机，再来鲁迅小院欣赏手稿，我就播放宋志方的录音，声画文三绝，此乐何极！

今年深秋的一个上午，玉园里清凉宜人，丹桂飘香。好季节里我每天必行的一项课目，就是来鲁迅小院饮茶。鲁壁右侧有一棵高过听雨楼的大杜仲树，树旁我置放了一块千余斤的原石，削平石的上面，权当作饮茶的桌几。也拿了一本鲁迅相关的书来，时而翻动几页，并未真的读进去。四面墙上镶嵌着鲁迅手稿刻石，左顾右盼，走走停停，茶杯里香气袅袅，时光也就丝丝缕缕地消磨了去。午饭时间到了，后窗传来邀食的声音。这天我起了雅兴，就叫梅妻从后窗递过几盘菜来，再加上酒瓶杯盏，我自个小酌一下。酒是网购的绍兴黄酒，与百年前的孔乙己阿Q们醉迷其中的属一个工艺、一样滋味。为了仿得真实，我甚至还加了一盘茴香豆。几杯黄酒饮下，我就打开手机播放音频，鲁迅名文，变作美女美声，款款在耳际响起来，充盈小院，充盈我身心；我看着手稿石刻，一字一句对应着宋志方的深情朗读：

"我家的后面有一个很大的园，相传叫作百草园……"

五、怒向刀丛觅小诗

鲁迅小院东西向呈窄长形，为了观瞻方便和增大容量，我在中间加砌了一道隔墙，留有通门，这样就形成了前后两院。前院的东墙，门南嵌刻了鲁迅手稿《白莽作〈孩儿塔〉序》，门北是鲁迅诗稿《无题·惯于长夜过春时》；整个长长的北墙上，是鲁迅的重要悼亡文章《为了忘却的记念》。三篇作品计十八页，石板选用深灰色花岗石材料，以符合作品内容的凝重；因字迹小而密，手工难为，均委托福建惠安县的华峰盛石雕厂，由电脑控制喷砂制作。三部作品放置一起，是因为内容紧密关联：《为了忘却的记念》是写左联五烈士的，诗稿就出自该文中；《孩儿塔》作者殷夫，亦是五烈士之一。

怀念朋友，悲悼逝者，鲁迅写过许多篇这类内容的文章；而我读的次数最多，读后每每久不释卷的就是这篇《为了忘却的记念》。抑愤怒于含蓄的，是更深沉的愤怒；悲痛盈胸回旋低昂，犹如将要喷发的火山岩浆。我感受到笔锋冷峻，格调苍凉；我看到月光如水，缁衣彷徨。鲁迅将压抑两年的悲愤泼向长夜刀丛中，铸成此不朽文章。《为了忘却的记念》可以视为《记念刘和珍君》的姊妹篇。

1926年3月18日，北京各界人民为反对日本等八国侵犯中国主权行为，在天安门举行爱国抗议集会，会后赴执政府门前请愿，不料段祺瑞竟下令卫队开枪射击，继用大刀铁棍追赶砍杀群众，当场和事后因重伤而死者四十七人，伤者二百余人；其死者当中包括北京女子师范大学学生、二十二岁的刘和珍，和二十四岁的杨德群。两人是鲁迅的学生和作品的崇拜者。3月25日学校为牺牲的刘和珍、杨德群开追悼会，鲁迅独自在礼堂外徘徊，极力弹压胸中郁积多日的悲痛和怒火。翌日，鲁迅写出泣血篇章《记念刘和珍君》。文章也早已列入中学语文教材，一代一代的少年学子借以了解那个黑暗的时代，铭记鲁迅发指眦裂的悲痛呼喊，拍案而起的愤怒指斥。文章中的警句言犹在耳，刻骨铭心：

真的猛士，敢于直面惨淡的人生，敢于正视淋漓的鲜血。这是怎样的哀痛者和幸福者？……惨象，已使我目不忍视了；流言，尤使我耳不忍闻……沉默呵，沉默呵！不在沉默中暴发，就在沉默中灭亡。

北京三·一八惨案过去了五年，1931年2月7日深夜在上海龙华监狱，国民党政府秘密杀害共产党员革命青年二十四人，其中包括作家李伟森、柔石、胡也频、冯铿、殷夫，时称"左联五烈士"。只有五年，鲁迅却看到了更多青年的鲜血，领略了更多残忍的暴行。一改当年金刚怒目挺身而出，他迅即带领妻儿逃出住宅躲避搜捕。隐忍两年，在烈士的忌日之夜，他用饱蘸血与愤的如椽大笔，写出诗与魂的雄文《为了忘却的记念》。文中详述他初悉二十四人遇难时的情景：

在一个深夜里，我站在客栈的院子中，周围是堆着的破烂的什物；人们都睡觉了，连我的女人和孩子。我沉重地感到我失掉了很好的朋友，中国失掉了很好的青年。我在悲愤中沉静下去了，然而积习却从沉静中抬起头来，凑成了这样的几句：

惯于长夜过春时，挈妇将雏鬓有丝。
梦里依稀慈母泪，城头变幻大王旗。
忍看朋辈成新鬼，怒向刀丛觅小诗。
吟罢低眉无写处，月光如水照缁衣。

在那独裁政府血腥统治时日，偌大国土却没有作家自由写作之地，鲁迅只得将诗"写给了一个日本的歌人"。我刻石的诗稿，依据的是鲁迅书赠他"生死不渝的至友"许寿裳的手稿。许先生于1946年去台湾谋职，坚持不辍写回忆鲁迅文章，常揭批当局黑暗内幕，于1948年2月18日在台北寓所遭暗杀身亡。

对于五位青年作家，鲁迅与李伟森不认识，与胡也频、冯铿也只有一面之识，因而着墨甚少；文章中详写的是柔石和殷夫。柔石的小说代表作是《二月》，1963年改编为电影《早春二月》，因了谢铁骊的出色导演和孙道临、谢芳、上官云珠等的精彩表演，电影大获成功，故事家喻户晓，成为新中国影坛的一枝奇葩。烈士柔石，九泉之下魂可安矣！

殷夫年龄最小，牺牲时二十一岁。我把《记念刘和珍君》和《为了忘却的记念》当作姊妹篇。写二人形象，鲁迅着墨极简。刘和珍"始终微笑着，态度很温和"，却"无端在府门前喋血"了，最纯洁最美丽的花朵萎凋了。殷夫"是一个二十多岁的青年，面貌很端正，颜色是黑黑的"，却"在龙华警备司令部被枪毙了"，最挺拔最俊秀的嘉木摧毁了。读完文章，合上书页，我心里常觉隐痛和闷堵。我的信念更加坚定：暴政猛于虎，独裁统治必须铲除。

殷夫出生在浙江象山一个殷实农家，十一岁时丧父，给幼小心灵留下伤痕和阴影。村外有一片荒草萋萋的坟地，是穷苦人死后葬身的义冢；内有一座破旧砖塔，是村民抛弃病死婴儿遗体之所，谓之"孩儿塔"。少年殷夫常常伫立荒草地凝视孩儿塔，对着"幼弱灵魂的居处"，他那早熟而又敏感的性格感到了生的悲哀和死的荒凉。他有一个长十四岁的大哥叫徐培根，从保定陆军军官学校毕业，已在政府军中擢任要职；他笃奉长兄如父规则，将弟弟接来上海读书，期望能如己愿成功。殷夫独具文才，早在小学时即开始写诗，来上海后视野开阔诗艺长进，遂写出大批新诗，用白莽、殷夫、徐白等笔名在报刊发表。同时期不断接受新思想，积极参加"学运""工运"，于十七岁时秘密加入中国共产党。不久遭人泄密被捕入狱；正逢五卅惨案发生后，白色恐怖森严，哥哥暗地用钱明里运势，竭力将他保释出狱。在次年二次入狱再被保出后，哥哥将他囚禁在家，叫嫂子严加看管学习德语，准备送他去德国留学；而他，梦想中的异域圣地却是苏联。因为怀着不同的理想走在两条相反的道路上，殷夫决定与长兄彻底决裂。1929年4月12日，他写下长诗《别了，哥哥》，题目下括号内有一句像是副题的话："算作是向一个Class的告别词吧！"第二段写道："二十年来手足的爱和怜，/二十年来的保护和抚养，/请在这最后的一滴泪水里，/收回吧，作为噩梦一场。"第八段写道："真理和愤怒使他强硬，/他再不怕天帝的咆哮，/他要牺牲去他的生命，/更不要那纸糊的高帽。/"第十一段即最后写道："别了，哥哥，别了，/以后各去前途，/再见的机会是在，/当我们和你隶属着的阶级交了战火。"

殷夫诗集的出版是在解放后，人民文学出版社于1958年12月同时推出《殷夫选集》和《孩儿塔》。据说殷夫的诗损失很多，他三次入狱，其文稿屡遭查抄焚毁，现在看到的只是少部分。这两本书我都有，均是初版。最近我通读一遍，就大部分篇章而言，其战斗精神胜于诗的技巧。再说回殷夫被哥哥强制学德语的事。他看到哥哥藏有德文版《彼得斐传》，就是他后来拿到鲁迅家的那本书，其中一首名为《自由与爱情》的短诗令他喜爱至极；准确的译文应该是这样："自由，爱情！/我要的就是这两样！/为了爱情，/我牺牲我的生命；/为了自由，/我又将爱情牺牲。"他那时对德文还不很通，而且心中正燃烧着青春激情，便借用裴多菲的语意，按着中国古体诗的格式，绣口一吐吟成名篇：

生命诚宝贵，
爱情价更高。
若为自由故，
二者皆可抛。

这首译诗鲁迅写进《为了忘却的记念》中。因了鲁迅的崇高地位和巨大影响力，诗一经发表，便得广泛流布。一代又一代追求理想和自由的青年男女，将诗写在笔记本上，记在心上，更有青年告别家庭和爱人，吟诵着这首诗义无反顾奔向战场、视死如归走向刑场。这首诗也曾收入教科书，今天的青年依然爱着它。只是，人们只知道这是匈牙利裴多菲的诗，不知道这也是中国殷夫的诗。如果说，作为一位早夭的诗人，他的稚嫩作品多未流传，那么这一首半译半作的短诗却遍地开花，成为千万读者心底永远的珍藏。烈士殷夫，九泉之下魂可安矣！

殷夫生前曾自编诗集，并起个悲摧的名字《孩儿塔》。诗集并未出版，鲁迅却写了一篇名文《白莽作〈孩儿塔〉序》。这其中，还有一段亦庄亦谐的故事值得提起。

当时的上海文坛同十里洋场状态一样，鱼龙混杂，其中就有一众文痞混迹其间，以搅浑水谋生。1928年鲁迅编辑《语丝》时，收到署名史济行的稿件，内容是披露当时文人劣迹的，信说此类稿件可以源源地寄来。以鲁迅阅世之深，便知此人绝非祥鸟，即以"《语丝》里没有劣迹栏"理由加以拒绝。碰了壁的史济行并不收手，而是死缠滥打，或化名造谣攻击，或改面目卑词求稿，鲁迅总给他一个置之不理，避免叫他贴上身来。如此八年之久，史济行们总该晾得干瘪了吧。1936年3月10日，鲁迅收到一封从汉口寄来署名齐涵之的信，自介绍是殷夫生前好友，正在经营出版烈士遗作《孩儿塔》，应出版社要求，恳请鲁迅为写一篇序文。殷夫等已牺牲五年，尚有如此深情仗义之人肯为出书纪念，着实令鲁迅大大感动。"大病初愈，才能起坐，夜雨淅沥，怆然有怀，便力疾写了一点短文，到第二天付邮寄去……"此后不多几天，鲁迅从报上获得一消息，说是善于翻戏的史济行已经去了汉口，并化了名齐涵之，在办着一个名叫《西北风》的刊物。鲁迅登时傻了眼：原来如此！过了一个月，他才缓过神来，补写了一篇《续记》发表，以挽回影响……

鲁迅生命后期的文章，简约肃穆，炉火纯青，到达人书俱老化境，其寥寥数语间，想见魏晋风度，如闻正始之音。兹抄录《白莽作〈孩儿塔〉序》中一段：

这《孩儿塔》的出世并非要和现在一般的诗人争一

日之长,是别有一种意义在。这是东方的微光,是林中的响箭,是冬末的萌芽,是进军的第一步,是对于前驱者的爱的大纛,也是对于摧残者的憎的丰碑。一切所谓圆熟简练,静穆幽远之作,都无须来作比方,因为这诗属于别一世界。

六、一个日本的歌人

在痛悉柔石、殷夫等作家遇害后的一个深夜里,鲁迅写下著名诗篇《无题·惯于长夜过春时》。"可是在中国,那时是确无写处的,禁锢得比罐头还严密。""……我终于将这写给了一个日本的歌人。"末一句,隐约其辞后面,伫立着一位在鲁迅生命最后五年里闪闪发光的丽人,她叫山本初枝。

听到"歌人",我开始便茫然:是唱歌的人吗?后来渐渐明白:也是,也不是。为理解日本的和歌、短歌、歌人等,我专门买了一本书学习。在日本语境下,歌人即指短歌作者。短歌是从大概念和歌里分出的一个支脉,其格式严谨,字数固定;每一首短歌只有五句,每句字数为五、七、五、七、七,共三十一个音节。短歌是配上固定曲子来演唱的,且作者也是歌者和表演者,故称为歌人。若要用汉语准确表述,则山本初枝是一位且歌且舞的女诗人。

山本初枝,笔名幽兰,1898年出生于日本东京一个军人家庭,十一岁读小学时就加入地方文艺团体千草会,学习短歌创作,可知其天资聪颖,自幼具诗歌音乐天赋。可惜才华未及展示,高中毕业十八岁便结婚嫁人;这个年龄的闪电婚姻,多半是父母之命媒妁之言类型。随之而来的，生子做母也是顺理成章的事。山本初枝的丈夫在海运部门工作，后来升任日清汽船公司船长，常荡桨于东京和上海间，他们便搬家来上海居住了。初来异国他乡的山本初枝是寂寞的：家中亲人往日文友俱在海的那一边，丈夫多数时间漂在海上；儿子已经上学，放学后有保姆伺候；生活优渥，富有闲暇，妙龄女人的内心正如春水荡漾，艺术之心重被唤醒了。这时候，由内山完造经营的内山书店隆重开张，店主人颇具好客性格高雅情致，书店渐成为在沪日本人（后来扩展到中国文人）的文化沙龙。往来客人中，歌人山本初枝倩影格外亮眼。先经内山完造介绍，她结识了访华的日本大作家、写过《罗生门》的芥川龙之介，得赏识后他力荐山本初枝加入日本权威短歌协会"紫杉社"；再后来，山本初枝回东京专访大诗人土屋文明，并拜为入室弟子。这些年里，因了名师殷勤指点、同侪切磋交流、中国文化熏陶，山本初枝诗艺大进，歌艺大展，迎来了人生第二个春天。这个时期的一幅照片流传下来，我们可一睹山本初枝芳容：这是她们一家三口的合影，左边丈夫堂堂仪表，中间儿子少年倜傥；端坐右边的是山本初枝，一袭日本传统和服华贵合体，一头黑发茂密整齐，目光沉静，脸颊丰腴，绰约妩媚，洋溢东方典雅气质。此时的山本初枝可谓为一颗闪闪的明星。

　　1929年5月内山书店迁址到千爱里弄口旁，山本初枝亦紧随搬家，与书店前后比邻，走动勤便，书店俨然成了女歌人的会课厅。就在这里，熠熠生辉山本初枝与鼎鼎大名鲁迅相识，犹如天空两颗明星不期而遇。对于日本歌人来说，也许是鼎鼎大名的文章风骨早已雷霆在耳，仰慕既久，初见后油然而生崇拜敬意；对于鲁迅来说，也许是七年的留日生涯记忆深刻，识见山本初枝樱花容貌，风景旧曾谙，似是故人来；于是他们两人一见如故，相谈甚欢，很快便做了亲密无间的忘年交知心友。

此时鲁迅的住处也离内山书店不远，因与老板关系密切，来往很是频繁。甚至有一段时间，鲁迅每天都要到内山书店来。也许是有事找老板托付，需亲自叮咛；也许是购买书籍，收发信件，转交钱款；也许还有，山本初枝写出了短歌新作请他指导，三五知音相对，茶道传杯，诗情婉约，聆听清歌一曲……

山本初枝名字在鲁迅日记里出现，是1931年5月31日，两个家庭已经开始密切交往。他们先是着眼彼此儿子，互赠儿童食品、画书、玩具；继而女主人间建立信任，互赠女人礼品；再深入发展，互访对方家庭，介绍朋友，饭店请客等，这时候，两人友情已扩展为两个家庭交谊。

1932年1月风云突变，"一·二八"事变爆发，鲁迅和山本初枝寓所一带"突陷火线中，血刃塞途，飞丸入室，真有命在旦夕之慨"。危急之际，加上周建人一家，他们三家十口人躲到内山书店楼上避难。炮声盈耳，硝烟刺鼻，母亲们抱紧幼儿，男人们守护女人，三家人面面相觑，心心相印，同生死共患难，熬过了七天漫长时光。战火暂息，鲁迅一家立即转移进了英租界的内山书店分店，山本初枝则带儿子匆匆返回日本。到东瀛后的歌人仍牵挂鲁迅一家安危，曾写信问询，得报平安后立即作一短歌，内有"战火分离各东西，鲁迅无恙心欢喜"的句子。五个月后山本初枝返回上海搬家，鲁迅设宴饯行，山本初枝求字做纪念；六天后鲁迅写了两幅诗作寄赠，一首是《无题·惯于长夜过春时》，另一首是专为山本初枝创作的《一·二八战后作》：

>　战云暂敛残春在，重炮清歌两寂然。
>　我亦无诗送归棹，但从心底祝平安。

短暂相遇的两颗明星各按轨迹分别了，他们此生再未相见。兴会清谈，犹闻在耳；诗情歌声，已成为绝响。此后，日本歌人和中国文豪传递情怀，大抵只靠书信，间或互寄些相关物品。有人统计出，四年时间山本初枝给鲁迅写信达五十封，可惜都没有存下来；收在《鲁迅全集》里的回信有二十四封，从中可约略知道他们之间一如既往情深谊长。在给国内朋友信中，鲁迅对政治敏感话题大多回避，或含蓄隐蔽；他一是怕政府鹰犬检查，二是害怕告密。面对山本初枝，鲁迅却敞开胸怀对残暴统治口诛笔伐，痛加指斥。二人还像亲密无间的父女，生活琐事娓娓叙谈。比如山本初枝发现丈夫有了外遇，心中苦痛至极，也愿向鲁迅倾诉。有人统计出，山本初枝共创作思念鲁迅短歌二十九首，可惜我们已无从查看；只有一首非专业的翻译，没有按照短歌格式直译，而是采用殷夫式的意译，其实这已经足够感人：

>　居家在毗邻，鲁迅常与共。
>　相处又相宜，今思尤有幸。

还有两句译诗尤需关注：

>　浓眉黑须现眼帘，寂寞今夜更怀念。

日本大诗人土屋文明素知鲁迅诗书双绝，便想得一幅墨宝以珍藏；因二人并无交集，狡黠的他便想到走学生山本初枝门子。鲁迅果然不薄女歌人情面，于1933年11月27日写下一首无题的七言绝句以赠，款处特写"土屋先生教正"六字。这首诗古典深奥，四句全用《楚辞》典故语句，理解起来多有歧义。很长时期中，鲁迅研究专家以政治挂帅，注释时多往歌颂杨开慧、指斥政府屠杀革命者思路上引；后来思想解放了，就有高人站出来指明诗是写山本初枝的：首句的"一枝清采"，一即初，隐含山本初枝名字；二句"九畹贞风"，九畹是植兰之地，山本初枝笔名就是幽兰。言之凿凿，似成定论。有鉴于鲁迅先生顶着"三个伟大"头衔，即伟大的文学家、思想家、革命家，研究者们总是守着严肃谨慎态度，即使在"鲁迅生活中究竟有多少女性"这样的文章中，也以含蓄为要，并不敢编他的八卦；至多至多，字里行间透一点暗示，给人们以有限遐想。考其资料，鲁迅与山本初枝情谊交集，可喻比日月之明冰雪之清，如松之盛似兰斯馨。其实，再多的词采形容终归苍白，不如回到鲁迅先生的诗境里来：

一枝清采妥湘灵，九畹贞风慰独醒。
无奈终输萧艾密，却成迁客播芳馨。

七、流浪者萧红

时光要回溯到1934年11月4日，蜗居在拉都路一所亭子间的年轻男女，或曰夫妻，是几天前乘船从山东青岛漂泊到上海的；他们后来享誉文坛的名字是萧红、萧军。如果再详前查，萧红的苦难流亡史还更曲折。

1929年秋18岁,因反抗包办婚姻被残暴的父亲赶出家门,萧红只身从呼兰县城逃到哈尔滨,投奔有青梅竹马情谊的表哥,随后私奔到北平共同读书;消息泄露,不敌压力的表哥向家庭妥协,放弃了这段美好的亲眷爱情。无枝可依的萧红返回哈尔滨,阴差阳错重落入在此求学的未婚夫汪氏圈套里,租房同居,久而怀孕。记恨于此前的逃婚受辱,汪家知晓后严厉反对此事,并中断了汪少的钱财供应。二人坐吃山空,不久即欠下旅馆许多食宿费。这一日汪少谎称外出借钱,却一去无回、逃之夭夭了。店主东立即扣押人质,将重孕的萧红锁进脏乱不堪的杂物仓库里。萧红欲哭无泪,挣扎不起,便投书《国际协报》编辑裴馨园求救。裴馨园派萧军到旅馆,萧军行伍出身,孔武侠义,不仅殷勤探望,还正告店主东不得虐待弃妇。说来真是上苍有眼,天佑多难才女,不久突降百年不遇大雨,哈尔滨城顿成水乡泽国,人们只有自顾逃命的心思了。这时候,紧锁的仓库门被踹开,高大健壮的萧军弯腰扛起羸弱的萧红,蹚水放到门外备好的一艘木船上,风雨飘摇中,渺渺波浪间,桂棹兮兰桨,载着来日的中国文学洛神驶离苦海,驶向希望的明天⋯⋯两个月后,萧红产下一女婴,鉴于目下的艰难处境,女性柔情化作了铁石心肠,即刻将婴儿送人了。此前不久"九・一八"事变发生,日本侵略军攻占中国东北四省,数千万人民沦为亡国的奴隶。在个人悲剧亡国灾难双层重压下,萧红从瓦砾泥淖中站了起来;她单薄瘦弱的身体,靠紧了萧军宽厚温暖的胸膛。结为伉俪后,二人相濡以沫,相互激励,以笔为武器,写作诗歌散文小说在哈尔滨报刊发表,以鼓舞占领区人民生存和战斗的意志。1933年夏天,二人合著小说散文集《跋涉》自费出版，因内含反满抗日内容，很快被查禁销毁。1934年春天，侵略者加紧了统治，对爱国青年的镇压更加残酷恐怖，萧红萧军逃离哈尔滨，绕经大连来到青岛。萧军仍参加进步报刊的编辑工作，萧红则全力创作小说《麦场》。受朋友启发，二人开始致信他们崇拜已久的上海的鲁迅先生，得回信允许，将刚刚完稿的新作寄呈指点。同在此时，报社遭国民党特务摧毁，负责人被捕，萧红、萧军则连夜乘船逃亡上海……

他们两个在新安的家里数钱。把几件衣服的口袋都翻遍了，萧红认真地数着，总共不到五元钱。他们从青岛仓皇登船时筹了四十元钱，船上用去二十多元，上岸租这个破亭子间预付九元，当天又买一袋面粉，一只小炭炉，一堆木炭、砂锅和碗筷油盐之类，最后就只剩下这不足五元钱了。萧军立即写了两封信：一封向哈尔滨的朋友求援借钱；一封给鲁迅，告诉他们俩来到上海了，并表达了就像流浪的儿女站立村头要急切看见父亲那样的心情。

当代著名女诗人王小妮，用诗的语言写萧红萧军在上海初次收到鲁迅信的情景：

"刘军！"

大上海在喊萧军的名字。

萧红从床上跳起来："你听！喊你的！"

"整个上海，还有认识我的吗？再听听，是不是听岔啦？"

"刘军！"没错，声音又一次传来，这一次喊得很急很烦。

"会不会是邮差？"萧红一下子惊醒。

"鲁迅回信啦！"两个人一起喊起来。

从邮差手里接了鲁迅的信，跑进屋，他们你抢过去我抢过来，最后每人一只手捧了信，一字一句地读着，连标点符号也不漏掉。读了一遍，再读一遍。鲁迅说收到了他们寄的信、书本、稿子，里面还夹有照片。照片是春天他们离开哈尔滨前拍的：萧军穿了一件俄国高加索式绣花的亚麻布衬衫，腰间束了一条暗绿色带有穗头的带子；萧红穿了一件半截袖子、蓝白色斜条纹绒布的短旗袍，梳了两条短辫子，扎了两朵半紫色的蝴蝶结。萧红目光离开了信，像是喃喃自语：

"看了照片，他就认识我们了！"

虽然信中婉拒了见面请求，萧红萧军还是沐浴在希望里，沉浸在幸福中。他们的身心顿时充满了力量，几乎同时下定决心：我们是作家，我们要使劲写啊！萧军的长篇小说《八月的乡村》是在哈尔滨开手的，带到青岛还没写完，现在得抓紧写啊。萧红立即构思新小说，材料不够的就写散文。一张破条桌从中间分开，两人并着肩写作。买菜做饭太耽误工夫，一天就吃一顿吧，胸中波涛，腹犹果然：我们写，我们写！长长的夜用一半时间睡觉就够了，昏灯之下，笔走龙蛇：我们写，我们写！写好的新作品，或者改一下往日的旧作，都陆续地寄给上海的报纸和期刊，他们需要快发表，快拿到稿费好租房吃饭。他们每天写，每天外寄，每天盼望邮差送来喜讯。事实却是：他们每天投出去的稿子，就像石头投进了黄浦江，再无声息。这可不是普通的石头啊，这是女娲补天之余石，后来写满锦绣文字的通灵宝玉啊！可是城堡一样的上海文坛，高墙深壕，门户森严。打着赤脚从东北沦陷地蹒跚走来的两个流浪青年，用力地敲门，手震麻了，门仍沉沉地关闭着。萧红停止了写作。萧军的长篇已坚持写完，他也封了纸笔。他们二人目光看向厨房，一袋面粉已矮了大半，一堆木炭所剩无几。萧红的手插进口袋里，只剩下几枚铜板硬硬地还在。萧军在阁楼地板上来回地踱着步，突然说："要是不行，等见鲁迅一面，我就回东北参加义勇军去！"

他忆起了自己的行伍生涯，觉得今天靠笔杆子吃饭，远不如耍枪杆子痛快。在二十多天里，写作之外他们写了六封信请教各种问题，鲁迅每信必复，不吝赐教。可是眼下的生活困顿经济拮据却是当务之急，二人苦心焦虑万难无计下，只好觍颜写信向鲁迅借钱二十元。鲁迅即复道："我可以准备着的，不成问题。"在月底的第七封复信中，鲁迅便邀请与萧红萧军见面，并详告了时间和地点。

1934年11月30日下午，这是上海冬季所常有的一个没有太阳的阴暗的日子，鲁迅与萧红萧军在内山书店相见。

他们是早就从报刊上看过照片或画像的，但是今天见到鲁迅刚刚病愈的面容，他们两人心里却是大为震惊。"两条浓而平直的眉毛，一双眼睑微微显得浮肿的大眼，没有修剪的胡须，双颧突出，两颊深陷，脸色是一片苍青而近于枯黄和灰败，更突出的是先生那一双特大的鼻孔，可能是由于常常深夜不眠，或者吸烟过多竟变成了黑色！"（见萧军文）打过招呼，鲁迅就将二人带出门。鲁迅在前面走，他们在后面跟着走，中间保持一段距离。背后凝视，头发浓浓地森森地直立着，腰板挺直，步子急而快，但整个身体分外单薄瘦弱，这纯然是一个老人的形象了。萧军快步地跟着，出汗的手在兜里摸着小说稿。萧红走得慢，心一酸泪水就模糊了视线，心里反复说着：他是多么老啊！

转了几条马路，鲁迅带他们走进一爿俄国人开的咖啡馆；接着许广平带着小海婴也赶到，两位女性的手握在一起，有一见如故的亲切；小海婴也不认生，操着上海话绕萧红转来转去。萧军滔滔不绝讲他们的流亡经过，讲东北被日军占领后的社会情况，人民的思想感情、武装的和文化的反满抗日等等；鲁迅认真地听完，也讲了上海文坛近况。萧红讲话少，她的明亮的大眼睛盯着鲁迅，她梦中的导师。鲁迅鼓励他们走出去多接触人，这样才能扎下根。鲁迅表示愿意帮助他们介绍作品出版发表，萧军立即将书稿递给了许广平。鲁迅拿出装钱的信封说："这是你们所需要的。"铮铮铁骨的萧军接了钱，一阵心酸，一股泪水很快溢出了眼睛。许广平紧握着萧红的手说："见一次真是不容易啊！"鲁迅说："他们通缉我已四年了。"萧红手摸空空的口袋：他们已没有坐车的零钱。鲁迅又掏出一把大小银角子和铜板。电车开来了，萧红和许广平的手还握在一起。上车后，他们从窗玻璃向外看，鲁迅一家站在冷风里目送着，小海婴的一只小手不住地摇着……

　　去的时候萧红萧军的心是活动跳跃的；而回来，他们的心，却似死去了。萧红两眼发直，怔怔地望着阁楼污秽的墙壁，喃喃自语道："这是冬天，他还在穿着胶皮底鞋……脖子上连一条围巾也没有，那件棉袍子是什么布的呢？黑的也不正确，看起来又是那样单薄不合身……"萧军也在一旁自言自语："他又病又瘦到这样子，我们这壮年的人，却要来吸他的血……"自责，愧疚，感激，之后便化作了力量：鲁迅先生答应给我们介绍发表作品了，我们还是得写啊！他们不再盲目和迷茫，他们前方亮起了灯塔，船帆鼓得饱满，笔和纸的摩擦声重新响彻阁楼：我们写，我们写……

　　见面后不到二十天，鲁迅又请萧红萧军到梁园饭店吃饭，席间介绍认识茅盾、聂绀弩、叶紫等左翼作家；饭后叶紫留下联络地址，鲁迅指派他做向导，引领萧红刘军走访作家、认识出版界人物；以此为标志，他们二人的双脚正式踏进上海文坛。两个月后的1935年3月，鲁迅介绍的萧红萧军作品开始发表。据叶紫描述，鲁迅向出版单位推荐他二人作品，可谓费尽心思：视稿子质量先往关系熟、名气大、稿酬丰的地方寄，若退回来，再求其次；若该刊物借机索要鲁迅文章，鲁迅也一定答应他们。浏览过他们的两部长篇后，鲁迅显然更看好萧红的才华和写作前途，决定力荐《麦场》到大出版社正式出版；而叶紫的文集《丰收》和萧军的《八月的乡村》，则只能走地下道路，以私拟的奴隶社名义自费出版。

　　1935年的8月，对于萧红来说可算是多事之秋。她的耽搁已久的长篇小说稿被文学社退还，其原因如鲁迅序文所述："听说文学社曾经愿意给她付印，稿子呈到中央宣传部书报检查委员会那里去，搁了半年，结果是不许可。人常常会事后才聪明，回想起来，这正是当然的事：对于生的坚强和死的挣扎，恐怕也确是大背'训政'之道的。"鲁迅还不甘心，又叫来左联负责人胡风帮助。胡风通读完稿子，建议将《麦场》改名为《生死场》，得到鲁迅赞同。胡风再拿到一家刊物社争取正式发表。这个八月本是萧红和萧军结婚同居三周年的日子，他们的感情却出现了裂痕，她发现了他新写的情诗和新的情人。性格极其脆弱的萧红从此一蹶不振，也患了头疼失眠等严重病症。两个月后再传来不好消息：胡风送出去的稿子又给退回。萧红仰天长叹道："《生死场》啊，怎么和我一样命运！"

　　鲁迅也对正式出版不再抱希望，便决定将《生死场》纳入

"奴隶丛书"自费出版。萧红给鲁迅写信请求：你先前给《丰收》和《八月的乡村》写了序言，我也要你给我写！鲁迅答应写。萧红再写信请求：我喜欢你的书法，我要印上你的亲笔签名。鲁迅即复道："我不大希罕亲笔签名制版之类，觉得这有些孩子气，不过悄吟太太既然热心于此，就写了附上，写得太大，制版时可以缩小的。这位太太，到上海以后，好像体格高了一点，两条辫子也长了一点了，然而孩子气不改，真是无可奈何。"萧红还做出一个决定：借《生死场》出版之际，改掉用了三年的笔名悄吟，换以新名字"萧红"。红，是她平日喜欢的色彩，也是早晨日出的颜色；太阳每天都是新的，她要彻底扫除掉心中苦痛和烦恼！1935年12月，《生死场》在上海面世，立即震动文坛；一个崭新的名字"萧红"，作为新的文学女神惊艳登场，她最终也成为中国现代文学史上一道亮丽的风景。一代又一代的读者，怀着崇敬与好奇展读《生死场》，打开扉页，首先拜读的是鲁迅序言，珠玉般的文字进入眼帘：

  这本稿子的到了我的桌上，已是今年的春天，我早重回闸北，周围又复熙熙攘攘的时候了。但却看见了五年以前，以及更早的哈尔滨。这自然还不过是略图，叙事和写景，胜于人物的描写，然而北方人民的对于生的坚强，对于死的挣扎，却往往已经力透纸背；女性作者的细致的观察和越轨的笔致，又增加了不少明丽和新鲜。精神是健全的，就是深恶文艺和功利有关的人，如果看起来，他不幸得很，他也难免不能毫无所得。

鲁迅这篇序文的三页手稿,我放大刻石,镶嵌在玉园鲁迅小院之前院的西墙上,迎面与鲁壁相对。我选用了和《两地书序言》、鲁迅致许广平信两封一样的石材,即鲜艳的印度红;同样,刻字后我又亲手描上金色,以表达我对女作家萧红和她作品的持续四十多年的喜爱。

《生死场》获得巨大成功,萧红的文学生涯揭开新的篇章;只是因为婚姻爱情的屡试屡错,国破家亡的双层逼迫,她的流浪人生也又将开始。正如她的一首小诗写的:

走吧!还是走,
若生了流水一般的命运,
为何又希求着安息!

萧红人生最后五年的流浪路线图是:

1936年7月,为排除感情烦恼,萧红去日本东京看望弟弟,疗养写作,于1937年1月回上海。痛于爱情难以挽救,于4月离开上海去北平访友一月。8月13日淞沪会战爆发,九月上旬随大批文化同人撤到武汉;12月中旬因参加抗日活动被国民党特务逮捕,后经八路军办事处营救获释。1938年1月应邀赴山西民族革命大学任教,其间与结婚六年的萧军正式分手;4月回武汉,与端木蕻良同居;9月撤退至重庆,不久产一男婴,夭折。1939年在重庆,潜心文学创作,筹办纪念鲁迅刊物,撰写回忆鲁迅系列文章。1940年1月与端木蕻良去香港,积极参加抗日救亡文化活动,完成长篇小说《呼兰河传》。1941年,在前年完成上卷的基础上,继续写作长篇小说《马伯乐》下卷;她的感情生活再生波折，身心极度痛苦；4月查出患肺病入院治疗，在病床上坚持写作；一年里几次往返医院，被庸医误诊而施行喉管手术，病情愈重。1941年12月太平洋战争爆发，日军攻占香港，社会动乱，医院失序，萧红于1942年1月19日病危，不能讲话，用笔在纸上断断续续写下遗言："我将与蓝天碧水永处，留得那半部红楼给别人写了……平生尽遭白眼冷遇……身先死，不甘，不甘。"21日日军占领医院，野蛮驱赶住院病人。22日上午萧红逝世，年仅三十一岁。

我收藏有一本《忆鲁迅》书，1956年人民文学出版社出版，内收文章二十七篇，几乎囊括了与鲁迅有交集的现代著名作家的作品。我最喜欢的是阿累的《一面》和萧红的《回忆鲁迅先生》，两篇文章以崇高的敬意真挚的情感，写出了鲜活的真实的鲁迅先生。萧红文中写了一个细节：

梅雨季，很少有晴天，一天的上午刚一放晴，我高兴极了，就到鲁迅先生家去了，跑得上楼还喘着，鲁迅先生说："来啦！"我说："来啦！"

我喘着连茶也喝不下。

鲁迅先生就问我：

"有什么事吗？"

我说："天晴啦，太阳出来啦。"

许先生和鲁迅先生都笑着，一种对冲破忧郁心境的展然的会心的笑。

八、诗人郁达夫

在构思和建设玉园鲁迅小院时，我就决定为郁达夫留一片地方，首先因为他与鲁迅真诚而长久的友谊，其次是我对他的作品持久的喜欢。从中间的墙门跨进去，就是鲁迅小院的后院了；西墙门南，第一块将军红石板上刻的是郁达夫的《赠鲁迅先生》诗稿：

　　醉眼蒙眬上酒楼，彷徨呐喊两悠悠；
　　群氓竭尽蚍蜉力，不废江河万古流。

这首七绝写于1933年1月，是为了反击当时上海文坛上一部分人诋毁和否定鲁迅小说而作的。郁达夫对鲁迅及其作品的尊崇是一贯的。早在1928年8月16日发表的《对于社会的态度》一文中，郁达夫就曾高瞻远瞩地指出："我总以为作品的深刻老练而论，他总是中国作家的第一人者，我从前是这样想，现在也这样想，将来总也不会变的。"他对于鲁迅杂文的评价更是言简意赅："能以寸铁杀人，一刀见血。"对于鲁迅的思想境界，郁达夫的见解亦是高屋建瓴："当我们见到局部时，他见到的却是全面。当我们热衷去掌握现在时，他已掌握了古今与未来。"鲁迅去世的第二天，郁达夫即奋笔疾书一笺："鲁迅虽死，精神当与我中华民族永在。"第四天又写一祭文，其中道："没有伟大的人物出现的民族，是世界上最可怜的生物之群；有了伟大的人物，而不知拥护，爱戴，崇仰的国家，是没有希望的奴隶之邦。"纵观两人十五年的交友史，像郁达夫这样终生崇敬，风雨不动真情不移,到处逢人说鲁迅者,当世可数区区几人;当身在福建获悉鲁迅去世噩耗,立时罢筵,连夜打点行装,黎明即起买票登船千里奔丧者,当世并无第二人;而后连年的忌日发动纪念鲁迅活动,连篇累牍发表纪念文章,终而出专辑永志怀悼者,当世只有郁达夫一人。人间感情的至真至纯,诗人气质的至刚至正,皆集于郁达夫一身矣。

鲁迅日记里开始记郁达夫名字是1923年2月17日;其实,他们见面认识可能要早些。早在1921年10月,郁达夫处女作《沉沦》由上海泰东图书局出版,立刻在读者中引起轰动,大有洛阳纸贵之概;而与此同时舆论哗然,论者一般揪住小说里的淫秽内容,讥评嘲骂,大加挞伐,使二十五岁初出茅庐的郁达夫陷入即被棒杀、岌岌可危的境地。为了寻求活路,郁达夫突围找在北京的周作人,投函寄书,谦称求教。这一招果然灵验,不久后周作人在《晨报副刊》发表评《沉沦》文章,毅然为郁达夫申辩道:

"《沉沦》是一件艺术品""虽然有猥亵的分子而并无不道德的性质""在已经受过人生的密戒,有他的光与影的性的生活的人,自能从这些书里得到稀有的力""不过我不愿意人家凭了道德的名来批判文艺"。

此文发表后,那些指斥《沉沦》为诲淫和不道德的人,渐渐"收敛了他们痛骂的雄词"。我收藏有一本《郁达夫评传》,由现代书局1932年出版,其中排在第二位的即是周作人的这篇大作。到了1930年,上海现代书局出版《达夫代表作》,郁达夫在扉页上写了一段话:"此书是献给周作人先生的,因为他是对我的幼稚的作品表示好意的中国第一个批评家。"

为感谢奖掖提携之恩,郁达夫于1923年初专程来北京看望周作人。那时，周氏三兄弟围绕母亲膝下过着和睦的大家庭生活，住在西直门八道湾胡同11号的大四合院里；周作人设家宴招待郁达夫，除请七位朋友侧座外，叫如父长兄主陪则是自然的事，这样郁达夫就走进鲁迅视野里了。同年10月，郁达夫应聘北京大学任讲师，此后一年半里，他常出入周宅，与周作人诗书宴饮频繁，私交深厚。他真正与鲁迅单独交往，还是周氏兄弟反目结仇，鲁迅带着母亲妻子搬家到砖塔胡同之后。郁达夫在后来文章里详细追忆了鲁迅当时情状："他的脸色很青，胡子是那时候已经有了；衣服穿得很单薄，而身材又矮小，所以看起来像似一个和他的年龄不大相称的样子。他的绍兴口音，比一般绍兴人所发的来得柔和，笑声非常之清脆，而笑时眼角上的几条小皱纹，却很是可爱。"鲁迅送郁达夫出门时天已经晚了，北风吹得很大；分别时鲁迅说了一句笑话，郁达夫觉得很有趣味，边走边回忆着，他满面还带着了笑容。

对于郁达夫的印象，鲁迅在1933年的一篇文章中有这样的描述：

> 对于达夫先生的嘱咐，我是常常"漫应之曰：那是可以的"的。直白的说罢，我一向很回避创造社里的人物。这也不只因为历来特别的攻击我，甚而至于施行人身攻击的缘故，大半倒在他们的一副"创造"脸。而在"创造"这一面大纛之下的时候，却总是神气十足，好像连出汗打嚏，也全是"创造"似的。我和达夫先生见面的最早，脸上也看不出那么一种创造气，所以相遇之际，就随便谈谈……

郁达夫没有那一副"创造"脸，骨子里却是诗人气质的天真单纯，表里如一，遇事想做就做，不计后果。这种性格有时能快速利落把生米煮成熟饭，有时也会将局面弄糟，结果一塌糊涂。

1927年1月的一天，已三十一岁，结婚并生有好几个子女的郁达夫在朋友家邂逅杭州美女王映霞，他一见钟情，立即坠入情网；茶饭不吃，辗转不眠，日思夜想；或一天数信，卑辞求见，或不经允许，贸然乘车去杭州，在火车站冷风冰窖里苦等。最初那些天里，他简直着了魔入了狂。刚由杭州师范毕业的学生、十九岁的豆蔻少女哪见过这阵势，王映霞只有躺枪投降的份儿。一年后谈婚论嫁，郁达夫脑袋一热就决定去日本结婚度蜜月；登报宣传，广发喜帖，白纸黑字写定东京宾馆名称喜筵时间。临行一摸腰包：坏了，钱不够！郁达夫总有办法，拉了新娘悄悄去上海北火车站附近小旅馆里猫了月余，然后堂而皇之回杭州用谎言向王映霞家人交了差。这就是诗人郁达夫的真实面目和行事风格。

鲁迅与郁达夫的友谊凝结，是在上海的十年时期。他们共编刊物，共抗逆流，惺惺相惜，才华共爱，两位文坛巨擘，联手谱写了一曲高山流水现代佳话。

玉园鲁迅小院之后院的东墙，是我精心构建的"诗壁"，镶嵌五块巨大青石板材，凿刻鲁迅七篇诗作墨宝。从南边数依次为：《题呐喊》《题彷徨》《阻郁达夫移家杭州》《自嘲》《答客诮》《无题·十年携手共艰危》《自题小像》。这其中的三首诗与郁达夫有关系。

在鲁迅的诗作里面，名气最大的是《自嘲》；尤其经了毛泽东的高度赞扬，并号召将"横眉冷对千夫指，俯首甘为孺子牛"两句作为座右铭后，这首诗在中国可谓家喻户晓。《自嘲》的墨稿我看到有三种：一种有题目无落款，字写得活泼，尺幅较小，我疑是鲁迅的自留底稿；二种是扇面，题赠日本僧人杉本勇乘的，我先是很喜欢这种于鲁迅手迹里仅见的别致格式，曾打算放大刻在鲁壁的背面；三种是落款曰"达夫赏饭，闲人打油，偷得半联，凑成一律，以请亚子先生教正"的，书写严肃，书法端庄，书风浑厚，尺寸为131.5×33.5厘米，这在已见鲁迅诗稿中为最大的了。最后我还是决定刻制第三种，多半因为这首诗这幅字与郁达夫有密切关系。我选用了家藏青石板材尺寸最大的一块，为223×77厘米，并且，我把《自嘲》诗碑安排在东墙的中心位置，以彰显分量之重。刻成镶嵌完工，我拿尺子量石顶到地面尺寸是二点八米。我自信，仅就石材的高大而言，这应是中国第一鲁迅诗碑了。我伫立在诗壁前，反复欣赏，长久流连，每每对鲁迅先生愈生崇敬景仰之情。这时我就想起了《论语》当中的句子：仰之弥高，钻之弥坚，瞻之在前，忽焉在后……

在《自嘲》诗碑的右边，刻的是鲁迅诗稿《答客诮》。因为晚婚，生儿子海婴时鲁迅已届天命之年；老来得子，膝下承欢，他对孺子的溺爱也属人之常情，而有人却以此讥讽。鲁迅本不是饶人的主，便写诗以对答。他先将此诗书成条幅送给日本医生坪井，据说坪井曾给海婴治过痢疾。后来郁达夫索要墨宝，鲁迅就书写两首自作诗见赠，其中之一即这首《答客诮》，落款曰："达夫先生哂正。"诗曰：

无情未必真豪杰，怜子如何不丈夫。

知否兴风狂啸者，回眸时看小於菟。

《自嘲》诗碑的左边，刻的是鲁迅诗稿《阻郁达夫移家杭州》，这是他经深思熟虑后，专为郁达夫写的一首规劝诗。诗曰：

钱王登假仍如在，伍相随波不可寻。
平楚日和憎健翮，小山香满蔽高岑。
坟坛冷落将军岳，梅鹤凄凉处士林。
何似举家游旷远，风沙浩荡足行吟。

郁达夫和王映霞是1933年春夏之交移家杭州的，不过经常因事来往于沪杭之间，也不忘常去看望鲁迅。这年10月底的一次拜访，王映霞带了四张虎皮宣纸对鲁迅说："大先生，我们搬家半年多了，你应该送一样东西给我留作纪念，最好是你自己的作品。"第二天鲁迅就写完了，是这首诗的四幅条屏，当时并没有标题。这好像有些奇怪：祝贺友人乔迁之喜，应该书写吉祥辞藻，而整篇诗作所显示的是借古喻今的劝阻意思，是否有些大煞风景？其实，这正是鲁迅对于挚友的真诚所在和长者情怀。鲁迅从日本留学归来，曾先后就职于绍兴、杭州，对两地党政军教诸界的黑暗与残暴亲身领受，深恶痛绝；后又辗转南北，备受各种反动势力攻击打压；直到1930年国民党浙江省党部率先呈请南京政府下令通缉"坠落文人鲁迅等"，鲁迅心里仅存的故乡情感也被浇灭，"先觉者每为故国所不容"，此历史悲剧在他身上重演。以鲁迅阅世之久阅人之深，他深知杭州人事凶险，不是天真的郁达夫久居之地。只是，鲁迅诗中的哲人之思肝胆之虑并未引起他的警戒，他将诗屏悬之杭州新居内，厅堂生辉，幸甚至哉。

郁达夫移家杭州，一是为了满足王映霞思亲怀乡意愿，二来自个也久有归隐志，想逃离烦嚣，安静读书写作。只是事与愿违，他们的行踪早被小报记者探得，消息走漏，各色人等纷纷造访，郁达夫新家不久便热闹起来。有慕作家大名来求见交友的，有文学习作者来拜师请教的，还有熟谙文坛掌故者，登门来窥探"富春江上神仙侣"生活，顺便一睹"杭州第一美女"真容。再后来，惊动了官场政客，浙江省党部一位要员大驾光临，攀老乡叙校友，与郁达夫一见如故，俨然老亲世交。诗人郁达夫本性天真好客，日日宴饮，觥筹交错，度过了许多诗酒年华。这期间抗日战争爆发，郁达夫心底的民族大义觉醒，他一面奋笔作文鼓励全国抗战，一面付诸实际行动，先应郭沫若之邀赴武汉参加军委会抗日宣传工作，后赴台儿庄等战地采访，慰劳抗敌将士。当此国难之际，郁达夫的家庭灾难也已经开始：那位省党部要员将淫秽的目光瞄准了王映霞。当郁达夫从前线归来发现端倪，他的诗人脾气立时爆炸，一分证据加上九分想象，写成文章登报发表，将自家隐私当成别人猛料，可着劲儿地抖搂；这样的结果是，郁达夫颜面丧尽，王映霞无法做人。二人陷在感情的泥淖里，挣扎三年后，终至劳燕分飞。郁达夫与王映霞结婚十四年，共有三个儿子。一桩爱情佳话，化为一声叹息。

后来，王映霞到重庆工作，再婚后生一子一女，家庭和睦幸福。她于2000年去世，享年九十二岁。郁达夫则流亡南洋，做编辑，写文章，辗转多国，积极参加文化抗敌工作，于1945年9月17日被日本宪兵秘密杀害，享年五十岁。1952年，郁达夫被追认为革命烈士。

胡愈之先生在1946年的文章里写道:"达夫无疑的是时代的悲剧的主角。他热爱他的从前的妻,而他的妻背叛他。他爱朋友而朋友出卖他,诬蔑他。他爱同胞,而许多人不理解他。他像耶稣一样地爱敌人、原谅敌人,他终于遭了敌人的毒手!达夫死了!他的一生是一篇富丽悲壮的诗史。"

当代作家叶兆言在文章里曾写过一个情节:

20世纪80年代,他在南京大学读研究生时,想一睹王映霞芳容,曾和同学去过她在上海的家;按响了门铃以后,一位气质优雅的老妇人从隙开的门缝里探出头来,问找谁,他们自报家门说明了来意,老妇人想了想,说王映霞不在。砰!门关上了。

九、百岁阿Q

我开始写这篇文章是2021年12月下旬;查阅资料发现,《阿Q正传》最初在北京《晨报副刊》上发表,正是1921年的12月份,这样算来,阿Q出世整整一百年了。

《阿Q正传》是鲁迅小说创作的代表作。我原先设想,将鲁迅小院之后院建成《阿Q正传》的独院,环视四堵,内容全部与此相关。开始搜集资料,就发现这办不到,因为《阿Q正传》的全部手稿已然丢失,现在看到的第六章的开始两页也不是原稿,而是从报纸上翻拍下的影印件。即便如此,这两页也被视之为《阿Q正传》的灵光独耀,惜之珍之。经过长时间反复构思,我选用高大宽厚的将军红材质石板,做成一架屏风,安装在进跨门即见位置,正面刻制的即《阿Q正传》两页手稿。我将红色和金色合理调配，刻字呈现橙红色彩，以显其华贵。

手稿后面，屏风上剩有一块地方，我就想刻一幅阿Q画像。我搜集到国内外名家关于《阿Q正传》的版画和漫画作品有一百多幅，反复审视，却没有一件我完全中意者，甚至觉得都"不是"。也许是读《阿Q正传》次数太多跨时太久，自己心里早有一个阿Q形象存在，再看画家所作，难与自己的契合了。也许，就像别种语言的翻译，文字作品翻成画面作品，很难完全达意的吧。当年鲁迅也有这样感觉，他在《寄〈戏〉周刊编者信》里说："在这周刊上，看了几个阿Q像，我觉得都太特别，有点古里古怪。"在几乎失望时候，我无意翻检一本小书，发现了瞿秋白很随意勾勒的阿Q像：他用大大小小的十个英文字母Q，串联而成一幅阿Q挥鞭起舞的动态画，题目叫《我手执钢鞭将你打》；构图极简，却神韵生动，算是按准了阿Q的脉搏。瞿秋白不是画家，是政治家和共产党的高级领导人、文艺理论家；生前与鲁迅交谊深厚，他在1932年编辑《鲁迅杂感选集》，不仅尽搜鲁迅早期杂文精髓，而且那篇长长的序言更是凭高视下，见解深邃，分析精辟，句句说到鲁迅心坎上；可以说，他是中国读懂鲁迅第一人。直到今天，评价和研究鲁迅的专家换了几代人，而八九不离十还是踩着瞿秋白的脚印前行。鲁迅写有一副对联见赠，前款的"疑众道兄"就是瞿秋白："人生得一知己足矣，斯世当以同怀视之"。鲁迅本是含蓄冷静之人，将朋友视为同怀者，这在他一生中只这一次。

对于《阿Q正传》，仅刻这两页手稿太嫌单薄，不成气象，我内心纠结不已。我曾想用铜板复刻印刷版的全文，后来亦觉不妥。我又想刻鲁迅其他与《阿Q正传》相关文章手稿，比如《答

〈戏〉周刊编者信》，揣摩久之，再一次自我否定。我最后决定，选刻以《阿Q正传》为内容的美术作品。若从中外画家作品中择选佳图，则风格不一，显得斑驳杂乱；若选一个画家的全篇，可选择的就只有寥寥数人了。

绘画鲁迅作品数量最多、成就丰硕者是现代艺术大师丰子恺。他先后为鲁迅的九篇小说作过插画，共计194幅；后辑录成两本书，即1939年出版的《漫画阿Q正传》，和1950年出版的《绘画鲁迅小说》。1937的春天，丰子恺居杭州缘缘堂，长期构思，经心揣摩，终实现夙愿创作出《阿Q正传》漫画五十四幅。他托付友人将原稿送去上海一印刷厂准备出版。时遇抗战爆发，敌机轰炸之下印刷厂瞬间化为火海，原稿件焚烧无存。1938年春丰子恺逃亡至汉口，收友人钱君匋从广州来函，为所办刊物指定约《阿Q正传》画稿，丰子恺再挥狼毫，陆续将画稿如约寄出。不料广州又遭日寇大轰炸，画作只刊出二幅，其余皆毁于兵燹。不久丰子恺又流亡至桂林任教，虽辗转迁徙，却常思重作《阿Q正传》漫画，以竟其志。到了1939年的春天，暂得闲暇，他便开始第三次创作《阿Q正传》，轻车熟路，心中有画，用了十天时间就告竣工，这就是我们今天看到的画稿。他在初版序言中说："可见炮火只能毁吾之稿，不能夺吾之志。只要有志，失者必可复得，亡者必可复兴。此事虽小，可以喻大。"这一段话，可看作丰子恺先生的述志之语。先生之志，乃当时国民之志，众志成城，中国人民所以终获抗战之胜利也。

在1921年以前，中国报纸都是纯新闻内容，开办副刊的起首老店是北京《晨报》。为了以幽默面孔吸引读者，《晨报副刊》还在周末那天特辟"开心话"专栏，主编孙伏园纷纷向当时的名家约稿。鲁迅应约写的就是小说《阿Q正传》。即使是名作家大手笔写作品,从起笔到结局的过程,也常常如行者凌晨赶路,愈前行道路便愈清晰和明朗。鲁迅开手写第一章的序,本是尽量契合"开心话"的宗旨,蘑菇词句,绕着弯儿给那些有"历史癖和考古癖"的先生开玩笑的。但从第二章开始,行文开始显现貌合神离:语调看似轻松,稍一品味便觉沉重;主人公阿Q有时让人笑出眼泪,同时又让人心痛欲哭。《晨报副刊》的孙伏园们已看出蹊跷,知道再放在"开心话"里已名不符实,便改放到"新文艺"栏目里连载了。

前面说到丰子恺是中国现代艺术大师,他在文学、绘画、书法、音乐等方面均有卓越建树,而现在人们一般记起的却是他的漫画作品,把他誉为中国现代漫画鼻祖。漫画,词典上解释是用简单而夸张的笔法所作的讽刺画,以趣味为主。我收藏有丰子恺作鲁迅九篇小说的全部画书,大师手笔,均是我最爱。窃以为就整体艺术水准而言,至今少有人能望其项背。丰子恺与鲁迅是同时代人,又是同省乡党,对浙东山水风物人情了如指掌,诠释鲁迅小说内涵可谓得心应手。只是,在我一遍又一遍读看《阿Q正传》漫画时,我心中滋生了美中不足的遗憾。一开始时,我有些诚惶诚恐,甚至觉得怀疑大师作品是狂妄和浅薄。我于是冷静下来,再用时研究,用心思考。我最终的结论是:丰子恺所作鲁迅短篇小说如《孔乙己》《故乡》《药》《祝福》等八篇的画作都是至善至美,无可挑剔,而一到《阿Q正传》漫画,就感觉先生一贯的简笔、幽默、趣味的风格,就像一条薄弱的扁担挑不起巨著之重似的。亦即漫画这种艺术形式的箩筐有些狭小,装不下《阿Q正传》的丰富内容。于是,我又一次选择放弃。遗珠之憾，至今在胸，我尤其舍不得丰子恺在漫画内说明文字所写的那一手好书法！

我的最后选择，是丁聪所作《阿Q正传插画》，初版于1946年；我收藏的是该书的复制本。丁聪也是大师级的画家，他目标集中终生致力于漫画和图书插画创作；他先后为鲁迅九篇小说作插画，尤以《阿Q正传》的影响最大。

还是在1944年初，丁聪和许多文化界朋友流亡到四川成都，这里虽是大后方，条件依然十分艰苦。他和戏剧家吴祖光合住在公园水中央用布景围起的亭子里，蒹葭苍苍，白雾茫茫，几分诗意，亦几多荒凉。尤其难耐的是夜里时常有老鼠钻进来乱跑，寻找吃的。丁聪坐在和吴祖光对面的桌前，排开干扰，聚精会神在构思新的画稿；最近因为借读了几部莎士比亚戏剧的插图本，勾引出了他的创作欲望，他就决定要为《阿Q正传》画插图。吴祖光反对说：这些年已有不少人为这篇名著作过插图，以及连环画等，何必再多此一举？丁聪较真地说道：那么再请你为我想一本别的作品来。吴祖光真的想了很久，奇怪，在现代文学里竟找不出来一本再比《阿Q正传》更值得画上图的书。丁聪狡黠地笑一下，便又进入了他的构思和创作中。

二十四幅插画和一幅阿Q画像陆续完成。丁聪突破了漫画的局限，换以版画的笔法创作，画成后请成都刻版名家胥叔平先生捉刀，精雕细琢，纤毫毕现，二君默契，共同完成了这套足以传世的《阿Q正传插画》。这本书出版时名气大分量重，正文前有许广平、茅盾、吴祖光三人分别作的序文，后有黄苗子写的跋文，咸为画作锦上添花。茅盾在序文中褒奖甚高："二十四幅画，从头到底，给人的感觉是阴森而沉重的。这一感觉，我在读到其他的阿Q画传时，不曾有过。我是以为阴森沉重比之轻松滑稽更能近于鲁迅原作的精神的。"对于茅盾这段评价，我深有同感；这也是我决定选刻这套木刻版画的初心。

《阿Q正传插画》加上封面图共二十六幅，是我和妻子专程去福建省惠安县，找华峰盛石雕公司翻刻的，全程由电脑技术支持，刻成的作品几无失真，可谓下真迹一等。公司经理李一峰先生本性向佛，崇尚高雅，且喜欢交友，见说我在自家庭院里自费营建鲁迅小院，为我精诚所感，就决定不图利润，只收工本费，这反过来又让我感动不已，心暖肠热。这一组石刻的《阿Q正传插画》，就安装在后院的整面北墙上，鲁迅的文采风流，经了丁聪、胥叔平妙手化作木刻版画，再经了我的构思营建而成石刻，洋洋大观，玉园生辉，我亦感与有荣焉。我进而想到，鲁迅生前钟爱版画艺术，曾大力介绍和提倡木刻，他若在天有知，看到玉园刻石丁聪《阿Q正传插画》，当会投以粲然一笑吧！

十、吾师藤野先生

后院的西壁，门北刻乔大壮书写的对联，是至今悬之北京西三条鲁迅故居书房的"望崦嵫而勿迫，恐鹈鴂之先鸣"。门南前两块石板是郁达夫的《赠鲁迅》诗稿和章太炎写给鲁迅的书法条幅，第三块石板刻的是藤野先生在"谨呈周君"照片背面写的"惜别"词。

鲁迅散文《藤野先生》解放后一直收入中学课本，凡念过七八年书的人，没有不记得这位颇觉邋遢的日本教师的：

231

其时进来的是一个黑瘦的先生,八字须,戴着眼镜,挟着一叠大大小小的书。一将书放在讲台上,便用了缓慢而很有顿挫的声调,向学生介绍自己道:

"我就是叫作藤野严九郎的……"

……这藤野先生,据说是穿衣服太模糊了,有时竟会忘记戴领结;冬天是一件旧外套,寒颤颤的,有一回上火车去,致使管车的疑心他是扒手,叫车里的客人大家小心些。

鲁迅一生受教育时间将近二十年,其间的授业之师亦应有数十人之多,他专门写文章纪念的只有章太炎和藤野二位先生。鲁迅和藤野先生的师生交谊只有两年,但在文中誉之甚隆:"在我所认为我师的之中,他是最使我感激,给我鼓励的一个。""他的性格,在我的眼里和心里是伟大的……"鲁迅将藤野先生的那张照片,挂在北京寓所书桌对面的东墙上,每当夜间疲倦,正想偷懒时,仰面在灯光中瞥见他黑瘦的面貌,似乎正要说出抑扬顿挫的话来,便使鲁迅良心发现,而且增加勇气了,于是点上一支烟,再继续写他的滔滔宏文。后来离开北京,鲁迅将照片随身携带到厦门、广州,最后安家上海,便仍将照片悬之书房能时常看到的地方。

其实,藤野先生是日本一位普通的知识分子,且终生郁郁不得志。

藤野生于福井县一个六代行医的家庭。他在读小学时认真学习过汉语,知道中日文化的渊源关系,因而很尊敬中国人的先贤,同时也感受到要爱惜来自这个国家的人们。中学以后进入医学专科学校学医，毕业后又到知名大学进修，再后来应聘到仙台医专任解剖学讲师。就是在这时，还没有成为鲁迅的中国留学生周树人君，做了他的学生。他很快发现，班里这个唯一的留学生因日语水平有限，听课常现困惑表情。下课后，他就找到周君，关怀地询问听课情况，并将课堂笔记要了去。第二天交还时，周树人君看后很吃了一惊，原来他的笔记已经从头到末，都用红笔添改过了，不但增加了很多脱漏的内容，连文法的错误，也都一一订正。藤野先生交代说，以后每周都要将课堂笔记送给他看一回。这样一直继续到教完了他所担任的功课：骨学，血管学，神经学。期末考试，周树人以中等成绩晋级。藤野先生素以出题难、改卷严著名，部分学生因成绩不及格而留级。他们不服气，认为中国学生成绩有假，那一定是老师有意泄露了试题。他们写匿名信指斥威胁周树人，鼓动学生会干事突查笔记本，查无证据，闹剧草草收场。这对周树人的自尊心，却是一次严重打击。在此之前，他还经受了一次刺激，并因此而改变了人生的方向：有一回在课上观电影纪录片，是日俄战争时期，一个中国人被绑在中间，说他给俄国人做侦探，正要被日军砍下头来示众，而围着的便是来赏鉴这示众的盛举的中国人；他们都有强壮的体格，而显出麻木的神情。周树人明白了医学健康并非紧要事，对于愚弱的国民第一要著，是在改变他们的精神；其方法是提倡文艺运动。

终于，周树人去寻藤野先生，告诉他自己将离开仙台不再学习医学。先生的脸色仿佛有些悲哀，似乎想说话，但竟没有说。几天后他将周树人叫到家里，送了一张照片，后面用毛笔工工整整写着八个汉字：

惜别　藤野　谨呈周君。

其中"周"字用墨饱满，笔画格外粗壮。他希望周君也送他一张照片；适值周身上没有照片，他便叮嘱将来照了寄给他，并且时时通信告诉他此后的状况。只是，仙台一别，师生遂成永诀。此后的第一个十年里，周树人羞于自己的"状况也无聊"，没寄照片，也没通信。再后来，曾经四面碰壁的周树人已完成华丽转身，成为中国殿堂级大文豪鲁迅。1934年，日本岩波书店要翻译出版鲁迅文集，谈妥之后，鲁迅特别交代文集中一定要包括散文《藤野先生》，他盼望借此能找到已分别近三十年的恩师。1935年文集在日本出版，鲁迅多方托友打探先生消息，均告下落不明。有一次鲁迅拿着发黄的照片给日本友人看，口中念念说："不知道老师现在状况如何。大概……可能……已经去世了？不知道他有没有子女，能找到他的子女也好……"第二年鲁迅在上海病逝，床头上还放着那张藤野先生的照片……

藤野先生，你究竟藏在哪里？此时的藤野严九郎依然活着，一个落魄的日本知识分子，隐居在故乡农村偏僻的一隅，穷困潦倒，正度着他的寂寞行医生涯。

一贯待学生严肃、教课认真的藤野，在仙台医专任教达十二年；1915年仙台医专并入东北帝国大学，他因"学历不够"而辞职。之后的几年，他为求职四方奔波，却屡屡受挫；祸不单行的是，此间他的发妻亦不治病亡。进入中年人生的藤野，失业亡妻，何以家为？看来在城市已然混不转了，万般无计下他行囊空空退回老家福井县，靦颜面见父老乡亲。他的胞兄在镇上开两间小小诊所，他便屈身做了悬壶郎中。有句古话叫退一步海阔天空，用在藤野身上也算合适——在城里四面碰壁之人，退回乡村因德医双馨而渐被乡亲们尊敬，并视为凤凰麒麟。这年春天一个喜鹊登枝的良辰，一位心善貌美的村姑羞涩叩门，她带来两样礼物：自己的纯真爱情和父亲倒贴的彩礼。中年鳏夫叫作藤野严九郎的，运交桃花，梅开二度，开启了他人生的又一个春天。新郎藤野利用岳父彩礼，在小镇上租房购械新开了一间耳鼻喉科诊所，与兄长的全科诊所遥相呼应。第二年，老夫少妻婚姻结出果实，他们的长子诞生，取名藤野弥恒。再过两年，他们又生下了第二个儿子。也是在这段时期，藤野的胞兄不幸病逝，胞侄儿尚幼，他责无旁贷毅然接手胞兄诊所，两处门诊，一人奔走，他那瘦弱的肩膀，勉力挑起两个家庭的生计。山村农民多半贫穷，疾病袭来如雪上加霜，藤野严九郎只好把药价压得一低再低；遇到孤寡老人或赤贫无助者，他也有给免费治疗的。一年一年，在最偏远的山村，在日本社会最底层，藤野先生生存艰难、捉襟见肘，但民望甚高。人性光辉闪耀，宛如夜空之朗月。

1935年藤野弥恒已上高中，语文老师拿一本书对他说："这是中国著名作家鲁迅的文集，里面的《藤野先生》写的像是你父亲，你带回去问问是他吗。"弥恒将书带回家，六十一岁的藤野拿放大镜长时间看着作者照片，喃喃道："真的是周君啊！"他认真看完写自己的那篇文章，心内百味杂陈；沉默许久，对儿子说："写的是我。但是，你不要跟别人说！"不久，语文老师还是知道了消息，他来藤野家促膝长谈，最后表示尊重藤野心愿：不对外宣扬此事。

若要探寻藤野此时心理，为何将光荣经历秘而不宣，为何不主动与名满中日的大文豪学生联系？其实道理也简单：他也如早些时候鲁迅不寄照片不写信件心理一样，自觉"状况也无聊"，乏善可陈，倒不如选择隐遁沉默的好。藤野的这个举动，掐灭了鲁迅生前找到恩师的唯一希望。最近有名为痴安集的网友著成美文，将这段史实定名为"被自卑隔阂的友谊"。其实，这种状况并不罕见，古往今来人性人心皆是一般：失意时破帽遮颜羞见江东父老，得志后歌唱大风不做锦衣夜行。至于因为自卑给人生留下遗憾云云，窃以为遗憾也是天空一缕绚丽云霞，让我们屡屡回望回忆；没有遗憾的人生，才是最大的遗憾。

再说回老年藤野，他的故事并未结束。第二年，中国文豪鲁迅在上海病逝，日本新闻界在第一时间连篇累牍报道。在日本那个偏僻山村那间破旧诊所里，苍老的藤野先生将印有鲁迅照片的报纸举过头顶，拜了又拜。他与鲁迅的友谊终被挖掘出来，记者采访，名人座谈，一时门庭若市。而他并未显示过分激动，人老了，事远了，一切绚丽归于平淡。他也应邀写了一篇回忆文章《谨忆周树人君》，从头至尾，笔调也是淡淡的。结尾一段写道："深切吊唁把我这些微不足道的亲切当作莫大恩情加以感激的周君之灵，同时祈祷周君家人健康安泰。"文章发表在日本刊物《文学案内》1937年3月号上。四个月后发生"七七事变"，日本军国主义对华全面战争开始。由于前线物资供应吃紧，日本政府在国内大肆高价搜购药物。藤野和兄长的诊所都库存有大量药品，正是一个脱贫发财的好时机，而藤野决定一颗药品不卖。他的借口是，药品要留给山区人民使用。并且，他把两个都到了参军年龄的儿子叫到跟前，仍然用了缓慢而很有顿挫的声调说："你们记着，中国，乃是将文化教给日本之先生！"

此后，他还是一如既往行医，安贫乐道，人卑德隆。进入1945年后，七十一岁的藤野先生衰老症状日益加重，身体虚弱，常觉双腿行路困难。8月10日他在诊所内疲倦不支，便想走回家休息，不料半路摔倒，被乡亲们抬回家，第二天在安详中停止了呼吸。

下面是后话：战后，藤野先生被认为是对中日友好做出了贡献的人物。1961年福井市政府为藤野严九郎建立纪念碑。1983年5月，鲁迅故乡绍兴市和藤野家乡芦原町结为友好城市。鲁迅散文《藤野先生》亦被日本文部省选为语文课文，藤野严九郎名字和事迹为本国人民代代传诵……

在我收藏的《鲁迅手稿选集》书中，发现一件特别状况：散文《藤野先生》的题目，在原稿上是经过了修改的。鲁迅将标题前半段涂掉了几个字，只留下"先生"二字，而在涂抹的右边写上"藤野"。我进一步查资料知道，鲁迅现存所有手稿中，修改题目仅此一例。这越发引起了我的好奇。我想知道这篇文章修改前的题目，便将书页对着阳光、灯光、手电筒观察，甚至使用了放大镜来鉴别。鲁迅就像早就预料后人会窥探他的秘密，而故意将墨涂得尤其密实，我怎么做也求不出答案来。

凑巧的是，存有这种好奇心思的还大有人在，日本学者佐滕明久就是堪称奇葩的一位，他对区区此事的痴迷程度达到了神仙级别，沉沉一梦八年之久。早在2002年，佐滕明久访上海鲁迅纪念馆看到《藤野先生》手稿复制件时，就发现该题目修改过的蹊跷。他先后寻访中日两国许多位教师，均告不知此事；他愈加好奇，立即决定以此为研究课题，誓要搞个水落石出。他的志向得到上海鲁迅纪念馆支持，王锡荣馆长慨然赠送高质量印刷手稿一份。从此,这项研究遂成了佐藤明久日思夜想的工作。他先从字迹的大小间隔入手,测算出鲁迅涂去的是四个字;又经过长时间的摘字比对辨认,得出涂去四字的后二字为"藤野"的答案。涂去的前二字只剩下一团漆黑,他的研究也止步于黑暗的胡同。

2008年9月26日,经过多方协调,佐藤明久专程来北京,有幸捧看收藏于中国国家图书馆的《藤野先生》手稿真迹。第一次看到鲁迅墨宝珍品,就像虔诚教徒看到圣物,他激动至极,额头手心浸出汗滴;也许是他的精诚打动了鲁迅先生在天之灵,仿佛瞬间一道电闪划破黑暗,佐藤明久当时认出了涂掉的第二个字是"师"。这样,根据意思推断,第一个字就可圈定为"我""尊""老""吾"四字中的一个。鉴别至此已超人眼视力极限,第一个字只能暂时存疑。两年后的2010年12月,佐藤明久带着全套高精摄影器材再访中国国家图书馆。他借助最尖端红外线影像技术,通过对手稿真迹连续拍摄,不断变换光圈、快门、灯光,涂掉的第一个字千呼万唤始出来,露出庐山真面目——它是"吾"字。《藤野先生》的原题目是"吾师藤野先生"。工作现场顿时响起热烈掌声,人们情绪激动,就像火箭发射成功后总控室出现的欢腾场面。

佐藤明久现场表示,他还要继续探寻鲁迅先生为何要修改题目,原题目已有"藤野"二字,他为何要涂掉而在旁边重写?问题连环出现,研究正未有穷期。此事看似微小,然而笃志于学、精神伟大。我仿佛觉得,从佐藤明久身上映出了藤野先生的影子。

十一、挽歌

我在鲁迅小院的后院里，刻制了两篇与章太炎有关的墨迹和文稿，一是他写赠鲁迅的书法条幅，二是鲁迅的著名纪念文章《关于太炎先生二三事》。

说起章太炎和鲁迅的关系，一般人都会不假思索不容置疑地说：那是师生关系；鲁迅是章太炎最得意的弟子。这种说法看似正确，细究起来其实大有问题；他们二人的关系复杂而微妙，不是几句话能讲清楚的。

以今天的视角来看，章太炎的身影已经远去；以文化的天平来衡量，他依然是一个沉甸甸的永不消逝的存在。清末民初的大波大澜的时代，时势造英雄，中国的思想界学术界造就了一个泰山北斗级的人物，他就是章太炎。清同治年间的1869年1月12日，章太炎出生在浙江余杭一个名门望族中。他天资聪颖，自幼好学，家人当然希望他走科举出仕道路，以便光宗耀祖。只是他先天患有癫痫病，时常发作，死活无常；他十六岁时参加县里秀才试，考场上突然犯病，黄泉路走了一段又折回来。父亲彻底失望了，不再逼他钻四书五经作八股文章，索性放了他的野马，任其凭兴趣自由读书，只要能活一个小命就行。无用之用是为大用，无功利心的读书才是真读书；加上博闻强记过目成诵天赋，章太炎年纪轻轻就读完了中国古书，已成为饱学之士。这且不算，他二十一岁时走出家门，去杭州拜清末国学集大成者俞樾为师，成为入门弟子，闭关求教历时八年。装满一肚子的学问开始发酵，书生意气将要变成行动。他深恶痛绝于清政府大兴文字狱摧残中华文明，更悲愤于国事凋敝生灵涂炭、亿万人民身处水深火热中；他拔剑四顾，仰望长天，壮怀激烈。这时候，一道电光划破夜空，孙中山的十六字建国纲领照耀神州：驱除鞑虏，恢复中华，创立民国，平均地权。章太炎毅然出山来到上海，结识孙中山，加入同盟会；他以笔为武器，办报纸，写檄文，登高望远，文采飞扬，激荡了无数国人尤其青年人的心。青年鲁迅就是读到了这些文章迅速觉醒的；三十年后他忆及当年章氏雄文，誉之曰"真是所向披靡，令人神往"。

1903年5月，十八岁的邹容出版反清名著《革命军》，章太炎慨然为之作序，序文和系列讨清檄文相继发表在进步报刊《苏报》上；清廷震怒，勾结租界当局，捉拿报人和作者问罪。这就是轰动全国的"苏报案"。抓捕之日，涉事人闻讯纷纷逃走，只有章太炎大义凛然道："革命流血起，流血自我起！"他与邹容先后昂然就捕，关押在上海的西牢。他做好了必死准备，不惜以牺牲一己生命唤起百万民众的觉醒。他作《狱中赠邹容》诗，预期与青年革命者一同就义："临命须掺手，乾坤只两头。"得知革命者沈禹希被杖死，他作《狱中闻沈禹希见杀》诗，嘱咐烈士亡魂道："中阴当待我，南北几新坟。"铮铮铁骨慷慨诗句，从铁窗内传扬出去，鼓舞多少仁人志士前仆后继，为埋葬封建帝制而奋斗不止。这是国学大师章太炎人生的第一华章。三年后出狱，章太炎立即被孙中山接应去日本东京，一面接手主办同盟会机关报《民报》，一面聚众讲课，矢志不渝宣传革命。

1908年的夏秋之间，鲁迅正在东洋留学，听说仰慕已久的章大师东渡传道，他和同窗许寿裳等极盼望能亲炙领教，只是苦于与学校上课时间相冲突。章太炎获悉此况，便欣然决定再为开一小灶，于每周日上午在寓所客厅单独设坛。章太炎入乡随俗取日式盘腿坐姿，前置一矮几，许寿裳、鲁迅、钱玄同、周作人等八名学生跪坐周边席上，颇有孔子当年杏坛讲学之遗风。内容虽以教授《说文解字》为主，博学章师并不拘泥于此，也夹杂谈时事，讲诙谐，妙语解颐，师徒熙熙融融，不知时光流逝。听课时最活泼者是钱玄同，也许不习长久跪坐，他常在席子上起坐移动，说话颇多；擅给人起绰号的鲁迅就叫他"爬来爬去"。章师作文喜用生僻古字，聪明的钱玄同就常捧着康熙字典凑趣："先生，您文章里这个字也有古字的，您看可用吗？"章师看后点头："可以的。"于是，一篇文章经了钱玄同的添置，就又多用了好几个古字。鲁迅讨厌他"爬来爬去"惯先生的毛病，但不作声。

鲁迅听讲极少发言，只有一次，章先生提问文学的定义如何，鲁迅答道："文学和学说不同，学说所以启人思，文学所以增人感。"章先生不以为然，并举了两篇作品以证。鲁迅默不与辩，退下来对许寿裳说："先生诠释文学，范围过于宽泛，把有句读的和无句读的悉入归于文学；其实文字与文学固当有分别的……"那一年鲁迅二十八岁，独立思考已然形成，吾爱吾师尤爱真理倾向开始显现。鲁迅等一行八人听章师漫谈式讲课，为时半年多，若折算成满天数，约为十五天。

鲁迅与章太炎的第二段交谊，是从1914年8月到1915年9月间，此时太炎先生在北京上演了一场轰轰烈烈的反袁大戏，这应该算作他革命生涯的又一华章。若写成传奇小说，其回目应该叫作：章太炎大闹总统府，袁世凯软禁章疯子。

袁世凯窃得国柄后，为收买人心先广为封爵授勋，章太炎就先被授予了二级勋章。不待江山坐稳，袁世凯便急于编织他的皇帝梦图；野心披露，引起国人共愤。兼有革命元老、国学大师双重身份的章太炎，更是拍案而起，率先在上海著文揭露阴谋指斥反动，后又千里走单骑，北上京城与袁贼做面对面战斗。临行前写下视死如归诗篇：

时危挺剑入长安，流血先争五步看。
谁道江南徐骑省，不容卧榻有人鼾。

这场"一个人的战争"之所以被历史铭记，是因为既给袁世凯造成了深刻刺痛，又彰显章大师名士风度，有如武戏文唱，亦庄亦谐，百年传诵。1914年的1月7日，太炎先生以这样一副面目出现在总统府的新华门前：他头上戴着北洋军阀的高冠帽子，身上穿的是明朝服装，脚上蹬一双破旧的官靴，本是冬天，手上却摇着一把羽毛团扇，金光闪闪的扇坠是大总统颁发的勋章。袁世凯知道来者不善，便叫下属去虚与周旋，自己却给了个小鬼不见面。章太炎在接待室等得不耐烦，便大骂袁世凯名字，直斥其欲将民国变帝国的狼子野心。他拾物便砸，桌椅茶具全都掀翻打碎，甚至拣一花瓶直摔向袁大头画像。以袁世凯之狠毒，杀一国人如同捏死一蚂蚁，但是这一回，他的屠刀未敢出鞘，他怕杀一著名人物会引发全国众怒，连锁反应将毁掉他龙袍加身大业。他更知道章太炎的厉害，革命不怕死，文人有傲骨，"章疯子"绰号曾传遍全国。但是登基大典临近，也不能容他三天两头来砸场子。他突然想起一个妙计，对外宣布说章太炎这回是真疯了，遂叫卫兵七手八脚塞进汽车送医院去了，名曰治病，实则软禁。在此后三年里，章太炎的监禁处所几次更换，从医院到党总部、兵备处、西山龙泉寺，最后派重兵严守，幽禁在东城区钱粮胡同的章宅内。袁世凯密示护卫：骂不还口，打不还手，砸了东西再买，生活待遇要从优。这样的软刀子，真把暴脾气章太炎给逼疯了。他每日饮酒，酒后又增气愤，大叫大骂袁贼。他甚至采用巫蛊之术，写了许多"袁贼"纸张在院中焚烧，后掘坑埋之，遂大声欢呼"袁贼被埋葬了"。当袁世凯黄袍加身之际，章太炎被要求写贺表；他挥笔写道：

> 某忆元年四月八日之誓词，言犹在耳。公今忽萌野心，妄僭天位，非惟民国之叛逆，亦且清室之罪人。某困处京师，生不如死！但冀公见我书，予以极刑，较当日死于满清恶官僚之手，尤有荣耀！

袁皇帝御览后，指对身边群臣道："彼一疯子，我何必与之认真也！"

鲁迅此时，正在北京任教育部佥事公职。查日记记录，他与许寿裳等曾先后四次去看望幽禁中的章师。初次是1914年8月22日，日记载："午后许季市来，同至钱粮胡同谒章师，朱遏先亦在，坐至傍晚归。"第二次，1915年1月31日记载："午前同季市往章先生寓，晚归。"2月14日载："午前往章师寓……夜归。"5月29日载："下午同许季市往章师寓……"还有一次，1915年9月26日，章太炎长女上吊身亡，鲁迅去吊唁，并"赙一元"。因为父女同居钱粮胡同，按人之常情，鲁迅也应该顺便看望先生，以慰丧女之悲。这样看来，鲁迅此阶段看望章师应该有五次之多。因不堪袁世凯的长期软禁，章太炎曾几次宣布绝食，除了家人心痛害怕外，他的在京学生们亦十分焦急和忧虑。许广平文章回忆道："大家没法子敢去相劝，还是推先生（指鲁迅）亲自到监狱婉转陈词才进食的。"在白色恐怖形势下，鲁迅置安危于不顾，屡屡往谒，尊师之情殷矣。

1915年6月17日，鲁迅日记还记载关于章太炎一事："下午许季市来，并持来章师书一幅，自所写与……"这就是我刻在鲁迅小院后院西墙的那幅章太炎墨宝，录《庄子·天运》语，全部文字是"变化齐一，不主故常。在谷满谷，在阬满阬。涂却守神，以物为量。右赠豫材。章炳麟"。鲁迅看了条幅，欣慰道："章师今后不会再绝食了。"在被严加监管、足不出户的黑暗日子里，除了饮酒骂袁外，章太炎的神思遐想一飞冲天，沿时光隧道溯游二千三百年，与战国时代庄子对话；庄子再邀他骑凤上青云，溯游五千年，去晋见中华始祖轩辕黄帝；始祖老人家正在奏乐，手挥五弦目送归鸿，他用阴阳的交和来演奏，用日月的光辉来照耀，天乐浩荡，短长柔刚，流播于山谷，山谷满荡，流播于坑洼，坑洼填平，人之心灵的空洞弥合，精神宁寂，与道俱成……

幽禁后期的章太炎变得达观而安静，生活起居有序，读庄子书，授弟子课，甚至还养花弄草以消磨时日，就像长夜里静以待曙。1916年3月22日，他等来了袁世凯的倒台，八十三天皇帝梦破碎。6月6日，袁世凯在全国人民的声讨和唾骂声中病亡。获得自由的章太炎只是莞尔一笑，打点行装，带家人乘火车回南方家中。轻轻的我走了，不似我愤愤的来；我挥一挥衣袖，不带走一片云彩。

袁世凯覆灭后，中华民国更加风雨飘摇，军阀混战，民不聊生，十年换了十二位大总统，你方唱罢我登台，没有一个好东西。"穷年忧黎元，叹息肠内热"，民国元勋章太炎依然关注时局，东奔西走，忧国忧民。只是到了后来看也够了，骂也累了，心也凉了：老夫老矣，不陪你们这些小兔崽子玩了；恶人自有恶人磨，革命自有后来人！晚年的章太炎重操旧业，以讲学授徒为主，他得政府资助在苏州购置房产，成立章氏国学讲习会，广收江南地区学子五百余人，春风化雨，桃李芬芳。1936年6月14日，章太炎因病去世，享年六十九岁。南京国民政府决定为章太炎举行国葬，其令文中有一段话说得靠谱：

宿儒章炳麟，性行耿介，学问淹通。早年以文字提倡民族革命，身遭幽系，义无屈挠。嗣后抗拒帝制，奔走拥法，备尝艰险，弥著坚贞。居衡研精经术，扶奥钩玄，究其诣极，有逾往哲，所至以讲学为重……

自1916年北京分别，此后二十年，鲁迅和章太炎谜一般断绝了联系。鲁迅日记里，再没有了关于章师的记载，信函不写，文章也鲜见提及。鲁迅居沪十年，其间七年章太炎亦在上海；在鲁迅拿着藤野先生小像思念绵绵时，也没有想起抬脚几步"往章师寓""谒章师"。在章太炎方面也是一样，1932年他手订章门弟子录，认定早期弟子二十二人，却奇怪地剔除了鲁迅的名字。没有关于师生二人何地何事闹翻的传说，可以肯定，他们的渐行渐远是在两个人的内心。章太炎去世四个月，亦即鲁迅去世前十天，鲁迅写下著名作品《关于太炎先生二三事》。这篇文章文采飞扬，音调铿锵，简穆沉郁，被后人誉为有魏晋风骨，其中对于章太炎革命生涯的赞颂文字，更是为人激赏，百读不厌：

> 考其生平，以大勋章作扇坠，临总统府之门，大诟袁世凯的包藏祸心者，并世无第二人；七被追捕，三入牢狱，而革命之志，终不屈挠者，并世亦无第二人；这才是先哲的精神，后世的楷范。

而对于章太炎学术事业的巨大成就，文章中或用春秋笔法，或实言直陈，鲁迅都表示了不以为然。这也许正好为二人二十年形同陌路而注脚：道不同不相为谋。对比《藤野先生》和《关于太炎先生二三事》，我还有微妙的发现：前文之先生，是"我所认为我师的"，就连手稿里题目修改涂掉的前二字，也被佐藤明久揭秘为"吾师"二字；后文之先生，止于对长者和德高望重者的尊称，已不具师之含义了。

抱病作完《关于太炎先生二三事》以后，鲁迅意犹未尽，"好像还可以写一篇闲文，但已经没有力气，只得停止了"。一个星期后的10月17日，鲁迅又挣扎病体，写作姐妹篇《因太炎先生而想起的二三事》；文章开始就写得铺排，文笔散漫，然又写到《章氏丛书》不收录战斗的文章，又表示不以为然；文章写到二千六百字中断，没有写完。10月19日晨5时，鲁迅在家中病逝。从手稿看，这篇未竟之文字墨枯淡，笔迹柔弱，可知鲁迅膺病之重擎笔之难。每次看这篇绝笔手稿，我都不禁心痛泪奔，百感交集。二十年前不约而同断绝关系，近在咫尺也未曾来往，这是怎样的师生关系啊！到了生命最后的时刻，鲁迅却要连作二文，以向活着的人们和死去的先生陈述心曲。纵观太炎先生和鲁迅先生人生轨迹，两人道有不同，却殊途同归；文有所异，然均成文化巨人。在近百年来的中国文化神坛上，二人不论师徒，同名北斗，位分前后，两座泰山。

谨以此文，向章太炎先生和鲁迅先生表达我终生的崇敬。

十二、背影

一

鲁迅自青年时代就是一个表情严肃的人。朋友们聚会聊天，讨论问题，他常常不言不语，冷静聆听。他必要时才发言；话不甚多，但是每句都有力量。他有时要笑一两声，他的笑声是很够引人注意的。钱玄同形容他神似暗夜里的一只猫头鹰。

（见沈尹默文）

二

鲁迅神情庄严，平日是不大露笑容的；但是他也有诙谐的时候。他对于官吏，似乎特别憎恶，常表演官场人言谈举止，以示讽刺。如大家熟知的官场人见面语："今天天气……哈哈哈哈！"他常常模拟此种腔调，逗得身边人都乐，他却不笑。他是一个冷幽默者。

（见夏丏尊文）

三

鲁迅于1912年到北京,在国民政府教育部任职,借住在绍兴会馆一个小跨院里。院里有一棵大槐树,传说树杈上曾吊死过一个怨女,因而少有人来。因为僻而静,便常有一些闲杂人进院来向墙角撒尿。鲁迅气愤,便买了一张小弓候着。待有小解者侵入,他便从窗缝隙搭箭射之;入者受了惊吓,提着裤带仓皇逃之。

(见沈尹默文)

四

鲁迅去日本留学,开始四年学的是医学;自然在老师指导下进行过多次人体解剖。鲁迅回国后先在浙江两级师范学堂任教,周围朋友们都对解剖尸体极其好奇,常请他讲讲相关"海外奇谈"。鲁迅不拂众意,都一一说给他们听。他曾经解剖过不少的尸体,有老年的,壮年的,男的,女的。他最初也曾感到不安,后来就不觉得怎么了。不过对于年青的妇人和小孩的尸体,当开始去破坏的时候,常会产生一种可怜不忍的心情;尤其是小孩的尸体,更觉得不好下手,非鼓起了勇气,拿不起解剖刀来。

(见夏丏尊文)

五

从年青时代,鲁迅对于衣服是向来不讲究的。一件廉价的羽纱——清朝末年叫洋官纱——做的长衫,从端午节前就着起,一直要穿到重阳节。一年之中,足足有半年时光看见他着洋官纱。二十年后的1926年初秋,老朋友在上海见到他,很惊奇于他的旧时服装,笑问道:"依旧是洋官纱吗?"鲁迅苦笑着回答:"呃,还是洋官纱!"

鲁迅的居家生活非常简单,衣食住行始终保持着做学生时的样子。他在教育部做官员,在各大学兼职任教,还有写文章发表,加起来有不菲的收入,但他从未沾染无聊的娱乐奢侈的生活。他平常只穿旧布衣;西服的裤子总是单的,就是在北平的大冷天,鲁迅也永远穿着单裤。周老太太叫朋友劝儿子不要这般清苦,鲁迅回答道:"一个独身的生活,决不能常往安逸方面着想的。岂单我不穿棉裤而已,你看我的棉被,也是多少年没有换的老棉花,我不愿意换。你再看我的铺板,我从来不愿意换藤绷或棕绷,我也从来不愿意换厚褥子。生活太安逸了,工作就被生活所累了。"

(见夏丏尊文、孙伏园文)

六

1924年夏天,应国立西北大学邀请,鲁迅一行十人去西安讲学。时间约一个月,每人得酬三百元。鲁迅和同人们商量:只要够旅费,我们应该把陕西人的钱在陕西用掉。当得知易俗社的戏曲学校和戏园经费困难,他们便捐了部分钱给易俗社。有一位同人对此没有多少兴趣,那自然听便。一个月间,西北大学的工友们鞍前马后服务周到,鲁迅主张多给些钱。就有一位先生说:

"工友既不是我们的父亲,又不是我们的儿子;我们下一趟不知什么时候才来;我以为多给钱没有意义。"鲁迅当时堵着嘴不说话,后来和挚友说:"我顶不赞成他的'下一趟不知什么时候才来'说,他要少给让他少给好了,我们还是照原议多给。"

(见孙伏园文)

七

　　1924年秋天的一个晚上,鲁迅在北京家中和几位学生谈话;这时候家中用人突然拿进一张名片来,他接过来就灯光下一看,立时又把名片交给了用人:"说我不在家。"鲁迅又继续谈话。用人又笑着手擎名片跑进来:"他说他下午看见先生回来的,有事要见先生。"鲁迅立刻沉下脸来,拿过名片走到门前去提高嗓子向用人说:"你再去和他说,我说不在家是对他客气。"

(见尚钺文)

八

　　鲁迅的烟瘾,一向是很大的;在北京的时候,他吸的,哈德门牌的拾枝装包。当他在人前吸烟的时候,他总探手进他那件灰布棉袄里去摸出一枝来吸,他似乎不喜欢将烟包先拿出来,然后再从包里抽出一枝,而再将烟包塞回袋里去。他这脾气,一直到了上海,仍没有改过,不晓得为了怕麻烦的原因呢?抑或是为了怕人家看见他所吸的烟,是什么牌。

　　他对于烟酒等刺激品,一向是不十分讲究的;对于酒,也是同烟一样。他的量虽则并不大,但却老爱喝一点。在北平的时候,我曾和他在东安市场的一家小羊肉铺里喝过白干;到了上海以后,所喝的,大抵是黄酒了。但五加皮,白玫瑰,他也喝,啤酒,白兰地他也喝,不过总喝得不多。

爱护他,关心他的健康无微不至的景宋女士,有一次问我:"周先生平常喜欢喝一点酒,还是给他喝什么酒好?"我当然答以黄酒第一。但景宋女士却说,他喝黄酒时,老要量喝得很多,所以近来她在给他喝五加皮酒。并且说,因为五加皮酒性太烈,她所以老把瓶塞在平时拔开,好教消散一点酒气,变得淡些。

(郁达夫《回忆鲁迅》节选)

九

1926年秋天,鲁迅第一次拿到厦门大学薪水,四百元的支票,就自己跑到厦门市的"美丰银行"去兑现。商埠的钱鬼子照例眼珠儿往上翻,他们怎看得起一位穿着破灰布棉袍,头发多长的老头儿呢?其中的一个就问"这张支票是你的吗?"鲁迅先生吸了一口烟,还他一个白眼,一言不发;他连问了三次,先生也连吸了三口烟。那张支票到底在无言的抗议中兑现了。

(见罗常培文)

十

说到鲁迅笔名,我还记起一件小小的故事:十八年夏,鲁迅至北平省亲回来,对我说:"我为了要看旧小说,至孔德学校访隅卿，玄同忽然进来，唠叨如故，看见桌子上放着我的一张名片，便高声说：'你的名字还是三个字吗？'我便简截地答道：'我的名片从来不用两个字，或四个字的。'他大概觉得话不投机，便出去了……。"所谓用两个字或四个字，乃是微微刺着玄同的名片，时而作"钱夏"，时而作"玄同"，时而作"疑古玄同"。

（见许寿裳文）

十一

　　他处理他的书籍文具，似乎是比生命还着重，看着他的衣身，是不会想到这样一个相反的对照的。比如书龌龊了，急起来他会把衣袖去揩拭，手不干净，也一定洗好才翻看。书架的书，是非常之整齐，一切的文具用品，是他经手的，都有一定的位置，不许放乱。

　　凡是他包过的书，那方正紧凑，打开之后，我是再也不能照样包好的。他不但包得好，对于扎的绳子也很留意，如果是好些的书，或线装本，扎的一定拣那些有浆汁棉线做的绳子，免及扎的地方日久留一条线痕。就是这扁平的棉绳，扎时也要摊平，线头的结，一定要打在书的边缘，省的将来压着一个结的痕迹。有时人们送给他的定期刊物如《文学》之类，偶然收到一本装订不大齐正的，他一定另外托人再买一本较好的换过。自己印好的书也首先拣出两部，包好起来。

（许广平《欣慰的纪念》节选）

十二

说到废纸做信封,我更忆起他日常生活之一的惜物。每于包裹的东西拆开之后,不但纸张摊平,放好,留待应用,而且更把绳子卷好,集在一起,预备要用的时候,可以选择其长短粗细,适当地用。

在北京时,常常看见他把寄来的比较大而质厚的信封翻转面,更有时是把一张长方纸做成一只信封,非常之齐整匀称,决不歪斜,大小异形,用一定的方法、技巧,纯熟而又敏捷,一下子做出一批来了。既能把包装纸改成信封,真所谓化无用为有用,更于他那时的经济条件适合。

(许广平《欣慰的纪念》节选)

十三

如果作为挥霍和浪费的话,鲁迅先生一生最奢华的生活怕是坐汽车,看电影。

……看过的电影很多,有时甚至接连地去,任何影院,不管远近,我们都到的,着重在片子,因为汽车走得便捷,没有什么困难。他选择片子并不苛刻,是多少带着到实地参观的情绪去的,譬如北极爱斯基摩的实生活映演,非洲内地的片子等等,是当作看风土记的心情去的,因为自己总不见得会到那些地方去。侦探片子如陈查礼的探案,也几乎每映必去……至于苏联片子,是每张都不肯错过的,比较上最使他满意的了。最后看的一次《复仇艳遇》,是在他逝世的前十天去看的,最令他快意,遇到朋友就介绍，是永不能忘怀的一次，也是他最大慰藉，最深喜爱，最足纪念的临死前的快意了。国产影片，在广州看过《诗人挖目记》，使他几乎不能终场而去……从此之后，对于国产片子，他也绝对不肯去看了。

（许广平《欣慰的纪念》节选）

十四

  鲁迅先生从下午两三点钟起就陪客人，陪到五点钟，陪到六点钟，客人若在家吃饭，吃过饭又必要在一起吃茶，或者刚刚喝完茶走了，或者还没去又来了客人，于是又陪下去，陪到八点钟，十点钟，常常陪到十二点钟。从下午两三点起，陪到夜里十二点，这么长的时间，鲁迅先生都是坐在藤躺椅上，不断地吸着烟。

  客人一走，已经是下半夜了，本来已经是睡觉的时候了，可是鲁迅先生正要开始工作。在工作之前，他稍微阖一阖眼睛，燃起一支烟来，躺在床边上，这一支烟还没有吸完，许先生差不多就在床里边睡着了。（许先生为什么睡得这样快？因为第二天早晨六七点钟就要起来管理家务。）海婴这时也在三楼和保姆一道睡着了。

  全楼都寂静下去，窗外也是一点声音没有了，鲁迅先生站起来，坐到书桌边，在那绿色的台灯下开始写文章了。

  许先生说鸡叫的时候，鲁迅先生还是坐着，街上的汽车嘟嘟地叫起来了，鲁迅先生还是坐着。

  有时许先生醒了，看着玻璃窗白萨萨的了，灯光也不显得怎样亮了,鲁迅先生的背影不像夜里那样黑大。

鲁迅先生的背影是灰黑色的,仍旧坐在那里。

大家都起来了,鲁迅先生才睡下。

海婴从三楼下来了,背着书包,保姆送他到学校去,经过鲁迅先生的门前,保姆总是吩咐他说:

"轻一点走,轻一点走。"

鲁迅先生刚一睡下,太阳就高起来了。太阳照着院子的人家,明亮亮的;照着鲁迅先生家的夹竹桃,明亮亮的。

鲁迅先生的书桌整整齐齐的,写好的文章压在书下边,毛笔在烧瓷的小龟背上站着。

一双拖鞋停在床下,鲁迅先生在枕头上边睡着了。

(萧红《回忆鲁迅先生》节选)

十五

记得是"十月革命"节的前一天或后一天,上海苏联领事馆招待少数文化人到领事馆去看电影。中国人去的只有五六个,其中有鲁迅和他的夫人公子。那晚看了"夏伯阳"(大概是),鲁迅精神很好,喝了一两杯"伏特加"。史沫特莱喝得很多,史沫特莱严肃地对鲁迅说:"我觉得你的身体很不好,你应该好好休养一下,到国外去休养。"

"我自己并不觉得什么不对",鲁迅笑着说,"你从哪里看出来我非休养不行呢?"

"我直觉到。我说不上你有什么病;可是我凭直觉,知道你的身体很不行!"

鲁迅以为她醉了，打算撇开这个话题，然而史沫特莱很坚持，似乎马上要决定；何时开始治病，到何处去，等等，她立刻要得一个决定。她并且再三说："你到了外国，一样做文章，而且对于国际的影响更大！"

那晚上没有结论。但在回去的汽车中，史沫特莱又请鲁迅考虑她的建议，鲁迅也答应了。过了一天，史沫特莱找我专谈这问题。总结她的意见：她认为鲁迅如不及时出国休养，则能否再活多少年，很成问题。但如果出国休养，则一二十年的寿命有把握！她不能从医理上说鲁迅有什么病，但她凭直觉深信他的体质太不行。她提议到高加索去休养，她要我切切实实和鲁迅谈这问题，劝他同意。

鲁迅后来也同意了——虽然他说起来史沫特莱的"直觉"时，总幽默地笑着。并且也谈到，在休养时间他有机会完成"中国文学史"的著作了。但在"不再反对"之中，鲁迅也表示了如果是当真出国，问题却还多得很，恐怕终于是不出去的好。

到那年底，史沫特莱说是接洽已妥，具体地来谈怎样走，何时走的时候，鲁迅早已决定还是暂时不出去。有过几次的争论，但鲁迅之意不能回。1936年1月，为这问题，争论了好几次，凡知此事者，都劝过鲁迅；可是鲁迅的意见是：自己不觉得一定有致命之病，倘说是衰弱，则一二年的休养也未必有效，因为是年龄关系；再者即使在国外吃胖了，回来后一定立即要瘦，而且也许比没有出去时更瘦些；而且一出了国要做哑巴（指他自己未谙俄语），也太气闷。

据我猜想，那时文坛上的纠纷，恐怕也是鲁迅不愿出国的一个原因。那时颇有人在传播他要出国的消息，鲁迅听了很不高兴,曾经幽默地说:"他们料我要走,我偏不走,使他们多些不舒服。"

出国问题争论的最后结果是:过了夏天再说。因为即使要出国,也得有准备,而他经手的事倘要结束一下,也不是一二个月可以完成的。

不幸那年2月尾,鲁迅先生就卧病,这病迁延到了秋季,终于不救。

(茅盾《纪念鲁迅先生》节选)

十六

1936年10月8日,是"中华全国木刻第二回流动展览会"的最后一天。约莫下午一点钟,在热闹的会场中挤来了一位身材瘦弱、不大惹人注目的老头子——那便是鲁迅先生。他穿着惯常穿着的长衫,料子虽是哔叽,但已经褪色,看上去只剩了四成新;或者也许因为少洗的缘故罢,衫襟和袖口都染上了些污迹。一顶咖啡色呢帽,至少也用过十年以上,却还戴在头上,而且戴得那么低,仿佛怕遇见了贵人。

但这不能回避熟人的视线,当他踏进会场时,就很快地给一群青年包围住了。大家纷致问候,问他近来还好不。

"不好,不好。"鲁迅先生摇摇头,话说得很干脆。"今年九个月中,足足大病了六个月。"

……他的呼吸急促起来,脸色显得有点可怕。

"先生应该休养了!"大家异口同声地说。

"呵,我是不能休养的!"他把帽子除下,好像这话根本和他没有关系，"我怎么能够休养呢？像我这种人是无法休养的。"

……话匣子一经打开，恰如播音机，非到适可而止的时候，便不能住口。先生虽然大病了六个月，气色变得苍白，消瘦，但那有力的谈话，矍铄的精神却丝毫也没有减弱，而且说得那么多，那么快，令你连喘息的时间都不能轻易放过。只有当他说了一大串之后，这才露出久病的残痕，呼吸迫促，下颚和太阳穴不自然地痉挛着。

……有青年提到最近登在《作家》上的那篇《答徐懋庸》文章，鲁迅先生说："嗯，是啊！不要说他了。他是明明晓得我有病，不能写什么，想来一气气死我的。哈哈，但我那里……我就斜躺着，用一只手搭在茶几上，写了四晚，写成功了。我是不赦他的。我不给他气死……哈哈。"

……青年们簇拥着他看完了展览，他说要走了。把帽子戴上了，又故意的戴得那样的低，低到帽檐几乎要碰到鼻子，只能在使人看见半个瘦削的苍白的脸庞和一横鼻子下的厚厚的胡须，急急地走了。一面回过头来对人们说："你不要送！你不要送！"

青年们也就不送了。看着他的帽子，宽大的袍子，和袍子下面的细瘦的脚肢的移动，青年看着一个病人不可能有的他的健壮的背影，在走廊的转角处，很快地消失了。

（见白危文、曹白文）

2021年11月10日始，至2022年1月15日夜，全文作完于玉园

南山九章

第一章　石碾铭

我对生于斯长于斯的老家南山村一往情深，尽管离开已四十多年了，至今依然魂牵梦萦。玉园东北部跨院我取名叫"南山故园"，里面收藏有被族人遗弃的、李氏先人们制作和使用过的石碾、石磨、石槽、碌碡、捶布石，还有半截三世祖的墓碑等。这些别人视作冷硬无用的旧物件，我却引为至珍至宝，每每徘徊观看，流连忘返，心中长起故乡情怀。

早年间父母还在老家生活，我每月总要带领妻儿回去看望。那时山村人的主食是地瓜干磨面做的煎饼，被称为粗粮。因地瓜含糖高，长年累月食用易烧心涮胃，母亲经常胃酸心口疼，就抱怨是地瓜煎饼惹的祸。我大学毕业开始领工资，做的第一件事就是：每月给父母买一袋四十五斤麦子面粉，让二老从此弃粗粮改吃细粮。我工作第一年为试用期，月工资四十三元钱，满一年转正定级后五十二元钱。一袋面粉的计划内价格八元，若买计划外是十八元高价，为我工资难以承受；好在我结交了一些朋友，他们隔三岔五腾挪自己粮本内指标借给我，为我孝敬父母出力不少。其中有一位朋友，那时是粮食局机关一名普通办事员，因待人热情处事机敏，后进入政界风生水起，工作政绩还上了中央电视台的"新闻联播"，这位朋友的名字叫孙惠平。前几年与这位朋友在酒桌上邂逅，我主动敬酒，当我说出感谢他三十五年前曾送给我三袋面粉指标时，他先惊奇于我的清晰记忆，后则说区区小事不足挂齿。我举杯齐眉说：滴水之恩当涌泉相报；在人生道路上凡给予我帮助的人，事无巨细，时无长短，我都铭记于心长怀感恩。一桌友人，先是感慨，后则共同举杯，祝感恩之心长伴人生。

后来我另外买一套单元房，接父母进城生活，再后来建了玉园，与父母同居一楼两单元，三代同堂，膝下承欢，父母安享幸福晚年。父母进城带来了血缘亲情，令我心安情定，然而在我心灵深处，那缕故乡情思却依然拴系在连青山北麓，那个名叫南山的李氏小村庄里。我常找借理由，回老家走上一趟，转上一圈，看看山看看石。然而山秃了石碎了，我只好闭上眼想见原来的模样。村头的河干涸了，池塘枯了，我依稀找寻到旧时痕迹。只是那一家家的土墙草房老院落陆续消失，再也找不到影儿了。祖先建村立族的故事还能传诵几代人？祖宗们生息所倚的遗迹遗物还有几多？我在老村的残垣断壁衰草间寻觅。令我心痛的是，祖辈子遗的少数几件石头制品，本是雷击火焚水冲都难以毁灭的，今天却正遭灭顶之灾。那一套石碾，是始祖李朝喜唯一遗物，内藏家族繁衍故事，转动三百年，福泽十代人。原碾砣磨瘦不堪使用，后人更换新砣，立面刻有"中华民国十七年"字样。待我大学毕业后回老家看碾,刻字消失了!寻问方知,有人嫌碾砣重推轧费力,叫本村石匠、我的堂叔李培棠用钢钎削去一页。我责问培棠叔:"你为什么单拣有字的一面削?"他是文盲,毫不在乎地说:"只管削去,谁管字不字的。"还有我的曾祖父李继东置建的一盘石磨,是我支系一脉发生重大变故的证物。它原安在培棠叔家中,弃用后先被胡乱堆躺墙根,不久培棠叔的重锤利钎将磨盘凿成小块砌了猪圈。我再责问他:"你为什么毁坏曾祖的磨盘石?"答:"没用处了,碍手碍脚的。"我有些气愤了,大声训斥道:"祖宗留下的遗物,比宝贝还珍贵,怎说没用处!"他并不理会我的指责,只管做着手中的活,嘴里咕咕哝哝自语着什么。憨厚可亲却屡做蠢事,叫我爱也不是恨也不能的培棠叔,却是村里一位心灵手巧的名石匠,谁家建房都少不了他的参与。当年我建玉园大门,想要葆有山村民居风貌,就买了他开的南山石头,请他来忙碌半个月,砌成的大门古朴端庄,人见人赞。当有人问及建大门者是何方大师时,我总骄傲地说:"是我老家堂叔。"

  从老家那边不断传来坏消息。历史与石碾一样长久的那眼老井,合族生息繁衍数百年从不枯竭的源泉,上月被近邻一位族兄填没了。刻有铭文的两块井台石首当其冲捣进井底,并于井址上建了配房。我问其原因,告说村里去年被选中接受德国援助的清洁饮水项目,家家新安装了自来水,老井没有用处了。还有,三世祖的半截墓碑,本在原址地里躺着,土地承包户嫌其影响耕种,粗暴地掀到地边沟渠里了。还有还有,那套喜祖宗建的石碾已被拆散推倒,近邻那户人家已在碾道开荒种了地;这且不算完,那家人还嫌大碾盘占地方,扬言要打碎了填进南沟去……

261

我心急如焚，立即叫来幼时好友、颇具做事能力的族兄养坤，与他商定对策：由我出资，由他出面组织人力车辆，尽快将残存的祖宗遗石运来玉园妥善保护和收藏。

　　说起养坤哥，他小时候真是个苦命孩子。他父亲早殁，寡母带着养坤上有一兄下有一弟一妹四个孩子，嗷嗷待哺，骨瘦如柴，饥寒交迫，在生死线上挣扎，一年四季他们五口老小都衣服破旧，浑身脏兮兮，蓬头垢面，与乞丐无异。我今天行笔至此，养坤一家当年惨状浮现眼前，我依然心痛神伤。长期担任生产队长的我父亲，怀慈悲之心，行大爱之责，对这个可怜家庭频施援手。冬天来了，父亲三番五次找上级领导，要来救济棉衣棉被，优先分给养坤一家御寒；春天闹饥荒，上级发来少许救济粮，父亲总是偏着心眼多分给养坤家；或者，从集体仓库种子粮中挪出少许，保这一群孤儿寡母不至饿死。那时，生产队的分配制度是用工分折钱买口粮，而养坤一家没有劳动力挣工分，买口粮的钱只有欠着。几年下来，养坤家欠款积累成大数目，父亲就和其他队干部商量，最后研究决定将欠款全部免除。长期如此，一些社员就意见纷纷；"文革"开始后，父亲被造反派捆绑起来戴上高帽批斗，所列罪状就有一条"办事不公偏袒个别人"。养坤的哥哥叫养学，他十五岁那年，父亲就给他们母亲出主意说："改改户口年龄，叫养学去当兵吧；你家挂了军属光荣牌，就可享受队里照顾，谁也不敢提意见了！"……我接父母进城生活后，养坤哥有两年在城里做小买卖，他常买了东西来玉园看我父母；我留他吃饭，三杯白酒下肚，脸红眼潮，他就常念叨说："当年要没有大叔照顾，俺这一家五口早饿死冻死了！"

　　我与养坤哥也是莫逆之交。他比我大五岁，小时候竟然阴差阳错与我短暂同过学。我高中毕业回农村，在生产队参加劳动，他当生产组长，我当记工员。开始面对繁重的体力劳动时，我腰软肩嫩难以适应，养坤脏活累活抢着干，对我百般爱怜呵护，我初次感受到温暖人情。在那前途无望内心苦闷的时期，我白天劳动，夜晚秉烛写作；根据父亲早年故事构思长篇小说，半年时间我写成三十五万字。我梦想一本书成功，一举成名当作家改变个人命运。文稿寄往北京人民文学出版社，三个月后被退回，附有编辑部长达两页情真意切的回信。1977年底，我参加"文革"结束后的首届高考，被曲阜师范学院外语系录取。入校后我申请调换专业，出示了人民文学出版社的复信，被学校认定为"有特殊专长"，四周后调入中文系学习。多年后我发表文学作品出版文集，终圆了幼时作家之梦。忆往昔峥嵘岁月稠，回望从老家南山走出的路，我每每感慨万端心潮难平，犹如秋蝉抱树，冷暖自知矣。

我工作约五年后的一日，养坤愁容满面来单位找到我开口借钱，而且数目巨大。原来，他妻子患了癌症，在济宁医院急等交押金做手术。他说，在老家拜遍了亲戚族人的门，都怕他无力偿还，没有一家肯借。他流着泪说："万般无奈，我来求你了，养玉！"面对此情此景，我已没有退路，就找一位企业家朋友借钱，又取出我当月工资加上，养坤捧着用报纸包裹的沉甸甸的现金，双手颤抖，无语泪双流。可惜手术没有战胜病魔，弥留之际，养坤妻子交代他说："一辈子别忘了，养玉借给咱钱。"借钱之事，此后多年养坤一说再说，成为经典故事传诵全村。

养坤哥做事效率高，不长时间就将石头们抢运来玉园。在我们举杯相庆时，他就讲叙运石头过程中的不谐插曲。当石碾行将装车时,有族人就围拢上来七嘴八舌说:这是老祖宗留下的物件,养玉怎么独自占有了?养坤义正词严说:"这不是钱,叫养玉贪了花了;这不是酒肉,叫养玉吃了喝了,你们犯不着心里发痒难受。这是石头,不当吃不当穿不当用,养玉操心费力运进城是供奉起来、保护起来,老祖宗有灵,也会赞同!"那些人自觉无理无趣,狠狠溜走了。还有两件原属生产队的石槽,经大型牲畜几十年的舌舔唇吮,耳鬓厮磨,其边缘皆圆滑光润,晶莹如玉,我想购买来,作为父亲当队长的纪念物珍藏。养坤遵我嘱去寻找,一件已不知去向,另一件闲置在一位族侄家里。20世纪80年代人民公社撤销,集体经济散摊子时,他以五元钱购得此石槽,现在见说我要购买,那族侄立即坐地起价,狮子大开口要价上千元,而市场价不足百元。养坤愤而拒之,并劝我不要上他当。这些年来,同宗本族的部分老家人错将我认作大款,凡事与我涉,总想猛砸一杠子,狠揩一把油。世风日下金钱第一,亲情不再,人心不古,虞兮虞兮奈若何。

那一天夜晚我竟然失眠了。老祖宗在南山下建村兴族的故事经代代传说,渺渺兮如神话,堂堂乎若圣经。我心中诗情涌动,穿衣起床,展纸秉笔,写成四言诗《石碾铭》。诗曰:

南山李氏,始祖朝喜;
明末清初,避难迁此。
始作石碾,生息所倚;
五谷成粉,合族含饴。
人丁兴旺,薪火传递;
三百年久,运转不止。

碾盘愈坚，光润凝脂；
碾砣磨瘦，新石补替。
社会变迁，机械兴起；
石碾退位，弃之废之。
十世裔孙，养玉珍惜；
移来玉园，原状垒砌。
祖宗功德，感恩铭记；
作诗勒石，以传来兹。

几年以后，我拜求我的朋友加兄长、朱复戡大师的得意弟子冯广鉴先生挥笔，将《石碾铭》书成墨宝。关于冯广鉴先生，我在《九玺润玉》文中有长篇记述。然后请石匠刻石，制成别具一格会转动的石碑，端置于石碾旁边。这石碑也是一件磨瘦的碾砣，我将其平置，诗书刻在光润的圆周弧面上；制成后我发现，碾砣碑极肖陈仓石鼓，更具有沧桑古拙风貌。我又在朝底的平面装了轴承转盘，只须用手轻轻一拨，数百斤重的碾砣即可轻巧转动；这又很像放大版的西藏佛寺里的转经轮。

我只要来到南山故园，就忍不住轻拨碾砣转动石碑；碑一动，诗文活了般滑动，在我指头间岁月滑回到三百多年前，喜祖宗南山结庐的故事愈加清晰了……

第二章　南山结庐

时间是明末清初的一个秋天，邹县东部山区坎坷小道上，走着两个极度疲惫的青年，十八岁的哥哥叫李朝喜，小两岁的弟弟叫李朝吉。

　　他们原本家住邹县城北十里的凰鬵村,五年前父母双亡,孤苦伶仃,相依为命。院中一棵古槐,当作祖荫庇护,家有两间草房,聊以抵御风寒。小哥俩在村人的欺侮下挣扎长大。父母传下的三亩良田,被邻居王家的犁铧春耕时切一条,秋耕时割一块,数年下来三亩地给他削剪得只剩二亩半了。两天前,王家赶牛驾犁仍效前法蚕食削地,李家兄弟来田间挡犁说理,一言不合,被王家众人围住殴打。哥哥朝喜忍无可忍,从地上操起铁锨铲断了王族人一根小腿。这下捅了马蜂窝,王家纠集数十号人围住李宅,扬言要灭了这一对孤儿。李家兄弟被逼入绝境,怒火中烧,只得以命相拼。他两个脱光褴褛上衣,挺起强壮脊梁,手操菜刀大叫着冲出家门,王家众人见这阵势立刻吓破了胆,纷纷四逃作鸟兽散。王家人这才明白,往日年幼可欺的孤儿已经长大,成为两条血性汉子了。王氏人见硬的不行,就想出阴险毒计:托县衙里亲戚打通关节,状告李家兄弟为非作歹行凶杀人。有一位好心的老人深夜来李家劝说:"王家向县太爷使了大包银子,要捕你哥弟俩关死牢治重罪。保命要紧,你们快逃吧!"良言开导,茅塞顿开,哥弟俩仿佛一夜长大成人,毅然决计出逃。家徒四壁,只收拾了两包破衣服,装了十个玉米窝头。哥弟俩走出屋门,弟弟朝吉回望两间草房恋恋不舍。这时朝喜一横心,用火镰打着一把柴草往屋上甩去。弟弟大叫:"哥哥,你憨了!烧了屋咱以后怎么回家?"朝喜一字一句说:"兄弟,咱是没家的人了!咱死做外乡鬼,一辈子再也别想见凰鬵村了!"霎时,风助火势,烈焰腾腾照红了半边天。李氏兄弟最后回望,火光中的古槐树金光灿灿,随后二人的身影急遽隐入了黑夜,步履匆匆,向荒无人烟的邹东山区逃命。

半个夜晚一个白天,李氏兄弟不停步不回头,大步流星,一直向东。太阳西坠时分,哥俩来到一座大山前。这山名叫连青山,以主峰为界,山前属滕县,山阴是邹县。他们始觉饥渴难忍双腿疼痛,便在一条从东面山上流下的小溪旁停下,掬水狂饮,从包里掏出干粮狼吞虎咽。朝喜说:"天要黑了,咱得赶紧前行找个村落借宿。"朝吉说:"哥你先走,我要解个大手,完了追你去。"朝喜稍一思量说:"那我先走。我帮你背上包袱,你可不敢磨蹭呀!"朝喜前行数百步,遇见一条岔道,左路沿小溪向山阴方向,右路蹚过小河朝向山阳方向。朝喜犹豫一会儿,就决定沿左路走去。行了一二里地,前路树木增多,变得石奇道险,在平原地长大的他,顿觉出几分陌生和惶恐。他停下脚步放下两个包袱,想等一下弟弟。左等不来,右等不见,天开始上黑影,朝喜心里不安,就原路回去找弟弟。走到岔路口,他疑弟弟追错了道就向山阳方向寻了二三里地。杳无踪迹,再折回来,天已黑得认不清路迹。朝喜害怕了,大声呼叫:

"弟弟——!你在——哪!"

四面山峰一波一波响着回声,夹杂着夜鸟的鸣啼和野兽的嚎叫。他叫了一阵,就深一脚浅一脚摸黑沿小河上行,不知摔了多少跤,双脚鞋袜也沐湿了。约走了两个时辰,听见狗吠,看见灯亮,就敲人家的门,开门的老人听了叙说就让朝喜进草屋,还叫妇人和女儿温剩粥,端上煎饼咸菜给他吃。老人说:"近年的改朝换代兵荒马乱,山村人烟稀少,山上狼群倒兴旺起来,每年都有人被咬死被吃掉。你兄弟怕事情不妙了!"这位善良的老人姓祝,留朝喜在厨屋囫囵过夜。

天蒙蒙亮，朝喜就起身去找兄弟。走到岔路口，往来路回走了十几里，见人就问消息；再回到岔路口，又过河往滕县方向走，寻问过几个村子，皆无兄弟音信踪影。大山里边，回荡着他撕心裂肺的呼叫。活要见人，死要见尸，他发誓要把兄弟找到。他登山攀崖，几次遇见野狼，追赶不及，报仇无计。到第七日，他摔伤了腿，无力再登山；他流干了泪，痛定思痛，他终于死心了。他把兄弟的衣物在岔路旁埋了，堆起一个新坟冢；他撕一条白布扎腰间，算是给兄弟戴孝；他独对荒山野林，呼天抢地，号啕大哭，把幼时丧父失母之旧悲、今殁骨肉兄弟之新痛、多年遭恶邻欺侮之宿怨，哭了个穷尽吐了个干净。山石无语，此刻与苦命人同哀；晚霞绚烂，是上天显灵昭示歧路者否极泰来。

　　之后，他来到祝家大门外，因身上戴孝，忌讳再进人家门，待老人出来，他叫一声大爷，双膝跪地磕三个头，以谢多日收留之恩。取了包裹欲去兄弟坟守墓，被老人劝住了："山里狼凶，你不要再去白送命了！"老人引他沿村西小路上行数百步，傍黄土冈有间破庐，老人指说："这是我堂兄的家，他死两年了，你先凑合住下。"老人问今后打算，朝喜说："我不能把兄弟一个人撂在这里。烧完五七的纸，还得过百天，还得祭周年。"第二天一早，老人带妇人女儿来，送一套锅碗瓢勺炊具，送几件镢锨锄镰农具。老人谆谆教导说："山乡再穷，也一样落地生根；岭土再薄，也一样开花结果；这要靠你的肩膀结实，双手勤劳！"朝喜小伙感动无语，再次跪下双膝向祝家三口叩头。

　　这一天他做了两件事：南沟里有一个泉眼，他用镢锨淘出一眼清澈甘甜的水井；他扛镢头去人家收获完的地里捞秋，捞得半口袋花生和地瓜，足够他十天的口粮。次日他做了一件事：先去南沟紫藤架削藤条,把破烂房子顶蹬下来重新编排好,再去山上割两捆黄草,厚厚地苫严实,一个能遮风挡雨御寒的新茅庐建成了。半个秋天,他远涉许多村庄捞秋,捞得花生剥米换油,地瓜切片晒干贮存作食物。他还到山里找野果树,捡得核桃、大枣等果实去集上卖钱。整整一个冬天,他都在开荒辟地。老人送的农具磨秃了,他赶集又买一套新镢锨。他高大健壮的身体里,有使不完的力气。他披荆斩棘,砌石垒堰,本来一片荒芜山岭,不几天他便开垦出十几块大大小小的耕地。看着地块一天天变多,年轻的朝喜心里愈加安定和欣慰。

这个村子名叫南山,因村南一座山得名,山是从连青山主峰延下来的一条支脉。说是村子,只居住着祝、何两姓人家。祝家住在东面,临着一条山沟,称祝家沟。祝家人烟稀少,只有祝大爷和老妻幼女三口人。何家住在沿河南岸,称何家门前,一溜洼地良田都属他家所有。何家人烟旺,这一代生有五个儿子,个个矬矮,粗壮结实,近乡人称南山五矮虎。南山村本是何家天下,近来冒出一个外乡男人,做窝搭铺、开垦荒地,像是要长期赖着不走了,这令何家人心里不爽。这一日,五矮虎摩拳擦掌来到茅庐,咄咄逼人地向朝喜下逐客令,说黄土冈和荒山都是何家地盘。恰逢朝喜出门要上山,肩扛锋利铁镢,手握薄刃铁锨,堂堂一表,凛凛一躯,先是这身材气度上的一比对,高低立见,何家五虎顿时猥琐成五只猫。朝喜义正词严说:"茅屋姓祝,是祝大爷借我住的。荒山无主,我开垦成地它就姓李了!"何家五猫自知理亏,面对的又是这样一位陌生强悍的外地汉子,没敢动手,只撂下几句狠话愤愤而去。

据祝大爷讲叙,何姓乃一户欺软怕硬的不义人家。本来,祝家世世代代住在南山村，当年何氏从外乡逃荒初来，多仰仗祝家照应才得安家立业。不料几十年之后祝家祸从天降，五岁的祝大爷遭土匪绑架重金勒索。祝家为保住这根独苗，火急卖地凑钱，何家乘人之危，半买半讹，占了祝家二十亩良田。再后来，祝大爷乏嗣，何家却人财两旺，反客为主坐实了南山第一户地位，越发变得专横跋扈起来。讲完故事，祝大爷从里屋拿出一杆尘封多年的土猎枪。那是父亲的遗物，只因自幼体弱多病，他未能子承父业做猎人。祝大爷将枪递到朝喜手里，别有深意地说：

"要想在连青山里安身立命，光靠镢头铁锨刨地不行，还得学会用枪打野狼。"

朝喜正朝思暮想打狼为兄弟报仇，得枪后立即买了火药和砂弹，去山里找老猎人拜师父。因他是带着仇恨学枪法，加之心有灵犀眼疾手快，他很快就成长为一名出色猎人。他肩扛猎枪，打绑腿扎虎腰，窜山越岭健步如飞，时发一声枪响，硝烟腾起，群山震荡，鸟兽匿迹。常常，傍晚时分枪杆上挂了山鸡、野兔、狐狸、土獾等猎物回家，苍山晚霞做衬，天幕上映现他威风凛凛剪影。

腊月二十三小年，朝喜似乎有意为过年添彩，竟然奇迹般地初次打死了一头大公狼。他将战利品径扛进祝家小院，引来三口人天大惊喜。他首先剁下狼首，提去兄弟衣冠冢前献祭，哀哉尚飨。返回来剥掉狼皮，掏去内脏，大卸八块，再劈柴生火准备煮狼肉。

这时，祝大爷叫朝喜拿两块狼肉外加一条前腿，送给何家分享。朝喜疑惑不解，祝大娘亦反对说："你老糊涂了。何家是咱仇人，怎能给他送礼？"祝大爷意味深长地说："听老人言错不了事；这礼物，可不一般哟！"朝喜带狼肉狼腿来到何家，五矮虎先是大吃一惊，后半信半疑问："是你，狼是你打死的？"朝喜骄傲地说："漫说是草狼，就是豹子老虎，要撞我枪口上也打碎它脑瓜！"言毕，转身昂藏而去。朝喜回到祝家，将刚才情景描述一遍，祝大爷朗声笑说："今后，何家再想找李大郎麻烦，可得掂量掂量这杆火枪了！"炊烟袅袅，肉香飘飘，欢声笑语，祝家小院充满了浓浓亲情和节日欢乐。

年后春天，当南山上开满野花响起鸟唱时，朝喜做了祝家佳婿。始祖李朝喜生有二子：长子取名李振山，次子叫李振海。

第三章　旋风指井·老鸹点穴

成家立业后的喜祖宗，过日子心劲更大。他膂力过人，精力旺盛，一年四季除了劳作还是劳作。连青山是一座取之不尽用之不竭的宝库。他开垦出更多土地，春种一粒粟秋收万颗子，盆满钵满，仓廪殷实，全家妇孺无饥馁之忧。他养猪牧羊喂鸡，一年四季锅灶间肉蛋飘香。他炎夏不避风雨，入得深山野岭，尝百草辨良莠，一把铁镢采得名药归；严冬何惧冰霜，涉彼险峰悬崖，猎狡狐射凶狼，一杆神枪打得野兽来。年关大集上，他携名贵药材、珍稀兽皮兜售，银元装得钱布褡鼓鼓，压得腰间沉沉；这过年的肥腴开销和春种的大宗费用尽在其中了。

关于始祖母李祝氏的传说甚少，只知她心地善良，吃苦耐劳，李氏发祥她居功至伟。作为第十代裔孙，我常常想象三百年前始祖母的风姿：她是连青山里一棵灵芝草，亭亭玉立，朴实无华，温良恭俭让，贤淑天然成；她白日操持家务伺候一班儿女，

271

夜晚纺棉缝衣浆洗，日夜辛劳不止；她爱上并嫁给孑然一身一贫如洗的喜祖宗，生下二子三女，是我南山李氏赖以生息繁衍之圣母。

喜祖宗视岳父母如再生父母，终生感恩戴德，恭顺孝敬有加，二老得享福乐晚年。他后来继承了祝家十几亩薄地产业，但宅院却任其坍废了。人们都说祝宅邻沟近壑，受山风阴气吹刮，不宜人居。他找明白人指点，拆掉草庐，在原址建起新庭院，三间正房两间配房，西偎黄土冈，大门朝东开。过年时请识字先生写春联曰：向阳门第春常在，积善人家庆有余。眼见振山振海长大成人，他又在前后各建一院，前幼后长，为两个儿子娶亲建家。振山生二男一女，儿子分别取名李鸿臣、李鸿先。振海生五个女儿，没有男嗣。

喜祖宗晚年还为后代做了一件大事：建石碾。在何家门前和祝家沟中间有一盘石碾，本为祝家先人所造，何家到来后两姓公用；当祝家无人之后，何家就硬说这石碾为他独有。李家女人来推碾轧粮，何家女人就百般阻拦，甚至恶语相向指桑骂槐，几年间两家族多次引起冲突。为绝此后患，喜祖宗出资请石匠来南山凿石，一月器成。祖孙三代合力石匠，抬运下山，在邻近自家宅院处砌垒安装，新石碾告竣之时，李家燃放鞭炮相庆。

到了晚年，喜祖宗常告诫子孙说：手不要懒，嘴不要馋，只要肯出力，老天爷不会饿死人。他还教导说：咱不欺负别人，也不让别人欺。他的话可概述为：勤勤恳恳劳作，坦坦荡荡做人。喜祖宗没有文化，可谓目不识丁；他以终生行为影响后代，流风余韵，恩泽百年，凝结成南山李氏勤劳刚毅之家风。

根据喜祖宗遗嘱，他死后葬在岔路口，以在阴间陪伴兄弟李朝吉。二世祖李振山李振海也追随父亲的踪迹,死后葬在岔路口。

我小时候,记得在西小山下河南边一块不大的沙地里,有几个野草萋萋的荒冢。我爷爷曾指着它们告诉我说:这是咱李家老祖宗的坟子。20世纪下半叶的农业学大寨运动中,我村改河造地,此坟地被挖成了河床。近些年我每次回老家路过此处,都要停车下来,看潺潺流水,沿河边踱步,凭吊祖宗遗址。我也常想起《论语》里的记述:"子在川上曰:逝者如斯夫,不舍昼夜。"

关于三世祖李鸿臣,流传下来的故事颇多。

喜祖宗自十八岁离开凰翥村,再也没有回过故乡。他的童年没有美好记忆,他的心中没有缱绻乡愁,有的只是屈辱和仇恨。受他影响,二世祖振山、振海,终生亦未见过凰翥。喜祖宗只记得他往下两代人的辈分用字,即振和鸿;到鸿臣生下儿子,因无辈字可用,便取了单字名,分别叫李果和李棠。当李果成家生男后同样面临后代无辈字起名之难题。鸿臣觉得,这样下去总不是个办法,若代代无辈字,长幼容易混淆,尊卑难以区分,将来编写家谱更是没有头绪。于是,鸿臣只身踏上了祖父逃离的土地,回到传说里的故乡凰翥村。这里变成了完全陌生的异域,李姓人尽生疏面孔,亲情不再;王姓人多好奇的目光,仇恨罔存。鸿臣找到李姓长者,自报家门,费许多口舌,才获得同宗认可。多方寻问,他找到了祖父的故居,但已属别家宅院;古槐尚存,枯木新枝,而今垂荫庇护者尽是外人。抚今追昔,物是人非,鸿臣眼眶潮湿,心中五味杂陈。家族的识字之人带他去李家老林,从祖碑上抄下辈分用字。鸿臣想找寻曾祖父曾祖母的坟茔,可惜早已湮灭，无人能辨，他便在老林边上，向着重重叠叠的所有坟堆，重重地磕了三个响头，他的额上磕出了血印。临走前，他拿出布袋，用双手捧装了半袋李家林土，背回南山，撒在了祖父的坟墓上。他祈求祖父在九泉之下与凰翥村和解，与故乡续缘。

鸿臣抄回的是李果、李棠往下四代的辈分用字：广、方、继、亭。我根据多数姓氏的辈分定字都是一首五言绝句的规律，猜度喜祖宗上下这十代的辈字应是：××朝振鸿，×广方继亭。

距喜祖宗南山结庐八十多年后，鸿臣带着长子李果去滕县赶集。这座隔分邹滕的连青山是东西走向的一溜群山，在山的东部两峰间有一个缺口，名叫口子，是两县人交往的必经之路。赶集回来已是下午时分，走到口子南面一个叫瓦家峪的村子，鸿臣父子饥肠辘辘，就停在一棵大槐树下歇息，同时掏出自带干粮来啃食。槐树对面有一户人家，年过半百的老主人见过客干食煎饼，就用砂壶提来开水相送。鸿臣感激，道过谢就拉家常话；互问姓氏，老主人亦姓李，二者更觉热络和亲切。鸿臣问贵李祖籍何处，就引起老主人滔滔不绝话题：

"说来话长，我的老家是邹县城北凰翥村。我老爷十六岁那年跟他哥哥来东山区逃难，走到山后一个岔路口，兄弟俩失散，寻找不着，老大八成是给狼吃了，我老爷就一人流落这村……"

不等他讲完，鸿臣顿然明白说："你老爷名字肯定叫李朝吉！"鸿臣将相同的故事讲一遍，两位陌生人原是堂兄弟，悲喜交加，相拥而泣。叙了年庚通了名字，鸿臣称对方为大哥。鸿臣随大哥去看祖坟，并向叔祖磕头认亲。大哥回家吩咐儿子杀鸡做菜打酒，热情款待堂弟堂侄。他又召来叔伯兄弟几人同庆共饮。血浓于水，酒浇于怀，众人一直饮到深夜，都喝得大醉。南山村到瓦家峪仅距三十余里，险山阻隔，音讯杳然，遂铸成两代人的误判遗恨。第二天回到家，鸿臣即叫上鸿先，兄弟二人去岔路口坟地叩首禀告喜讯，以慰祖父在天之灵，而后捎带着，把叔祖衣冠冢也给平掉了。

鸿臣六十岁那年遭遇大旱，春无滴雨，夏天仅下几场不解渴的小雨；到了秋天，南山草木尽干枯，一星火即成燎原。南沟里那一脉滋润李家百年的泉水，淘了又淘，挖了又挖，底部凿到岩石，一昼夜只能渗出半罐子水，人畜同渴，水比油贵。何家门前有一眼深水井，因近河边，地势低水苗旺，遇此等大旱仍活水汩汩。李家女人担了陶罐去试探借水，遭到何家粗暴拒绝。从此何家防范森严，白天有人看守，夜晚井栏拴了恶犬。

花甲鸿臣眼见此情此景，辱不能忍，心底使命感油然而生。他叫来两个儿子李果李棠，聚室而谋曰：攸关李家生存，当务之急是打井。计定之日，鸿臣邀来兄弟鸿先一起村内村外选井址，李果李棠则赶集筹买大锤、钢钎、铁撬、双刃镐等工具。占卜吉日动土，鸿臣老当益壮一马当先，亲率全家老壮妇孺十二人，叩石垦壤，箕畚以运。最小的孙子广安五岁，也拿了玩具小铲跳往助之，喊着叫着掘土不止。鸿臣捋着花白胡子笑说："古语道打虎亲兄弟，咱家是打井三代人啊！"鸿先没有子嗣，老两口一早赶来，帮择菜做饭烧水，为打井极尽微力。李家满门人就像打仗一样，轰轰烈烈干了半个月，井深打到十尺，依然土燥石干滴水未见。鸿臣犹豫了。思量再三，他想起了东村能人贾先生，就托亲友约请来出主意。贾先生幼时上过私塾，会卜吉日拆八字写帖书看风水，极受当地人推崇。他带一个神秘的罗盘，这里比比，那儿测测，却不讲话，待鸿臣往腰间塞了几两银钱，他便指定一

275

处说道："此地下必有甘泉！"李家人重拾信心，重整旗鼓，一门老壮妇孺艰苦卓绝又劳作了半个月，又打下十尺深度，同样无水。鸿臣叫李果再去请贾先生来测，贾称病不至，李家方知上当受骗。

李家男丁俱手磨血疱双肩肿伤，妇孺亦腰酸腿疼头晕目眩。最痛莫过鸿臣，他心力交瘁，如患大病般浑身无力。到夜间，他昏昏沉沉半梦半醒间，看见祖父朝喜向他颔首微笑，嘴动频频似有所嘱。鸿臣似乎得了启示，第二天即派李果李棠赶集，买来供品香烛纸币，他亲率二子四孙来到祖父坟前隆重祭奠，行三跪九拜二十四叩首大礼，虔诚祈求祖父显灵指点迷津庇佑后生。礼成后回到打井工地，合家人露天用餐。一件圆形筐状器物，用高粱秆编成，俗名叫弯篦子，盛满地瓜面窝头，不一会儿便被吃光。这时候，平地陡然生成一股旋风，卷着尘土树叶朝人群袭来。瞬间旋风变大，飞沙走石响声凄厉，直将那件圆形弯篦子吹到空中，弯篦子活了般滚动旋转，最后落地定定地罩在附近崖前一块生长茅草的地方。鸿臣揉揉双眼，恍然大悟。他跑过去指定弯篦子高声叫道：

"祖宗显灵了！往这儿打井！"

众人赶过去，七手八脚操工具动土打新井。得了神助，李家人精神抖擞，忘却前月两度无功之劳苦，个个干劲十足，一下午就打下一尺半深。傍晚收工前，鸿臣从井筒里抓起一把土，揉搓一阵，放鼻上嗅一嗅，对李果李棠说："土有潮湿味，我看这井行。就这么干！"以后进展顺利，掘石刨土，日见湿润；日日新，又日新。到了第九日井筒七尺深时，底部开始汪汪渗水。第十日深度再下一尺，忽有泉水流出，先细后壮，渐涌成趵突。开始时土新水浑，连续淘了三日，泉涌不止，水极清冽。李果打上第一罐水，倒进碗中奉父先尝。鸿臣饮下第一碗水，口中喃喃道："咱李家有水井了，是甜水井。"言毕，老泪纵横。李家人纷纷品尝自家井里甜水，连续数日，老壮妇孺沉浸在节日般的喜庆中。

深夜，邻居何姓人偷打来一罐李井水，几位长者轮番品尝，相比自家水的苦涩土腥，李井水甘甜爽口。由此结论：李家挖出了南山风脉之宝泉。第二天一早，何家十二户各派一壮男，来向李氏三户索要水井，理由是百年前此井地方即属何氏私有。犹如祸从天降，面对荒诞不经的说辞和明火执仗的欺凌，李家男人都气疯了，女人都气昏了。十八岁的广文拿出了喜祖宗当年打狼的火枪，要与何家人拼命。鸿臣强压怒火，夺下长孙手中的枪，对全家人说："当年老祖宗是好汉一条光棍一人，可以天不怕地不怕；今天，三家老老少少十二人，咱输不起了，不能硬拿鸡蛋碰石头！"当日，鸿臣提两只活公鸡、两瓶粮食酒，亲拜何氏族长府；先表歉意不知井地归属，再晓之以理说远亲不如近邻啦，斗则两败和则两利啦；最后郑重提议：井不分李何，水两姓共享。沉默久之，何氏族长微微点头。走出何家大门，鸿臣顿觉两腿沉沉，体重千斤；他强打精神走回家，倒床便睡，一觉睡了三天……

鸿臣感觉到自己垂垂老矣，就急于安排后事。他叫来鸿先商量说："咱的老林当年祖父选得急慌，地方窄，下一辈就无处行穴了；还靠河边，发洪水淹过好几回，多不吉利！我想拔个新林，咱弟兄俩先去占用。"鸿先说："我没有子嗣，以后的事不操心了。我死后还去陪祖父和父亲算了。你这边要为后代着想，哥你就自作主张吧。"鸿臣深知本地风水师之胸无点墨瞎糊弄人，便叫李果去山前瓦家峪找族亲，再托他们从滕县请高明风水师来，终在村北岗山前卜定阴宅。在这个寒冷的冬天，鸿臣老人病逝。

李果李棠至孝，给父亲重金置办五寸厚全枣木棺材，请来名师乐队吹奏三天。因棺材太重，特从外村聘来十六名壮士抬杠，一名总领指挥。出殡那日，天降大雪，南山戴孝，河水滞流。到下午时分，随着三声炮响，鼓乐齐鸣，在男女老少呼天抢地哀号声中，在执竿总领的号令声中，枣木红棺缓缓地抬出李家大门。从南山到北山，道阻且长，坡陡雪滑，加之棺材超重，抬杠壮士吃尽了苦头，先是百步一歇，后改为五十步一停。看见哪个杠夫腰弯腿软将要仆倒，总领厉声喝骂一竿打去，那人立时挺直了腰板。后来，抬杠壮士越加无力，就改为三十步一歇，再后来变为二十步一停。日暮时分，枣木棺艰难移动到一块长着几棵老柏树的开阔平地，总领喝令落杠小憩。再北上一个陡坡，即到墓穴。待吸罢一袋烟工夫，总领喝令起棺，奇怪的是，十六名壮士却集体萎靡，认不进杠绳，直不起腰身。总领大声喊乐队："放炮！起号！吹喇叭！"再高声喝令抬杠人："前后撅肩！起——！"棺材依然在地纹丝不动。总领急红了眼，挥竿向十六壮士挨个击打，斥骂："怎么蔫巴了！怎么孬种了！"

一位年龄大的杠夫带着哭腔说："总领别打了，打死也白搭！人的腰都压断了，双腿酥麻了。"总领住了手，走到身穿重孝的李果跟前，作个揖说："人累垮了，一步也抬不动了。大哥你看咋办？"就在这时，奇异景象出现：茫茫飘雪天空中，一群老鸹如乌云样飞来，哇哇聒叫着在此地上空盘旋翻飞，后落在老柏树顶，依然扇翅起舞，鸣唱不止。此情此状，仿佛旋风指井祥兆重演。李果当机立断说："这是祖宗显灵老鸹点穴，就葬这地儿！"十六壮士闻之大喜，立时放下杠头，踊跃拿镢锹动手挖墓坑。赶在天黑前新穴掘成，哭号声碎，喇叭声咽，棺材下葬，入土为安。

第二天早晨李家人来烧纸圆坟，见那一群老鸹依然幽栖在树，却寂静无声。李果叫人回家扛来半袋粮食，洒在地上，以谢神鸟。老鸹夜宿老柏树，白天在近处翱翔，至七日乃去。后来，再有高人来勘此处，赞不绝口道：地肥土厚，可保李氏根深蒂固；后倚高岭，正是家族靠山；绿水前绕，生命源泉；加之东岗立奇石，西地长古柏，真乃踏破铁鞋难寻觅之风水宝地富贵阴宅也。

第四章　石碑

时光逝去约两百年后的中华民国十九年，即1930年，南山李氏第七代、八代的几位裔孙，如荷使命在身，殷勤劝募族人集资，东奔西走为三世祖鸿臣竖立碑碣。此等孝行善举，亦令今天的我肃然起敬。只是我小有疑惑：他们为何不思为功莫大焉之开山始祖朝喜树碑立传？

我想象着，在那个交通落后的时代，在这个贫穷闭塞的山村，能为祖宗竖立丰碑，实不啻为一项划时代壮举。不说庞大石材如何从曲阜九龙山切割出矿打磨成型，不说千斤石坯如何经百里坎途步步惊心运抵山村，单是至关重要的请名士撰文圣手书丹，请巨匠勒石，这桩桩件件均需大气魄和大手笔才能做成。立碑那年我父亲七岁，童年记忆虽然模糊，但仍是他一生经历中少有的大事件，到了晚年，父亲还念念不忘、常常忆起。丰碑竖立那天，有两帮喇叭班子比赛奏乐，有一支滕县名角领衔戏班子搭台唱大戏，十里八乡人呼亲唤友扶老携幼来南山观风景看热闹听大戏，鼓乐齐鸣，鞭炮震天，轰动连青山，驰誉鲁邹滕，诚一时之盛也……

石碑的表文和落款中，共留下六个名字：始祖七世孙李继美，八世孙李灿亭、李鹤亭、李润亭、李辉亭、李雨亭。最后一名是我的祖父，他的参与立碑盛事，常令我心生自豪和敬仰。

这倾注了前辈心血汗水忠孝情感、铭记着家族艰难繁衍原始资料的巍巍丰碑，只耸立了三十六年；在20世纪60年代中期，"破四旧立四新"风潮中，由同是始祖九代孙的李培珍，带领村里民兵，铲平祖坟，将石碑推倒，后又指使石匠拦腰截断，下半段不知所终。

当我人生进入有暇阶段，便开始着意搜集祖宗遗迹，静心思考我从哪里来之问题。我回老家找寻三世祖的下半段石碑，石匠培棠叔告：当年培珍叫他截断石碑，下半段再劈作四块，加工成门枕石和腰卡石，镶在了培珍家新房的正门上。我去他家寻查，结果房门上乌有。原来建房不久，老母老妻先后得疑难病症，久治不愈，培珍窃以为祖宗阴魂惩罚于他，于是悄悄着人拆了四石；至于四石又置何处，他的后人均说未见不知。对于三世祖的石碑，我是珍之又珍；因为上刻碑文，是我南山李氏繁衍三百多年，除传说外唯一文字信史，对我重拼家族版图具有坐标和北斗星作用。碑文竖刻，石碑横断，这样每行文字都剩半段，语句不能贯通，内容则支离破碎。面对残碑，我常束手无策，拔剑四顾心茫然。

　　还真得感谢先祖在天之灵，相信是他们保佑，我终于找到一份碑文手抄稿：一位族叔，在培珍亲手推倒石碑后，抢在损毁前抄下了碑文；他的名字叫李培琦，是培珍的亲三弟。兄自毁祖碑，弟抢抄碑文，伯仲之间，其德行良知天壤之别也。我前面已叙，这位三叔幼时随母要饭，被舍弃于人，后来那家人再将他舍弃于峄山道观，做了一名小小道徒。解放后道观被废，三叔就入伍参加了解放军，打淮海渡长江，直到红旗插上海南岛。再过几年，雄赳赳气昂昂跨过鸭绿江，艰苦卓绝身经百战，身边战友大半长眠朝鲜土地，培琦叔却奇迹般凯旋回国。他成家立业，生有四子，后合家迁回南山，重归祖先故乡。培琦叔幼时为道，仅初识几字，到部队又戎马倥偬无暇多学文化。他的抄稿凌乱难识，错字病句跳行比比皆是，我耐住性子考究比对，半辨半猜，如研究甲骨文字，终将碑文拼制成篇，自信没有错讹。

李公翰卿墓表

　　民国成立荏苒一十九年。此十有九年中，时局云扰，土匪因之思逞；莲子山处邹县边陲，毗连滕地，尤饱受风声鹤唳之警。李灿亭丁此忧患环境，他务未遑，独急急为其三世祖翰卿公树立碑碣，其孝思维则有足多焉。公李姓，讳鸿臣，翰卿字也，世居罗头社之小烟庄。祖讳朝喜，丁明末清初由邹邑西苇社凤蓍村移居小烟，是为始迁祖。传至公父讳振山，两世祖考皆以农为业，克俭克勤。再传至公，生而歧嶷，秉性孝友，精力尤过人；因生计窘迫，垦荒山以辟地，植果树以殖财，尽力稼穑，家道因至小康；卒，葬村北岗山前。后子孙繁衍，散居小烟村附近者数十家。八传至公裔孙灿亭，虑祖茔无碑，恐年湮代远无可考稽，特劝募族人集资立石，以垂久远。固可见后世报本之诚意，亦因公之积善余庆，遗泽甚长也。因系以铭曰：岗山耸翠，连青回环，荆棘辟斩，世外桃源；孝友传家，凿井耕田，枣梨并植，北陌南阡；子孙繁衍，追念在先，丰碑树立，奕奕永传。

前邹县劝业所所长张家祯撰文
前城武县总务科长魏凤春书丹
五世孙维美六世孙鹤亭润亭辉亭雨亭敬立
中华民国十九年九月上浣

除碑文外，还刻有一首五言绝句，那是为南山李氏亭字辈后的二十代人，择定的辈分用字。诗曰：

培养本大德，协涵国运长；
相传隆基业，万世荷荣光。

第五章　红高粱

四世祖李果生有四子，名字依次为广文、广绅、广祯、广安。前三子先后婚配成家，按部就班生儿育女，各过起自家稳定日子，这里按下不表。且说当年李家聚力凿井时，那个年仅五岁跳往助之的广安，已经长到十五岁了。广安因是父母的老生子，自小得娇惯溺爱，迟迟未干繁重农活，只是南山北山放牛牧羊割草拾柴，过着逍遥自在的大童年生活。他好像并不急于长大，让诗意的年华永远留驻。正是清明时节，这一日天空飘着纷纷细雨，大儿童广安驱着自家和三个哥家的九头牛出村了。有一头公牛身材最高大，黄毛间杂白花，广安给它取名叫花犍。花犍没阉，专留作种牛的，因而性情暴躁，极难驾驭。只是，这花犍在广安手里服服帖帖；觑它要撒野使性，广安一鞭抽去、一声呵斥，它就夹了尾巴老实下来。今天，广安心情非常好，路过村头一棵华枝春满的杏树，遂折了一枝杏花用绳子系上花犍的利角，然后翻身骑上牛背；鞭声响脆，牛叫低昂，花犍雄壮，广安驱着牛群，就像一位飒爽英姿的少年将军。

相邻的何家，也有一个与广安年龄相仿的大牧童，他在家里排行三，因生就一双罗圈腿，便人云亦云叫他三罗。这三罗人小鬼大，性格凶悍，继承了何家一贯仇视李姓的传统，每每与广安有事抵触，二少年总是生掰硬扯冲突不断。这时候，何三罗也赶着牛群过河。广安遵父兄再三教导，为避免与何家人发生摩擦，快赶牛群远离三罗。不巧的是，何家一头黑母牛正值催情期，花犍嗅到气味不能自已，在雄性荷尔蒙主宰下直朝黑母牛冲将去。广安被从牛背上颠下来，他再挥鞭喝止，哪里还起作用。何家几头公牛想当护花使者，挺身迎战花犍，不几回合，却被势不可挡的花犍冲垮。三罗气愤万分，亲自上前阻拦，亦被花犍踢了一蹄，正中小腹，疼得叫爹喊娘在沙地上打滚。待三罗挣扎爬起身，李家花犍与何氏母牛早已完成了一场美满交配，而花犍头角上那枝杏花鲜艳犹在，春光灿烂。三罗恼羞成怒，捡拾石头坷垃追砸花犍，并大骂花犍强爬他家母牛真是欺人太甚。这边广安亦理直气壮，辩说是母牛占了花犍便宜，向三罗讨要种子钱。一来二去，两个大牧童由争理变为辱骂，再演变成肢体冲突，在河边草地上撕扯扭打摔起跤来。消息传到村里，两姓大人都赶来河边，李家老大广文先到，强行掰开二人，先打了四弟一巴掌，以给对方送面子。何家人气势汹汹本来要借机起事，见说事由是自家母牛得享一次免费配种，气也就消了大半。两个牧童双双受伤，身上处处是红紫肿块，那边何三罗一手捧住小腹，一手指骂道：

"奶奶日的，下回交手有你好瞧！"

这厢广安意气难平，亦大声回骂：

"狗娘养的，敢动我毫毛拧断你脖子！"

夏天接连几场大雨，河里涨满了水，从微山湖顶水上游的鱼儿，似乎迷了道，拥拥挤挤进入这条小河。南山村和河北岸的徐岭村、小烟庄、段家庄的人们，都齐集到河里捉鱼，男女老少，人欢鱼跳，家家炊火红红，户户烹小鲜享美味。待潮水退去鱼儿骤减后，大人们返回田间干活，剩下孩子们还日日在河里寻摸，于捕鱼美事乐此不疲。在一段深水河里发现一条大鱼，十几个孩子一拥而上抢抓，人多鱼滑，大鱼几易其手，最后被广安结结实实扣住鳃颊捉上岸来，巨大有力的鱼尾抽得他肚皮生疼。可是，收获的喜悦还未及享受，三罗和另几个何家孩子却围拢来抢鱼，说此鱼是他们最先看见的，说罢七手八脚抢了大鱼走散，只留下三罗虎视眈眈与广安对峙。两个小仇人，又一次狭路相逢，没有理说，只有力量。最原始的决斗方式是摔跤，他两个无师自通，一上手就交叉抱住，摆好摔跤姿势。三罗想努力抱起对方猛摔，广安极力保持平衡，虽身体趔趄始终岿然不倒。广安想使绊腿掀翻对方，三罗的两根罗圈腿却像铁钉扎进地里，任怎么用力别却总撼不动。一个推过去，一个又挡回来。先是在河岸草坪，继而摔到河里沙滩，再摔进河中浅水里。广安出敌不意将三罗摔倒压在身底，不多时三罗却奋力挣扎猛然翻身，再将广安压在身底，时而在上，时而在下，翻手云覆手雨，局势瞬变。二人突然同时发力，由趴而跪而站起身子，再次撑起老虎架子回到摔跤原点。开始的抓伤已被烈日晒干，先前的鼻血已被热风吹黑。何家的孩子来喊三罗回家吃饭，说大鱼已经炖熟了。这时候，广安三罗摔跤架子轰然倒塌，二人在倒地时同时松了手。何家孩子搀扶三罗回家，三罗回头恨恨骂说：

"奶奶日的，下回叫你尝尝我厉害！"

广安咬牙切齿骂道：

"狗娘养的，我早晚拧掉你狗头！"

何李两姓，百年积怨，五世结仇，何时才得解套！

距连青山北十几里处，还有一座青石大山叫凤凰山；二山高度伯仲之间，同为鲁南地区并峙双峰。凤凰山阴有一个村庄叫白莲池，这本是邹东一个普通的山村，而在清朝的咸丰、同治年间，以白莲池为中心，爆发了一场轰轰烈烈惊动全国的、白莲教徒与官军相持三年的惨烈大战。白莲教徒造反，当时官民皆贬称之匪患，现代官方文本均褒誉为农民起义。

那一回争鱼摔跤不久，罗圈腿何三罗跟随何家十几个壮年男人集体消失，人说是去凤凰山白莲池信教习武了。再后来，人们得知白莲教徒举兵造反，矛头直指大清皇帝宝位。何家男人摇身一变皆成了白莲教天兵头目，都骑了高头大马回村来，耀武扬威，全副武装，枪刀弓箭各在腰。他们带来不少扈从兵卒，大车小辆忙了四五天，把何氏十二户五十几口老小并财物接运白莲池，全部入了教会，不再辛劳种地而享清福去了。何三罗也成了童子军头领，他骑一匹矮马，遇见广安就从腰间抽出刀来挥舞，凶相毕露。广安看见他的罗圈腿跟矮马的肚腹正好贴合，像长在了一起。他有些羡慕，亦有些怕。

有关白莲教造反的消息日日传来，一天比一天惊悚：抢粮抢财抢美女，绑架幼儿，抓壮男入教当兵；谁敢不从，头领一句"斩首不留"，刀起人头落，杀人不眨眼。凤凰山下风声鹤唳，连青山里人心惶惶。突然有一天，何家众头领率几十号教兵飞驰而来，先是沿河北岸三村每家派粮三百斤。最后来到南山下，令李姓五户每家交军粮五百斤，三日内送到白莲池，若违时或抗交，以五条人命相抵。李姓五户唯唯诺诺，连夜打扫缸仓凑够粮食。李果怕儿子们送粮遭扣留充军，便叫了兄弟李棠，老哥俩拼死拼活推动木轮大车，两天两夜往返四趟运粮二千五百斤。然而仅仅过去半个月，何家几个头领并何三罗带领数十名教军，再度旋风般来袭。这次直奔南山李姓，严令五户人家三天之内各捐兵银五十两，若违时或抗交，以五条人命相抵。六旬李果扑通跪地，央求道：

"看在老邻居老乡亲面上饶了我们，就是砸锅卖铁，也凑不够这多银两。"

何家一头领骑在马上，威胁说："上边头领有活话，要是没钱，就叫你四个儿子去入教参军！入了教天下一家，何李两姓的疙瘩就解开了。"

李果仍长跪不起，苦苦哀求说："三个大的都已成家，只会种地，不会打仗；广安还是小孩子啊……"

不等他说完，三罗从矮马上跳下来，刀刃架在老人脖子上，恨恨地说："谁说他小？跟我争鱼，摔跤两个时辰我都赢不了他！"

这时候，广安走上前来，用力将父亲从地上架起，咬紧牙关，一声不响。何家头领临走再次撂下狠话：三天之后要是人银都不见，就发兵来灭门。

天塌地陷般的灾难，突然降临李氏五户。自喜祖宗携弟逃难迁居南山，一百五十年后李家再迈生死存亡门限。李果知道，这是何姓人借白莲教之力，要灭怨邻李家。长子李广文向父亲提议说："真没办法，我弟兄四个去白莲池入教算了！"李果握紧拳头，低声但坚定地说："咱李家祖传的脾性：饿死不做贼，穷死不当匪！古语说树挪死人挪活，咱再学老祖宗，逃难走吧！"就在那个夜晚，李家五户老幼妇孺二十七人，逃向南方江苏境内避难……

关于邹东白莲教叛匪被剿灭之事，清代地方史志资料少而且简，今日考稽，只可得其概略。白莲教军被剿灭后的第二年，即1865年12月，当局在邹县田黄乡枣园村孤魂坛建立一碑，名曰《掩埋白莲池尸骨记》，其第一段记云：

> 同治二年七月二十三日，王师平定白莲池，阵斩教逆及伤亡将士、裹胁被难民人三万有奇。尸横遍野，血流成河。此掩骸埋胔之政，所当及时举行者也。

白莲教军被剿灭五年后的1869年，当局在邹县田黄乡辛庄"故邹县分葡"建立一碑，名《邹县平定白莲教匪掩埋枯骨碑记》，前半部碑文曰：

呜呼！一将功成万骨枯，不信然哉！自咸丰十年，邹人宋继朋传习白莲教，勾结郓城李八、济宁郭奉冈为首，以白莲池为巢穴，逆焰渐张。十二月间，县令督勇进剿，不利。巡抚飞章入告，特命科尔沁博多勒噶台亲王僧格林沁统帅讨之。

"十一年四月进兵，该逆负隅抗拒，急切难下。而曹州会匪忽起，僧邸移兵曹州，密谕县令暂羁縻之。既而会匪授首，安徽捻匪亦平，僧邸由南凯旋，而淄川刘逆又畔矣。因先督师北下，又奏派总兵陈国瑞剿平沂州各匪。

"迨同治二年，陈国瑞由滕县进兵。六月十八日，攻破白莲池石堡，群匪逃窜于平山顶。时僧邸剿淄贼甫竣，旋统大兵来，围山三匝，断其汲道。贼始穷蹙，拼命狂奔。大兵四面合围，聚而歼之。兼以兵民杂沓，玉石俱焚。僵尸遍野，白骨成堆，惨状殆不忍睹矣……

我以此两篇碑文为据，查核死亡人数，"除残肢断骨不计外，其可以数计者"约三万五千人。这两通石碑，现存邹城市亚圣府二门内西侧厦下，基本完好。

在我小时候，村里还流传着当年民谣："白莲教，瞎胡闹，搁不住僧王三大炮。"匪耶义耶，人心向背，约略可知也。

背井离乡三年半后，李果、李棠率一门老小回到南山村。千日流浪，乞讨为生，饥寒交迫，李家人受尽人间苦难，饱饮世上苦水。其难，难以备述；其苦，苦不堪言。再看今日之南山村，恍如隔世，面目全非：房屋全部烧光，弥望断壁残垣。劫后余生的李家人无暇伤悲，男女老少齐动手，同心同德重建家园。何家一族遭受灭门之灾，全部土地被县衙作为"教匪逆产"充公，重新分配给就近农民：李姓得何家门前良田二十亩，其余九十多亩被西岭徐氏、小烟庄卓氏、段家庄段氏分得。真是上苍有眼，此后连续三年风调雨顺，庄稼丰收，家家仓盈，经教匪劫掠后的人民得以休养生息，村庄重现生机。

广安已经二十一岁了，当年的牧童长大成人。他身材健壮结实，吃苦耐劳，俨然一名标准男子汉了。他心灵手勤，各种农活无所不为，无所不精。有一种农活叫砍高粱，又脏又累，易患腰痛，连壮年劳力都怵头，青年广安干此活得心应手，干净利落，从不叫苦喊累。砍高粱要用一件专用工具，叫大镢镰。顾名思义，这工具亦镢亦镰形状：镢柄短，跟镰的把儿差不多长；镢头不是长条形，是正三角形，底边是薄而锋利的宽刃。砍高粱时要叉开双脚，半弯腰前倾身，左手抓住高粱棵，往怀里轻搂的同时，右手紧握的镢镰高高扬起重重落地，直砍高粱茬部位，整株高粱棵利利落落倒在地上。广安动作精准，力量强大，砍起高粱来像刮风一般，唰唰唰、嚓嚓嚓，手起镢镰落，高粱棵整整齐齐倒在身后地上；他一个动作不停歇，一畦地砍到头方直起身擦汗水，喘息小憩。儿子是自己的好；李果坐在地头上吸着旱烟袋，看着生龙活虎的广安，脸上漾出微笑，心里开花开朵。他上半年已经给广安说妥了媳妇，下过大启办了订婚筵席；与女方商定，明年秋后择吉日良辰，为幼子广安娶亲成家。

转眼到了第二年秋季，田野的高粱开始泛红，热风吹拂，高粱地红潮涌动，波浪翻滚，一派丰收景象。这天下午，村头上突然出现了一个奇怪的人影：衣衫褴褛，蓬头垢面，走路一瘸一拐，十足乞丐模样；他腰间挂一把锈钝的马刀，在何家门前废墟间梭来梭去，就像一个幽灵。李家人纷纷走上前看，这人没有左耳，面目狰狞可怕，眼里射两束凶光；往下身看，两腿呈罗圈形状。广安不禁失声叫道：

"何三……罗？"

此人正是何三罗。他恶狠狠地咬牙切齿说："你们李家白种白占了我家良田，满四年了，今天我讨债、收租来了！"李果上前几步，温和地解释道："地是县衙里分给的，再说，也不知你家还有活着的人。"何三罗猛举起手中的马刀，高声吼道："白莲教没有亡！阵亡的兄弟姐妹都赶到凡间投胎去了，再过二十年，我们还要举旗重造反，杀尽鞑子夺皇位！现时谁敢不好好伺候老爷我，到时候先斩他全家人头！"他的刀虽然已锈蚀缺刃，但他依然表现出匪性未除贼心未泯之凶残模样。原来，在当年那场官军屠杀教军的混战中，何三罗先被飞镞削了一只耳朵，见大势已去便钻进死人堆里装死；继之官军搜索战场，乱戳的枪刀又刺伤了他小腿，血流如注却不觉疼痛，他一动不动继续装死；到深夜，他自扯衣带勒扎腿伤，拼死爬行逃出战场，成了稀有的漏网之鱼。后逃到滕县东部隐姓埋名乞讨度日，四年后闻得风声平静，他便壮起胆子回家乡来。

一片乌云霎时笼罩了南山，李家合族人平静祥和的生活再度被改变。这晚，两代男人聚在昏暗的油灯前商讨对策。广文、广绅主张报官，告何三罗教匪遗种死灰复燃，广祯、广安则气愤难平要灭了这个祸根。长者李果依然表现出宽厚仁慈襟怀，他教导儿子们说:"他是匪,咱是民;他是鬼,咱是人;万不可与他一般见识一样行事。人行不义,有老天爷灭,有皇帝灭,咱要出手害他是犯王法!"

第二天,李果打兑家中银钱尽数送与何三罗,并表示随后将陆续归还近年地产全部币值。有了李家还款,借尸还魂的何三罗不再流浪,生活渐过得滋润。他大坛买酒大块吃肉,酒足饭饱后就到水井旁大柳树荫袒腹长眠。睡醒后无事,就舞他的锈蚀大刀,一瘸一拐独自操练白莲教阵法。日日如此,钱花光了,再向李家索要。当李果正告四年地值全部还清后,何三罗进一步要赖,重申水井是何家的,要李家清缴这许多年饮用的水钱。当李家拒付时,何三罗扬言要杀人。三罗夜带刀;白天,则脱光全身衣裳,赤条条躺在井畔柳荫下,以阻李家女人来井里打水。李家老小皆气愤难忍,唯有李果,依然抱着破财免灾心理,时不时送何三罗银钱,以保他不寻衅滋扰。岂知匪既成性,难改穷凶极恶,李果以善心相待,无异养虎为患。

不久田野的高粱已经熟透,红彤彤浪滚滚,沉甸甸香喷喷。这一天上午,英俊广安正在村头地里砍高粱,他左手揽高粱棵,右手挥大镢镰,刀刃锋利,削铁如泥一般,手起高粱倒,瞬间一畦地收割完。这时候,村里边忽然传来女人撕心裂肺呼叫救命的号哭声,广安直起身望时,看见井台旁柳树下,教匪何三罗正揪住了自家嫂子撕扯调戏。广安不假思索,手提大镢镰飞奔而去,赶到现场,他大骂一声"教匪畜生",飞起一脚将何三罗踢倒地上。三罗先被突如其来的广安惊呆了,对望英气勃勃虎视眈眈的广安,三罗顿觉气馁力单,他本能想去抓近处的马刀,而两根罗圈腿发软,身体站不起来。但他不改残暴,依然口出凶言道:

"白莲教再兴起来,我杀尽李家人头!"闻听恶语,一股热血陡然涌上广安头顶,百年欺压,五世屈辱,三载半流落,万千种苦难,一时齐集广安心中。他忍无可忍,发一声吼叫,手起镢镰落,贼头骨碌滚地。最后时刻,三罗那双贼眼终现出惊恐表情,下身的那双罗圈腿,却慢慢挺得直了。广安做完事情,心里毫无惧意,只觉得畅快。他仰望天空深深地呼出一口浊气,那是长噎南山李氏家族一个半世纪之久的窝憋郁闷之气。

广安回到家,向父母叩首禀告:我为李家除了祸根,虽死无憾。他再向兄长们叩首诀别:我要是回不来,请代我向二老尽孝。他最后向三位嫂子叩首恳求:你们要多生儿子,为李家传宗接代。广安用一方白布包了死者头颅和大镢镰,背在肩上,告别家人,告别了南山,义无反顾向县城投案而去。

第二天上午,在县衙里高悬"光明正大"牌匾的大堂上,县令大人详听了广安自首案件全过程,唏嘘不已,不愠反敬,对广安以义士相称。他又唤来罗头社社长和小烟村地保,二人具名画押,合证何三罗确系教匪余孽。最后,县令大人审定案情文书,结论曰:何三罗当年随同全族加入教匪,王师剿灭时作漏网之鱼,今年潜回家乡,继续作恶,因被乡民李广安激愤杀之;李广安为民除害,为朝廷斩匪,实属义举,理当奖赏。文书上报济宁州,知府观后却顿生怒色,训斥县令道:匪巢早已荡平,妖氛四年前肃清,若再言有白莲教匪亡徒,被皇帝追责下来,你我丢乌纱帽事小,获罪服刑亦未可知。县令大人犯了难:若定性为普通杀人案,李广安当抵命获死。他于是以案件未明为由,将此案久拖不决。可叹年轻气盛的李广安,身陷囹圄,度日如年,痛不欲生,五个月后绝食而亡,年二十二岁……

第六章　保护黄龙

对于南山李家来说，这真是一个多事之秋。广安遇横祸少亡不久，李棠和老妻亦相继病逝。二老没有子男，作为嗣子的广绅披麻戴孝，扛幡摔盆，承孝子之责料理丧事。前后仅半年时间，李家的墓林里平添了三座新坟，南山致哀，李门含悲。心内最痛者莫过李果，一母胞弟夫妇二人先他而去，加之痛失宠爱幼子，白发人送黑发人，这人间大悲相继袭来，李果犹如万箭穿心，一蹶不振。

熬过漫长的严冬即到农历春节，按山村风俗，这是一年最大的喜庆节日，女人们要身穿新衣头插红花，男人们则赶集买货，贴春联，燃放鞭炮张灯结彩。这一切，今年与李家无缘——祖传的规矩，过去一年若有家人伤亡，过年则不得有庆。大年初一是迎新贺岁的欢乐日子，孩子们以早起床串门磕头向长辈讨赏为俗。心灰意懒的李果，却淹留床笫迟迟不起。三个儿子轮番劝叫，他才强打精神起来，坐到摆满菜肴的大桌前。有三个空座，三套杯盏碗筷，是留给李棠夫妇和广安的。他倒了三杯酒，先后倾洒在地，以祭奠新亡的亲人。他和着泪水嚼咽了几个水饺，胸中愁肠百结。到了中午时分，他关上房门，一个人跪倒在神祇牌位前，焚香祷告，问天问地问神灵道：

"我们南山李姓，祖祖辈辈存善心守本分，遇恶人躲避，遭欺负忍让，为什么依旧代代受苦多灾多难？还有，为什么人烟不旺，连续三辈的第二支乏嗣无男？为什么繁衍百多年传承到五代，还只有四户人家？为什么……"

他有满腹的疑问和太多的不解，然而天地神灵皆作无语，他找不到答案。

当南山上野生的桃花烂漫开放，李果阴霾的心中终迎来拨云见日的时刻：这一天，在连青山凤凰山一带云游的一位远方道人，大驾降临南山村。道人不知几多高寿，长发皆白，皓齿明目，须髯飘飘，一副仙风道骨貌。问其姓名，避而不答。他自况"五岳寻仙不辞远，一生好入名山游"。他自言从崂山泰山蒙山而来，西去崞山访道，途经此地。李果虽未见过大世面，但本能知道今天遇见了高人。他恭敬有加，虔诚地将家族历史、百年沧桑、人事代谢等倾诉一遍，将胸中疑惑一一发问。道人只是点头默记，并不言语，叫李果带他村内外勘过山川地貌阴宅阳宅后，道人方滔滔不绝解道：

"李氏遭遇百年坎坷，皆因恶邻相磨相克，今时天灭何家，此患已除，今后定当无虞。人烟兴衰，攸关阴宅阳宅的安排。新拔的林墓，地厚水肥，后有靠山左有凭倚，乃无可挑剔之吉壤。症结出在阳宅方面。左邻的黄土冈，本是从南山主峰余脉下延的一条金龙，与神物相伴而居，自是宝地。龙左面平坦，左主上，所以长支人烟旺；龙右身面临深壑，龙体水土四季流失，尤其雨季山洪冲刷，严冬寒风吹刮，皆令龙体右侧受害，故李氏连续多代二支人烟乏嗣也。破解之法是：先在南沟下段建一石坝，用沙土填平，变壑为平地，再沿黄土冈右边砌一长石堰，兜住土水，使居所藏风聚气，后嗣方可兴旺也！"

听道人一席话，李果茅塞顿开，豁然心明。他千恩万谢，欲倾家资以报。道人则分毫不取，只吃了李家一餐素食，后飘然西行。受高人指点后，李家合族从萎靡不振状态中走出。在李果带领和指挥下,不惜资金从邻村聘来石匠,用了一年时间,大坝告竣,天堑变通途,石堰砌成,黄龙得保护。从此,李氏家族开始中兴,人口繁衍兴旺起来。李果以降,广字辈三子生方字辈五孙,五孙生继字辈八曾孙,八曾孙生亭字辈二十九玄孙;再往下传,到我父亲这一代培字辈,共生五十九男;到我这一代养字辈,共生一百三十九男。细案家谱,方知当年祖宗历尽千难万险,才换得后代生生不息、瓜瓞绵绵。

从始祖朝喜算起,到我祖父这辈共计八代五十三位男人,我皆以祖宗尊之;想起他们可歌可泣的传说故事,我常一咏三叹,尊崇有加。而其中只有一位,是我祖父那一辈的,他的人品作为均令我不能苟同,难言尊敬。也许因为离现在时代较近,他的故事在族人中的传播率很高,我欲绕过他也不可能。我就想,既然我立志要拼制家族版图,抹去他既有缺失,也无必要,索性将他略述一下,让人知道,民风淳朴人性善良如我李氏南山的林子里,也曾生长过这样一只怪异九头鸟。

他的名字叫李孝亭,排行三,细论起来,他与我的爷爷是堂兄弟。这应是清朝末年的事,那时我们家族的一部分人为拓展生存空间,到附近村庄购买田产,举家跟随土地迁离了南山;李孝亭一家新迁到五里外的柳峪村。这位小祖宗的外貌生得奇特,极肖《水浒传》里的黑旋风李逵,他面皮黝黑,脏了也不洗,一味往更黑处做妆;浓密的络腮胡子长年不修剪,扎扎歪歪往更乱处整;还找铁匠打了一双板斧,尽日里乱挥舞拍得哐哐响。他二十岁时走火入魔日甚,自我深信是水泊梁山头领转世,索性改掉本名孝亭自号李逵黑旋风。家族中人,尤其父老兄长均不见容。他竟然置本地曾发生过白莲教匪血腥教训而不顾,于历代祖宗家风遗训而不闻，远走他乡流窜到江苏南部某地，正经八百当起土匪来。他网罗了几十号当地的痞子流氓，有说多达上百人的，打家劫舍强占民女，绑架勒索图财伤命，无恶不作为害一方。据说，在当地一提黑旋风名号，大人胆寒，幼儿噤声。这一帮乌合之众又深谙游击战术，于荒山野林间东躥西跳腾挪自如，官兵一次次进剿，等于拳头打跳蚤。最后，官府使出一毒招，跨省顺藤摸瓜找到柳峪村，严令孝亭父亲兄长，要他们在黑旋风回家时大义灭亲捉拿送官，否则罪恶株连李门。平日里恨铁不成钢，一到生死关头，天下父母心同样不忍。父母着人捎口信到南方，叫孝亭万万不可回家。

邻居王家有一个妙龄女孩初长成，名叫桃花，生得水灵灵俊俏俏，跟个仙女似的，人见人爱，人见人夸。这孝亭自幼时便暗恋桃花，到南方做了土匪头领仍念念不忘。这一日孝亭起了心思，罔顾官府通缉亲人叮嘱，带了几个喽啰千里迢迢回故乡，要接桃花去做压寨夫人。正可谓：山寨里江南女百媚千红，爷只爱夭夭桃故乡花枝。无奈人家桃花是良家女子，父母坚定不允她嫁于草寇莽贼。黑旋风如何咽得下这口窝囊气，一时性起，三板斧劈了王家大门，喽啰们亦在门口骂骂咧咧扬言要抢亲。事情闹大，消息走漏，官府立即发了数百兵卒，围定李宅，最后结结实实将孝亭缚住押走了。案件不审自明：罪行累累，罄竹难书，王法难容。没有二话可说，杀头！

行刑地点是邹县城南门外的大沙河。亚圣府庙亦在南门外，为回避圣地囚车改走西门。西门口是商市，熙熙攘攘人头攒动，黑旋风见围观者众便来了精神，大呼大叫道："爷是黑旋风李逵！今日砍头，再过二十年爷又是一条好汉！"观众连连叫好，黑旋风更加激动，央求行刑官停车："叫爷临走前再给乡亲们唱一出戏！"因车停下，黑旋风用他嘶哑的嗓喉，唱了全本的山东梆子《闹江州》，时长达两个时辰，懂人情者唏嘘流泪，看热闹者大呼过瘾。完后囚车推到南沙河，黑旋风自个从车上跳下来跪好姿态，咔嚓一刀，日落天黑……

文章写到这里，我停笔陷入了沉思。南山李氏祖茔所占老鸹点穴不是吉壤佳土吗？祖宅所居黄龙下山不是风水宝地吗？植根连青山，家族基业可谓根深蒂固；繁衍数百年，祖宗阴德不谓不广；为何于培养人才方面，只造就出这样一个背祖训做土匪、重女色轻性命、打家劫舍图财害民、"大有胡气"的莽汉？我想，这本是一个热血偾张如火烈烈的生命，如果他的鲜血泼洒在硝烟滚滚的虎门，或他的身躯湮灭在波涛翻卷的甲午黄海，或他的头颅滚落在炮声隆隆的天津大沽口炮台，作为后裔的我提笔为他作传，大书特书，何其骄傲和自豪！然而今日展纸，欲美誉而无辞，越思想越气闷，这文章无法再写下去了。搁笔……

第七章　石磨吟

我的曾祖父李继东，是个性格很奇特的人。我在诗文中有几次写到他，因为他的作为改变了我这个家庭后世的走向。他一生中只做三件事：四方游走当厨师，喝酒和赌博。我记得小时候，奶奶不止一次对我唠叨说："你的老老爷一辈子不顾家，就给家里置办了一盘石磨。"奶奶还说："你老老爷的命好，摊上了三门富贵亲戚。"

所谓三门贵亲，是指曾祖父的三个姐妹家，我应称作老姑奶奶的。我一直迷惑不解：我的三位老姑奶奶，当年生于穷乡僻壤的寒门村姑，是凭借什么机遇缘分全部嫁入豪门，成为山沟里飞出的金凤凰？老大嫁到济宁州，老二嫁到兖州府，老三嫁到曲阜城，三家都是非官即富的大家贵族，在当地赫赫有名。而且，三位老姑奶奶都是明媒正娶的正房太太，生儿育女，当家做主，安享富贵尊荣。我深为遗憾的是，父亲在世时曾对这三门老亲有所忆及，而我却未留心探究，致使这些家族史实大都永远地淹没了。关于前两位老姑奶奶家的事，我只记得一件：她们两家都在小烟村周边买了土地，具体亩数不详，叫曾祖父代种代管，她们负责上交税赋，其收获尽归我家享用。那时是清末民初，时局混乱，她们皆做狡兔三窟之计，预备着济宁、兖州一旦遭遇兵患战乱，她们就携家人来山区娘家避难。据父亲讲，两家老姑奶奶买地几十年，却一次避难也未来过，白给我家占了便宜。父亲理解：老姑奶奶们以避难之名买地，实为偏心眼要照顾娘家人。这些土地曾祖父也不耕种，就租给穷人家，他像个地主似的坐收租金。两位老姑奶奶去世后，土地自然归了我家。晚年的曾祖父坐吃山空，日日酗酒为事，当仅靠租金不敷用度时，他就慷慨卖地，而且是拣肥沃价高的地段卖。曾祖父去世后五个儿子分家，所分到的只剩山岭薄地了。

我收藏有一个祖传的老物件，它便是曾祖父晚年盛酒的坛子。酒坛圆腹缩口，外涂黄灰色瓷釉，古朴大气，有一种原始端庄的美感。曾祖父去世后，此坛分给了祖父，奶奶便用它腌咸蛋。奶奶说："你老老爷每个张庄集背着它去打酒，五天就喝光。"这个瓷坛容量十斤，就是说，曾祖父每天饮酒二斤，今天来看也是海量。爷爷奶奶去世后，酒坛分到我家，母亲依然用它腌咸蛋。母亲去世后，我收拾旧物品特地把曾祖父的酒坛拿来玉园，当宝贝收藏起来。写这篇文章时，我将酒坛找出来摆在书桌上，看它一会儿，浓浓亲情在心中荡漾。我想着，若时光倒退一百年，曾祖父正怀抱这酒坛，醉意朦胧往杯碗里倒酒，酒水汩汩，流淌出的是曾祖父的别样人生，也流失了两位老姑奶奶用心良苦买的良田，我家从地主流变成了贫农……

再说我那位三老姑奶奶，她嫁到曲阜城陋巷街武家。一提起陋巷，人们会想到颜回当年一箪食一瓢饮人不堪其忧的贫穷所在，而后来的陋巷街，却成为曲阜城里的富人区。老姑老爷的身世已不可知，他们的儿子武少洲，我应称作表老爷的，却是当时圣城儒雅名士。他与孔子七十六代嫡长孙、当世衍圣公孔令贻是金兰兄弟，并长期担任孔府大管家职务。我父亲过去讲过，他幼时曾多次随爷爷去曲阜"走姑奶奶家"，说他的表大爷武少洲如何热情招待，还带他们进圣府游玩见过圣人（即孔令贻）云云。我在曲阜师范学院读书的第三年间，曾经去陋巷街寻找这门老亲。我说武少洲名字，竟然找到了他的几个后人。记得人们叫来一位武家年纪最长的老太太，细论之下，我应叫她表大娘。她说，记得上辈人讲过，在邹县东山乡有老亲。这时，另一位叫表叔的突然问我在曲师院附中有没有关系，介绍他女儿转校去读高三，说罢很快叫来一个胖乎乎大眼睛的女孩。她带着几分羞涩叫我表哥，说自己学习成绩中上，最大愿望是考取曲阜师范学院。我当场答应下来，回校找教我写作课的一位老师，他夫人在附中当领导，很容易就将这位表妹转名校的事办妥了。半年后我大学毕业分配回原籍工作，拼搏事业，成家立业，养老育幼，我始终头顶一脑门儿的心事工作和生活着，早将陋巷寻亲的事忘得一干二净。将近四十年了，今天写这篇文章，我忽然记起来此事，清晰如昨，宛然在目。只不知三老姑奶奶的曾孙女、那位胖乎乎大眼睛的表妹，第二年考上我的母校了吗？若能如愿以偿，她毕业后大概做了教师；现在，她应该白发苍苍面临退休了吧。我还想再去曲阜陋巷街寻找三老姑奶奶的后人，若还能遇见她，我问一声"表妹你好"，她那双大眼睛还能认得我吗？

与祖宗相关的物件，我还收藏有一件墨宝：那是衍圣公孔令贻的真迹，一幅两面的扇面。一面是行书，写得自由飘逸，风格潇洒，字如其人。内容的前两句应是小序："余因奉命下齐州，祀东岳至灵岩。"写孔令贻奉皇帝命，去济南治下的灵岩寺祭祀泰山之事。紧接着是苏轼的诗："醉中走上黄茅冈，满冈乱石如群羊。冈头醉倒石作床，仰观白云天茫茫。歌声落谷秋风长，路人举手东南望……""举手东"三字缺损。这是苏东坡为官徐州时写的《登云龙山》诗，原诗是七言七句，也许因为纸已到头，最后一句"拍手大笑使君狂"阙如。结尾署名"孔令贻书"。开头用印"杏坛"；名下用两印，"令贻和印""燕庭"。另一面是满幅的墨梅画，枝干苍劲，花朵俊俏，大家手笔。上题诗一首："罗浮山下路迢迢，策杖何人过板桥；春到江南花信早，料得一枝暗香飘。"落款"乙巳荷月，燕庭"。抬头用印"阙里"，款下用印"孔令贻印"。这首诗作者不知何许人也；小楷写得劲秀挺拔，胜于前面。孔令贻身为衍圣公之尊，又以文雅风流书画双绝而闻名于清末民国，而且惜墨如金字画极少赠人。当世收藏界即有这样一说："圣人的字怪好，你能求得到吗？"本家族与我爷爷同辈的一位文士，名李寿亭字松年的，我小时候叫他二老爷，他平生所愿就是拥有"孔圣人"的墨宝。他无数次地恳求我爷爷玉成此事。爷爷有一次去曲阜"走姑姑家"，就向他表哥武少洲讲了此事；爷爷再一回去曲阜，轻而易举就带来了这件孔令贻真迹。寿亭松年二老爷如获至宝，当圣物神品在自家八仙桌上恭放了好多年。那时常有土匪强盗进村劫掠，二老爷就将"圣人宝贝"缝在衣服夹层里，随身携带，上南山钻石洞从不离体。二老爷去世后，宝贝落到长子李培珠字连玉的手中。他虽然得父指教能写一手漂亮的颜体字，但文化底蕴已大为缩水。久之，培珠视字画为废纸，自度不如卖掉换钱打酒喝。他因苦于找不到买主，便叫我带到曲阜试卖。那时曲阜孔府东面有一家文物商店，我呈上求卖，他们几人研究半天，不知是嫌品相太差，还是"文革"才过不重视文物，他们估价二十元。我回来告诉培珠，他显然很失望。我问："你想卖多少钱？"他说："这是圣人的宝贝，至少也得给五十块也！"于是，我拿出五十元付于他。这是20世纪80年代初，国营职工月工资仅三十元左右。前些年我曾托济南的朋友将扇面拿到山东省文物总店，欲请专家揭开重新装裱，人告纸质太脆只可保证一面安全，我便放弃了。听说北京荣宝斋有专家能行，我准备凑机会送去一试。

再说回曾祖父李继东，他败家的手段还有赌博一招。听父亲讲，曾祖父常去邻村卞庄的一家赌局玩推牌九游戏；四人当中，三个人合谋骗他。有一回，曾祖父摸了一手好牌，单缺一张叫牛的牌就大赢。这个牛就在上家手里，他不敢出，怕点炮，而留在手中又耽误他不能赢。牌桌上放有瓜子、花生、柿饼等，他灵机一动拿起柿饼送嘴里嚼，嚼得胶黏，再将牛牌暗送嘴里裹上黏柿，假装咬到了臭花生，"噗"的一声将牛啐到房屋东山墙上并牢牢粘住。牌局结束，输急了眼的曾祖父满桌扒拉找牌，大呼："我的牛哪？"那人赢了牌趾高气扬一语双关说:"你的牛上东山上吃草去了!"曾祖的牛丢了,他腰里的银钱输了。我家的土地卖掉了。

　　2016年4月中旬,玉园那一棚硕大的荼蘼花开得正香。梅妻去济宁医院伺候母亲,我一人在家。在那个花香之夜,月光如水,院落的空旷和寂静让我难眠。我去南山故园徜徉,抚摩石磨,想起曾祖父的人生故事,忽然灵感涌来,回书房铺开稿纸,一气呵成,写出长诗《石磨吟》,凡三十九韵五百四十六字。诗云:

　　　　曾祖大名李继东,生性嗜酒不务农。
　　　　身怀绝技庖厨艺,好做筵席乡里行。
　　　　新年元宵才度过,农人忙碌备春耕。
　　　　刀铲勺叉包裹起,东祖抽身欲登程。
　　　　五子二女尚年幼,嗷嗷待哺眼睁睁。
　　　　荆妻扯住襟与袖,乞求挽留语声声。
　　　　男人心比磐石坚,哪有妇孺撼得动。
　　　　率领二三弟子去,义无反顾步如风。
　　　　连青山里数十村,山阴邹县山阳滕。
　　　　南庄婚宴寻常见,北村丧事几度逢。
　　　　月落乌啼烟袅袅,日出鸡鸣火红红。
　　　　案上刀飞脍细细,锅里勺舞香浓浓。
　　　　人人争夸厨艺好,东祖谦逊笑无声。
　　　　主人谢厨诚且笃,扶将上房作宾朋。
　　　　大杯辣酒朦胧醉,小壶酽茶转惺忪。
　　　　三更戏唱穆柯寨,夜半乐吹鸟朝凤。
　　　　梦里不知身是客,天天住在神仙宫。

黄铜白银不足贵，但愿长醉不复醒。
东岭石匠刘光棍，父母两日双亡命。
家徒四壁丧不发，孝子仰呼天不应。
老厨心善慷而慨，施银买棺装敛成。
刘郎家贫无所报，手锻石磨叩相赠。
驰骋乡村数十载，急公好义传美名。
天亦无情人易老，花甲归来貌龙钟。
喧嚣远去人缄默，犹抱酒坛醉酩酊。
草庐风冷牙颤颤，柴垛日暖目怔怔。
祖传良田变卖无，赢得山里酒仙名。
仁者高寿八十岁，东祖驾鹤乘长风。
一代名厨无长物，子孙讨饭走西东。
连青山动春雷响，太阳真由西边升。
穷人翻身举红旗，分田分地吃馅饼。
五谷丰登粮满囤，石磨飞转声隆隆。
磨道欢歌唱不尽，饮水思源想祖宗。
若非老人能折腾，哪得无产做贫农。
儿孙由来一声笑，扭转乾坤圆美梦。
光阴荏苒百年逝，石磨弃置枯草丛。
曾孙养玉寻访见，祖宗遗物独钟情。
石磨乔迁藏玉园，吟诗作铭记始终。
先祖回眸应笑慰，香火传递待后生。

我大学一位同学名叫孙宜才，出身于泗水县普通农民家庭，在校期间为人为文双现低调，毕业后走上社会却顺风顺水频频中

303

彩。先是运交桃花，娶了大家闺秀为妻，后做编辑当作家皆卓有成就，为官更是做到济宁市文联副主席兼作协主席。这且罢了，退休后游戏于纸墨间，本为自娱，一不留神又练成书法家，做了朱复戡大师的再传弟子。今年春天，我构思在南山故园刻拙作《石磨吟》，因诗长字多劳作量大，请人书法颇费踌躇。思来想去，我就试打孙宜才主意。诗稿发给他，我忐忑着等候消息。宜才很快回电话，利利落落以二字答应："我写！"如此爽快，令我大喜过望。长谈方知，宜才所以慷慨应允，一是为老同学情谊，二是他喜欢《石磨吟》；我的着力处自珍处，皆获他击节赞赏。解我诗者会我意者，宜才老同窗也。我设计刻石为仿磨棋圆形，便嘱他照团扇格式写。宜才不辞辛苦，凝聚才华，倾情挥笔，书成了密密实实五张四尺团扇，墨香犹在，洋洋大观。我想象着，待工程告竣，诗书刻三艺臻美，长记我曾祖父别样传奇。

第八章　祖父碌碡祖母石

祖父和祖母的故事我以前都写过。

祖父的音容笑貌，我在《核桃山》一文中有亲情温馨的描述。这篇文章，由我大学同学汪家明推介到山东画报出版社的《老照片》刊物发表，易名《爷爷的肖像》，并配发了爷爷早年的标准像，和我全家十二人（叔叔因在外地工作阙如）于1962年8月拍的合影。那年我未满五岁，是我最早的照片。家明所以将文章改成今名，我想有两个原因：一是切合刊物宗旨；二是家明对爷爷的这幅肖像照片怀有一种特别的亲切感。约1960年前后，爷爷去金乡县城看望在那里工作的叔叔，遂拍照片以纪念。

在那个年代,拍照片是很奢侈的事,据说爷爷专门理了发,穿的呢子上衣是租照相馆的。爷爷六十多岁年纪,脸上的皱纹彰显人生阅历既久,浓眉大眼和茂密的长胡须,照片拍成后不乏英武和庄严。照相馆似乎对这幅照片很满意,放大了镶进橱窗做样片展示。因左上兜里别了两支钢笔,还给爷爷增添了几分文化气质,当地人甚至就问照相馆,橱窗里这老人是不是他们的老县长。

爷爷七十三岁去世,家人每当想念他时,就拿出这张照片瞻仰。父亲跟我商量,可否将爷爷的照片放大一幅,我寒假期间带到城里最大的曙光照相馆,因底片已轶,需要先翻拍再放大,一来二去价格不菲,而照片的清晰度亦大打折扣。于是我带到学校去,给家明看了照片,求他据此给爷爷画一幅肖像。家明具深厚美术功底,上大学前在部队文工团任舞美设计。于是他当仁不让,在宿舍二层床上像模像样支起画架,课余时间就一丝不苟画爷爷的素描肖像。约有一周时间,栩栩如生的爷爷肖像画作毕,令我眼前一亮,原来家明并非就照片复制照片,而对眼睛、皱纹、头发、领口等部位都做了艺术处理,加入了创作成分。我带回老家,悬之堂屋北墙,村里人争相来看,都夸画像比爷爷活着时还精神。岁月如梭,屈指数已四十年,家明,为我爷爷画肖像事,尚可记否?

爷爷弟兄五个,他排行四。前三位兄长俊亭、秀亭、兰亭,成家立业先后迁到柳峪村,分的是老姑奶奶家的田产,他和五弟瑞亭汴守要厮守南山。那时候,曾祖母因一生过度操劳而病逝,曾祖父已是我诗中所写"犹抱酒坛醉酩酊"的风烛残年,老父幼子,三个光棍相依为命,日子过得寒碜。穷人的孩子早当家。爷爷就对五弟说:"娘死了,爷老了,三个哥像鸟离巢飞了,咱以后的日子全靠咱俩自己过了！"五弟心悦诚服说："兄长如父，今后我一切听哥的。"

祖传的老屋已岌岌可危，门窗破损，墙有坍塌，屋顶多处透着天，已经是冬不避寒夏不遮雨，我诗中写曾祖"草庐风冷牙颤颤"即指此。爷爷立定了志向，就带领五弟夜以继日地劳作。挑土、和泥、脱坯，砌堵屋墙；从自家南山坎坎伐檀兮，置之河之岸兮，晾干后请木匠修补门窗，替换朽蚀的屋椽房梁；再从山上割来黄草，请族人帮助重苫屋顶，整个老宅焕然一新。按祖传规矩，家中幼子皆承继老宅，以享受祖荫庇护。修葺好老宅，五弟有了今后安身立命的居所，爷爷又再给自己建房屋。

在老宅上面有一块地方，是曾祖的父亲李方岳从上辈分得的，大小本来正够一处宅院，只因方岳祖去世早，曾祖少不更事，东邻建宅时就挤占去"一把宽地方"，约有两米长，因而地方变局促了。此地在黄土冈的末端，即所谓黄龙的尾部，沟坎斜坡，高低不平。爷爷和五弟西辟黄土冈，上挖南山脚，开辟出标准宅院面积。因沟坎较深，土不够填，兄弟二人便用木杠和圆筐，从东河沟抬沙垫地基，肩膀压肿硌破，双手磨出血疱，二人都不叫累叫苦。兄弟一心，其利断金。用了三年时间，新房突兀起，老宅换新颜，族人邻居们对两兄弟的团结和坚毅刮目相看，啧啧称赞。

在这之前，我们家一直没有一块像样的打麦场，爷爷便带五弟在黄土冈西侧开拓出一片平地，整理碾压成场，再请石匠打制一件石碌碡，夏天轧麦子，秋天轧高粱谷子黄豆豇豆荞麦等，再配上杈子扫帚扬场木锨等，打轧工具一应俱全。年轻兄弟侍奉酒仙老父，过上山村农家像样的生活。

爷爷在新庭院南面的土崖上栽了两棵石榴树,当年即生根开花。石榴花期很长,开整整一个夏天,花的颜色鲜艳,万绿丛中一点红,尤其为人珍爱。诗人赞美石榴花是"夏天的心脏"。农民则看作吉祥花,寄托日子过得红红火火。而石榴秋天成熟,果实里多子,又含有多子多福的美好寓意。几年后石榴树长大了,夏天红花满枝,秋天硕果累累。爷爷看着石榴树,脸上洋溢着微笑,心中荡漾起对未来生活的美好憧憬。

爷爷到了成婚年龄,将一位大家闺秀娶来南山,做了我的祖母。奶奶娘家是五里外的西王营村郑家,在连青山里赫赫有名,不仅有土地三百多亩,家里还开油坊、面坊、点心铺子等加工业。奶奶的大弟即我称大舅姥爷的,是读过私塾的人,我记事时他已年近古稀,依然谈吐风雅,语气温和,白须飘飘,保养得跟仙人似的。三舅姥爷曾在国民党政府一方做事。二舅姥爷一支,他的长孙即我的二代表哥郑慕玉,少有志气,上中学时踊跃报名参军,走出农村,摆脱了家族贫苦的阴影。他在部队表现优异,屡获提拔,转业后全家落户北京。早些年每逢进京办事,我常去表哥家食宿,如居自家。我儿子李本昂赴美国留学,在北京候机时也去表哥家住了一宿,并与表哥夤夜长谈,亲情绵绵。我老家有一句俗话形容老亲不疏:三辈子不离姥娘家门。我与慕玉表哥关系密切,此箴言所谓也。

关于奶奶的文章我写得很早,名叫《槐荫梦》,发表于《天津日报》1981年5月14日文艺副刊,主要记叙我跟着奶奶在老家大槐树下度过的快乐而又辛酸的童年。

奶奶有一双缠得很小的足,是家族妯娌中最小的。在旧时代,三寸金莲是女人美丽的重要标准,足缠得愈小,愈表示女子家族显贵家风严谨。奶奶一生未下地干过活,一生都害脚疼。她脚一疼就骂:"都是老蒋那个坏熊作的孽,叫女人裹脚受罪!"奶奶不知道,中国给女人缠足陋习由来已久,要上溯到宋朝。五四运动后国民政府大力推行天足解放妇女,只是山村偏远风化难及也。因为脚疼,奶奶自然离不开拄棍。她的拄棍不像别的老太太胡乱用一根木棍代替,奶奶的拄棍叫龙头拐,顶端用硬木精雕细琢一个龙头,漆成大红,活灵活现。当年村里戏班过年唱大戏演杨家将,佘老太君的龙头拐就是借用我奶奶的。

　　奶奶的行头还有长烟袋。奶奶一辈子吸烟,她的烟袋杆子很长,到晚年自己胳膊和手不灵便了,她吸烟时常叫我们晚辈给她点火。烟嘴和烟锅都是铜的,金黄锃亮,烟包上有好看的荷花,是奶奶自己绣的。我小时候,对奶奶的烟袋颇生敬畏。有一回我调皮惹奶奶生气,她远远地用烟袋锅敲我头,我觉得生生疼,一摸起了个包。还有一回,奶奶吸完烟,我急着把玩她的烟袋,不料手像被蝎子蜇了一般疼,一看,手心里被铜烟袋锅烙了一个疱。

　　奶奶喜欢石榴花。长长的夏天花季里,奶奶常叫人剪来石榴花枝,插进玻璃瓶里用水饮上。奶奶说有了石榴花屋里就变亮堂了,就添了喜庆气儿。石榴花开得密集,多数是长着尖托的谎花,只有少数长圆托的结果实。奶奶叫人剪来很多带枝叶的谎花,她亲自用石臼榨出汁液,花汁染成红丝线,叶汁染成绿丝线。奶奶说,货郎挑子卖的丝线是用洋红洋绿染的,不好看。奶奶用自染的丝线绣花鞋,绣荷包,绣很多种花;我记得绣得最多的,是在白色方巾上绣石榴花和石榴果。村里谁家娶媳妇嫁女儿,奶奶就送一方绣花巾祝贺。奶奶说,石榴花表示喜乐,石榴果是早生贵子。村人家有喜事,皆以得奶奶绣花巾为幸;得不到者,有的还来家求要呢。爷爷的石榴树,奶奶的绣花巾,是送给全村人的美好祝福。

奶奶最大的特点是爱干净。在我记忆里她整天洗衣服,尤其是洗她自己的衣服。衣服洗干净了,还要进面水盆浸泡,这叫浆洗。晾干后,要在平平的捶布石上用棒槌轻捶,用木炭火烧热烙铁熨针线的缝,然后板板正正叠放起来,等待穿用。奶奶一年里穿衣变化不大,宽襟大袖的毛蓝色上衣,青色的下衣,裤脚用布带整整齐齐缚着,四季不易;还有只要出门,就戴上一顶深色的头巾,她怕尘土落进头发里。奶奶还有一个重要工作,就是半个村子里谁家有红事,都要请她去做送亲女宾或迎亲女宾。奶奶穿一身干净笔挺的衣裳,右衽的扣子上系了红布条,右手拄耀眼的龙头拐棍,左肩上搭着精美的大烟袋,被女人们簇拥着,身处喜事之中心位置。奶奶头脑清晰,口齿利落,处理事情滴水不漏,博得男方女方皆大欢喜。有一年夏天大雨之后,徐姓人家嫁女,奶奶再做送亲女宾,坐的是牛拉二把手大车,过河时驾车的黄牛见到洪水受惊,奶奶被掀下河淹了一场。虽得及时搭救并无大碍,奶奶却惊吓得病了几天。从此,奶奶以"人老了该让年轻人干了"作为托词,辞掉所有请求,再也不做喜事女宾了。

我考入大学的1978年春天,奶奶满八十四岁。奶奶耳不聋眼不花,身体康健,依然手拄龙头拐棍,肩上挂着长烟袋。尤其令人称奇的是,她满口牙齿完好,一个未缺,吃嘛嘛香。她与我父母分住前后院,一切生活自理。这一天上午,她剁了肉馅和了白面自己包水饺,包好三个,正要包第四个,突然从椅子上摔倒在地,口里大呼父亲乳名"凤来"。待父母闻讯赶到,奶奶已失去知觉,口鼻开始出血。父母立即在地上铺苫子席,抬奶奶躺上去。父亲急忙张罗人，分头去叫在邻公社工作的叔叔和外村的三个姑姑，他们还没赶到，奶奶的心脏就停止了跳动。我接到家人电报，第二天赶回老家，奶奶已被装敛进鲜红的棺材里了。村里人都羡慕奶奶是百里挑一的有福之人，一辈子未受过罪；丈夫端正，子孝媳贤，儿孙满堂，尊享高寿；最后走得这样快，自己不受罪，也不让儿孙们陪罪。奶奶去世后，我久久不能释怀，后来写成散文《槐荫梦》发表，是我作为贤孙对奶奶永远的思念……

爷爷自年轻时在家族中就享有很高威望。他为人正派，刚直不阿，心胸坦荡，与人共事吃亏第一，谁家有事操心第一，帮人干活出力第一。为三世祖立碑时，工程浩大，千头万绪，爷爷事事走在前面，急公好义，而自己家的田地却荒了一季。石碑建成后的落款上，爷爷名字刻在最后，但家族人公认他出力第一。

抗日战争爆发，日本鬼子从临沂沿海登陆，经平邑、城前直扑邹县。我村处战略要地，村北五里远的高岭地段，日本鬼子驻兵一个连，建有碉堡围有木栅戒备森严。共产党领导开展抗日地下斗争，我爷爷被推举为农救会长，父亲任民兵队长，叔叔任儿童团长。与此同时，父亲秘密地加入了共产党，全家人只有爷爷知道。父亲带领民兵队，常常于夜间奉命去津浦线上扒铁路钢轨，去岚济线上拆公路石桥，也常去村北碉堡楼周围打土枪、放鞭炮、燃篝火，骚扰得日军不得安宁。当碉堡楼方向枪声密集、犬吠不止时，爷爷总是难以入眠，披衣而起，等到父亲安全归来，他才上床睡觉。

当时，邹东抗日根据地有一个传奇英雄叫王启龙，他所在的县武工队神出鬼没，杀日寇除汉奸，有许多惊心动魄的故事在我家乡传诵。王启龙和他的战友常来往于南山，与我爷爷结下深厚友谊。解放战争中，王启龙随大部队南下，解放四川后转入地方工作；退休前，他的职务是四川省地质局党委书记。1983年春天，我休探亲假去成都，还到地质局家属院看望王启龙。他已七十多岁，身体有病，老态龙钟，全不见当年的孤胆英雄风貌。亲不亲故乡人，他听了我介绍激动万分，叫夫人做了四个菜，拿出一瓶五粮液酒与我对饮。听说我爷爷奶奶都已去世，他流下了伤心的泪。他说："你全家人待我可好了，比亲戚还亲；我到你家，饿了就吃，渴了就喝，还常在你家借宿。你的老爷，还救过我的命……"那一回王启龙在我家厨房留宿，不料有坏人走漏消息，半夜时突然开来一队汉奸打门捉人。爷爷沉着冷静，一面拖延开大门的时间，一面迅速开后面小门放王启龙逃入南山。汉奸们搜不到王启龙，就将我爷爷抓去碉堡审讯，虽遭毒打爷爷拒不承认窝藏八路军。第二天，满身是伤的爷爷被放回来……

纵观爷爷一生，身为普通农民，并无惊天动地业绩，但在外寇入侵国家存亡关头，他晓以大义，率全家以赴，自觉站到民族解放行列贡献力量。仅此一事，爷爷便成为李氏家族的骄傲，后辈子孙的楷模。

爷爷和奶奶，分别去世了五十多年和四十多年，他们的在天之灵早已妥为安放。我将爷爷的碌碡、奶奶的捶布石，还有爷爷手植石榴树中的一棵移来玉园。碌碡和捶布石安置在大槐树下，两两相对，永远厮守。百岁石榴树栽在七篇园中，树身高大，枝叶茂盛，在南山故园中都能看到。我写这篇文章时，石榴花正开得鲜艳而温情，我知道，那是爷爷奶奶的微笑。

我思念爷爷奶奶。我天天看得见爷爷奶奶。

第九章　再造南山

  我写父亲和母亲的文章分别叫《黄牛》《杏树》，也是仰仗同学汪家明的推荐，发表在1991年第三期的《山东文学》上。责任编辑王延平曾对家明说：李养玉前几年写过很好的作品，但近来不活跃了。王先生所谓"前几年"，应该是指我写《山坡羊》的时候。这部中篇小说，初稿写于1981年，我大学还未毕业，颇得好同学汪家明、郑树平、牟志祥的喜爱和指点。尔后四易其稿，为时六年，终得著名编辑、后来任山东省作协副主席的李广鼐先生赏识，作为重点稿件，发表在1988年第三期《山东文学》上。该作品于第二年获山东省青年文学奖。三十八年过去，弹指一挥间。前些时日我写了作品发给家明，请他指教，家明回信还提到了他记忆深刻的《山坡羊》，借以与我的新作比较，令我心动和欣慰。《山坡羊》内容写的是连青山里牧羊人的生活，主人公虽然取名"马三"，但其古老的故事和人物坚毅的性格，却多是取自我的祖辈们。

  在南山故园东南角有一石砌小门叫"铭门"，进门是一较小的跨院，即我心仪已久的"七篇园"。我计划着，这个园的东、西、南三面墙上，石刻镶嵌我写的七篇文章，以铭记我对七位亲人——爷爷、奶奶、父亲、母亲、哥哥、姐姐、亡妻的思念。这些亲人，现在只有姐姐还健在。我拟将这园中的长篇石刻命名为"七篇思亲"。这是后话。

  南山故园中间位置，我建玉园之初栽植了一棵国槐树，现在树龄应该超过三十年了。玉园土质肥沃，再加上我的殷勤浇灌，槐树已森然长成巨木，蔚然形成气象。尤其夏日，大槐树浓荫蔽日,散播清凉。一阵微风来,树上簌簌地落下槐花来,我就学奶奶的办法,拣拾花朵上锅微火熥干,用来砌茶。槐花的茶汤呈金黄色,入口微苦浓香,而且久泡之后色不减香不淡,味道隽永。据老中医讲,这叫落地槐,其药效是败心火、助消化、益气神。在漫长的夏天里,我的多数时光是享槐荫凉爽,品槐花茶香,或捧一本闲书似读非读,思绪悠悠。

许多年以来,在我心中,一直有一种根深蒂固的大槐树情结。半个世纪前,老家门前那棵冠盖如云的大槐树,荫庇我的童年,拴系浓浓亲情。当我走出山村后,每每乡愁萦绕,故乡在我心中的影像就是那棵高大挺拔的大槐树。上溯三百年前,朝喜、朝吉祖宗的贫寒小院里,亦有一株老槐树与孤儿相伴。在那个夜晚,两间草房熊熊燃烧之时,两位祖宗最后回眸,金光灿灿的大槐树形象经十代基因密码遗传,深深地烙印在我的心灵中。上溯六百年,明朝初年,我们李氏祖先随同浩浩荡荡的移民大军,从中国西部迤逦走来,此后,代代老人总要向后辈教唱那两句歌谣:要问老家在哪里,山西洪洞大槐树。由于年代久远,我们李氏确切的祖籍故里在那次长途迁徙中已然丢失,遂幻化成一棵神圣的大槐树,根深叶茂,长活在后辈裔孙的心田里。以前我曾有一事不解,在中国古树遗存中为何"唐槐"独占很大比例?原来,上溯一千年前,李唐帝国是一个崇尚槐树、广植槐树的朝代,从京城大道到县乡小路,从堂堂皇宫到民居庭院,上下皆以种槐为尚。在广袤大唐国土上,到处巨槐成林,大树参天,郁郁葱葱,生意盎然,这又是一派令人神往的盛唐气象。如果还上溯,则要追怀到三千年前的西周时代,太公姜尚首倡植槐。"太公请武王植槐于王门,有益者入,无益者拒,以待天下之神也。"那时候，因为无力建崇殿广厦，周王召开大型会议均在室外露天举行；中间三棵大槐树下，是军政最高长官三公的位置，两边各植九棵枣树，树下面是公卿大臣的位置。遥想当时景象，槐荫棘下，公卿大臣百官聚集一片；仰观朗日彩云，俯察群贤毕至，清风徐来，花香阵阵，鸟语声声，果实累累；抑或在议政的同时，王公大臣们畅饮槐花大碗茶，共嚼甜熟大红枣，嘎嘣响脆，相视而嘻，不亦乐乎。于是后来就产生了"三槐九棘""槐省棘署"等词汇，成为高官显贵的代名词。由此可知，在树木花卉中，栽种历史悠久，同为朝野钟爱者，唯有槐树一木。槐树，官方学名叫国槐，民间普称家槐，其家国情怀古今一也。

在大槐树下靠着东墙，我新建了一座长方形亭子，用以冬避风雪夏遮淫雨，再挂上帘子，又可免除蚊蝇滋扰。亭子建成后，我一年中在南山故园品茶读书的时间更长，来了朋友，或清谈或小饮，他们也乐意在这里享受自然幽境。亭子名"长亭"，取我母亲名字里的中间一字。

随着年龄增长，于不觉间我也开始关心健康、长寿之类话题了。翻检到电视、报纸里于保健相关内容，我就多看上几眼，略记住一二。至于梅妻长年唠叨的少吃油盐糖、多进豆奶蔬之类，以前是充耳不闻，现在已经变得耳顺和不逾矩了，梅妻就夸赞我"比以前听话多了"。

所以听话，因为渐老；花甲之年近矣。

我读书时，凡涉人物名字后括弧内的生卒年数字，以前是不管它的，近年来却格外注目起来，而且还要掰手指算一算这人寿命几何。这一算我便大吃一惊，许多我崇拜和喜欢的文化大家，多为短寿。比如屈原、司马迁、陶渊明，比如李白、杜甫、苏轼，再比如现代文学史上的鲁迅、郁达夫、萧红等，我甚至想象，如果古今早逝的文化名人均能再增加十年寿龄，中国文明之星空不知要增加多少绚烂光芒！我的同乡孟子寿八十四岁，亦能算上半个同乡的孔子寿七十三岁，在当世都是罕见的高寿之人。假如他俩的生命都止步于花甲门限，便不会诞生《论语》和《孟子》两部皇皇巨著，我伟大中华文明则要减却重要篇章。我认为，健康，往小处说事关个人幸福；长寿，往大处言攸关社会进步人类文明。健康长寿，大矣也哉。

我忽然记起四川省有个县名就叫长寿（今天应归属重庆市了），我1983年初游览长江时有幸过境此地。我在《江山恋情》书中曾写过关于长寿县得名的传说：

……长寿原名乐温。一天，清朝大官戴衢亨驾舟经此遇雨，登岸在一家酒店里躲避。这时，一位七八十岁的老人正在店里买祝寿用品。人问为谁祝寿，老人答给他祖父。戴衢亨听了很惊奇，问："你祖父高龄多少？"答："正满一百五十。"言间，又来一个三十多岁男子给老人送伞，口唤爷爷。俟雨息后，戴衢亨就买了礼物去老人家祝寿。主人和来宾都不认识他，见他文绉绉的像个读书人，就央他题字留念。戴衢亨提笔信书"花眼偶文"四个大字。大家不明其意，请他解释，他就以每字做头再书一诗："花甲两轮半，眼观七代孙；偶遇风雨阻，文星拜寿星。"落款写上"天子门生门生天子戴衢亨题"。大家方知他就是太子太师。他又见祝寿客人中多耄耋老人，就提议将乐温县改名长寿……

长寿是人们的美好祈盼，古今中外莫不如此。我本单位好友、也是作家的郭牧华先生，五十岁时腹中常觉疼痛，被县、地两级医院诊为肠癌。我们几位朋友闻讯后大为震惊，就商量请他吃饭给他安慰。他倒想着让我们宽心，用幽默口吻说："我就想着，怎么也得活到六十岁哎；现在要死，还在工作岗位上，对不起人民对不起党呀！"我们谁也笑不起来，心里只觉凄凉。谢天谢地，牧华的病系误诊，后经一位中医处方调养，他身体很快痊愈。他比我大一岁，转眼熬到退休年龄。在又一次他做东的酒席上，他依然不乏幽默地对大家说："我们至少得活到七十五岁，这是中国人的平均寿龄。要活少了就亏了，叫别人占了我们生命指标了。"我笑说："现在中国经济发展医疗进步那么快，到你活到七十五，中国的平均寿龄就追上现在日本达到八十五岁了。"牧华更加兴奋说："那好，我们就继续长寿下去！来，为长寿干杯！"酒杯碰响，酒入豪肠；"莫道桑榆晚，为霞尚满天。"

在公元纪年办法未传入前，中国几千年是用天干的甲乙丙丁等，配地支的子丑寅卯等来纪年，循环一圈六十年。"人生七十古来稀"，因而人们对于花甲寿辰分外重视，往往大肆张罗隆重庆祝。我对过生日一向看得淡，多少年来从无郑重其事，总是随随便便。这一年届临人生重要节点，梅妻便张罗要为我过一个稍微像样点的花甲寿诞。

儿子本昂于苏州大学双学士毕业后赴美国留学，获得硕士学位之后，先后在BBC英国广播公司、时代华纳公司、哥伦比亚广播公司、彭博新闻社等世界知名媒体工作。在纽约曼哈顿的摩天大楼上，本昂工作之暇，常从窗口下望，看见来自世界各地的游人熙熙攘攘，抚今追昔，感慨万千，曾作诗曰：

十年乘桴江海中，万里何处觅归程？
昔日跃马檀溪上，何惧关山万千重。
月夜佳人长歌罢，晨曦壮士鼓声隆。
他年当遂青云志，听雨楼上忆峥嵘。

我告诫儿子：你不要忘了自己从中国一个县城走来，就像我不忘从老家南山走来；人只有不忘来时的路，然后才好定位你未来的目标。我的絮语，昂儿欣然接受。昂儿在电话里询问为我买何生日礼物：手表、衣物、家电，还是书籍？我答曰皆不需要。知父莫如子，他又问玉园建设可有何计划尚待完成？昂儿一言，正猜中我心思。近年来玉园文化营建举步维艰，几近停滞，皆因我囊中羞涩。为昂儿筹划留学初始，我便询问费用，中介机构含糊其辞词给了个数字，我掂量久之，觉得努努劲可以承受。令我始料未及的是，儿子留学二年半下来，所花总费用是先前中介承诺的三倍还多。我咬紧牙关，勒紧裤带，倾尽家资，亦借亦贷，勉强支撑着给儿子完成了学业，其中艰难和煎熬，唯自知耳。窘困如此，何谈文化营建？比如，在南山故园中集全了李氏先祖们的遗石，我计划再从故乡山上移石堆成假山以便与园名相符，竟然三年未能遂愿。昂儿得知此心思，便不假思索应允寄一笔钱来，让我操心移石建南山，一来让祖宗遗石有所附丽，二来也是作为花甲寿诞礼物奉献乃父；好在，在中国文化中"南山献寿"寓意吉祥。寄钱的同时，昂儿还买了手表、羽绒服等寄来国内，为我生日添彩。儿子孝心如此，为父胸中宽慰。

几天后，我驱车回老家找到本家侄子李本明，让他帮我选石。本明按辈分尊称我叔，但他比我年长一岁，我俩是小学、初中、高中时的同学。本明性格内向，平日少言寡语，处事却心中有数。他的学习成绩一直很好；在张铁生反潮流的1973年，我们经过考试一块考入公社高中，在一百名新生排名中，我成绩第三，他亦名列前茅。1977年国家恢复高考时，本明在村内被重用正忙于纳新入党，未参加高考和中考，失去了走出农村的机会，铸成他终生之憾。结婚生子后，本明将全部希望寄托在培养儿子身上。不料儿子自幼调皮贪玩，学习成绩不佳，本明为此操碎了心，他让儿子一次次转校，却回回蹲级。他教育儿子，常拿我做例子说："看你养玉二老爷，就是靠上大学走出咱山窝窝的！"儿子后来刻苦学习，终于靠硬磨功夫考上大学。只是万里长征并未结束，儿子毕业后找工作又成难题。儿子从学校牵手领回四川籍女友，依他们意思先结婚成家，至于工作想自主择业，甚至想自己创业。本明祭出家长威严，严令儿子和儿媳必须走公考一途，一年不行两年，两年不行三年。功夫不负有心人，到第四年，本明家双喜临门，儿子和儿媳同时考入国家事业单位。不久，他们在城里买了房子、汽车，过上安定幸福生活。本明家早年还有个传奇故事，本明出生时，他的爷爷年龄三十七岁，如此年轻膝下生孙，在我们村创造了纪录。形成反衬的是，本明孙女出生时他年纪已近六十岁。他自己就说："我比俺老爷落后了二十多年。"从本明身上，我看到了李氏家族隐含的一种坚韧精神；如牛拉犁，沉重前行，不达目的，永不停歇。人有了这种精神，便可在荆棘丛中踏出路来。

为了名副其实，我原设想去老家南山上选石，到那里仔细寻找，才觉难上加难。20世纪末县里刮起一阵风，大力开采花岗石，乡乡建厂，村村开山，到处炮声隆隆摆设战场。石材未切成多少，却落得山河破碎，一片狼藉。我曾在《关于小说四题》一文中说："故乡已面目全非。故乡不是我记忆中的样子了。故乡不可爱了。"即指此状。南山的中下段，炮坑处处，弹痕累累，已难觅完石。山的上半截不乏形神兼备者，只是山高沟险，吊车拖车难以到达。本明就提议说："南山没法吊运，还是到我的山上去选吧。"本明承包的林区在村的北山，距三世祖坟地不远。近几年，邹城市倡导"邹东深呼吸，山村采摘游"，这里修了环山路，交通方便。我就退一步想，既然都是故乡美石，何必分南山北山，心到神知，达意而已。于是，在本明的承包区里，在沿路的吊车长臂伸展范围内，我选定一大四小五块石头。运进城里后，我又与东邻小区疏通关系，允许吊车拖车进入，石头得以逾东墙缓缓吊入玉园之东北跨院。玉园里的南山按我意愿顺利建成，她的外貌，有几分形肖我故乡的南山。巨石面朝东方，那是我故乡的方向；三块小石与巨石紧相偎依，另一块小石隔径与四石相望。在我的构思里，巨石代表始祖朝喜，身边的三石代表他十几代裔孙们，那一块隔径之石代表着为了追求梦想已经离开南山村，甚至走向更遥远异国他乡的裔孙们，包括远在美国的我儿本昂。

在我建造南山这段日子，昂儿做了两件事。他从网上查知，广东花城出版社于1987年9月出版的我的长篇游记《江山恋情》一书，除了在美国几所大学有藏外，在全球藏书量第一的美国国会图书馆亦有收藏。他请假专程去华盛顿，果然查借到此书。万里之外的昂儿，见书如见父面，端详抚摸久之，可谓爱不释手。他拍了照片，写了短文发到朋友圈，其激动之情自豪之感溢于言表。从昂儿拍的照片得知，图书馆方面收藏前做了硬皮包装，翻译打印了英文书名和借阅卡片，其整整齐齐郑重其事让我颇生感动。我在思索：三十年前出版的我这本只有九万字的小书，印数不足三千册，后来从未再版，作者作品皆默默无闻，美国的几个图书馆是基于何种考量，又如何买到此书运抵美国的？他们如此孜孜搜求不怕麻烦，这对于他们价值何在？这个问题我想了很多天，似乎有所感悟。昂儿再次打电话来，我就谆谆教导说：你在美国留学、工作，最重要的是要学到西方文化的精髓，即海纳百川的宽广襟怀和全球视野的求索精神。昂儿唯唯。

昂儿做的第二件事，是他倾注孝心和激情，酝酿七日，三易其稿，写成一篇华丽文章为我祝寿。在昂儿心目中，我荣膺最为合格的父亲。崇拜敬爱，游子情孝心袒露；溅珠吐玉，文中多颂扬之词。我央本地书法家朋友赵子富用红宣纸书成墨宝，悬之中堂，每一浏览，昂儿如伴身边。关于书家子富，我有《蕙兰堂记》一文，述其书香兰性，文雅风流。为了表现昂儿祝寿主旨，与他商议，我于主石的背面上方，镌刻天津博物馆珍藏的玉玺印文"如南山之寿"。在下方的副石南面刻了如下文字："值父亲花甲寿诞，本昂感恩，出资建南山刻玺文酿家酒，恭祝父亲如南山之寿。丁酉十月本昂顿首于美国纽约。"

主石的大面即北面不刻内容。在石的西面斜坡上，刻了名人隶体"南山"二字，款属"九十老人白石书"。另一副石的东面，刻了梅妻为我定制的一方寿山石印文："花甲未老，青春作伴"。梅的乳名叫青春，友人们皆赞印文爱意缠绵，兼双关之美。在下方刻边款："祝夫君养玉花甲之寿，卑妻袁梅拜，并托西泠印社继甚刻于丁酉秋月湖上。"江继甚系我相交近四十年的挚友，今受聘任杭州师范大学教授，于书法篆刻、汉画收藏研究等领域卓有建树。我写有《又见江继甚》一文，发人民美术出版社《中国印林》第五期，详述继甚艺坛求索经历三境界也。继甚亦看重此文，他的几次书印个展均书此文代为前言。

南山建毕，昂儿所寄资金尚有节余，我便央山东金钢山酒业为我定制家酒。其董事长王宪军先生，亦是我相交相知三十年的挚友，曾无私助我，亲如兄弟，受他鼓励，我写了《玉园家酒赋》一文，印在酒盒和酒瓶上。文曰：

光阴荏苒，玉园肇建一十七年；人生如梦，余今恰逢花甲寿诞。忆昔月，步履几多坎坷；看今朝，前行尽是坦途。往大处着眼，躬迎盛世，国泰民安；朝自身瞻顾，半隐半入，悠哉逍遥。襟怀澹宕春风，意气纵横秋月。居玉园著华章，才情蓬蓬勃勃；登琼楼听好雨，逸兴云卷云舒。诗意人生，须伴美酒；年节寿喜，岂可空杯？吾友王君毕生致力于酿造工艺，今倾情为吾定制家酒。慨当以慷，其忱难忘。书家赵君张君亦书联致贺：坐礼仪园饮北海酒，开仁寿镜照南山松；正欲清言闻客至，才思小饮报花开。良朋善行嘉言，促我自许：而今而后，胸臆廓然无累；每月每日，乐享诗酒华年。对酒当歌，人生几何；朝朝花开，美景正多。是为玉园家酒赋也。

我朝夕端详南山，舒心惬意之余，就觉得石显突兀，似乎缺少树木搭配。正巧，西园有一株孤植的黑松，我便移来栽种于主石左侧，南山得松，寓意更佳。不久以后，我的朋友唐庆华先生又赠送四棵黑松。唐老弟是我朋友圈中的政界人士，我对他曾有十字之评：堂堂丈夫貌，谦谦君子风。他几十年来雅爱书法，政务之余不忘临池泼墨，于书法艺术颇有造诣。十几年前，他还在一个乡镇做主要领导，过春节带夫人儿子来玉园串门；我儿子本昂还是中学生时，第一次见这位唐叔叔，就印象深刻，为其风度气质折服。昂儿告诉我："这位唐叔叔相貌非凡，很像台湾的马英九！"当时，马英九刚在大选中脱颖而出，任"台湾地区领导人"。这边的唐老弟勤奋工作，政绩突出，屡被重用提拔，最后行政级别荣升正处级，这在县里，也算很不错了。南山故园的松树达到五棵，我亦觉有趣。前些年常赴北京，坐地铁去表哥家，播音员播报地名五棵松的美丽音色，至今犹闻在耳，回味颇甘。而梅妻觉得五是单数，我过的是六十寿辰，似乎宜于再加一棵。我已习惯听媳妇的话，于是又购置一松凑上吉祥数。南山蕴秀，六松绕石，苍翠欲滴，玉园的南山故园俨然成为一片松树林。素喜爱动物的梅妻就说："以后，玉园可以养一班小松鼠了。"我遐想将来松树长大，我已变老，蹒跚于故乡石侧巨松树下，抚摸着石碾、石碑、石磨、碌碡、捶布石、石槽等，用沧桑嗓音，向儿孙们讲述祖先的故事。因以诗曰：

    本昂遥属意，为父建南山。
    莫道峰峦小，心中有故园。
    抚摩先祖石，长怜生息艰。
    彩笔著文章，铭记三百年。

2019年4月30日，写于玉园

亲人七篇

黄　牛

在我读小学的时候，暑假的一天，我随父亲去菜园浇韭菜。父亲提水，我看畦子。我只顾看画书，水冲开畦墙跑了。父亲没有责备我。等浇完园，父亲蹲在地头上吸着旱烟斗，就给我讲了这样一个故事：从前有一个文人，看一位老头儿提水浇园，老头儿浇完园，就在韭菜畦子里撩水洗脸；这个文人潜然心动，就以这件事儿为引子，写成了一部大书。

我永远地记住了这个故事。二十多年来，我博览群书，但至今却没读到父亲讲的那部大书。我纳闷儿的是：村野的父亲怎么会讲那样文雅的故事？

父亲是一位英雄人物，我小时候就这样认为。父亲的许多英雄事迹，被我写进小学和中学时代的作文里。五十年前，日本侵略军在我们村北三里处建起了碉堡楼，天天有枪声，日日见杀人；就在那时，父亲秘密地加入了中国共产党。母亲回忆说：

"他在党一年多,咱家里大人小孩都知不道,甭提瞒得有多严实。就见他不安心种地,白天夜里不进家。后来知道了,咱家人为他担的惊受的怕哟,唉,说不完!半夜里一有狗咬,他爬起来就往山上跑。他不在家时,一听见碉堡楼上有枪响,我就揪心地惦念,整夜整夜地睡不着觉。要是鬼子知道了他是共产党,得杀光咱全家人。唉!"

1947年春,国民党军队大举进攻山东,八路军实行战略撤退。作为党的地下力量和火种,父亲被秘密留了下来。不久,党内出了叛徒。一天傍晚,全家人围定饭桌刚端起碗,就听见院墙外响起杂乱的脚步声。父亲最警觉,叫一声"出事了",丢下碗筷就要从后门逃走,可是已经迟了,我家的宅子被三十多名还乡团士兵包围了。紧接着砰的一声,大门被踹开,六七名荷枪实弹的士兵簇拥着一个军官走进来。军官的手枪口抵住父亲的额头问:"你叫什么名字?"父亲平静地回答:"李培凤。"军官说:"逮的就是你!"军官朝爷爷喝令道:"快快地拿一根绳子来!"爷爷不敢怠慢,立刻找到一根拉车缰。军官说:"不行,太粗了,要细的。要麻绳!"爷爷又拿出来一根细麻绳,还乡团士兵将父亲结结实实地捆了。军官朝爷爷摊开一只手说:"还不快拿几个钱来?"爷爷不明白:"要钱干么使?"军官不耐烦道:"你还装糊涂!我们弟兄几十个大老远跑来了,你得赔袜子鞋钱!"爷爷付了三块大洋的袜子鞋钱。军官一挥手:"走!"奶奶、母亲和两岁多的哥哥一齐哭起来。父亲交代说:"都甭哭。我要是回不来了,你们该怎么过就怎么过,别伤心。"父亲被牵到东村村头,还乡团士兵就将他吊在一棵大桑树上开始毒打。一个地主婆子送来了木棍。木棍打断了。父亲从来不讲他被吊在树上毒打这件事。据东村的目击者讲述："打了一顿多饭时，死了好几个死，学鬼叫。"（当地方言，意为：打了一顿饭的时间，打死了好几次，痛苦哀叫。）打完，还乡团们又牵着父亲往八里远的大队部走。地主婆对军官说："你们牵他走干吗，打死算了！"在监狱里，父亲受尽了毒刑拷打，他没有供出潜伏的党组织和埋藏的武器。还乡团把父亲列入"宰掉"的名册。我家有亲戚在国民党县党部做事，爷爷央他疏通关系，对父亲的处置改为罚钱。为了赎出父亲，我家的地、树木、耕牛全被卖掉了。盼星星盼月亮，终于盼到自己的队伍打了回来。

在我的童年记忆里，父亲很爱我，很娇惯我。父亲常常带我赶集会。集会离我们村八里远，又是坎坷的山路，来来回回都是父亲扛着我。我骑在他脖子上，双手扶住他的头顶。我"高高在上"，看什么都清清楚楚：蓝天、白云、自由飞翔的小鸟、熙熙攘攘的人群。一到集会的日子我就闹着去。儿童之意不在集会，在乎父爱之间也。

我也有挨打的记忆。有一回，我喊了一个小伙伴去生产队的蜂箱里偷蜜吃，非但蜜没吃到口，还让蜜蜂毒蜇一顿，脸肿得跟馒头似的，眼睛成一道缝。这时，气冲斗牛的父亲来了，他手里拿一根白蜡木条，追上我就劈头盖脸地抽。那是我领教过的最残酷的亲人的毒打。回到家，母亲心疼得扑簌泪流，抚摸着我的伤说："你真不懂事！你爸当队长，你领人去偷公家的蜜吃，他能不打你？"

父亲是一个很出色的生产队长。同样的土地和生产条件，我们队的产量年年最高，社员分配量也最高。父亲一连当了十几年队长，年纪虽然不很大，可是全队的人都称他老队长。

这一年春上，父亲去滕县给队里买来一头大黄牛，引得男女老少都来围看。这头黄牛太高大了，一身是膘，一身金黄，两根尖尖的利角朝前弯着，更增加了它的威武。它昂起头来，突然大吼一声：哞——！山摇地动，回声不绝。老年人惊奇地赞叹道："这头牛就跟一条龙似的！""使了半辈子牲口，还没见过这样高大的牛来！"父亲上前掰开大黄牛的嘴唇说："它的牙还没齐口，它还得长咧！"老年人笑说："再长，就成精变成牛魔王了！"

果然，黄牛又狠长了两年。它的腰身高过人头。一般的成年牛跟它相比，犹如小巫见大巫。它气宇轩昂地站在牛的队伍中，正是一副鹤立鸡群的形象。它的力气更大，一般两头牛拉的单犁和三头牛拉的木耙，大黄牛自己拉起来毫不费劲。它的两只角出落得更漂亮，又粗又壮，弯弯地尖尖地朝天高擎着，就像两把锋利的剑，给大黄牛平添了许多英雄气概。有不少外村的人，牵他们的母牛来找大黄牛配种。据说，大黄牛配出的牛也都高大健壮，只是没有一个能超过它们父亲的。平日，谁家有嫁娶喜事需要套牛车，都是争相用大黄牛，不是为了它的力气，图的是它英俊漂亮。大黄牛走到哪个村，都引起那里人们的围观，博得一片赞誉。大黄牛成了我们队里的旗帜。

大黄牛生性暴烈，凡是敢于向它挑战的公牛，它都毅然而战，直到将对方抵孬了才罢休。对于粗暴使用或欺侮它的人，它都要凶狠地报复之，以至于它常常抵伤人。有人提议说："这畜生敢欺人，不锤（阉）不行了！"父亲说："不能锤。要是锤了，它就变成一只绵羊了。"

后来，我们的大黄牛还是给锤了，人们改称它大黄犍。它越来越肥胖，整个身体变成了一个肉疙瘩。使唤黄犍拉犁的把式们说："黄犍没有劲了。"黄犍不再自己拉犁。和别的牛配套时，黄犍总是拉偏绲，还不如同伴的力气大。常常，把式的鞭子抽在它的身上，伴随着辱骂声："日你奶奶！懒货，叫你不使劲！"鞭子打在身上，大黄犍木然不觉，依旧迈着不紧不慢的步子。久了，它的臀部被鞭子抽得满是伤，伤久成疮，疮流脓血，成群的苍蝇便嗡响着来啄，大黄犍便不停地甩动尾巴赶苍蝇。大黄犍永远没有往日的威风了。别的公牛欺负它，它总是逃避，逃慢了吃了亏，它也不思报复。牛在槽前吃草，历来是强者得鲜，而大黄犍却不敢上前争抢，只是在旁边呆呆地看着，等它的同伴们都吃饱了散去，它才跑过去吃槽底。饲养员气得直骂黄犍："真是窝囊废！你瞎长了这么大的身子，不敢去抢去夺，窝囊废！"大黄犍在骂声中默默地吃草。不知它听懂了人话没有。

有一回，大黄犍在山上误吃了有毒的草，突然病倒了。队里请来兽医给它灌肠，喂药，打针，但是大黄犍很快死了。社员们大都很高兴，奔走相告说要分牛肉了。公社的饭店也来了人，要买死了的大黄犍，估算说能宰出五百斤好肉。父亲独断说："不卖！不宰！"父亲派十几名劳力将大黄犍抬到核桃山下，掘一个深坑把它葬了。我和一些孩子跟着看热闹，我亲眼看见在大黄犍下葬时，父亲眼眶里渗出了泪水。

我一直在构思一部大书。这部大书就以黄牛为引子。亲爱的父亲，你说能行吗？

（作于1989年11月1日，原载《山东文学》1991年第3期）

杏　树

我记事比一般孩子要早。

最早的记忆，是模模糊糊的三个片段：在一个漆黑漆黑的夜晚，很多人都在叫喊着疯跑，母亲背着我也随大溜拼命地跑，我很怕，但不敢哭，只紧紧地搂住母亲的脖子；一个大院子里集了许多人，一块小小的平平的石板是我们家吃饭的桌子，我还不会独立走路，扶着桌沿不住地转圈儿，与母亲和姐姐藏猫玩儿；有一个现在还活着的男人，常常从大院子的墙头上伸出头来，吹很响的铁哨子。

去年，我把这三个片断告诉了母亲。母亲回忆说，都是1959年夏天发生的事。那时我一周岁半。第一片断是母亲拖着姐姐背着我下地干活，黑天后不放工，在地头上开会拔白旗，批斗一位出工迟到的老太太，突然天要下雨，人们就惊恐地跑散了。第二段是"走共产主义"吃食堂，我家用石板垫了一个桌子；那年父亲出工去西湖"挖河"，哥哥在十里外的学校读书，所以记忆里没有他们。第三段也是吃食堂，那个男人从墙头上伸出头来吹哨子是开饭。

母亲共生了八个孩子，只养活了哥哥、姐姐和我。经常，母亲失神地看着街上的某一个男孩或女孩说："你的那个哥哥要是活下来，也有这么大了。""你的那个姐姐要是不丧，也有这么大了。"

母亲最心疼的是一个叫莲莲的孩子，她生在哥哥下面，姐姐上面。母亲泪汪汪地说："你莲姐丧的时候都七岁了。她是不该死的。"莲姐满六岁后常常闹肚子疼，父亲母亲便认为她肚子里有虫。于是，先炒姜良子（一种灭蛔虫的草药）给她吃；无效。就改买洋糖（驱蛔糖），仍然不见效，就去公社医院就诊。医生说："嗯，这小丫头肚里虫不少！"开了很多驱虫的洋药片。可是，莲姐一只虫也没有泻出来，反而越来越瘦，肚子愈疼愈厉害。母亲跟父亲商议说："我看莲莲的病不轻，咱不能光听信小庙的歪嘴和尚念经，到大医院给莲莲看看吧！"父亲说："行。去滕县医院。"第三天，秋风秋雨，父亲用独轮车推着母亲和莲姐去滕县。莲姐肚子疼起来就打滚，自己坐不住车子，母亲搂住她坐车的左边，另一边用大石头压着。车轮碾完七十里泥泞山路，到滕县城已是下午了。找到医院，医生问一下病状，下手按按疼处，就断定说："是肚子长疮，得开刀。"母亲当即流了泪："这么小的孩子开刀，我心疼得慌。"父亲说："看病看病，得听大夫的话。开就开吧！"父亲在手术单上按了手印。医生说："尽早不尽晚，现在就开。"父亲把莲姐抱上一辆铺了白布的平车，护士们七手八脚地推走了。莲姐哭叫着："娘，我害怕！爷，我不去！"手术室的门严严地关上了，里边的动静一点也听不见。母亲呜呜地哭，父亲责备说："哭什么哭！孩子是割病，你哭，多不吉利！"母亲忍住了哭声，可是泪水却依旧雨绺似的流。父亲也坐立不安，在门外来来回回地走。足有一顿饭时，一个医生开门出来，淡然地说："病号死了，把尸首拉走吧。"父亲登时两腿一软，瘫了。母亲听明白后，一把扯住医生的白大褂，疯了似的号啕大叫："还我的莲莲！还我的孩子！"……

母亲三十岁上生下了我。成熟了的母性，具有更多更深沉的爱，我可算得上得天独厚了。证明我享有最多母爱的事实是：我吃奶到八岁。

母亲的奶一个大一个小。小的奶一侧有一条长疤，母亲说以前长过疮，是开刀落下的。我不喜欢那个有疤的小奶，开始不吃它；后来，母亲的奶水越来越少，我没办法才吃它。母亲停了一段时间的奶，突然生下来一个孩子，是个小弟弟，我听到了他的哭声，看见了他的模样。我真快乐。可是，小弟弟没活几天就死了。母亲的奶胀得很大，很疼，母亲便含着眼泪将我拉进怀中。几个月不吃奶，我竟然不会吮吸了，摸索了好几天，才又重新学会吃奶。在我下面，母亲生过三个孩子都没活，我就一次次接替着吃奶。

我渐渐年龄大了，母亲的奶水不够吃了。可是我不吃饭，一天到晚缠着母亲哑奶。母亲被吸瘦了，我也饿瘦了。

有一天，母亲压了两大盆糊子摊煎饼，一个人又顾烧鏊子又顾摊，忙得一点闲工夫也没有。可是，我的肚子早就饿了，哭丧着脸在鏊子边央求吃奶。母亲说："看我哪有空儿喂你奶？这样吧，去喊你二婶子来替我一会儿。"二婶子是新媳妇，脸上有麻子和雀斑，心性好。她正在家里纺棉线，听完我的话，就阴了脸说："没看见我也不事闲吗？不能去。"我不住地哀求她，过了一会儿，她停下纺车说："你叫个好听的我就去。"

我叫："好二婶子！好二婶子！"

她说："还得给我作个揖。"

我捧起双手，一连作了三个揖。

她说："不行，还得给我磕头。"

我老老实实地跪下膝，磕了两个头。

二婶子笑一笑，锁上家门，拉了我的手就来我家。她替母亲摊着煎饼,一面讲刚才捉弄我的事,妯娌俩开心地笑。我呢,趴在母亲怀里,握着有疤的奶,衔住胖大的奶,汩汩地吃。不久,两只奶吸瘪了,而我的肚子还不饱;我咬住奶不松,更用力地咂。母亲假嗔地打我,骂着:"坏熊,咂死我了!"

二婶子生气地说:"这黄子都快该娶媳妇了,还吃奶,像什么话!"

母亲说:"唉!他一口饭也不沾,我怕他一停奶停出病了。"母亲强行将奶头从我嘴里扯出来,扣上扣子说:"吸干了,没有了,去西场里打几个杏吃了补一补肚子。"

除了母亲的奶水外,我还吃一样东西:西场的土崖上那棵杏树结的杏。我扛了一根细长的木杆,飞快地跑在前边;母亲手上还沾着面糊子,跟在后面。

西场是一块高而平的地,紧挨着我家的房子。母亲说,单干的时候,这片地是我家的场,夏天打麦子,秋天轧高粱谷子。杏树底下至今还睡着一个石碌碡。这棵树结的杏不大,就像算盘珠似的,但味道很香甜;麦子黄梢时开始熟,人们叫它麦黄杏。而麦子割完后,麦黄杏还在陆续地熟着。我觉得,它的成熟期很长。

母亲跷着脚打枝上的杏。落下几枚又青又硬的,酸得不能吃。高枝有熟透的,母亲捞不着。我自告奋勇说:"我上家里扛凳子去!"扛了凳子走出家门,抬头看西场,母亲伫立在土崖上,垂着双手,出神地凝望远处,她的一只脚稍前,身体有些倾斜。杏树在她身边,很挺的主干上岔生着两根主分枝,一边高,一边低,就像因为侧身站立而显得两肩不平的人的形象。我小小的心灵立刻悟出:杏树跟母亲很相像。这个童年的感觉一直保存到今天，我从没对任何人泄露过。我跑得飞快来到西场。母亲踩凳子给我打下成熟的杏，我吃着，品味着，觉得杏子跟母亲的奶水一样，又香又甜。

母亲长得很标致，高挑儿身材，皮肤白，眼睛明亮，只是有些消瘦。我经常看到这样一幅画面：母亲伫立在大门外的石阶上，用忧郁的眼神，久久地望着村外的大路；她的双手是袖着的，面庞冷峻得像铁；她站立的姿势，一只脚稍前，身体有些倾斜，尤其像西场土崖上矗立的杏树了。有一回，母亲又这样伫望的时候，我发现她的如玉的脸颊上流下两行清泪来。太阳落山了，天空幽暗。我有些怕，双手抱定母亲的大腿说："娘，我们回家。"

深夜，我被母亲和父亲的说话声聒醒。母亲正在油灯下缝补衣服，一面说："不知怎么的，我近来跟迷了一样想我那不知死活的爷。我寻思，他死不了，也许还活在世上。"父亲吸着烟袋锅，他吐出的白烟在灯光里飘荡着，久久不散。他说："你甭成天瞎猜思了。你想，断了三十多年音讯，要是活着，他能不找家？"母亲停下手中的针线，看着如豆的油灯，表情木然地说："我两岁半的时候，才第一次见爷，他在南方做生意，回来接娘和我去同住。在滕县火车站遭警察盘查，问爷：她娘俩是你什么人？爷说是媳妇和女儿。再问娘，娘说是。警察让我叫娘，我就叫；让我叫爷，我不叫，才见几天不熟识，我还有些怕他。警察怀疑爷是贩卖人口的，就不让爷带娘和我上火车。爷一人走了，娘和我回家来。三个月后，爷跟家里打过一封信，说他做买卖发了一笔财，准备敛齐钱就回来。可是，过了一月又一月，紧等不来他了。娘央人连连打去三封信，都没回音。后来打去一封双挂号，信给退了回来，信皮上写着查无此人。族家的老年人猜说，爷挣了钱，准是被坏人谋财害命了。又猜说，南方正打着仗，兵荒马乱，爷也许碰巧挨了黑枪子儿了。娘听了这些话，没黑没白地哭，还经常抱我去村外大路上迎爷。在我三岁多的时候，还不记事儿，娘得了病没钱抓药，就死了。娘留下话说，让我长大后去找爷。爷的地址是浙江省海宁县……"母亲哭得泪水涟涟，终于说不下去了。父亲闷闷地吸烟，也不说话。熄灯后，我还听见母亲的呜咽声。

很多年过去了。母亲成为六十多岁的老人时，我也到了而立之年。这年的夏初，我摊上一桩去广州的公差。母亲听说后，从乡下慌慌忙忙跑来县城为我送行。她从挎包里掏出一些未成熟的杏子，喋喋不休地说："带上它，到路上几天就闷熟了。要不，等你回来，恐怕这麦黄杏就没有了。"

我的心怦然一动。望着母亲满脸的皱纹，我问："娘，还是西场的土崖上那棵树结的吗？"母亲说："除了它，还有哪棵？就是，树也老了，这几年越结越稀了。"我什么话也不再说，抓起一颗杏送进嘴里。没熟的杏又涩又酸。可是，我依然记得它成熟后的味道，它跟母亲的奶水一样香甜。

夜深了，离我登程的时间愈来愈近。我让母亲早早歇息，而她却迟迟不上床。她的眼睛分明告诉我她有话说。我问了几回，她支支吾吾没讲出来。我想：无非是儿走千里母担忧的情愫吧。我拎起皮箱走出了家门，母亲忽然追上我，说："建儿，听说你要经过浙江，你绕去海宁县打听一下……行不行哇？"我开始怔住了。停了一会儿，我义无反顾地说："娘，我记住了。"

当我登上列车，从车窗回望小城的灯火时，不由心里喃喃地

333

叫了一声："娘啊——！"

（作于1989年7月最后一天，原载《山东文学》1991年第3期）

核桃山

我开始记事儿的时候，爷爷已经六十多岁了。所以，每当忆起爷爷来，浮现在眼前的永远是一个老头儿的形象。

爷爷的身材很高大。我记得，他从屋檐下给我掏麻雀蛋，只需踮起脚跟伸直手臂就取下来了，而一般的男人，都是要踩凳子才成的。

爷爷很有力气，奶奶说他年轻时候能挑六块土坯（每块重四十斤）。爷爷看到现在的男劳力推胶轮车，只装五百斤东西，便不屑地说："想当年我去东海贩盐，用的是笨木轮车，装上千斤，连人牵都不要！"听的人只是咂舌头，满脸堆着钦佩。待爷爷走开，他们便一齐撇起嘴，瞅着爷爷的背影咕哝道：

"谁能跟他比，看他石碑似的身子！"

爷爷是个大胡子。上唇的胡子只留一撮，剪得短而齐整；下巴上的胡子又茂又密，刺刺地拖在胸前，足有半尺长。爷爷的胡子不是黝黑的，是花白的。爷爷排行老四，名叫李雨亭，然而人们都唤他长胡子。我们的村名叫西南山。在连青山里一十八村中，要说李雨亭名字鲜为人知，若一提西南山的长胡子，就连三岁五岁的小孩子也都知道的。

我很爱爷爷的大胡子。在长长的冬天里，小孩子们就跟小狗小猫一样，冻得缩在家里不出门。冬天真寂寞呀！只有我不寂寞，我有亲爱的爷爷。爷爷的长袍很肥大，将我严严实实裹在他的怀抱里,我伸出两只手,就给爷爷捋胡子玩儿。有一回我将胡子分开,辫了三个小辫子,就大声喊道:"爷爷嘴巴上长辫子了!爷爷变成了小姑娘了!"奶奶闻声跑过来,一见,她就前仰后合笑起来。奶奶的笑声引来了父亲、母亲、哥哥、姐姐,全家人就一齐哄笑起来。全家的笑声引来了邻居,邻居笑完,将这事传扬出去,全西南山的人都笑完了一遍。

我不给爷爷的长胡子扎小辫子的时候,我就一根一根地数胡子的根数。数呀数呀,总也数不准,越数不准越偏要认真地数,结果,将我自己数睡了,睡在爷爷的怀抱里。爷爷的胸膛很宽厚,很温暖。

春节到来前,村子里毕毕剥剥地响着火鞭声,加上火药的浓香,这过年的诱惑足使小孩子们神魂颠倒,甚而废寝忘食了。大街上,揣了大把火鞭的小孩子们像鼠一样乱窜乱跑。爷爷踱上街头,像卖货郎一样地吆喝道:

"谁的火鞭响?我试一下谁的火鞭响?"

小孩子们围上爷爷,争先恐后递上自己的火鞭:"我的响!长胡子爷爷放我的鞭!"

爷爷接过火鞭,用烟袋锅引着药捻子,觑准时机甩上高高的天空——"叭!"火鞭在天上炸响了,声音格外脆,回音很悠长。我们抬头看,火鞭炸碎的彩色纸屑飘飘扬扬,在蓝天里荡好大一会儿才落到地上。我们一起跳着喊着:"打雷了!下雪了!"爷爷往天空甩一个火鞭,我们便乐一阵,叫一阵。爷爷的脸上笑得满满的,长胡子颤个不停。

还有一种又粗又大的火鞭,我们叫作"明光集",这东西极响,捻子却很短,孩子们大都不敢亲手点燃。每逢过年,大人在买整串火鞭的同时，总也不忘记买两枚明光集。小孩子们手握明光集，一天一天的却不敢放。有的，拿到春节以后还是不敢放，年过完了，不知什么时候就把明光集丢没了。

爷爷张着手说："我敢放明光集，攥在手心里不松！谁有哇？"

孩子们纷纷献上自己的明光集，躲得远远的，捂上双耳，惊恐地窥看爷爷怎么就不怕炸手。明光集点着了——"轰！"响的时候，明光集却掉在了地上。我们争先跑上前，掰开爷爷的手看，手没有炸伤，只是被炮捻子的火药喷得乌黑。原来，在点燃炮捻子的瞬间，爷爷便迅速松手，明光集炸的时候正巧落在地上。

虽然知道爷爷在骗人，孩子们还是愿意拿明光集让爷爷放。

突然有一回，一枚又粗又大的明光集在爷爷手中爆炸了。鲜红的血顺着爷爷的手往下流。我和几个胆小的孩子吓得哇啦哇啦哭作一团。爷爷没有哭，提着一只流血的手飞也似的往家里跑，我们追都追不上。

奶奶急忙找药面子和布条等东西，为爷爷包扎。见说爷爷的伤是帮小孩子放明光集炸的，奶奶一面包扎一面埋怨着："真不害羞！七十多岁的人了，还和不知屎尿的孩子一处玩。你是个老孩子！"爷爷一声不响。爷爷咬紧牙，脑门上直往下掉汗珠子。

丰年好大雪。丰厚的雪盖住了山山岭岭，盖住了村庄，却盖不住春节里人们的喜悦。

爷爷很端庄地走在大街上，袖起受伤的手，笑吟吟地看孩子们放火鞭。大人们看着爷爷的伤手，都直想发笑。常跟爷爷打趣的人，这时便用了谐谑的腔调招呼说："长胡子四叔，你的手好了吗？你还要放明光集吗？"爷爷哼哼哈哈，也不正面搭理他们。

一个满脸鼻涕的小孩子正端着半碗水饺在街上吃，爷爷急急走近他，一脸认真地说："二狗子，你的碗底怎么漏汤了？"二狗子急忙翻看碗底，这时碗里的饺子全部倒在了地上。爷爷快乐地朗声大笑起来，背起两手，将脸仰朝天望着。全街上的大人孩子都乐极了，笑声喧阗。笑声，将树枝上的栖雪惊落了，好似白羽飘飘……

近族里有一个大叔名叫培成，他习惯于酒醉之后打老婆。大婶子挨了冤枉打，就跑到我家来呜呜地哭，一条一缕向爷爷诉说不平。爷爷闷闷地听着，渐渐涨红了脸，最后一跺脚吼道："去把培成这个畜类给我叫来！"不多时，培成叔眼光怯怯地被人唤来了；走进屋，他欲在门槛上放屁股，爷爷威严地喝道："你蹲在地上！"培成叔不敢坐门槛，便驯顺地蹲下来。爷爷拿来一根木棍递给大婶子，命令说："你来打培成。狠狠地打！让他也尝尝皮肉叫疼的滋味！"培成叔立刻吓瘫了，身体瑟瑟地抖着。大婶子举起棍子，却久久不落下来。爷爷喊："打呀！打！"这时，大婶子又哇的一声大哭起来，说："我心肠软，我下不得手哇！"爷爷直恨大婶子懦弱，转而戳着培成叔的脑门子训斥道："培成你听见没有，你媳妇舍不得打你！人心都是肉长的，你怎么就能出手伤她？你长着狼心狗肺吗？夜晚睡不着觉你好好思想思想，问问你的心亏不亏！"爷爷的长胡子一翘一翘的，根根胡须就像松针似的硬硬地挺着。我第一次发现，爷爷的长胡子有些吓人。培成叔一声不响，只将头愈垂愈低，最后将头埋进两腿之间时，像牛一样哞哞地哭了……

337

听大人们说，从那以后，培成叔改了恶习不打大婶子了。

我们村子北面有一座不大的山叫核桃山。山顶上有一块硕大无比的石头，圆溜溜光达达，形状极肖核桃。我小时候，奶奶指着核桃石告诉我说："你爷爷给生产队看护的就是那个核桃山。"我爱爷爷，我也爱上了核桃山。爷爷每天回家，都要从山上给我带些新奇的东西：摘各种各样的野果；掏大大小小的鸟蛋；捉兔崽；逮小山鸡。有一回，爷爷还用拄棍打死了一条蟒，剥掉皮，就让奶奶用油煎熟我来吃。我记得，蟒肉很香。

抬头望见核桃山，心中想念爷爷。等爷爷归来了，我就捋着爷爷的长胡子说："我要跟爷爷去核桃山！"爷爷说："到明年春天你长大了，爷爷就带你上山。天天都去！"

那是一个寒冷的冬天。大地冻裂了缝。河水不流了，凝成一条惨白的长冰。爷爷头戴翻毛皮帽，身裹棉长袍，双手合在背后拉一根拄棍，迎着小刀子似的北风走在去核桃山的路上。花白的长胡子硬硬地抖着，热气附在胡须上，结成许多粒晶莹的冰珠。爷爷立定身体的时候，背影就像一尊岿然不动的石碑……

爷爷在那个冬天里病逝了，享年七十三岁。爷爷埋葬在核桃山。

第二年春天，核桃石被石匠用炸药炸开，层层地切削成小块儿，给生产队砌水渠了。爷爷死了，核桃山也死了。

（1986年8月12日写于邹县）

槐荫梦

我是个不幸的孩子。我未满周岁时，遇上了"大跃进"年代。一棵合抱不交的大槐树，枝叶纷披，冠盖如云，树荫下的席片上，孤独地酣睡着一个赤条条的幼儿——这便是幼年的我。这时，我还没有记忆。父亲母亲将儿子丢下不管，父亲母亲炼钢铁去了。我饿了，就抗议地张开小嘴哭。奶奶给我舀菜汤喝。我喝了菜汤还是哭。我哭累了，就又睡觉了……

四岁那年，家乡闹灾荒。槐树发芽季节，是饥馑的高潮。这时候，我家门外的大槐树变成了金树，救命树，邻居都来采槐芽填肚子。本来，槐芽有毒，人们多吃了就肿脸，像麻风病患者。人们肿了脸还是吃槐芽。人们不怕中毒得病。大人攀到枝上采槐芽，我在树荫下做"馍"——我拿一个破铁碗，用湿土在地上卡出一个个泥馍。我学着大人的腔调，高声喊着："开锅蒸馍馍，一笼十八个！"我将泥馍一个个抓碎，称之为"吃馍"。我"吃"完"馍"，肚子仍然咕咕地疼，我就又做"馍"……大人们住了手，一齐呆呆地看我。奶奶走过来将我抱起，深情地亲我的小脸。奶奶呜咽说："好孩子，不要做馍了！"奶奶说着，辛酸地流了泪。我注意看时，人们都低了头，都用手擦泪。我把小眼睛瞪得圆圆的。

大槐树上新建了一蓬鸟巢，巢里住着一对喜鹊。奶奶每日出神地看树梢。奶奶脸上的愁云消逝了，换了欢愉的表情。奶奶自言自语道："喜鹊登枝，福气临门！"两只鸟儿围着巢恣情地唱。奶奶笑眯眯地说："喜鹊下蛋了。"我也高兴起来。我想用不多久，巢里就会生出五六个雏鹊，绒绒的小脑袋，纤细的叫声，多可爱呀！我跟它们说话，做游戏，我看它们长大，试翅，到那时，我就不寂寞了。可是，采槐芽的人越来越多，喜鹊不得安宁孵卵，栖在枝上着急地叫。奶奶每每敬告来者说："轻轻地动作，别惊了喜鹊。"一天，两只喜鹊忽然绕着槐树惨叫起来。奶奶惊慌地说："怕是不好了！"奶奶让父亲爬上枝端一看，果然，巢里空空的，鸟蛋被采槐芽的人偷去了。我的美好的希望毁灭了。我一头扑进奶奶怀里，哭了。喜鹊守着空巢哀泣了三天。到第四日，喜鹊飞走了。奶奶说，喜鹊去没有人的山里了。

从此，我每天在槐树下呆呆地坐着。我一抬头看空巢，我就感觉出莫大的惆怅。"建儿，你猜我手里攥着什么？"一天下午，奶奶的脸上出现了少有的笑容，亲切地叫着。奶奶伸开手掌。我的眼睛一亮；啊，圆圆的、红红的、一枚染了色的鸡蛋。我好久没吃鸡蛋了。我欣喜地接住，用小手捧着，我舍不得吃。这时，我的好朋友三毛来槐树下找我玩。三毛的大眼睛盯住我手里的鸡蛋不动。三毛看着鸡蛋，嘴角流了涎水。三毛馋得怪可怜。我拉拉他的手说："咱俩好，一个鸡蛋分开吃。"我磕破鸡蛋剥皮。三毛一声不响，三毛的大眼睛只是盯在鸡蛋上。我恰剥完皮，三毛突然一把夺过鸡蛋，撒腿便跑。三毛一边跑，一边往嘴里塞蛋。待我明白过来，追上三毛，鸡蛋早已装进三毛肚里了。我躺倒在地撒野、号啕。奶奶拉起我，拍打净我身上的尘土，哄说："那是个坏鸡蛋，三毛吃了肚子疼。"奶奶说她明年养鸡，养很多鸡，鸡下很多蛋，让我吃足，吃饱。我不哭了。我却不平：三毛吃下蛋没有肚子疼，三毛好好地跑回家去了。不一会儿，我分明听见三毛在他家里大哭起来。我吃惊地跑去看。他的母亲在打他，一边打，一边骂他馋嘴。他母亲住了手，三毛还抵着门框哭。不知为什么，我突然不恨他了。我走近他身旁，我友好地说："三毛，别哭，咱去大槐树下玩。"三毛不敢看我，啜泣着。三毛很害羞。我牵着他的手走出家，我告诉他明年奶奶要养很多鸡,鸡下很多蛋……

一年两年,农家的日子终于好起来了。父亲母亲白天下地干活,我就偎奶奶在槐树下玩耍。我已不再做泥馍,因为我们吃上白面馍了。我跟奶奶拾槐花。夜晚睡觉前,奶奶趁着月光将树下扫干净。第二天早晨看,地上洒满了小白花。我光着脚丫轻轻踩上去,只觉凉丝丝、软酥酥的,怪痒痒的。槐花拾完了,奶奶又扫地。奶奶说让花再落。一阵扫以后,地上画出了扫帚的痕迹,密匝,细腻,像苇席的纹理。树荫下铺了一领大苇席。拾了槐花,奶奶就上锅炒。奶奶把槐花炒干,炒黄,炒得喷香。奶奶一包一包地用纸包起,放在挂得高高的篮子里。大娘的眼睛上火了,二婶的鼻孔出血了,三叔的肚子作撑了,他们都蹒跚到槐树下,求医于奶奶。奶奶就送给他们一包炒槐花,殷殷地叮嘱道:"用闷壶泡开叶,趁热喝下,再好好睡一觉。"两三天后,他们笑嘻嘻地来报告说:"大娘,我的病好好的了。"奶奶欣慰地笑笑,交代说:"病了再来拿,我备了不少。"好像槐花是仙丹灵药。好像奶奶是高明的医生。

奶奶六十多岁,身体健朗朗的,就是成年害脚疼。奶奶走路很艰难,像个残疾人。每当要出门去,我就自告奋勇说:"奶奶,我背你走!"奶奶笑道:"你还小,怎能背动奶奶?"我无比自信地说:"能,你来呀!"大人背我时,都先让我把手搭在他们肩上。我让奶奶把手搭在我肩上。我在前面走,奶奶在后面走。我背着奶奶走——我只背着奶奶两只手。奶奶有一根龙头拐棍,是一位技艺精湛的木匠用硬木刻的。龙头很真,很传神,也很沉重。奶奶整天不丢拐棍。我想:我要替奶奶拿着,奶奶走路就轻快了。我扛起拐棍在前面跑,奶奶着急地喊我还她。我不听,越跑越快。奶奶扶着墙追我。奶奶离开拐棍不能走路。

大槐树下是我的小世界。我饿了,奶奶就给我拿东西吃。我困了,就在席片上睡觉,奶奶坐在旁边,摇着蒲扇给我赶蝇子。我醒了,就又寻事情做。我用泥捏马,拿树叶做哨子,裁纸叠手枪。我甚至异想天开,从槐树下往屋里扯绳子,跟奶奶打电话。我玩够了,我就搬小凳子坐在奶奶身边,闹着奶奶讲故事。奶奶知道很多的故事。奶奶讲小猫钓鱼,乌鸦喝水,杨二郎担山,小憨宝走丈人家……"不好不好,再换一个!"这些,我听了好几次了。奶奶被我挑剔得没办法,她只得认真想新的。奶奶沉吟一会儿,突然说:"有了!我给你讲大槐树的故事。"奶奶说,在很久很久以前,玉皇大帝的千金七仙女过厌了天堂的日子,很羡慕人间的生活。七仙女年青,美丽,手巧,才貌双全;一天,她偷偷下凡,在山里遇见了打柴的董郎。她一见倾心,便想嫁给董郎。山里头没人撮合,他们便求老槐树为媒,做了夫妻……

我惊奇极了。我问奶奶:"咱这棵槐树会不会做媒?"我望着大槐树痴痴地想:它要是也能给人说一个媳妇,那才叫美呢!奶奶说:"它还是你爷爷小时候栽的,有六十岁了。等再长些年,成了树王,就可做红媒了。"我很激动。我小小的心灵生了绚丽的憧憬。

……"文革"来了。当队长的父亲成了走资派,戴高帽子,罚跪,挨打。我家的大槐树归了公,队里派人来砍伐。爷爷上前护住树,不准动。他们不听,把槐树刨倒了。爷爷生性暴躁,一气成病,卧床不起。几个月后,爷爷永远地离开了我们。

爷爷死后,我很快长大了。我在原来的地方种了一棵小槐树。小槐树活了。去年春节,我回故乡,见小槐树长得高出了屋顶。我反反复复地抚摩着小槐树，我眼前起了幻象：小槐树神奇地高了，大了，完全像我记忆中的大槐树那么高大……

可是，奶奶也去世了。槐树下没有人拾槐花了。

(1981年4月15日作于母校曲阜师范学院

原载《天津日报》1981年5月14日)

歌

我的名字不是父母取的，是哥哥取的。哥哥比我大十二岁，他掰着字典查了半天，就给我取了这个名字。父母都是文盲，对当时读四年级的哥哥分外信任，我的大名就这样确定了。

我开始记事儿的时候，哥哥已经出落成一个漂亮的中学生了。

哥哥就读的学校离家很远，我平时极少跟他在一起。哥哥回家度假，我就像过节日一样激动。哥哥给我买了两本小人书，我拿到街上一亮，小朋友们立刻成群地在我身后追。哥哥买了几张年画在家中墙上贴出来，全村的人都来瞻仰。哥哥的木箱子锁着许多很厚的书，只有我才有翻看书中的插图的权力。哥哥说话也跟我们不一样。我们说"喝匪"，哥哥说"喝水"。我们说"老付"，哥哥说"老鼠"。我们说"知不道"，哥哥说"不知道"。我们说"夜尔"，哥哥说"昨天"。哥哥很认真地教导我不要讲土话，要讲标准的普通话。他一句一句地教我念道：

"有个小孩儿叫路路，他去街上打醋又买布。打了醋，买了布，回头一看鹰抓兔……"

我像唱歌一样跟着哥哥念，姐姐在一边笑得开花开朵，连连说好听。而父亲听见了，立即阴起脸，走过来点着哥哥的鼻子斥责道："在家里，不许你丢人现眼讲洋话！"

哥哥分辩说现在全国都在推广普通话，这是文明和进步。父亲的巴掌举得高高，声音也更粗暴："放屁！我再听见你讲洋话，就揍你！"

哥哥不吱声了，走回他的房间用被子蒙上头。到吃饭时间，我先去喊，他不起床；姐姐和母亲分别去喊，他说不吃。父亲说："甭理他。我看饿得轻！"母亲偷偷跟我使眼色让我再去喊哥哥。我又来到哥哥房间，想了一想，突然大声念道："昨天、老鼠、喝水、不知道；有个小孩叫路路，他去街上打醋又买布……"哥哥倏地掀开被子，目光炯炯，十分惊异地看我。慢慢地，他那印满了泪痕的丰腴白皙的脸颊上，涂上了愉快的笑容。哥哥起了床，洗完脸就跟我去厨房里吃饭。

初中快要读完的时候，父亲就对哥哥说："家里困难，你不要再念书了，叫你叔在外边给找个工作，早早挣钱。"哥哥的老师听说此事，就三番五次登门做父亲的工作，说哥哥的成绩优秀，莫误了他远大前程。父亲不耐烦地摆着头说："不念了，不念了！考上大学，家里也供不起他！"那一年是1962年，中国饿死了许多人。叔叔在三百里外的县城当一个不算小的官，应该有能力给哥哥谋一份工作，然而一直拖延未办。

哥哥赋闲一年多，终于在村里补了个民办教师的空缺。赶上城里的照相馆下乡，哥哥拍了一张全身像，留住了他青春容颜：他的大眼睛炯炯有神，清澈明亮，大分头梳得一丝不乱；穿一身蓝色新制服，左手垂握着一张卷成圆筒的报纸，右手斜插进裤袋里，上衣左上边的口袋里别一支新钢笔；背景是一棵石榴树，时值五月，石榴花开得火一般红艳。

哥哥当年的风采，我记忆犹新。有一回，管区中心校召开十四个学校的全体师生大会，宽阔的广场，成了人的海洋。会前，学校之间相互拉歌，此起彼落。有几个学校的老师一嘀咕，把拉歌的矛头集中指向了我们学校。哥哥从容地站起身，用他动听的声音起了个头，跟着他舒缓的双手的节拍，我校一百五十名学生嘹亮地唱了起来：

> 千山那个万水呀连着天安门，
> 毛主席是咱社里人……

一曲终了，雷鸣般的拉歌声又响起来：
"好不好——？"
"好——！"
"妙不妙——？"
"妙——！"
"再来一个要不要——？"
"要——！要——！要——！"
哥哥激动了，跳上一个高凳子，将额上的长发有力地往后一甩，领头唱响了一首节奏明快曲调激越的歌曲：

> 准备好了么？
> 时刻准备着，
> 我们是共产主义儿童团……

哥哥大声地唱着，双臂雄健地挥动着；腰身跳跃，双脚高踮，他的长长的黑发像一面旗帜随风飘舞。哥哥的翩翩风度征服了全场的人，一千多名师生都不由自主地随哥哥的节拍合唱起来：

　　准备好了么？
　　时刻准备着，
　　我们是共产主义儿童团。
　　将来的主人，
　　必定是我们，
　　嘀嘀嗒嘀嗒嘀嘀嗒嘀嗒……

　　蓝天白云，艳阳熏风。响亮的歌声震撼了青山，激荡着绿水。那是我童年时代，一个最美最美的，永难忘记的春天。
　　自从我上学以后，我对哥哥的崇拜日益增加。哥哥的才华和知识像阳光雨露，照耀着滋润着我的成长。
　　哥哥的房间里，墙上贴着他自己用毛笔书写的横幅："像雷锋同志那样：对待同志像春天般的温暖，对待工作像夏天一样的火热，对待敌人像秋风扫落叶一样残酷无情。"还有一张小些的条幅，写着毛主席的"八做、八些、十不得"。还有一张杜甫的像，是哥哥从书上裁下来的，像底下有"黄杨木雕"四个字。哥哥很喜欢杜甫的《茅屋为秋风所破歌》，他经常吟哦，并逐字逐句地给我讲解。而我感到既神秘又向往的，是哥哥一向锁得很结实的书箱。我翻看过画页的书有《青春之歌》《静静的顿河》

《水浒》《红岩》《林海雪原》等。那时,我幼小的心灵里暗藏了一个愿望:长大后我一定要把哥哥的藏书全部看完。

一个月光如水的秋夜,我陪哥哥睡觉。熄灯后,月光透过窗棂射到枕上,正照见弟兄两个的脸。哥哥兴致很好,先教我念"床前明月光"的诗,然后就娓娓动听地给我讲故事:

"一个清晨,在从北京开往沈阳的列车上,有一个非常美丽的女学生。她穿着雪白的旗袍,白线袜,白运动鞋,手里捏着一条白手绢,不光浑身上下全是白色,就连她的行李卷,那些胡弦、箫笛、琵琶、月琴、竹笙,也是用漂亮的白绸子包裹着的。车上的旅客都看她。有人看着她孤孤单单,猜她是失恋了;有人看她带了许多乐器,以为她是卖唱的。一路上,大家交头接耳地议论她,她却独自坐着,一声不响。车到北戴河,她一个人下了火车,走出站台,却没有人来接她。她找脚夫背了行李,就朝一个叫杨庄的学校走来。路上,她看见了蓝色的大海,明亮的眼睛露出了欢喜和激动,连路也忘了走了,口里说:'多美呀!'来到杨庄学校,正赶上暑假,她要投奔的表哥表嫂已经走了。天黑了,学校里只剩下一个看校的老头儿,也喝醉了酒睡沉了。这位白衣少女举目无亲,身靠着一管石碑哭起来……"

我问:"这个穿白衣服的姑娘是谁呢?"

哥哥说:"她是《青春之歌》这部书的主人公,名字叫林道静。"

林道静!我默默地记下了这个名字。

夜阑人静,山上传来猫头鹰的叫声。哥哥失眠了,在床上不停地翻身。家中的公鸡叫过一遍后,我说:"哥,睡觉吧!"哥哥一怔说:"你怎么也没睡着?"

有一回，我私自翻看哥哥的书箱子，在《青春之歌》这本书中看见一张相片：这是一个很漂亮的姑娘，双眼皮，大眼睛，梳着两条大辫子，动人地笑着。我蓦然想起了，这是我们村的一个姑娘。端着相片，我看了许久，心里注满了甜美的感情。但是，我谁都没告诉。

不久，"文化大革命"发生了。

哥哥与那位姑娘恋爱，犯了"作风错误"。哥哥刚回乡那年写过一首诗："穷山恶水一片，秃岭寸草不生；洪水暴发，像猛兽一般！"被定为反诗，犯了"政治错误"。结果哥哥被开除团籍，开除民办教师，屡遭批斗，传言还要逮捕他。

不久，哥哥患了慢性肝炎。

一年又一年，时光过去了二十年。我大学毕业后分配到县城，在文化部门当"专业作家"。这一天，我正像煞有介事地写作品，哥哥来了。

两只大眼睛木然地瞪着，浑浊而干涸；脸颊蜡一样黄，颧骨突着；蓬头垢面，衣衫不整——这便是我四十三岁的哥哥。他说："觉着肝又疼厉害了，家里人都催我到县医院看一看。"我拿杯子泡茶，他说："不喝茶，我喝点开匪就行。"我家养了一只小猫，他问："城里还有老付？"我问肝疼几天了，他说："夜尔才厉害的，知不道我的病还有没有法子治。"

我带哥哥去医院查血，做B超，做CT。诊断结果，哥哥患了巨块型肝癌，现代医疗技术已经不能拯救他了。我的心沉重如铁。为便于治疗，让哥哥住在我家楼上的小房间里。他并不知道自己患了绝症，兴致好时就浏览我的书橱。一次，他的眼睛突然放起光来，大声说："你还有这本书呀！我看看。"他从橱中抽出《青春之歌》，跑进小房间，关上门如饥似渴地读起来。我的妻子推门进去送水，出来问我："哥哥这么大年龄了，怎么还感动得流泪？"

我的心咯噔一痛，轻声说："从前，他心中有过一首歌。"

（写于1989年5月5日；两个月后哥哥病逝）

红玉兰

一

贤妻张丽以花样年华病逝，将近十五年了。这些年里，我几次提笔要写篇文章，以纪念我们的爱情和生活，然而每次皆不成。巨大的磐石般的痛苦压迫着我，心也沉重，笔也沉重；终于，片段思绪零散文字难以连缀成文。一次又一次，书房展纸握笔，心如刀绞；一回又一回，玉园孤独徘徊，心意怅恍。在我漫长的人生里，经历了七位亲人的逝世，悲有不同。爷爷奶奶和父亲母亲，均尊享高龄寿终正寝，即人们谓之"喜丧"。叔叔和哥哥，身患绝症既久，奄留病榻受尽苦痛折磨，他们的死亦算是解脱。贤妻张丽刚入三十八岁，突然患急性白血病，在济南齐鲁医院抢救治疗十八天，医术用尽，家资耗尽，终不治身亡。我亲力陪护、须臾未离，目睹了病魔吞噬她年轻生命的全过程，领受了塌天之祸碾轧我和我的家庭的全过程。张丽病逝，是我和我的家庭最大的痛，永远的痛。

这些年来，文章未写成，我却做过许多个关于亡妻的梦。就在几天前，所做新梦的情节是，张丽突然在玉园出现，她面容分外清晰，和蔼可亲，微笑着，用她慢语速的腔调说："我回家了！"我惊异地问："你不是早就……"她急忙解释道："不是的。那是一个阴谋：一伙歹徒偷偷绑架了我，又找了重病的人替代我，哄骗你们说我病亡了。其实，这些年我好好的……"我从梦中惊醒来，常常是失眠达旦。我回忆着，在过去所有梦中，虽情节各异，但主题都是她并没有病逝。

在我的梦境里，张丽没有死。在我的心里，张丽依然活着。

二

张丽最早的照片是一岁多一点儿，妈妈抱着她，和爸爸一起在北京天安门前拍的。她胖乎乎的、笑盈盈的，棉衣穿得很臃肿，是一个土里土气的农村娃娃。爸爸在北京当兵，妈妈带她去探亲；亲人团聚，游览首都名胜，照片留住了这个"光荣家庭"的幸福时光。

张丽和弟弟妹妹一起，从小到大生活在姥娘家的村子里。姥爷是革命烈士；姥娘从二十六岁守寡，坚不改嫁，含辛茹苦抚养独生女儿长大。姥娘有远见，坚持让女儿读书；在新中国成立初期举国饥馑的时代，她省吃俭用，供养女儿读完初中，终使女儿参加工作做了人民教师。但是姥娘的辛劳并未结束，她又挑起抚养三个外孙辈的重担；几十年的岁月熬尽了，姥娘缕缕青丝变成满头白发。我和张丽结婚，生了儿子本昂；当无暇看护时，我们就将昂儿送去姥娘家。我常看到这样一幅画面：七十多岁的姥娘将昂儿驮在背上，头发苍白，腰身弯曲，尖小的双脚蹒蹒跚跚，口里发出吃力的哼哼声……每见此景，我心里既有辛酸，继而又生崇高的敬意。驮载了三代儿孙的姥娘的后背，名副其实可谓为"家族的脊梁"。

父亲从部队复员，安排到本县的公社邮政所工作。

张丽小时候是个懂事的女孩。她听姥娘的话，有好吃的和新玩具，都是让给弟弟妹妹，从不和他们争夺。她看着姥娘劳累，很小时候就学做家务，帮洗衣做饭种菜园。姥娘常夸奖说："这小闺女心灵动手勤快，长大准能打发一家好人家。"张丽性格坚毅，脾气执拗。姥娘多次讲过这样一个故事：有一回吃饭，姥娘盛好一碗刚开锅的汤，张丽急着喝给烫疼了，于是号啕大哭道："不喝热的！不喝热的！"等到汤不烫了再派给她喝，她仍哭叫"不喝热的"。姥娘生气，吓唬说要拉她到井沿上去喝凉水；她于是加大声音哭叫；到全家人都吃完饭，她那"不喝热的"的哭叫声还未停止……

张丽中学毕业后未再升学，家里需要她早点工作；大娘家的大姐夫在县里当领导，仰仗他的帮助，张丽招工进城，安排在政府机关招待所当服务员。

三

我大学毕业后分配到县报社任副刊编辑。五年后，得一位县级领导赏识，调到县委办公室做文字秘书。工作变动，我被一般认为走上了政界之途。

这一年，根据上级部署，县委开展一项基层政权建设工作，即将一些单位的权限下放到乡镇去，还成立了专门办公室，我是十个成员之一。办公地点设在机关招待所的东大楼二层，张丽和另一位工友是楼层服务员，负责我们办公室、会议室的清洁、供水等服务。恰在这时，我的家庭破裂婚姻生变，离婚后前妻带着三岁半的女儿回了四川成都。一个三口之家，骤然变成孤身一人，我初次承受人生的重大挫折。我在冰窖般的家中躺了五天，后强打精神，再去招待所的办公室上班，同事们皆为我的面貌变化之大而惊讶。他们形容说：人瘦了整整一圈，脸颊憔悴得都认不出了。

这一切，细心的张丽看在眼里，心中隐隐生怜悯之情。中午下班，同事们争先恐后回家吃饭，最后剩下无家可归的我仍在办公室里枯坐。这时张丽开门进来，关切地问："李秘书，你怎么还不吃饭去呀？"我回答说："我不饿，这一顿不吃了。"她犹豫一会儿，又说："不吃饭怎么会不饿！"我苦笑一下说："我晚饭一块儿吃。"她们的服务室离我的办公室很近，听见张丽和工友还在谈论我不吃饭的事。张丽说："你给他买去行不，用我的饭菜票？"工友推说："我快吃完饭得洗衣服，你去给他买吧！"不多久，张丽从食堂打来一份饭菜，送到桌上催我趁热吃。盛情难却，我勉强吃了一半饭菜，送还碗勺，付还了饭菜票钱，并向好心的张丽道谢。第二天午饭，张丽又帮我打来饭菜。我不好意思长久麻烦人，就隔了几天没在办公室吃饭。到第三次帮我打饭，我发现菜碗里的肉片多了一倍，就问张丽原因，她笑说："我不爱吃肉，把我碗里的夹给你了！"说罢，她面颊上漾起一圈少女独有的红晕。

这一年张丽十九岁。

她中高身材，丰满不臃肿。她保留着农村女孩的淳厚朴实，衣着合时得体，不赶时髦不学花里胡哨。她待人接物落落大方，语言少，有分寸；她与人交流时，明亮的大眼睛专注而不游离，丰腴的脸庞上常常洋溢着浅浅的微笑和绯红的容颜。自幼接受家庭纯粹贤良教育的张丽，她的整体形象，令我想起春天里亭亭玉立含苞待放的红玉兰花树，美丽而不妖冶，娴雅自具芬芳。

张丽经常给我打饭，我乐享其成，不再饥一顿饱一顿地凑合。我受伤流血的心灵，开始止损修复；经风吹雨打的心房，渐趋平静和回暖。几个星期以后，这天张丽打了一份饭菜送给我，却没端自己的。我问："你怎么没打饭？"她淡淡地说："我不饿，不想吃了。"我觉出了蹊跷，就说："你下午还要上班干活，不吃饭怎么能行？"她口里说着"没事"，转身自回服务室去。我敏感地觉出事有原因，便不安地随去服务室。我再进一步问询，她说道："你快趁热吃饭去，我没有事。""砰"的一声，眼含泪花，关上房门……

原来，张丽帮我买饭一事，正渐引起一些猎奇眼睛的窥视，和多疑心理的猜想。她端着两个碗盘去买菜，掌勺的大师傅上上下下打量她一遍，狐疑地问："怎么买两份菜呀，一个人吃得了吗？"她怕语多生疑，便简洁应付说："来客人了。"下一次买菜，大师傅仍揪住话题不放，再进一步问道："张丽客人还没走哇，还要过几天啊？"还有一些工友，见了张丽就变得语态怪异躲躲闪闪，或张丽走过后他们交头接耳指指戳戳。这些同事和工友们，也没有谁蓄意要伤害人，然而从各个角落扇起的飞短流长的微风，一旦聚拢成形，便化为凛冽刺骨的冷风。终于有一天，张丽的一个闺密如实告道："单位里人都传说，你和他有事儿了！"张丽闻言气愤难耐，摔碎了一只杯子，眼泪夺眶而出。每个少女的初恋之情，开始皆呈朦胧和游移不定状，而这层窗纸若被提前捅破,她自然受到莫大的伤害……

我反省自己思想单纯,没顾虑到微尘也能给圣洁的少女造成玷污,于是断然决定:再不在招待所吃饭了。我告诉了张丽,她的水汪汪的眼睛定定地望着我,咬紧嘴唇,一语不发。从那以后,我上班锁在办公室,下班后按时离开,尽量减少与张丽单独见面和直接接触的机会。又过了一段时间,与张丽在楼道邂逅,她停住身,关切地问我这些天怎么吃的饭,又问我自己会做饭吗,我答做不好。她说:"我下了班没事情,去帮你做饭吧!"我赶紧拒绝说不用不用。有鉴前次的教训,我变得谨慎了。

这天下午下班回到家,我心意懒散,看一眼灶间的冷菜剩饭,食欲不振。忽然有敲门声,我开大门后眼前一亮:是张丽!她笑盈盈地说:"我来了,你没想到吧!"我又惊又喜,问道:"你怎么找到家门的?"她手里提着肉和蔬菜,望着我惊异的表情,只是吃吃地笑,像是为她的偷袭成功备感快乐。我接过她自行车推到院里,她就进厨房帮我洗涮擦拭干净,然后开始做饭。刀案锅勺的交响,和着张丽言谈说笑,我的空寂冷清的家,又充满了生活的温暖气息。她其实并不很会做饭,我出于礼貌还是夸赞好吃。她极爱干净,饭后处处收拾得整整齐齐。她说我家太安静太舒适了,因为她的工作和居住环境纷扰嘈杂。她看我女儿的照片,夸赞美丽可爱,并问说你想她吗,你怎么舍得放她走的。她看我的书橱,惊讶说这么多的书你能看完吗,以后我要借看你舍得给吗。她对我的家充满好奇,问题多说话多,直到她自己觉累了才平静下来。她说她今天真是大开眼界了。

这是一个月圆之夜,晴空澄澈,星月相映成辉。季节已经是仲秋,轻风徐徐吹来,令人身心凉爽。我推着自行车送她回单位，走得很慢，她仍不停地说着话，与平时的少言寡语判若两人。离单位近了，我站住身将车把交给她。我认真地说："张丽，与你交往，我真的很高兴很快乐，但是，人心叵测人言可畏，时间长了流言蜚语会对你造成伤害。所以，我想……"

她明白了我的意思，立即说："人人长着一张嘴，想说什么叫他说去。我想定了，我不怕。"她转过脸去，偏腿上车骑走了。我静静伫着，望着她的背影在月光下变小、消失。我隐约感觉到，有一股暖流在体内生成，向上涌动。

在单位里，那些多疑的目光加强了对张丽的关注和盯梢；而且，这个人群新加入了单位领导。中午两个小时的休息时间，领导到楼层检查工作，就问："张丽在哪？"工友答："下了班回家了。"领导警觉："她在城里没有家，父母都住在乡镇，她回的谁的家？"工友闭口不语。领导脸色变得严肃，当天下午，就找张丽谈话。先从咱们单位是县里文明窗口，服务员要注意形象说起，再由表及里说你年轻单纯做事要考虑成熟，再由浅入深说你是团员是先进工作者是干部家庭出身，对自己要高标准严要求，要在政治上不断进步。张丽只是静静地听着，一声不响，待领导将经念完，她用一贯的慢而清晰的语调说：

"请领导放心，我知道该怎么做事做人。我是成年人了，去年办的身份证。"

领导哑然无语，心里却是愤愤。20世纪的80年代，是中国社会大变革的肇端，"文革"结束标志新时代开始，而人们心扉尚未完全打开，依然偏于守旧和狭隘。仅以我的生活经历为例，早先是前妻读了我发表的文学作品，萌生爱情，千里奔赴结成姻缘，却被他们差评为荒诞不经；感情破裂后离婚，他们批判为生活作风不严谨视婚姻大事为儿戏;近来盛传我与张丽恋爱,更是怒斥为朝三暮四勾引无知少女。人言滔滔,满城风雨,搞得我焦头烂额难以立身。还有,我在党政机关的工作也陷入窘迫:参加聆听充斥着官腔和谎话的大小会议,参与制作虚假枯燥的长篇公文,跻身于表面一团和气私下钩心斗角的官场环境中,我真如芒刺在背,格格不入。好在,我的突围之门外正另有推手在暗处用力。当我刚调县委办公室不久,欣赏我的领导在政治倾轧中落败,被遣往百里之外的异地工作,不明就里的我被视为异己,看着碍眼。于是,这次逮着了机会,就假以组织的名义,借着爱惜人才专业对口的理由,将我下调到文化局当"专业作家";而又逢局领导是个半文盲,听信人言视文学为可有可无,便再次将我下放到基层文化馆去,我便做了一个空闲散淡的文化人。获得自由后,我如鸟归林鱼得水,自我感觉甚好,而在奉官位为至尊的人们看来,我是遭受贬谪截断了仕途。人们扼腕叹息:本来好端端的前程,这下完了!

不待我告知,张丽第一时间即获悉了我工作变动之事。她幼稚地以为,是她的原因造成了我工作变动,断送了我的仕途前程。她来到我家,内心充满了愧疚,未语泪先流。我立即宽慰她,真诚地解释说:我调离县委机关,丝毫与她无关,我亦不迁怒于任何人,是我不适应那个工作,我的性格适合做文化人,今后我要专心致志搞文学创作。她的眼里闪着泪光,脸上出现了笑容,说:"不怀好意的人说我看上你的官运前途了,这回好了,我再跟你好他们没话说了!"她指着我的书橱说:"你读了这么多的书,不当作家真亏了。"她又深情地望着我,真诚地说:"我去新华书店买了钢笔字帖,从今天开始好好练字。练好了,我给你抄稿子。你一辈子当作家,我一辈子抄稿子。"她的滔滔不绝的纯洁的话语,如阳光雨露,给我的屡经磨难的心田以温暖和滋润。我下意识地握住了她的双手,发自内心地轻声地说:"谢谢你!"她浑身一悸,抬起头,与我的目光一对视,双颊漾起玫红色双晕。我用力地将她拉进我怀里,深深地拥抱了她……

就在那一刻,我知道我深深地爱上了张丽,我决定要和她结婚。

我读过作家理由的报告文学《痴情》,有一段话深深烙在心里:"他想到在茫茫的大千世界里有两种人最接近于艺术:一种是诚实的艺术家;另一种是虽不懂艺术却纯真而质朴的人,如他可爱的妻子。"

我深信,张丽会成为这样的妻子。此后二十年,我们夫妻恩爱家庭幸福,证实了我的判断。

四

五个月后,征得张丽家人的同意和支持,在新年初最寒冷的季节,我们举行了简短温馨的婚礼。我送给新娘的礼物是一套大红缎面棉衣;张丽将她工作三年节俭攒下的存款,悉数交于我还了旧债。在我们新生活中,虽然也曾遇到磕绊,但是纯洁而坚定的爱情,主导着家的航船稳稳前行。两年后我们可爱的儿子本昂出生,张丽晋身为一个幸福的母亲,其优良天资进一步呈现:相夫教子,孝敬长辈,贤惠和善;其温润端庄之美,如阳春三月之绚丽花枝。

我们婚后最初几年的真实写照是:夫妻恩爱家庭和谐,幸福之杯斟得满满，而经济拮据捉襟见肘之状频现。父母年迈，为保证他们生活质量和身体健康，需要我付出更多孝行；女儿长大，其生活和求学费用累年增加，我关爱之心系之，责无旁贷；哥哥英年病逝后抛下三个未成年孩子，姐姐嫁到农村生有一双幼小儿女，都眼巴巴望着我，希冀我施以援手改变命运。眼见我肩上压着如此繁难之重负，张丽从没有一句怨言，有的只是与我积极分担，发工资后她只留下生活必需部分，其余尽数交给我以支付这个"大家庭"费用。张丽没有金银贵重饰物，不用高价化妆品，甚至舍不得买新款漂亮衣服；我于心有愧，趁出发济南、上海、广州等地时，就常常精心挑选买来新衣，以满足她天性爱美之心。有一段时间，用于吃饭的钱太过节省，我们三口都明显消瘦了。岳母看在眼中疼在心里，就明确地批评我们，甚至还拿出钱来叫我们多买肉吃。单靠我俩工资收入已难解困局，而我这几年的文学创作，穷经皓首，呕心沥血，虽然出了两本书得过三次奖，而区区稿费奖金于家用无补，杯水车薪。我痛定思痛，痛下决心，终做出调整人生航向的选择：追随时代潮流，下海弃文经商。幸运的是，我得到本地几位企业家朋友的信赖襄助，几年下来小有成绩，兢兢业业以至小康。我先后买了私家汽车，建起玉园别墅，跻身中国推行白猫黑猫理论后，先富裕起来的那一部分人。

时至今日，在身边世俗人群里，一部分是当年舆论的起哄者，他们恍然大悟似的反过来夸奖张丽独具慧眼爱情至上，赞颂我们郎才女貌美满姻缘；另一部分造谣中伤含沙射影者，则闭紧了嘴巴，兀自隐身到黑暗的角落去。至于我们自己，却也波澜不惊安之若素。我们深知，体味人生幸福在于各人内心，而不在别人的眼里和口中。

五

　　玉园建成以后，经我的广泛搜求，陆陆续续栽种了许多名贵花木。举凡中国种植历史悠久，并附丽文人雅士诗词吟咏者，或在四时里占有一席之位独具特色者，我均博取广种，来者不拒。几年下来，我做详细统计，玉园花树品种已达近百株。

　　这一年春天，张丽被分配到单位建在城郊的蔬菜基地工作；其相邻的绿化苗圃，老板与我厮熟，张丽便向他要了一棵树苗带回家来。张丽欣喜之至，进门看见我喊道：

　　"快来看呀，我移来一棵好花树！"

　　我上前看时，是一株红玉兰，高不过一米，粗如手指。我有些嫌小，好在原来已有一棵大树白玉兰，加上这棵红的，玉兰品种就丰富了。张丽找来镢锹挖坑，扶正苗，培好土，她就端一盆水浇灌，水溢出来，她就铲土围了一个土盆，一圈培得整整齐齐。我静静地看她栽树全过程，她一如做任何事体，全神贯注，一丝不苟，精如绣花。此后一年里，她总不忘伺候她的幼小花树，干了浇水，板了松土；烈日晒蔫了嫩叶，她用芭蕉叶给它做伞；冬天到来，怕它年幼不胜寒，她用布条将枝干裹得严实，像给小树穿了棉衣。她的良苦用心换来回报，当又一个美好春天来临，张丽的红玉兰开出一朵嫩生生、红润润、美而不艳的花朵来。张丽兴奋极了，当朋友们纷纷来玉园赏花，多不暇顾及这株小花，她就特别招呼道："快来看我的红玉兰，多好看啊！"人们都附和赞美，张丽的欣喜溢于言表。

这棵红玉兰，因得张丽格外关爱，蓬蓬勃勃，茁壮成长，不几年便脱颖而出，在玉园花树丛里展现出别致的风姿。与许多花木不一样，玉兰花是在前一年孕蕾。当秋深叶落尽，玉兰枝头上缀满了长圆状毛茸茸的花苞；冬天里屡经风雪严寒的侵袭，它们深度睡眠纹丝不动，不涨不缩。春天初来乍暖还寒时，花苞并不急于绽放。有经验的园丁们，都是把玉兰看作风向标，玉兰花开，便知严寒一去不复返了，就将温室内花搬移出来。红玉兰花比白玉兰还要晚些。春风和煦，暖阳普照，大地万物都竞相萌生。这时候，红玉兰花蕾恍然梦醒，迅速膨大，撑破毛边花托，先露出嫩嫩的紫红香唇，只一天一夜工夫，满树的花蕾一齐绽开，如一簇红里带紫的祥云栖落玉园，其幽姿淑态雅静风神，霎时取代了海棠花的娇媚艳丽。也许是天妒嘉卉，红玉兰的花期只有短暂的五天左右。每逢花期，张丽便不失时机地来到她的树下，长久地徘徊宁静地观赏。尤其是夜色里月光下，张丽的身影朦朦胧胧，她手抚树枝，或睇视花色，或近嗅兰香，人微动，枝摇曳，花淡香，如梦如幻，人与红玉兰化为一体……

吾妻张丽，与兰斯馨。

六

张丽是在年初寒冷的季节患病去世的。她没有看到她的红玉兰新的一轮的花开。在风冷月凉的深夜，人们都熟睡以后，我一人在红玉兰树下徜徉，花香无语，人独神伤。去年今日此园中，人面兰花相映红。我觉出双颊热痒，我的泪水如泉涌流。我的泪没人看见，我的痛藏在心里。

在张丽的遗物中，我最为珍视的不是她用过的物品，而是这棵"张丽手植兰"。它一年一年茂盛长大，好像张丽依然活着。她一季一季孕蕾开花，那是张丽美丽的容颜。只是，当年栽植时，张丽择址随意，我亦没有用心规划，现在审视，树的位置偏于一隅，长大后又与别的树木拥挤。于是，我决定将红玉兰移植到玉园中庭的轴线位置宽敞地方。我请了多名工人，挖掘时保留更多根系包裹更大土球，而后我用心培护，殷勤浇水。令我心痛的是，红玉兰没有成活，它一天一天枯萎，死掉了。我深为自责，良心难安。为了弥补我的过错，第二年我又补栽一棵。不知什么缘故，还是没有成功。过了几年，我依然难以消弭心中的无兰之痛，便决心再次栽植红玉兰。我接受前几次教训弃买大树，于去年春移来一棵小树苗，亦效仿张丽当年的细心护理精如绣花。也许是我的精诚感动花神显灵，这棵红玉兰幼树活了。秋天落叶后不见毛茸茸的花蕾，表明它明年没有花开。我不着急，它只要活下来就会生长，终会开花。它虽然已不是张丽手植的那株，然而它依然是铭记张丽蕙心兰质的玉园之花。

在张丽去世十周年时，我决意要在她墓前立一座石碑。我决定自拟碑文，然而辗转多时无数次提笔，依然写不出。无数次涌上心头的，是苏轼那首悼亡词《江城子》。我改了一个字，将"千里"改作"百里"，是玉园到老家墓地的距离。词曰：

十年生死两茫茫。不思量，自难忘。百里孤坟，无处话凄凉。纵使相逢应不识，尘满面，鬓如霜。

夜来幽梦忽还乡。小轩窗，正梳妆。相顾无言，唯有泪千行。料得年年肠断处，明月夜，短松冈。

后来墓碑因故没有建成。许多年来，只要想起张丽，我就自己默默地吟诵：十年生死两茫茫；不思量，自难忘……

（写毕于2021年1月10日夜，玉园琳琅轩）

葛藤

一

我上辈和平辈的亲人中，只有姐姐一人尚健在。母亲生过七八个孩子，存活而长大成人者，只有哥哥、姐姐和我。哥哥大我十一岁，小时候自然玩不到一块儿，觉得好像不是一代人似的。姐姐与我差两岁半，农村话说是挨肩儿的姐弟。她的小手牵着我更小的手，一同经历坎坎坷坷，走过那艰苦的却也是爱意融融的童年。

一个初冬的早晨，寒气凛然，白露为霜，勤劳的父亲一早就拿着镰刀绳子，上南山自家林区割葛藤柴草去了。正烧锅做饭的母亲，突然觉到腹部隐痛，继而痛感加重。她知道接下来要发生的大事，就利索地熄了灶火，赶紧上床躺下身子。她叫姐姐说："妮儿来，快去西场喊你爷回家。快呀！"懂事儿的姐姐知道事关紧急，就跌跌撞撞地跑到西场上，用两只小手放唇边，围成喇叭状，大声地喊道：

"爷——来，快回——家——呀！"

小小的人儿微弱的声音，巍巍南山没有回响，山上的父亲听不见呼喊。姐姐跑回家告诉说"喊不应"，母亲已腹痛难忍，急切地叫她再去喊。姐姐再次跌跌撞撞跑到西场上,用两只小手放唇边围成喇叭状,大声呼叫父亲回家。

南山之上,乱石之间,父亲正用力地收割葛藤。一墩一墩的葛藤密实地长在一起,地下根相连,地上藤相缠,蔓延山谷,覆盖山岗。父亲大干了一阵,似觉得又累又饿,心里慌神,就坐石头上吸烟袋。他不意往山下注目,看见了姐姐从家到西场来回跑动的小小身影。他甩下烟袋、工具,连蹿加跳飞快往山下跑。父亲赶到家,就急忙去叫来了本家族德高望重的接生婆二奶奶;当朝霞映红南山峰顶时,小院里响起婴儿有力的哭声;凭借二奶奶仁心圣手接应,我顺利来到了这个世界。二奶奶气喘吁吁说:

"恭喜恭喜,大人孩子都平安!"

姐姐扯住老人家衣襟问:"二奶奶,是弟弟还是妹妹?"二奶奶大声笑着说:"你有小弟弟了!你以后好带他玩儿了!"

姐姐跑到床前对母亲说:"娘,我想看弟弟!"母亲掀开被角叫她看,并问:"你喜欢弟弟吗?"姐姐点点头说:"喜欢。"姐姐将手伸进被窝,轻轻握住我的小手,久久不愿松开。

奶奶早也闻讯赶来,颠着一双小脚南屋西屋地忙。她烧水让二奶奶洗手,又冲两碗红糖茶,一碗端给母亲,一碗端给二奶奶。奶奶说:"二嫂啊,你一辈子行善积德,老天爷保佑你这身子骨多结实。"二奶奶心直口快,抬动一双三寸金莲说:"就是害脚疼!一年四季,甭管黑更半夜,谁家来叫我一骨碌爬起身就快跑去。你想想,这关乎一大一小两条命啊!"说着话,二奶奶突然感觉腰胸间发痒不适,继而扭捏起来。原来,二奶奶除接生外还有一项异禀特技,她冬天里能将鸡蛋装棉裤腰间孵小鸡。奶奶知道这事,就问:"今年你又暖了几个鸡蛋?"二奶奶有些羞涩地笑着,伸手向肥大的棉裤腰间摸,叽叽叽,竟然神奇地掏出一只刚啄破蛋壳的小鸡雏。奶奶就笑她说:"你不光是接生婆,还是孵鸡婆子!"二奶奶也觉诧异说:"还真是巧对巧了;这些年来,第一回孩子出生鸡也出生。大吉大利呀!"姐姐上前来央求说:

"二奶奶,把鸡宝宝给我行吗?我给弟弟玩!"

二奶奶连说行行行。姐姐捧着小鸡娃走近床前,母亲也高兴极了,将小鸡娃放进被窝与我一块儿搂着。母亲对姐姐说:

"今年是鸡年,你弟弟属鸡。"

"哇——哇——!"我在母亲怀里歌唱。

"叽叽,叽叽。"鸡宝宝伴我歌声鸣琴。

二

我和姐姐的童年,正赶上中国人民生活困顿的时代。山村农民的主食是地瓜,以及再加工做成的煎饼和窝头,白面馒头只有逢年过节才能少量吃到。至于肉类蛋类,更是稀罕宝物。每家都养有几只母鸡,下了蛋要攒起来拎到集市上卖钱,用以购买油盐酱醋等必需品。农民们编了顺口溜,描述那时贫穷生活道:地瓜干子是主粮,鸡腚眼子当银行。

根据母亲所言,我和姐姐小时候都面黄肌瘦,一副营养不良的样子。一年里,我们就特别盼望过端午节;根据风俗,那天早饭家家都要用艾草煮鸡蛋。从好几天前,我们就一遍遍问母亲:端午节怎么还不到啊?终于,那个美好的日子来了。一大早姐姐先起来床,继而将我摇醒;我们高高兴兴陪母亲去西场里割艾草，回来又看母亲从罐子里数着掏出鸡蛋，洗干净放进锅里。姐姐烧火，我在一旁帮着递柴火。旺盛的火苗舔着黑黑的锅底，也映红了姐弟俩幸福的脸蛋儿。我们先听见了锅里水烧热发出的吱吱鸣唱，继而又听见水开后鸡蛋与锅壁轻撞的美妙乐声。在我和姐姐焦灼的等待里，鸡蛋终于煮熟出锅。艾草的清香，早已让姐弟俩涎水淋漓。母亲分鸡蛋，大人小孩均摊两个。姐姐比较一下把大些的换给我，她留下两个小的。早被馋虫搔得心里发痒的我，不顾蛋烫，匆匆剥掉皮，囫囵吞枣急头白脸，把两只鸡蛋吃完了。母亲只吃了一只蛋，另一只给我吃了。父亲的另一只给了姐姐。当我吃光三只蛋，姐姐才吃下一只；她剥开第二只时，见我眼巴巴地望着，就将蛋黄填我嘴里，她只吃了蛋白。到中午饭，姐姐又拿出父亲送她的那只凉蛋，细心剥皮，又将蛋黄送进我嘴里，她只吃了蛋白。母亲看在眼里，潸然心动，就将我抱坐在她膝上，另一只手拉着姐姐，殷殷嘱咐我：

"儿啊，一辈子记住姐姐对你的好。长大上学有了出息，别忘了帮你姐姐！"

转眼六十年光阴逝去，童年许多记忆已然模糊，而母亲的叮咛姐姐的爱，我依旧记得清晰，此情此状宛然如昨。许多年来，每到中秋节和春节，我都要带领妻子儿女去农村看望姐姐；每每，妻子与我商量礼物的品种件数，我总不忘嘱咐：给姐姐再买十斤鸡蛋。

三

父亲当队长一心向公，很少顾上家；母亲家里家外操持，照顾我的担子就落到小小的姐姐身上。襁褓时代,姐姐将我抱着拖着到处玩,压得她斜里歪歪,邻居们形容说,就跟黄鼠狼拉大鸡似的。当我会走路后,姐姐就拎着扶着牵着;当我走累了或者偷懒时,姐姐就背着我,依然被压得斜里歪歪的。

  姐姐六七岁时候,就开始下地割草或拾柴,同时还要兼职看护我。她肩背一个专为她编制的小杈筐,里边放着镰刀或镢头,一只手拎着我不松,生怕绊倒摔了我。就是在割草或拾柴时,姐姐也时刻盯着我叫着我嘱咐我,生怕我有了闪失。而我自小调皮好动,总不爱听姐姐话,常常磕破了皮肉划伤了手指脚趾。回到家,母亲总要严厉训斥姐姐,怨她粗心没仔细照看我。姐姐也不申诉,只是低着头默默流泪,仿佛真是她的过错似的。

  那是夏季三伏天一个最为炎热的日子,母亲推磨做了大盆面糊,要生火烙煎饼,就催姐姐下地刨猪草并带我去玩。听见蛤蟆在石头底下咯咯地叫渴,母亲就交代说:"刨满杈头早点回家,别下大雨淋着了。"

  姐姐背着小杈筐在前面走,我扛着镢头在后面走,出了村子,姐弟俩走在河边的小路上,姐姐走得快,我就小跑步追赶她。姐姐突然一声尖叫,吓得倒头往回跑。我定睛看,一条红花黑蛇正爬行过路。我想也不想,上前一镢刨下去,正巧蛇被当腰斩断,两截蛇各自滚动一会儿就挺直了。姐姐先惊后喜,连连夸我胆子大,是小英雄。而我却愣愣地站着,不敢相信刚发生的事儿。

  我跟着姐姐沿河向西走,来到一个叫大杨树的地方。姐姐刨草拾柴,我在河边寻事瞎玩。我在浅水里捉小鱼,捉蝌蚪;我在草丛里逮蚰子,逮蚂蚱。天气闷热难耐,姐姐刨草累得满身汗流,我瞎玩累得满身汗流。我在一墩黄草根部发现了一个鹌儿鸟窝,里边有两枚灰色带黑斑点的蛋。我高兴极了,端起编织精致的巢给姐姐看。这时候,就听见远近有人喊道:"来大雨了,赶快跑啊!"

我和姐姐抬起头看,西半个天空阴云密布,黑沉沉像铁锅一样;大风开始刮起来,明明灭灭的闪电出现了,殷殷的雷声越来越响。姐姐慌了,急忙拾柴草装杈筐,同时喊我快往家跑。我不慌,我还蹦着跳着唱儿歌:

风来了,雨来了,
蛤蟆背着鼓来了;
什么鼓?大花鼓,
咕咚咕咚二十五……

我唱着歌的工夫,就见黑云奔跑着霎时将整个天空罩严了,白天变黑夜了;一道电光刺得两眼生疼,一个霹雷炸得山摇地动,狂风裹着暴雨兜头打下来。我害怕了,不住地呼叫姐姐;姐姐肩背着装满柴草的杈筐,一只手紧紧地拉着我的手,歪着身子吃力地往家赶。大风迎面吹得我们迈不动步,姐姐索性丢了杈筐,脱掉她的上衣披我头上,用力地拉着拽着我的手,叫着喊着我的名字艰难前行。河里的洪水很快变大,涨满河岸了,河中的大浪像虎跳狼奔,像张开大嘴要吃人似的。我怕极了,大声地哭叫着呼喊娘;我的哭喊声被雷电风雨声吞没了。在过村西的一条河沟时,我被山洪冲倒了,口鼻里灌满了雨水。姐姐急急地掀我起来,见我两腿已不会迈步,她哈腰背起我吃力前行。一次又一次，姐姐被狂风刮歪；一回又一回，姐姐在泥泞里滑倒被石块树枝绊倒，她艰难地爬起来，不忘掀起我背上身，东倒西歪挣扎着往家挪动。当姐姐最末一次背着我摔倒在狂风暴雨里时，我们的救星——父亲和母亲接我们来了。父亲宽大的后背背上姐姐，母亲慈爱的胸怀抱住我，我和姐姐安全了……

在我们幸福的家里，父亲生起火为我和姐姐祛寒烤衣，母亲烧姜汤为我和姐姐暖肠胃。外面的暴风雨尚未停歇，屋里姐弟俩已是汗流涔涔。我的左手还紧紧地握着小拳头，姐姐掰开我的手指，现出一枚完好的灰色黑斑的鹌儿鸟蛋。姐姐笑了。父亲母亲都笑了。

这一次暴风雨，是邹东山区百年不遇的龙卷风袭击，大半个村子受灾，三百多间房屋被摧毁，其中刘姓一家有两人遇难。那年秋天，我们村还发生一件大事：本家一位十五岁女孩罹患可怕的麻风，被强制送往济宁医院隔离治疗。据说，她患麻风原因是几年前曾遭大雷雨淋激。于是母亲就非常担心，害怕姐姐会得这种绝症。姐姐二十多岁患过一次重病，母亲还怀疑是那次龙卷风淋雨所致。

四

八岁那年我开始上学。母亲给我做了一身新衣裳，父亲给我买了一个新书包；我脖子上系了红领巾，和小伙伴们唱着歌儿走向村中的学校。姐姐羡慕极了，就恳切地对父母说：

"我也和弟弟一块儿去念书！"

开始父母没有当回事，没理会她。当姐姐流了眼泪再三恳求时，父亲就严肃地说："小闺女家念书没用；看咱村里，自古哪有一个女孩念书！眼下你得割草喂羊喂猪，帮你娘干家务，再大些得去队里干活，挣工分换口粮，好保你弟弟上学。"姐姐知道争也没用，就不再言语，自己默默地流了几天的泪；泪水浇灭了姐姐上学的希望。每到夜晚，我在煤油灯下温课读书，姐姐总好奇地翻看课本，叫我讲给她听。我拿了一个米字格本，一笔一画教姐姐写字。我还把学的新歌教给姐姐，她一句一句跟我学唱。日子久了，农活多了，姐姐学习的愿望慢慢变淡。同一代一代的农村女孩子一样，姐姐最终向命运低下了头。

姐姐二十一岁时定了亲，婆家在邻村。订婚彩礼除了衣物外，还有一辆新自行车，引得村里人羡慕不已。那一年我高中毕业回乡劳动，因为"会写文章"，很快被公社办公室召去当秘书。公社驻地离家三十多里，交通不便，姐姐毫不犹豫，把她的订婚彩礼自行车送给我骑。我开始不好意思接受，姐姐就说："我在家劳动用不着骑车，你需要，骑就是。咱姐弟俩的东西不分，我的也是你的。"姐姐朴素平静的话，如春风春雨，温暖滋润我年轻的心。骑着姐姐的新自行车走在去公社上班的路上，我心潮起伏，思绪万千，身体内青春力量涌动，我立志要出类拔萃，做出成绩，以报答无私爱我的亲人们。两年后我考上大学，成为粉碎"四人帮"后的首届大学生。我将自行车还给姐姐，新车已变成旧车了。

我大学毕业时特别要求返回原籍工作，改善亲人的生活状况，成为我责无旁贷之使命。我先后帮姐夫和外甥找到工作；外甥女贾慧敏天资聪颖兼勤奋好学，我便安排她进县城名校读初中，再做主叫她进济宁名校读高中。慧敏终不负我望，高考被广州中山大学录取，先是硕博连读，后又考上博士后。现在，慧敏已安家美丽花城，结婚生子；我更看好她的事业前程，在不久的将来，相信她在中国生命科学领域里获卓越建树，焕绚丽光彩……

  这些年来，姐姐家走出低谷，踏上康庄大道。亲戚赞美，邻居艳羡，姐姐终得开心颜。姐姐常情真意切对亲戚邻居说："我的家庭能有今天光景，是靠了俺弟弟的帮助啊！"我听了此话，心里也难免小有感触。姐姐记我好，我念姐姐恩。恩爱姐弟，血浓于水；桑榆之景，晚霞满天。我口里自言自语说：

  姐姐珍重！

（2021年1月29日夜，作于玉园）

总与花城有奇缘
——《花开玉园》后记

我与花城出版社的结缘，屈指算已四十多年了。回首遥远往事，正如香港歌手甄妮在一首歌里所唱："依稀往梦似曾见，心内波澜现。"

1977年，中国结束"文革"后恢复高考，我有幸被山东曲阜师范学院中文系录取，成为人们羡慕的"新时期首届大学生"。那是一个充满希望的时代，国家各条战线都在拨乱反正，呈现生机勃勃动人景象。作为思想解放先驱的文学界，屡屡打破禁区率先发声，每天都有振聋发聩作品问世，雷霆之音响彻神州。自信身膺重任的青年大学生，我们个个血脉偾张，跃跃欲试，或围观或声援，或提笔写作，直接加入到滔滔文学洪流当中。我是大学二年级开始文学创作的，先期的作品多是散文，内容大体写童年生活山村风情，这与当时"伤痕文学"的人势颇为相悖，我时有苦恼，然而作者的生活阅历和性情素养等决定创作方向，终于没有办法改变。这时候，我有幸拜识了中国著名评论家、卓立新时期文学风口浪尖上引领方向的阎纲老师，或寄函指点，或面授教海，语重心长，春风化雨，亲炙謦咳，启我心智。仰仗阎老师和其夫人刘茵老师的举荐，我陆续发表首批短篇作品。其中，在《当代》1980年第四期发表的处女作《梨花情思》散文，还获得了山东省在校大学生首届文学创作评选一等奖。以此为标志，我应该算走上了文学创作之路。

曲阜乃孔子故里，其文物古迹众多，最著名者当推孔庙、孔府、孔林。这三个景点，都是我和同学常去游览之地。我性喜幽静，游客稀少的孔林去的次数最多，且感受最深。久之，文思酝酿成熟，心底幽情阐发，我一气呵成写出游记《孔林的秋》，之后，经过反复推敲，三易其稿，终成为我的满意之作。当时，曲阜师院学生会主办有一种文学刊物，名字叫《晨曲》，铁笔蜡纸油印，主编是本系七八级同学汪家明。《孔林的秋》在《晨曲》第一期（1980年10月20日出版）发表，获得老师和同学好评。1981年初，我将《孔林的秋》寄给了阎纲老师。不久，即收到某出版社主办的旅游杂志编辑部函，告他们喜欢我的孔林一文，准备刊用，并考虑作为"青年旅游征文"参加本刊的评奖活动。这真是一个天大的喜讯！我立即行动，遵他们嘱咐，对文内知识、文物、典故等进行再查校，压缩了部分字数，收集数张孔林照片，连同复函一并挂号寄往编辑部。从此，这本杂志成为我的牵挂，每期必买；尤为关注其征文栏目，每文必读，并暗自与我孔林文作优劣比较。可是，一期一期过去，征文活动进入尾声，却不见孔林文发表。我开始着急，曾写信询问编辑部，却如石沉大海杳无回音。这一年的暑假，我去看望阎纲老师、刘茵老师，顺道造访该杂志的编辑部，接待我的是责任编辑张老师。他颇有长者之风，极其热忱，拿出稿子给我看审稿笺上他写的赞美评语，和邀请本社南编辑写的评介短文。他说:"我们几个编辑都喜欢你的文章,都认为有个性有创见,行文优美,是来稿中罕见的佳作。我不仅主张发表,还推荐参加评奖和支持获奖,并希望它能获一等奖!稿子送给领导审定,耽搁了很久,我多次催促,最后才看到签批道:征文要求赞美祖国大好河山,激励青年爱国情怀,这篇是写秋天的写墓林的,调子灰暗,情绪低沉,不行!我们几位编辑均不服,联合上言;编辑部为此开过三次会议,领导态度不变,依然是不行⋯⋯"听如此说,我的心凉了,许久沉默不语。张编辑见我失望,就安慰说:"你不用担心,稿子留下,等征文评完,我给你做一般作品再推荐,发表是不成问题的。"张编辑约有四十多岁,戴深度眼镜,文质彬彬,语调温和。对于他的真诚和热情,我心中充满感激。走出办公室,我在楼梯口停身回望,编辑部的双扇门依然开着,我心中依然满怀希望⋯⋯

两个月以后,我收到一个沉甸甸的信封,是该旅游杂志的退稿函,内含《孔林的秋》文稿,照片,审稿笺,南编辑评介短文,附有张编辑极简信函,大意是:虽经再三努力,文章发表亦未获通过,今无奈退稿,敬请原谅。他鼓励说,真正优秀的稿子是不会被埋没的,建议我将孔林文再往其他刊物投寄。

——原来如此!

初次遭遇希望破灭的打击,我年轻的心先是震惊和不解,继而痛苦,甚至变得有些气愤。夜失眠,我起床去教室,跳窗而入,展纸给编辑部写申诉和指斥信。东方既白,长函拟就,洋洋洒洒六页超两千字矣。骨鲠在喉,一吐为快,我独在宿舍蒙头大睡了一上午。醒来后心潮已平,犹豫一番,昨夜长信没有寄出。

东方不亮西方亮,黑了北方有南方。在决计突围之时,我的目光转向了中国改革开放的前沿广州；在那里，年轻的花城出版社刚创办了一个刊物叫《旅伴》，初生之犊，刊小志大，在文坛树立旗帜，首倡旅游文学。我的希望之火重又点燃，当日即给《旅伴》编辑部写信，简叙孔林文的遭遇。其时我正处在大学毕业分配前夕，百事烦扰，心乱如麻，这封信是好同学郑树平帮誊写寄出的，信内包括退稿函全部内容。刚满一个月后的1981年10月25日，我收到一封珍贵的信件，白色信封，寄信人地址是印刷的绿色黑体字："花城出版社；广州市大沙头四马路"。我拆开展读，是《旅伴》编辑部通知，我的孔林文已决定发1982年第一期，责任编辑的名字是陈俊年。我当时只觉得他字写得漂亮，行文和蔼可亲，我不曾想到，他终于成为我今生屈指可数的良师益友。陈编辑告诉说，他们认定《孔林的秋》是一篇佳作美文，因此抽掉了别的作品而给予优先发表；还说，鉴于作者独具慧眼提炼出秋天孔林之"苍凉的、古幽的、野趣的美况"，文章发表时将改名为《孔林的苍凉美》。那时中国的交通邮运还很落后，信件从山东至广州要十天以上，就是说，我的文稿到达《旅伴》编辑部约一个星期的工作日内，他们就做出了快速发表的决定，这一则体现了南方省份各行各业工作的高效率，更是表明《旅伴》对我作品的喜爱和褒奖。我读完这封信装进信封，长出一口气，许久以来的郁闷心情变得敞亮而爽朗。

1982年2月中旬，我大学毕业分配到《邹县大众》报社工作。上班的第一天，发现我办公桌上端放着花城出版社绿字白纸大信封，拆开即知，是《旅伴》今年第一期出版，陈俊年编辑寄来两本样书并信。刊物封面是一帧巨幅照片，灿烂朝霞的背景下，幸福的一家人肩扛手提渔具，走向海边休闲垂钓；三人的轮廓被霞光镶了金边，左上方的"旅伴"刊名也是金黄色的，整体基调给人以春天的温暖和金色的希望。打开目录页，在专发游记的"大地驰笔"栏内，《孔林的苍凉美》赫然头条。翻看正文，标题醒目，抬头宽敞，文章照原稿全排，没有删改；文后同载南编辑点评短文《读〈孔林的苍凉美〉》。刊物在手里摩挲着，我看了一遍又一遍，欣喜和满足之情充溢身心。关于孔林文的后话有：上海《文学报》就《旅伴》倡导旅游文学、选稿注重艺术特色等载文评论，其中举例孔林文多加赞誉；《旅伴》主编易征先生写系列编稿杂感在香港《文汇报》发表，其中一节专写对孔林文的赏评，和给该文改标题的过程；1983年底花城出版社出版《当代中国游记一百篇》，分简装和精装两种，在国内影响巨大，《孔林的苍凉美》被编者列目录排名第二位；此后多年，该文印入多种书籍，被文学界同人认定为我短篇游记的代表作。

以《孔林的苍凉美》为标志，我与花城出版社的合作与友谊开始书写新篇章，而这其中的成人之美成事之全者，便是陈俊年编辑。我第一次读他信，即深切感受到他待人的赤诚和工作的热情，油然而生活逢故友如见亲人的奇异感觉。人和人初遇的美好印象，异性间叫一见钟情，同性间称志趣相投。以后在写信时，我便敞开心扉谈创作的激动和迷茫，世事的复杂和莫测，以及感情生活的幸福和苦恼；他则不再以编辑对作者的官样口吻，而换以兄长对胞弟的款款亲情，解惑释疑，疗痛抚慰，纸笔温润。不久，我们便改变了彼此的俗称同志，我开始叫他"俊年兄"，他则直呼其名叫我"养玉"了。

1982年春天我去四川结婚，游览天下名山峨眉山。特殊经历触动新奇灵感，激情演绎，很快创作成四万字中篇旅游小说《西看明月忆峨眉》。稿子径寄广州，俊年兄和易征主编所见略同，共推为佳作，并决定优先发表。鉴于《旅伴》每期六十四个页码，字数容量受限，他们便打破常规，决定《旅伴》总第十三期改为特大号，页码增加到一百一十二页。1983年3月，厚厚的沉沉的《旅伴》特大号出版，《西看明月忆峨眉》作为本期重点作品推出；名字为易征主编亲书，并请广东知名画家刘仁毅配作六帧精美插图，同发我新婚照片一幅，是在峨眉山邂逅北京的外文出版社摄影记者，韩德洲和孙树明二位先生给拍摄的。需要提及的是，俊年兄先让我提供峨眉山优质照片，而在巧遇二记者时未曾记下姓名，我便急急写信、打电话，甚至叫北京的表哥亲去单位登门找人。二位记者热忱相助，赶忙遴选底片，彩卷转黑白，很快寄来十几张峨眉山风景照片。后因决定改作美术插画，照片均未采用，我至今对韩德洲和孙树明二先生怀有歉意。《西看明月忆峨眉》1984年初由花城出版社收入《新婚之旅续集》一书，该书首印超二十二万册，畅销一时，洛阳纸贵。同一年，由杨琪改编，林驹绘画，《西看明月忆峨眉》又被花城出版社以《峨眉情》连环画形式第三次出版。

　　受峨眉文初获成功的影响，受《旅伴》和俊年兄倾情提携的激励，我的旅游文学创作可谓进入丰收时期。1982年11月，我根据自己感情生活经历，创作出中篇旅游小说《在那遥远的地方》（初稿）；1983年5月，我根据自己游览长江的日记，创作出中篇游记《古老的东方有一条江》（后来出书改名《豪唱大江东》）。这两部中篇作品，正好契合了《旅伴》编辑部的一个新的出版计划：除了刊物继续不定期办特大号外，还策划出版"袖珍旅伴丛书"，展示字数在五万字左右、艺术性可读性兼善的旅游题材优秀作品。俊年兄和《旅伴》同人认为，我的两部中篇里，长江文较为成功，不要多施斧斫即可出版，而遥远文则需做大的修改。为了尽快将遥远文打理成功，俊年兄代表编辑部向我的单位签发公函，邀请我来广州改稿。

　　1983年7月的炎夏之日，我经受了四十多个小时的硬座列车颠簸蒸煮之苦，终于来到向往已久的南国花城。俊年兄去广州站接我，他写了纸条给广播员，我一出站，听见那甜润的女声在呼唤："山东邹县的李养玉同志，出站后请留意有人等！"一股温情扑面而来，我觉得好像整个广州都在欢迎我。我与陈兄通信联系神交将近两年，彼此并不相识，但在心里都给对方画了像。我在出站口刚一立定，就见一个戴眼镜、胖乎乎、中等身材的先生径迎上来，笑眯眯用广味普通话说道："你就是李养玉啦！"我毫不犹豫跑过去握紧他手，大声说："陈编辑！俊年兄！"就像亲密老朋友久别重逢，我们都开心地笑起来。天色已晚，街灯纷纷亮起，不夜之城睁开了明眸。陈兄叫了出租车，嘱咐司机绕远走繁华城区，指点我看广州夜景。珠江两岸，人影幢幢，霓虹灯闪烁；水边道上多丽人，肌理细腻曳彩裙；从观念保守的北方新来乍到，我恍如隔世，一步升入仙境。一路上饱了眼福，却已饥肠辘辘。陈兄家住广州市东南郊区的赤岗，解放军一九七医院家属宿舍内，陈夫人在该院当护士。陈兄带我看这一室一厅不足三十平方米的房子，并诙谐地说："我是随军家属啊！"天真伶俐的陈家千金小陈佳也不认生，操粤音软语，频频向山东叔叔问好。美丽贤淑的陈夫人叶峰姐已摆满一桌丰盛的饭菜。那时，国内各地一律，鱼肉蛋奶等食品均是凭票供应，这样阔绰地招待我一顿，他们一家怕要节俭一个星期了。饭后叶姐去单位上夜班，陈兄和千金睡客厅沙发，让出他们唯一卧室的大床供我休息。我躺下身体，耳边就响起了李白的两句诗："但使主人能醉客，不知何处是他乡。"酒入豪肠尚觉朦胧醉意，美食果腹自是回味犹甘；一觉到天明，旅倦荡然无存也。

翌日上午，俊年兄安排我入住广东省第六干部招待所，从此日始，我一气住了二十六天。我全力以赴修改作品，陈兄于工作暇时或上下班顺道频来看望。周日他便带我游览市内景点，让我开阔眼界。易征主编和曾定夷、江川编辑也专来看望，还和陈兄一起请我去广州当时最高档时髦的白天鹅宾馆初吃西餐，大开洋荤。作品改完以后，编辑部着派陈兄带我参观深圳特区，亲身感受中国之改革形势如火烈烈，开放大潮汹涌澎湃，给我的南国之旅又添高光时刻美好记忆。最后几天，陈兄因公出差，与我相关事体尽委于曾定夷办理；体貌瘦癯、温文儒雅的曾编辑，为给我买到返鲁硬卧车票，亲去广州站售票处排长队，腰酸腿痛，汗流浃背，其苦可知也！还有一事后来悉知：花费巨资邀请遥远外省作者来广州修改作品，对《旅伴》编辑部而言，我是孤例。

1984年，我在多次游览和探险东岳之后，写成中篇游记《我所思兮在泰山》。这样，在三年时间内，我就有了四部旅游题材中篇和一组游记作品创作出来；这种特殊现象，先在本省文艺界引起注意，同行们开始给我冠以"旅游文学作家"头衔。同是作家的济宁师专教授姜葆夫老师，在给学生上当代文学课时就开讲我的"旅游文学创作"，预言我未来会在此领域做出大成就，或将成为"中国当代的徐霞客"。我也雄心勃勃，做了规划要独行万里踏访长城，要从青海源头顺流而下徒步追踪黄河入海，并誓将壮游阅历和观感诉诸笔端写成大块文章。1985年10月中旬，已提拔为编辑部主任的俊年兄出差北京，归途专程来鲁见我，商量将我调入花城出版社工作之事，其工资、住房、配偶调动等项均有妥善安置。陈兄带来此消息，我的第一反应是：喜从天降，受宠若惊。在中国改革开放伟业肇始的时代，广东省首倡旗帜，先起大潮，展现出国家繁荣富强的希望；人往高处走，知春雁南飞，国人无不跂足仰视向往南方。而我，在冷静思考之后，在权衡个人事业前程和孝敬父母、为全体家族亲人担责任之间，选择了后者。我清楚地知道，这是我今生最大的也是最艰难的选择。与此同时，我的文学创作之路也开始显现曲折。不知何种原因，花城出版社频频调整出版计划，《旅伴》特大号再没有办过，我为之量身定制的《在那遥远的地方》一文被搁置，直到我以后出版小说散文集《梨花情思》才得问世；"袖珍旅伴丛书"之《豪唱大江东》，1984年5月送印刷厂排校后打出纸型，其时我的女儿琬琬出生，俊年兄深知我初建家庭经济窘困，就向领导陈情已然预支给部分稿费，不料此书亦暂停印刷；第二部《我所思兮在泰山》在编定后未再送工厂排字。耽搁三年后，花城出版社将这两部中篇作品合作一册出版，新取名《江山恋情》，责任编辑仍然是陈兄，其书名亦是他书写。随着全社会多领域逐步为经济所绑定，纸质出版业犹如游走钢丝，日见其艰。我深知，陈兄同人为《江山恋情》的出版，付出了巨大的努力，一来为他们所力倡的旅游文学，二来为了对我的扶持。扪心自想，我作为一名普通的外省文学青年，在创作初始需要提携之际，与陈俊年编辑相遇，与花城出版社结缘，真是我人生的大幸。

话分两头。1985年5月4日，我意外收到南老师信，告他将接任旅游杂志主编，让我谈谈对该刊过去的意见，以及为将来改进办刊建言献策。读信后我心情复杂，首先为有胆有识之士荣升主编而欣喜，同时，旧伤再揭，三年前我孔林文被拒之事又上心头，我依然意气难平。我将那封未发出的申诉指斥长函从箱底拣出，重作修改，稍减火气，但大体内容照旧，誊写后挂号寄往编辑部。满篇激愤言，只顾自己爽；出言不逊，不计后果，不想别人的感受，一切都缘于年轻。进入老年后的今天，回忆此事，我真有赧然自责无地自容之感。

大约过了几个月时间，我到外地出差，就顺路去看望张、南二位老师。与张老师仅一面之识，一文之交，然而赏识之情令我感激，他成为我一生的铭记。南老师顶住压力仗义执言，短文六百字，对我可谓字字千金。我买了两本精装的《当代中国游记一百篇》，准备赠送二老。先去找张老师，办公室上了锁，周边屋也无人。见到南老师，他正自个无事饮茶，打问情况，他说："杂志停刊了。"我惊愕："怎么，为什么停刊？"南老师直言道："为什么？是你那封长信骂停的！"我当然不相信，我哪有那么大能耐。南老师苦笑一下，细说原委：我的信在编辑部广为传阅，引爆内部矛盾，改革阵营和保守势力激烈争论各不相让，最后上面领导就指令休刊整顿，于是关门大吉，人们散摊子回家。我当时脑内一片空白，怃然无语；继而，我就感觉自己闯大祸了。我像逃跑一样走出出版社，生怕被人突然揪住衣领施一通老拳。那一天我去了新华书店，上下楼逛遍，但并没买书；我心不在焉，思绪万千。该旅游杂志创办接近七十载，曾于1960年7月停刊，1980年复刊后，依然命运多舛，不断重演停刊——复刊之剧本，且中间几度改换门庭，依傍新主；现在这本刊物好像还办着，但不知今日之园地竟是谁家之天下。呜呼！

  受时代潮流激荡，也因自身各方面因素驱使，我的人生在文学之路上经历一段徘徊和游离后终而改弦易辙，走上了创办私企之路。与文学界师友联系渐少，但对于知遇之恩知音之情，我则未敢忘怀。约是2002年夏天，我出差深圳为一家企业策划广告，就特意在广州逗留去看望陈俊年兄；他一如当年之真诚热忱，宴请我们一行三人，其时他已擢升为花城出版社主要领导了。又过了几年，我仍不忘打探他行止，听说陈兄已荣任广东省新闻出版局局长。听后我心中非常欣慰：品学兼优者跻身高位，正是政治清明之体现、事业兴盛之必然也。我在商言商的日子，文人情怀不曾改变；倘有收获，不敢些少以华车美服丰宴琼浆之挥霍，而是克勤克俭置地建宅，积二十年之心血智慧，日积月累以中国文化元素充实，终打造成足可传世的人文精舍，署名玉园。退休之后进入老年，名利二字皆已远去，于云淡风轻之时，我便回首往事提笔作文，多记叙与玉园构建相关之故事，不觉积二十多万字，总题目拟为《花开玉园》。之后旧念复萌，出一本书的愿望与日俱增。原想就近在北方出版社出书，找了得力人士问询，结果是限制多多，困惑重重；于是，我又想起了花城出版社和陈俊年兄。我叫在中山大学读博士后的外甥女贾慧敏，亲去广东省新闻出版局打探到手机号码，我立即与陈兄拨通电话：声音依然亲切，感情宛然如故。陈兄离开省出版局超十五年，旧部已散，老友皆退，回望多是陌生面孔。尽管如此，陈兄还是找到了花城出版社副总编辑陈宾杰先生，电话长谈，全力为我说项。陈总编立即与我联上微信，叫我将书稿发过去；不几天时间，陈总编就告诉我《花开玉园》书稿立即出版，其决策之速、热情之高颇令我惊喜。在商定大略出版事宜后，陈总编又指派一名90后才女、南京大学硕士毕业生做《花开玉园》责任编辑；她同样是守诚敬业、细致入微，春风化人。我深深地感受到：三代花城人，一样赤诚心，高标风尚，一脉相承。

因以诗曰：

犹记四十二年前，孔林美文屡遭难。
黑了北方投南国，柳暗花明结旅伴。
抚看五羊尚跪乳，捧饮三江当思源。
沁心墨香今又是，总与花城有奇缘。

最后深情感谢：

深情感谢我的导师和恩师、中国当代著名文学评论家阎纲先生！我虽辜负所望成绩甚微，然先生爱我之情不减；今抱九十一岁鹤龄弱躯，处严冬赴寒室，研墨成冰，两度为我书写书名以供优选，其关爱之忱可谓感天动地。

深情感谢我的恩师、前人民文学出版社著名编辑刘茵先生！她同阎老师一样终生关怀我，期我成功，爱我如子；愿她在天之灵安息。

深情感谢我的良师益友、前广东省新闻出版局局长陈俊年先生！他的深情厚谊在本文中大多记叙，我谨将鲁迅书赠瞿秋白对联抄录以示：人生得一知己足矣，斯世当以同怀视之。

深情感谢我大学最好的同学、前人民美术出版社社长汪家明先生！他是唯一认真读过我所写全部作品的人，包括发表和未发表的,并一一给予指教,或给予鼓励;值本书出版,应我请求,他于百忙中慨然允为作序,同窗之谊,山高水长。

2023年2月19日,作于玉园